# 粉墨春秋

經典新版

高陽 著

上

# 目錄

上冊



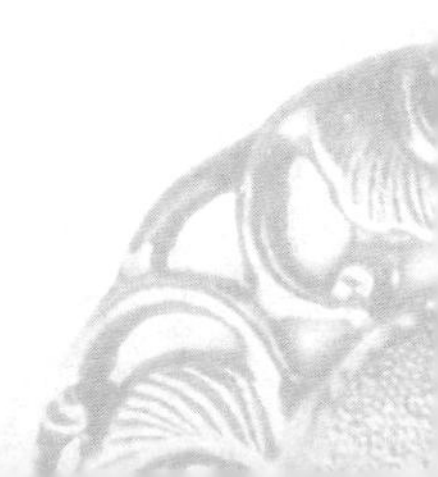

# 1 誤中副車

王魯翹河內制裁汪精衛；曾仲鳴有意替死。

河內高朗街二七號，是一座坐東朝西的三層樓洋房。經過多日的觀察，內部的結構，大致都明瞭了，扶梯在中間，每一層分隔成四個房間，底層前面是兩個車房，後面當然是下人的臥室；二樓靠南兩間似乎是客廳與飯廳，靠北兩間的臥室，不關重要；重要人物都住在三樓。

已經可以確定，汪精衛夫婦住在靠北朝西的那一間，望遠鏡中顯示，只有這一間是新置的家具，汪精衛用來作爲臥室兼私人的客廳，在小圓桌旁的沙發上，不但常常出現汪精衛和他的主要助手曾仲鳴，還有周佛海、高宗武，以及谷正鼎。

現任天水行營第二廳廳長的谷正鼎，是蔣委員長的特使，啣命帶著護照去勸汪精衛中止他唱和日本首相近衛的「和平運動」，遠遊歐洲。他之所以膺選此一任務，唯一的原因是他與他的胞兄谷正倫，都屬於汪系的改組派；汪精衛之於上年十二月十八，由重慶出走，經昆明轉赴河內，發表響應「近衛三原則」的「艷電」，汪系的大將顧孟餘、陳公博與改組派的要角，無不表示反

對。所以谷正鼎的河內之行，除了傳達蔣委員長的勸告以外，還可以「自己人」的身分，痛陳「團體」一致的規諫，可是，他的任務看來是失敗了。

汪精衛發了許多牢騷，也頗有憤激之言；看樣子並不覺得羅斯福致電蔣委員長，對中國人民英勇抗戰與所受痛苦，表示非常的同情；以及美國進出口銀行予中國信用貸款二千五百萬美元，與中英信用借款談判成功，抗戰正顯露轉機之時，與敵謀和是傷害了國家。

不過，汪精衛雖是失敗主義者，卻並不打算著眼前就有行動；到法國去閒住一些時候，等中國被日本打敗，回來收拾殘局，順理成章地取得了政權，不失爲長策。無奈他的妻子陳璧君不以爲然。

「汪精衛怕老婆是有名的，而這個老太婆對領袖又有極深的成見，我只談一件事情就好了。」作爲軍事委員會調查統計局領導者之一的鄭介民，談到四年前的一段往事——民國二十四年十一月一日，國民黨四屆六中全會開幕，汪精衛被刺受傷；蔣委員長特地來慰問時，陳璧君居然會這樣說：「蔣先生，用不著這樣做的！有話可以慢慢商量，何必如此？」弦外之音，非常清楚；蔣委員長自然很不高興，當場下令，限期十日破案。

「案子破了沒有呢？」有人問。

「當然破了。」

「但是案情始終沒有公佈，只知道兇手叫孫鳳鳴，以通訊社記者的資格，混入會場；當場被捕以後，不久傷重斃命。他總有幕後人物吧？是誰？有人說是劉蘆隱；是嗎？」

「當時沒有公佈，總有不便公佈的理由；反正陳璧君知道她自己的話是錯了。」鄭介民急轉直下地說：「言歸正傳；情況已經充分了解。陳公博說過：汪精衛非陳璧君不能成事；但沒有陳璧君亦不致敗事。他由重慶出走，是陳璧君所全力主張；現在又反對汪精衛遠遊歐洲，這一來，汪精衛將爲敵人利用，是一件再明白不過的事。我們打個電報回去請示。」

由重慶來的回電是，決定制裁。於是鄭介民作了一個決定，將制裁的日期定在三月二十一日的深夜，或者說是三月二十二日的凌晨；那天是陰曆二月初一，沒有月亮。

然後是派定執行人員，主要人物只有兩個，一個「老何」，四川人，生得矮小瘦弱，毫不起眼，卻是個傳奇人物；據說他因案被逮在南京軍統局看守所時，每每半夜裡人影杳然，及至到了天亮點名，又好好在「籠子」裡，不承認有中宵失蹤之事。看守覺得他無可理喻，索性替他加上手銬；誰知午夜查看，只見手銬不見人。於是徹底追問，才知道老何身懷絕技；問他半夜裡脫走去幹甚麼？他坦然承認，是到夫子廟狀元境的小客棧裡去找姑娘。原來他生具異稟，沒有一夜不需要的。這樣的奇材異能之士，戴笠跟鄭介民自然不會放過；不過供養這麼一個「寶貝」，也很麻煩，由重慶到香港，由香港到河內，他一路找女人，大家深怕事機不密，走漏了消息，一直在提心吊膽。如今「養兵千日，用在一朝」；過了三月二十一日，可以鬆口氣了。

另一個是山東人，生得短小精悍；若論槍法，不愧齊魯翹楚——他的名字就叫王魯翹，本來是戴笠公館中的警衛。有一天戴笠回家，只見客廳中雜亂無章；他是很講究邊幅的人，自然生氣，回頭向王魯翹大聲說道：「你看，髒得這個樣子！把痰盂去倒倒。」

王魯翹平靜地答說：「我不是倒痰盂的人。」

「你去不去倒？」戴笠吼道：「不去倒替我走路！」

王魯翹一言不發，解下手槍，輕輕放在桌上，轉身便走；最善於觀人於微的戴笠，滿腔怒火一下子消失了。

「魯翹！」他搶上兩步，抓住王魯翹的手臂，「我錯了！你不是倒痰盂的人。」

從此，戴笠對他另眼相看；王魯翹感於知遇，格外忠於職務，眞個赴湯蹈火，在所不辭。不過，這回調他來擔當制裁的重任，因爲他的槍法奇準，還在其次；主要的是，現場工作人員中，只有他接近過汪精衛，聽得出汪精衛的聲音。

三月二十一午夜過後，以王魯翹爲首的行動小組要出發了，鄭介民特爲告誡：「只制裁汪精衛一個人。夫婦同房，誤傷陳璧君是可以原諒的；此外不准多死一個人！」

接受了最後的指示，老何像一頭貓似地消失在黑暗中；他從高朗街二十七號後面，翻牆入內，打開了前門，任務即告終。以下是王魯翹等人的事了。

這時是凌晨二時，高朗街僻處市廛之外，格外來得靜；底層下房中的廚子一覺睡醒，枕上隱隱聽來腳步聲，推醒一名同事，悄悄出屋探視，這樣的情況是預先已估計到的，應付的辦法也是預先想好了的，開一槍將他們嚇了回去，不要出來多事。

這一槍驚醒了住在二樓的汪精衛的內侄陳國琦；等他推門出來時，行動小組亦已上樓，如法炮製，斜著往地下開一槍，打中了陳國琦的小腿，嚇得他趕緊退了回去。

於是王魯翹直上三樓，直奔目標；門自然在裡面鎖上了，助手取出小鋼斧，乒乒乒乒三五下，就在門上劈開了一個大洞。王魯翹朝裡一望，床前影綽綽兩條影子；一條身材高大，跟汪精衛很像。

「汪先生！」王魯翹喊。

沒有回答。

「汪先生！」

仍舊沒有回答，王魯翹心想不錯了，將快慢機伸向洞口，扳機連扣，只朝那條高大的影子打。他不想傷害另一條影子，無奈兩條影子靠得很近；終於雙雙倒在床前。

任務已經完成了，但行動小組並未撤退；他們要觀察反應，印證結果。最先是聽到二樓有人朝窗外大喊：「救命、救命！」

接著是一男一女惶恐地從樓上下來打電話；聲音是年輕女子，講的是法語；他們知道，那是朱執信的女兒朱蕊，只聽見她在報警：高朗街二十七號出了命案。證明大功已經告成，方始悄悄撤走。

誰知大功並未告成！誤中副車，死了個曾仲鳴；他的妻子方君璧中了三槍未死。陰錯陽差，種種因素湊成汪精衛的命不該絕。原來汪精衛的大女兒汪文惺，是在河內結的婚，陳璧君買了一套新家具，佈置洞房，汪文惺卻堅持要讓給曾仲鳴夫婦用；山於有圓桌有沙發的緣故，汪精衛白天常借曾仲鳴的房間會客，以致在望遠鏡中窺察，從任何跡象來看，都不能不信其爲汪精衛的臥室。

當然，最大的關鍵是，王魯翹兩次叫「汪先生」而無反應。如果他一出聲，聽出不是汪精衛的聲音，便可不死，令人困惑的是，不知曾仲鳴是嚇昏了，不知道應該自辯非汪；還是懷著「國士待我，國士報之」的心情，有意不答，以期替汪而死？

## 2 迷途未遠

高宗武的故事——黃溯初、徐寄廎、徐采丞、杜月笙的接力賽。

兩個多月以後，汪精衛終於由上海飛到了東京。他們由河內回上海，是日本派出一條「北光丸」秘密護送的；不去歐洲而回到上海，表示汪精衛決定要「組府」了。汪系的人說：汪精衛本無此打算；只爲河內事件所刺激，改變了初衷。

隨同汪精衛一起飛日的，有周佛海、梅思平、汪精衛的日語翻譯員周隆庠，以及另一要角，外交部亞洲司司長高宗武。大家都被招待在東京北郊古河男爵的別墅居住；連高宗武手下的科長董道寧都不例外，唯獨高宗武被指定住在隅田川西岸橋場町大谷米太郎家。表面的理由是，高宗武有肺病；但是，大谷米太郎跟他的家屬，並沒有可以免於不受肺病傳染的機能。

對於這樣一份特殊的待遇，高宗武卻很傷心。「和平運動」是他發起的，如今不但成了局外人，而且據他的同學犬養毅的兒子犬養健透露，他還有生命的危險。

於是高宗武自然而然地想起一個人，此人姓黃，名群，字初溯，後來改爲溯初；他是浙江溫

州人，日本早稻田大學出身，民國初年與梁啓超、張君勱在一起，屬於所謂「研究系」；近十幾年來不甚得意，隱居在長崎的曉濱村。高宗武不但是他的同鄉後輩，而且自留學至從政，一直受他的提攜；如今身處危疑，唯一可以爲他袪疑解惑，指點迷津的，便只有此人了。

「我之從事和平運動，原來是要爲蔣先生效勞；後來日本兩度發表聲明，不以蔣先生爲和談對手，那我就只好找汪先生了。汪先生也說過。要和要戰，都該由蔣先生出面；所以我之請汪先生出面，實際是過個渡。那知道，現在情況不對了！汪先生內有陳璧君，外有周佛海，日夜煽動，預備要自己來幹了。」

「於是，你就受排擠了！」黃溯初說：「我聽說影佐禎昭視你如眼中釘；那是必然之理。你想，影佐禎昭是參謀本部的中國課課長，奉派到上海組織『梅機關』，他代表的是日本軍閥的利益；日本軍閥自然希望中國分裂，有個傀儡政權在手裡，作爲工具。至於影佐個人，當然亦希望一手炮製一個僞政權出來，像溥儀的『御用掛』吉岡安直那樣，可以做太上皇。如今你想拿和平運動由汪先生過個渡；要戰要和最後由蔣先生去決定，無論從那一點看，都跟影佐的希望相反，自然非去之而後快不可。」

這番分析鞭辟入裏，高宗武心悅誠服；隨即問說：「黃先生，那末你看，我以後應該怎麼辦？」

「那要看你自己。」黃溯初是策士型的人物，先要探明高宗武的意向，才能替他出主意；他試探著問說：「汪政權成立，外交一席，自然非你莫屬？」

「哪裏！汪先生不會給我的。」

「他預備如何安置你？」

「『老太婆』來跟我說：你才三十出頭，年紀還輕；大器晚成，需要歷練，不妨先當次長，只要工作有表現，不怕不會更上層樓。」

「『老太婆』是誰？」黃溯初問：「是指陳璧君？」

「是的。沒有一個人不討厭她；也沒有一個人不怕她，所以背後都是這麼叫她。」

「喔，」黃溯初又問：「你是不是想當部長呢？如果你當他的外交部長，我來替你畫一條路出來。」

「不！」高宗武說：「我想跳出去。」

「此話當眞？」黃溯初念了一句《武家坡》的白口。

「眞的。」

「好！」黃溯初又念「歸去來辭」了：「『悟已往之不諫，知來者之可追；實迷途其未遠，覺今是而昨非。』你既有此大徹大悟的決心，我少不得又要到軟紅十丈中走一遭。」

一夕深談，決定了高宗武的出處；等他跟著汪精衛回到上海，黃溯初也買舟西航，悄然到了紙醉金迷，畸形繁榮的「軟紅十丈」之中。

一到上海，黃溯初便去看他的一個同鄉徐寄廎，他是浙江興業銀行的董事長，「江浙財閥」的巨頭之一。此外，他還有一個極重要的頭銜——國民政府在上海設有一個「統一工作委員會」，徐寄廎是委員之一，負責金融方面的工作。

「宗武想要跳出來，」黃溯初問道：「你看要怎麼走一條路子，才能通到委員長官邸？」

「自然是戴、杜之間挑一位。」徐寄廎說：「我看託月笙比較好；聯絡比較方便。」

「月笙不是在香港？」

「他有代表在這裡；這兩天從香港回來。」徐寄廎說：「我去看一看。請你在這裡等回音。不過，溯老，最好請你寫幾個字，讓我帶去。」

「你們辦銀行的，講究手續清楚。」黃溯初笑著問道：「你要我怎麼寫？」

「月笙識字不多；要託他什麼事，要言不煩寫兩句。」

黃溯初點點頭，就現成的筆硯，寫了一張便條，只得九個大字：「高決反正，請向渝速洽。」無上款，亦無下款。

帶著這張便條，坐上汽車，徐寄廎逕自去訪杜月笙的代表。此人名叫徐采丞，本是《申報》老闆史量才的幹部，在一二八以後所組織，由史量才擔任會長的上海地方協會做事；及至史量才被刺，上海地方協會由副會長杜月笙「扶正」，他才列入杜氏門牆，成爲「恆社」的中堅分子。到得上海地方協會的秘書長黃炎培去職，徐采丞接掌了這個職位，無形中成爲杜月笙向地方各機關打交道的代表；他處事穩重，頭腦清楚，善於利用各方面的關係，而且有功不伐，寵辱不驚，杜月笙最欣賞這種個性的人，所以抗戰一起，遠走香港，指定徐采丞做他在上海的代表；「恆社」弟子，以及杜家下人，包括管家萬墨林在內，他都有權指揮的。

巧得很，徐寄廎去訪他這位同宗時，徐采丞剛從「胡佛總統號」下船回家。兩人閉門密談；徐寄廎扼要說了經過，隨手取出黃溯初的親筆便條，要求徐采丞原船回香港，跟杜月笙去報告。

杜月笙在香港的場面，自然不如在上海；但好客依然，除了九龍柯士甸道的私寓以外，特地在香港告羅士打飯店七樓，闢了個長房間，作爲每大下午會客之處。更上層樓，便是咖啡座，無形中成了杜月笙的大客廳；海外流人，只要跟杜門中略有淵源的，盡不妨到那裡去泡，咖啡蛋糕，喝足吃飯，抹抹嘴走路，帳單自有人付。

至於七零五號的座上客，不是密友，便是特客；或是片刻不可離的親信智囊。徐采丞一到香港，下了船正是杜月笙每天會客的時候；自然驅車直奔告羅士打。

「咦！采丞，」林康侯說：「『鄉下人勿識走馬燈，又來哉！』」

徐采丞若無其事地一一招呼；杜月笙見他四日之隔，去而復回，料知必有函電中所不便說的緊急事故，當即向在座的林康侯、王曉籟，以及受戴笠委託，在香港擔任特別代表的王新衡說道：「康老、曉籟哥、新衡兄，你們坐一坐，我跟采丞去說一句話。」

七零五號類似總統套房；外間客廳很大，裡間臥室也不小，兩張雙人席夢思以外，還綽有餘裕，可以擺一張小圓桌、四把靠椅、一張書桌、一個活動酒櫃。徐采丞跟著杜月笙到了裡面，隨手將房門關上；然後打開隨身攜帶的手提箱，將那張便條交到杜月笙手裡。

「高是高宗武。」徐采丞說。

「高宗武！」杜月笙又驚又喜。「這張條子是他的親筆？」

「不是，不過也跟他親筆差不多；是黃溯初寫的。」

「是老進步黨，寄廎小同鄉的那位黃溯初？」

「正是。這張條子就是寄廎交過來的。」徐采丞將經過情形講完，接著又說：「黃溯初的意思，要請先生直接跟委員長報告，准高宗武戴罪立功。」

「那末，立什麼功呢？將來總有東西帶出來吧？」

「那是一定有的。」

杜月笙考慮了一會說：「好的！你在香港住幾天；我到重慶去一趟，你聽我的回音。」

於是第二天晚上，杜月笙就悄然飛往重慶了。

不過，就表面看，杜月笙對這件事非常起勁，其實，內心不能無疑。因爲黃溯初一直跟政府不大合作，才會在抗戰發生後，仍舊隱居在日本；其次，高宗武是和平運動的發起人，忽而中途改弦易轍，亦是情理上不甚說得過去的事。

由這兩點疑竇，自然而然會使得杜月笙想起《群英會》那齣戲中的黃蓋，莫非詐降臥底？果然如此，自己不但誤國；讓人說一句：「杜某人做事也有靠不住的時候！」多年苦修的道行，無端打了一大截；也太划不來了。

因此，從重慶領受了指示回來，杜月笙告訴徐采丞，必須託徐寄廎轉請黃溯初親自到香港來一趟，讓他了解詳情。他對黃溯初的生平，所知不多，可是他相信只要跟黃溯初談過一次，就會知道這件事是眞是假；值不值得去做。

「這件事不管值不值得去做；高某人既然要反正，我們當然應該幫他逃出虎口。采丞，你回到上海，就要預備起來，讓高某人還有他的家眷，說走就能走。」杜月笙又說：「你千萬要記住，只能我們預備好了等他；等他要走再來預備就來不及了。」

徐采丞受命回到上海，不過十天工夫，黃溯初已悄然應邀而來。爲了保密，他請黃溯初下榻在柯士甸道的私寓；同時告誡家人及親信，不可透露家有這樣一位特客。

「杜先生，我先要聲明，這件事無論你肯不肯幫忙，務請保守秘密；而且急不得。」黃溯初又說：「急亦無用。日汪密約要簽了字才算數；否則只是一個草案，並不能證明汪精衛已經同意。」

「對極！溯老，你請放心，」杜月笙說：「這件事，在我這方面，只有采丞一個人知道；不到高先生脫險，我不會透露半點消息到外面。」

取得了這個口頭協議，黃溯初才開始細談經過；杜月笙發覺有些情形他不太懂，譬如日本的政情，國際間的關係，什麼美國根據「九國公約」，向日本提出抗議；什麼美英法三國共同對日聲明，否認所謂「東亞新秩序」之類，不但不太懂，也怕記不住。因而提出要求，由他的秘書胡敘五，製成談話筆錄；黃溯初同意了。

由黃溯初口中證實了，汪精衛已決定「組府」，這次去日本就是談組府的條件；但也只是原則，日汪密約方在談判之中。影佐禎昭及汪精衛方面，對高宗武已經深爲猜疑，所以他是否能參與密約的談判，尚不可知。但是，爲了戴罪立功，他一定要將密約弄到手。

「一定要組織僞政府，是大家都看得出來的。」杜月笙說：「汪精衛到青島跟王克敏、梁鴻志去開會，自然是『講斤頭』去的。」

「是的。汪精衛到日本會談，首相平沼倒還客氣；陸相板垣就很難說話了。他也談到王克敏、梁鴻志；說他們組織『臨時』、『維新』兩個政府，也挨了許多罵；一旦全部取消，日本覺得過意不去。所以提出要求，拿王克敏的『臨時政府』改爲政務委員會；『維新政府』改爲經濟委員會，汪精衛答應了一半。」

「怎麼叫答應了一半？」

「汪精衛說，華北成立政務委員會，是有成例的，可以考慮。另外成立經濟委員會，沒有必要。」

「這樣說，梁鴻志要落空了。」

「個把院長總是有的。」

「那末，」杜月笙又問：「板垣跟汪精衛還說些什麼？」

「汪精衛要用青天白日旗，板垣反對；說和平政府、抗日政府用同樣的旗子，在作戰目標上分不清，會發生意外。汪精衛堅持要用；不過他答應考慮，加上一點什麼東西，作爲區別。」

「照這樣說，汪精衛倒是念念不忘青天白日！可惜做出來的事，將來沒有臉去見中山先生。」

杜月笙又問：「汪精衛要『唱戲』，總要有『班底』，光是那幾個人也不夠；總還要招兵買馬吧？」

「是啊！有個藝文研究會；原是周佛海、陶希聖在漢口組織的，如今在上海掛出招牌；如果願意捧場，經過熟人介紹，只要填一張表，就可以坐領乾薪。」

「喔，」杜月笙很注意地問：「這個會在什麼地方？」

「威海衛路『中社』對面的太陽公寓。」

「是那些人在負責？」

「聽說負責的是兩個人，一個是金雄白；一個是羅君強。」

「怎麼？」杜月笙微吃一驚，「金雄白也落水了？」

「他是讓周佛海拖下去的。」

「可惜，可惜！我倒要叫世昌問問他。」

原來金雄白是跑政治新聞的名記者，當朝大老，社會聞人，幾乎無一不識，早在民國十八年，他就是蔣委員長創辦的《京報》的採訪主任，所以當中山先生奉安大典之後，蔣委員長親赴北平處理北方政局時，他是隨節採訪的兩記者之一。在專車中初識周佛海，還是蔣委員長親自所介紹。至於杜月笙口中的「世昌」，姓唐，是恆社弟子之一。杜月笙是介乎朱家與孟嘗之間的一位風雲人物，門下三教九流，無所不有；唐世昌出身《申報》，現在是《申報》夜班的經理，新聞界要跟杜月笙打交道，或者杜月笙要跟新聞界打交道，都由唐世昌經手。所謂「叫世昌問問他」，不言可知，是惋惜金雄白「落水」，想拉他一把。

題外之話，不列入筆錄；筆錄中杜黃二人作成了幾點了解：一是日汪密約猶在談判之中，所以高宗武還不到「跳出來」的時候；不過杜月笙要有充分的準備，讓他能夠說走就走。二是黃溯初保證高宗武一定戴罪圖功；杜月笙保證盡全力爲他向政府輸誠，必能不負他迷途知返的大智慧。

「杜先生，」黃溯初特別叮囑，「宗武身在虎穴，而且是在憂讒畏譏的情況之中；倘若事機不密，必遭毒手。」

杜月笙知道他是要求安全的保證，想了一下答說：「我絕對愼重，絕不會洩漏機密；不過，高宗武自己也要格外當心。」

「當然，當然。」黃溯初說：「杜先生，如果是宗武自己不小心而出了問題，尊處並無責任可言。」

這話很率直，也很厲害；如果是杜月笙手下不小心，以致高宗武遭了毒手，便應負責任。性命出入之事，責任實在負不起；但杜月笙還是一諾無辭。

「黃先生，你的話很爽快，我們一言爲定，分頭進行。在上海，一切由釆丞跟寄廎兄接頭；除非釆丞預先關照，指定什麼人從中傳話，否則，那怕是小犬，說的話也不能作數。」

「謹聞教！」黃溯初肅然起敬地回答。

＊　＊　＊

「第二次世界大戰爆發！號外！號外！」望平街的報販，扯開「老槍喉嚨」，且奔且喊：「德國進攻波蘭，俄國出兵，希特勒閃電戰；快來看號外。」

唐世昌隨手買了一張，一轉身遇見個熟人，急忙攔住，「德銘，正要找你！」他問：「你上哪裡去？」

「開納路。」這個叫「德銘」的人，姓劉，生得一張極白的圓臉，蓄著克拉克蓋博式的兩撇小鬍子，一雙滾圓的大眼，一臉精悍之氣，開出口來是南京口音，「要不要一起去坐坐？」

「那裡太亂了。」唐世昌一把拉住他說：「走，走！陪我去打個茶圍。」

跑馬廳的大鐘，指著三點；劉德銘躊躇著說：「這時候去打茶圍？」

「這時候才好，沒有人。」

劉德銘明白了，打茶圍是假，覓地談話是眞。於是隨著他步行到三馬路會樂里橫波老二家；這裡有一個亭子間，是常川留著供他會客用的。

「老二呢？」他問「本家」。

「到七十六號出堂差去哉。」

唐世昌笑了，「出堂差到昨天開『六全大會』的地方，」他用上海話對劉德銘說：「滑稽唻？」

劉德銘報以一笑，撇一撇嘴，意思是，也許本家聽得懂「六全大會」，示意他出言謹愼。

唐世昌便不作聲了；等本家敷衍過一陣，退了出去，方始問道：「我就是要問你汪精衛的『六全大會』，開會開出點啥名堂？你在開納路總聽到過吧？」

「也不光是開納路；我另外有情報來源。」劉德銘問道：「你想知道什麼？」

「聽說成立了『中央黨部』？」

「『秘書長』呢？」

「『主席』當然是汪精衛。」唐世昌問：

「不錯。」

「你想還有誰？當然是『拉馬秘書長』。」

這是指褚民誼。據說他有個與張之洞的愛將張彪同樣的雅號，叫做「丫姑爺」；由於這段葭莩之親，一直爲汪精衛視作「自己人」。戰前汪精衛當行政院長，他是秘書長；開全國運動大會時，他親自爲「美人魚」楊秀瓊拉馬車，因而又得了個「拉馬秘書長」的雅號。

「還有呢？」唐世昌說：「請你把全部名單告訴我。」

「先成立三部，組織梅思平；宣傳陶希聖；社會丁默邨。另外成立財務、特務兩個委員會，周佛海一把抓。」

「周佛海不是CC？汪精衛倒會重用他？」

「顧孟餘、陳公博不肯淌渾水；周佛海的才具，自然是庸中佼佼。重用周佛海，還有一種作用。」劉德銘意味深長的說：「委員長重用周佛海；他也重用周佛海，神經過敏的人，把這兩點連在一起，就有半天好想。」

唐世昌點點頭說：「不管怎麼樣，總是對他們有利的。」

「一點不錯。」

「德銘，」唐世昌問道：「這兩天手氣怎麼樣？」

「前幾天在開納路攪了個『白虎』，你想手氣會不會好？」

唐世昌笑一笑，從口袋中掏出一疊美鈔；二十元的票面，約莫有三四十張，很快地往劉德銘手中一塞。

「受之有愧。」劉德銘看著美鈔說：「難得碰到，你還有什麼話要問我？」

唐世昌想了一下問道：「美國總領事館，有熟人沒有？」

「熟人是沒有。不過，」劉德銘一面考慮一面說：「有事情我可以辦得通。」

「這是啥道理？」

「重慶美國大使館，我有個好朋友，我回上海之前，他寫了一封信給我，如果有什麼事，可以去找總領事館的艾麗絲小姐。」

「那末，你去找過她沒有呢？」

「還沒有到要找她的時候。」

「也許，」唐世昌問道：「德銘，如果我有事，你肯不肯為我去找她？」

「那還用說？」

有了七八百美金在身上，劉德銘就不回開納路十號了；一輛四〇〇〇〇號的祥生汽車，直放秋園，進鐵門下車，小郎拉開車門，看是劉德銘，笑嘻嘻叫一聲：「劉將軍」！接著便向司機揮一揮手，意思是到帳房去領車資。

原來從上海淪陷後，租界以外的行政權，落入敵偽手中；社會立即呈現了一片烏煙瘴氣，較之北洋軍閥時代更為腐敗的現象。有名的靜安寺路以西，「越界築路」的地區，除了愚園路因為一向是高級住宅區，較能保持本來面目以外，有條極斯非而路，被稱爲「歹土」；煙、賭、娼無一不備；秋園就是個大賭場。

這些賭場招來賭客的方式，如上海人打話：「派頭奇大」；只要買了籌碼在下注，一切免費招待。如果是常客，一坐下來，便有整罐的「茄力克」送到面前；知名的特客，倘或要「香一筒」，亦有特設的房間，可以吞雲吐霧。至於餓了吃飯，中餐西餐，一隨客便，更不在話下。賭客唯一要盡的義務是，下注贏了，莫忘丟個小籌碼給「開配」，其名謂之「大煙錢」。賭場中當然有自備的小汽車送客，如果贏得太多，怕路上「出毛病」，還可以由賭場派「保鏢」護送回家。至於去時車資，當然需要自理；但特客則爲例外。

劉德銘在秋園是特客，車資事小，面子事大：他是標準海派作風，隨手掏出一張美鈔，塞在小郎手裡，看都不看，昂然直入。

一進大廳，萬頭攢動，煙霧騰騰；一片嘈雜之中，特別顯得清晰的聲音是：「開啦」，「開啦」，嬌滴滴地曼聲高唱。這是發自最普遍的「大小台子」；掌搖缸的都是特選的尤物，大都風信年華，曲線玲瓏，每一個都散發出盛開的玫瑰香味，即令有刺，還是想採它一朵。

劉德銘想採的這朵玫瑰，名叫慧君，正在當班。她生得一張甜甜的鵝蛋臉，眼大而明亮；髮型與眾不同，左額角留出寸許闊的一綹，梳成個小小的劉海，顯得別緻而俏皮。但最令人驚心動魄的是那一雙手臂，極白、極豐腴。她穿一件黑色花呢、用同色軟緞鑲邊的旗袍，袖子短得直到肩頭，所以這雙手臂伸出來，顯得格外長；手上的十個指甲，是每天化妝的重點，細心塗染了蔻丹，又亮又紅，令人目眩。

這時剛開過一寶，等開配完畢，慧君將黑漆鐘形的罩子，套在連玻璃罩的底座上，然後雙手捧起，搖了三下，輕輕放好，等待下注。

到這時她才有工夫來打量賭客，抬頭發現劉德銘，雙眼格外亮了，看一看錶，有意無意地伸了一個指頭，暗示還有一小時便可換班了。

站在人背後的劉德銘，點點頭表示會意。他不喜賭大小，喜歡賭牌九，對「一翻兩瞪眼」的小牌九，興趣更高。本來賭場中只有大牌九，是用廣東規矩，所以又稱「廣東牌九」，牌是雲片妝式的烏木牌，只推一方；下家可以隨意配牌，而莊家有一定配法，懸圖以示，稱爲「牌譜」。看起來是讓下家佔便宜，莊家自願吃虧，譬如天對加一張雜七、一張雜八，本應拆對配成天九、天罡，但以「有五不拆對」的原則，前道只能配成「無名五」。此外下家爲了防莊家作弊，可以預先聲明，顚倒次序將第一條移到最後，或者拿第四條改爲第一條，稱爲「剝皮」；中間抽一條列在最前或最後，稱爲「抽筋」。但縱然如此，莊家細水長流，總是贏多輸少。若是小牌九，莊家手風不順，又遇見豪客，可以輸掉整爿賭場；爲了風險太大，所以雖設小牌九的賭台，賭場並不做莊。

小牌九的莊家也是賭客。如果誰願做莊，只要照規矩買足籌碼，賭場派出「轟角」，代爲開配，只抽極少的「水子」。秋園的規矩，最少一千元一莊；劉德銘有此一筆意外之財，決定將利求利，如果能大贏一場，有了「贍養費」，自己就可以打主意開溜了。

不過，以他身上的這一點賭本，要做莊家究嫌自不量力，所以劉德銘還是先賭下風，握了一千元籌碼在手裡，冷眼旁觀，靜靜等待，終於看準了「下活」，押了六百元；開出來贏了；連本帶利打「夾注」，又贏。只兩方牌，一千元變成兩千八；等了一會，看看又出活門，收起本錢打一八百，居然又贏了一注。劉德銘一不做，二不休，將四千六百元，都押在上門。

看他賭得這麼潑，莊家不由得心裡發慌；骰子打了個五在首，抓起頭一副牌，「碰」地一下就翻了出來，一張二四、一張么四，顏色是紅多黑少，點子卻只得一個「無名一」。

「這跟『彆十差不多。』劉德銘抓牌在手裡，慢條斯理地一面摸，一面說。

「翻牌！」莊家反唇相譏，「你拿個『丁八一』，照樣吃你的。」

「你看！」劉德銘翻出來一張地牌，「不用再看了吧？」

地牌配上九點，也贏莊家的「無名一」。劉德銘的一千元變成九千二；算一算口袋中餘下的現款，一共只得九千八，心想再贏二百元，湊成一萬，便好做莊家了。趁這天手風不錯，撈它個三、五萬元，就可以不必在開納路十號做食客了。

於是，他押了五百元，吃掉；打一千又吃。思量歇手，卻又不甘；決定穩紮穩打，自信不難湊滿一萬元。那知事與願違，總是功虧一簣。賭到後來沉不住氣了，既不「冷」，又不「等」，徒然得一「狠」字，不過輸得快些而已。

由下午賭到晚上十點鐘，輸得光光。肚子是早已餓了，只爲不愛吃那種拿到賭台上來的「總會三明治」，所以一直忍著；此時當然要好好享受一番。金碧多湯，焗龍蝦，而且指定要用法國紅酪，尾食是蘋果派。正當獨自據案大嚼時，有個侍者舉著一面高腳木牌，上面寫的是「劉德銘先生請接電話。」

「電話在哪裡接？」他問。

「三號服務台。」

一聽是開納路十號打來的；催他即刻回去，說是「潘先生有急事。」

潘先生就是開納路十號的主人，名叫潘三省。此人是個「生意白相人」，戰前做過軍火掮客，因而跟日本的憲兵、浪人混得很熟。及至上海淪陷，京滬、滬杭兩條鐵路，日軍的軍運頻繁，客車通常每天只是對開一班，買一張火車票，隔天夜裡就得去排隊；見此光景，潘三省活動日本軍方，特許他經營內河輪船公司，載人運貨，生涯茂美，就此發了大財。

潘三省最好排場，從前不管家無隔宿之糧，一輛汽車一定要養著的，他的說法是：「坐了汽車去借錢；伸出手來一枚鑽戒，一隻名牌手錶，人家自然就放心大膽借給你了。」

他也很愛交友，三教九流，無所不交；這是他得以成功的一大原因。發了財，自然更喜結交朋友，也更講究排場；除了開納路十號以外，附近還有兩所房子，闢作賓館，也是不收費用的豪華俱樂部，飲饌精美，不在話下；煙榻賭局，自亦必有。最使人念念不忘的是，常有北里名花、舞廳紅牌，以及熠熠明星，出入其間；邂逅之際，兩情歡洽，可以就地了卻相思債。每日裡那一幅新《韓熙載夜宴圖》，起唐伯虎、仇十洲於地下，亦恐自愧難工。

劉德銘是他以前在南京夫子廟認識的朋友，氣味相投，一見如故；這個「劉小鬍子」，是有名的騷鬍子，秦淮歌女，無一不熟；潘三省到了南京，只要找他，必能盡興。由於交情很厚，所以當劉德銘由重慶派到上海做地下工作，爲「七十六號」所捕時，潘三省自然義不容辭地要救他。

「七十六號」是門牌號碼，就在極斯非而路，原是陳調元的別業；也曾做過段祺瑞最後的一個公館，而現在是歹土中的歹土——一個與軍統、中統對立而無惡不作的特務機關。

「七十六號」的頭子本來是李士群，他是共產黨，在俄國受過「格別烏」訓練；曾被捕過七次，終於投效了中統。抗戰發生不久，從漢口開小差到了香港，再轉上海，搭上了日本駐上海總領事岩京的關係，在滬西憶定盤路諸家濱十號，成立了一個特務機關，專爲日本人工作。遷到極斯非而路七十六號，還是汪精衛從河內到上海不久以前的事。

其時，又來了一個從中統開小差的湖南人丁默邨；他在中統當過第二處處長，地位比李士群高，因而做了「七十六號」的頭子，李士群降爲他的副手。丁默邨是色中餓鬼，加以得了肺病，更易亢奮；這樣，就必然地會成爲潘三省的密友。潘三省要保劉德銘，這個交情不能不賣；但因劉德銘的被捕，在滬西日本憲兵隊有案，所以保雖准保，卻責成潘三省看管，日本憲兵隊一聲要人，隨傳隨到。潘三省答應了，將劉德銘養在開納路；事先是說明白了的，他會想法子讓劉德銘離開上海，不可不辭而別。劉德銘也賭了咒，絕不做害朋友的半吊子。

「德銘，機會來了！」潘三省說：「安徽有批散兵游勇，想把他們招撫過來當『皇協軍』，你有沒有興趣？」

驟聽此話，無從作答。劉德銘一直想找個冠冕堂皇的理由，離開上海；如今要他到安徽去辦招撫，過了長江，正好遠走高飛。但「皇協軍」——協助「皇軍」作戰的僞軍，牽涉到日本軍方；如果派人協助辦理，無形中受了監視，也是麻煩。

他心裡還在一個念頭、一個念頭地轉，潘三省卻又開口了。

「德銘，這是很好的一條路。辦招撫的款子，找來預備。這件事在我幫了兩位朋友的忙；對日本人也有個交代，一舉三得，很可以做。你願意不願意，現在就要說一句。」

「總要等我先把事情弄清楚。老潘，」劉德銘問：「你說幫兩個朋友的忙，怎麼幫法？」

「日本人一直要我想法子幫他們搞『皇協軍』，現在總算有個朋友有路子；這個朋友當然也想創一番事業，我出錢幫他把那批人招過來，有了實力，自然就有花樣好耍了。至於你老兄，不是一直想走嗎？現在用這個名義可以把你的案底銷掉；到了安徽，你走你的路，沒有人來管你。」

一聽這話，恰符劉德銘的期望，立即答說：「老潘，你這樣子替我設想，我不能不領你的情。我去。你那個朋友呢？介紹我先見見面，如何？」

「當然。我這個朋友叫何森山，人在泰州；你代表我去一趟，問問他的詳細計劃。」潘三省又說：「何森山有個人在這裡；我叫人替你去打一張通行證，到了鎮江，自會帶你到泰州。」

「好！」劉德銘毫不遲疑地點點頭。

表面如此，心裡卻不無惴惴然，因爲蘇北的情形，相當複雜。泰州是國軍第四游擊隊總指揮

李明揚的防區，此人字師廣，江蘇蕭縣人，是李烈鈞的部下，北伐後一度當過江蘇保安處長。他的這支游擊隊歸魯蘇戰區副總司令兼代江蘇省主席韓德勤指揮，但李、韓不和；加以新四軍因為在江南存身不住，渡江而北，盤踞在泰州東南一帶。這樣一個錯綜複雜，你防我，我防他，彼此猜疑防範的地方，很容易引起誤會，而且呼援無門，不能不格外小心。

因此，劉德銘跟何森山所遣的使者見面時，首先要商量的事，就是如何從鎮江過江？

這個人叫朱英，年紀很輕，但說話很爽朗；劉德銘對他的印象不壞，他說：「劉先生，你放心好了，從泰州往南，泰興、靖江，都是李總指揮的防區，是自己人。」

原來何森山跟李明揚有密切關係。劉德銘又問：「李總指揮的防區跟新四軍相連，想來有關係吧？」

朱英笑笑，「劉先生，」他意味深長地說：「你到了那裡就知道了。」

劉德銘會意了，李明揚跟新四軍已有聯絡；不免暗暗為韓德勤擔心。

何森山跟李明揚是小同鄉，也是徐州以南的蕭縣人。四十歲不到，顯得很誠樸的樣子；但說話時，眼珠閃爍不定，而且無緣無故會朝後看，這在相法上名為「狼顧」。

劉德銘心裡有數，自我告誡：「逢人只說三分話，未可全拋一片心。」

據他說，徐州會戰以後，有好些部隊來不及西撤，又不甘於投偽，在江蘇、安徽、河南三省交界之處打游擊，目前有支持不住之勢；他很想把這些人帶回蘇北來。

跟「皇軍」配合作戰的「皇協軍」，怎說要帶回蘇北？劉德銘驚訝在心；不動聲色地問：

「這批人有多少？」

「四千有餘，五千不到。」

「槍呢？」

「槍也有那麼多。不過很雜，有漢陽造的，有瀋陽造的；還有『三八式』，是鬼子那裡弄來的。」何森山又說：「還有三十多挺機關槍。」

劉德銘點點頭；沉吟了一下問：「何先生，請你談談你的計劃。潘先生跟我說，他主要的是幫何先生創一番事業；經濟方面，只要力所能及，一定幫忙。」

「我跟老潘是十年的老朋友，介紹過他好幾筆買賣；他想幫我，我也想幫他。」

何森山將劉德銘交過去的潘三省的信又看了看，其中有「德銘兄與弟交非泛泛，可託腹心」的話，便決定公開計劃。

「我是這麼在想，要把這批人帶到蘇北，先要讓他們能公開露面；可是又不能讓他們受『維新政府』的管轄，所以最好是跟日本人疏通，編爲『皇協軍』。現在汪政權要成立了，他只管得蘇浙皖三省；日本人爲了幫他打基礎，當然希望能把這三省全部拿到。依我的判斷，他們會在短期內會攻蘇北；這支『皇協軍』當然要配合行動。到了那時候，『陣前起義』，很容易地就可以把這批人拉過來了。」

劉德銘聽得很仔細，每一個字都不放過；一聽「陣前起義」四字，心想，共產黨喜歡說這句話；莫非這就是何森山的狐狸尾巴？

於是他故意問一句：「拉到那裡？」

「自然是李總指揮這裡。」

「那末，何先生，我很冒昧地請問：這個計劃，李總指揮知道不知道？」

「當然知道。李總指揮對我說，如果潘三爺肯幫這個忙，就是大功一件；他會密報軍事委員會備案，將來洗刷他的身分，就是很有用的一個證據。」

「是的，是的。」劉德銘附和著說：「你們是老朋友，交情厚了，所以才這樣衛護他。」

「船幫水，水幫船；促成這樁彼此有利的好事，還要請老兄多多費心。」

「言重，言重！說實話，我也很想追隨何先生。」

「那太好了。」何森山起身伸出手來，與劉德銘緊緊相握，大聲說道：「我們合作，我們合作。」

剛說完，倒又「狼顧」了；這次倒不是下意識的動作，確是發覺他背後有人。

下人送來一封信，兩份請帖；何森山先看請帖，隨即遞了一份給劉德銘說：「你看，李總指揮已經知道閣下到了泰州，專誠設宴爲你接風。」

「李總指揮太多禮了。」劉德銘躊躇著說：「初次謁見，似乎不好空手上門。」

「無所謂的。」何森山又說：「送點小禮物，意思意思好了。」

哪裡有小禮物？劉德銘想了一下，決定將一個新買的打火機，還有一瓶自用而未開封的補藥「幾怪帕勒托」，送給李明揚，聊當贄見。

＊　＊　＊

在八字橋一座前清鹽官留下來的大宅，劉德銘見到了李明揚，五十來歲，留一把鬍子，穿一件芝麻布的夾袍；看上去像小城中的塾師，不似能指揮上萬部隊的軍人。

經過何森山的介紹，彼此客套一番；劉德銘將隨帶的小禮物，雙手捧上；何森山便代爲致意，李明揚打開布包，立即喜動顏色。

「我也吃『幾怪帕勒托』，正好吃完了，到上海去買，還沒有到，有劉先生這一瓶，就毫不擔心了！多謝，眞正多謝。」

「總指揮太客氣了。」

話是如此，劉德銘看得出來，李明揚不是假客氣，他心裡在想，將一瓶補藥，看得如此鄭重；那裡還會替國家賣命打游擊？

「總指揮，」何森山說：「劉先生是潘三爺的全權代表，我們不但談得很好，而且劉先生還要跟我們合作。」

「好極了！歡迎，歡迎。」

李明揚不善詞令，有這麼一個合作的好題目，盡有許多話好談；誰知劉德銘等他來發問，他卻默然以對。賓主正都感到尷尬時，聽差來報：「快要請乩仙了。」

於是，李明揚站起身來說：「少陪、少陪。我等請過乩仙就回來。」

劉德銘一時好奇，隨即問道：「總指揮請的乩仙，不知是哪一位尊神？」

「關聖帝君。」

「劉關張一家。」劉德銘說：「能不能容我參謁？」

「這，」李明揚陪笑說道：「請劉先生坐一坐，我先請示乩仙看。」

「是，是！當然要請關公的示。」

於是李明揚洗手入淨室，焚符請神；不久，形似丁字木架的乩筆，在沙盤中緩緩移動；錄事抄下來看，寫的是：「吳宮花草埋幽徑，魏國山河半夕陽。只我蜀中，又見王氣發皇，當浮一大白。」

「快！」李明揚說：「拿酒。」

於是乩壇執事，倒了一大杯酒上供；乩筆又判了：「午過襄陽，訪丞相於隆中，縱談列國大勢，頗多新解；諸弟子若有所感，吾爲汝等破之。」

「弟子請示，」李明揚跪在蒲團上問道：「有個從上海來的客，姓劉，想來參謁，不知道有沒有妨礙，請帝君示下。」

「漢家之後，何妨之有？」

這是准劉德銘進壇。於是有個獐頭鼠目的中年人，走到錄事身旁說道：「小吳，我來。你去帶劉先生。」

那小吳冷冷望了他一眼，丟下筆起身便走；何森山站在門口，一見他便問：「乩筆怎麼說？」

「那位就是劉先生？」小吳不答他的話，只指著劉德銘問。

「是啊。」

「劉先生，」小吳說道：「關公說你是『漢家之後』，請進去吧，別辜負了關公的期勉。」劉德銘一楞，看這小吳，年紀不過二十三、四，何以如此老氣橫秋，初見面的生客，竟開了教訓，豈非怪事？

因爲有些生氣，就不理他；何森山上來扯了他一把，低聲說道：「我陪你進去。關公很威嚴；你如果有話問，措詞要檢點。」

「我知道。」

進了乩壇行了禮，抬頭一看，有個乩手是熟人——南京夫子廟擺測字攤的「小純陽」；不知道他怎麼會在這裡當乩手？不過此時當然不便招呼；而且看「小純陽」面無表情，渾如陌路，也警覺到不宜招呼。

這時李明揚開口了，「劉先生，」他說：「剛才關聖帝君又吩咐下來，准劉先生問三個問題，問完了，請劉先生在外面休息。」

「是了。」劉德銘想了一下，莊容垂手，朝上問道：「弟子想出去活動活動，不知哪個方向相宜？」

乩筆飛動；獐頭鼠目的錄事看著寫道：「宜南宜北宜東西；執定初衷總不迷。」

劉德銘想了想又說：「弟子是從內地到上海來的；帝君的意思似乎是，弟子還是留在上海爲妙？」

這一次判的是兩句唐詩：『忽聞海上有仙山；山在虛無縹緲間。』」

「那就是說，上海亦好比海市蜃樓，是靠不住的？」

「然也！」

「那末，那裡比較靠得住呢？」

乩筆不動，亦就是不答；劉德銘這才想起自己問了三句話，便算作三個問題。關壯穆令出如山；自己知趣吧。

等他一退了出去，李明揚立即跪在蒲團上祝告：「帝君跟諸葛丞相談了當前大勢，成敗之數，一定洞若觀火；能不能明示弟子？」

「成敗之數，早已前知；無奈天機不可洩漏，無從爲汝等告也。」

「那末，弟子今後立身處世，應該如何趨吉避兇，請帝君指點迷津。」

「也罷！且賦詩相示。」乩筆忽停，久久不動，似乎關壯穆正在構思；及至一動，運筆如飛，那個獐頭鼠目的漢子，筆下倒也不弱，居然能跟得上，須臾錄罷，親自捧了去給李明揚看。

「是兩首七絕。」

李明揚接到手裡，看寫的是：

白日西馳瞬復東，將軍草上枉英雄。漢家左袒千秋業，大地橫飛草上風。

折盡南枝向北枝，一江春水再來時。難封李廣揚名處，馬耳東風說與知。

一面看，一面默念；念到「難封李廣揚名處」，由於有「李明揚」三個字的聲音在內；他的別號又叫「師廣」，自然而然想到，這是說到自己身上來了。

「這最後兩句，怎麼講？」

獐頭鼠目的漢子，將那兩句詩吟哦了數遍，開口答道：「好像是說，李廣不侯，總有個緣故；要請教一個人才知道。」

「這個人是什麼人呢？」

「一時還不知道。要從『馬耳東風』四個字中去參詳。」

「『馬耳東風』『馬耳東風』。」李明揚喃喃地念著；突然之間停住，面露微笑，「我知道了。」

＊　＊　＊

接受了李明揚的歡宴，又由何森山陪著去逛「暗門子」。有個私娼叫大金子，長得跟慧君很像；劉德銘一時動興，帶了回旅館，正當寬衣解帶時，有人來叩門；想不到的一個不速之客：小純陽。

「原來是你！」劉德銘開大了門，「請進，請進！」

身上只剩下猩紅肚兜的大金子，趕緊躲入帳子；小純陽便說：「我不進來了。」

「怕什麼！在南京我們一房間唱『對台戲』都唱過；進來，進來！許久不見，好好談談。」

「我也想跟你好好談談。」小純陽歪一歪嘴：「法不傳六耳。」

原來是有不能爲第三者聽見的話說。劉德銘想了一下說：「你先進來。」

小純陽進門，劉德銘出門，到堂口找茶房，另外開了一個房間，作爲與小純陽密談之處。

「劉將軍，你是怎麼來的？」

「這，」劉德銘答說：「你不必問了。」

「你不告訴我，我也知道。」小純陽問：「你跟何森山的事談好了沒有？」

既然他知道，劉德銘亦就不必瞞他，「我等他做計劃。」他說：「事情大概可以成功。」

「成功了以後怎麼樣呢？」

劉德銘又需要考慮了。因爲小純陽在南京雖是嫖賭相偕，銀錢不分的朋友；但在這個極其複雜的政治環境中，他在沒有了解小純陽何以在此的緣故之前，自然不能隨便吐露眞言。

見此光景，小純陽換了個話題，「你看！」他問：「那個小吳怎麼樣？」

「這個傢伙，好沒有道理！」劉德銘又好氣，又好笑地將小吳「教訓」他的話講了一遍。

「我知道；他告訴我了。」小純陽說：「他人是不壞的。」

「這話我也承認。至少比那個錄乩的『癟三』要高明。」

小純陽深深點頭，臉上不是起先那樣一本正經，彷彿戒備甚嚴的神情了。

「小純陽，」劉德銘問道：「我倒問你，你怎麼會開碼頭開到這裡？」

「說來話長，在夫子廟闖了個禍，站不住腳了；有個朋友知道我會扶乩，就說李明揚很好這一套，介紹我到這裡。你看！」

小純陽掏出一張名片，上面印的銜名是「國軍第四游擊隊總指揮部上校秘書白子丹」。劉德銘便問：「這是誰？」

「不才區區！」小純陽指著自己的鼻子說。

「咦！我記得你本姓呂，所以才叫『小純陽』，怎麼改了姓了呢？」

「既然是避禍開碼頭，自然要移名改姓。一時想不起改什麼名字好；我那個朋友說：呂純陽三戲白牡丹；你改掉中間一個字，不是現成的名字？我想想也不錯，就改了叫白了丹。」

劉德銘大笑；笑停了正色問道：「你到底要問我什麼話，請你老實說。」

「我不是有話要問你，是有話要告訴你。我想，你跟他們淌渾水，總有個道理在內；老朋友了，我不能不關心。」

「謝謝！」劉德銘答說：「你的話不錯，我淌渾水，自有道理在內。我老實告訴你吧，我也是想開碼頭，總要有個脫身之計。你懂了吧？」

「當然懂。」小純陽說：「不過，我勸你不必這麼做；做了，你是幫新四軍的忙！」

劉德銘一驚，「怎麼會呢？」他將信將疑地問：「莫非何森山跟新四軍有勾結？」

「何森山不在他們眼裡；他們要勾結的是十八子。」小純陽又說：「扶乩就是花樣，投其所好；讓他們迷住了。」

「扶乩有花樣，我也看得出來。錄乩的那『癟三』，一看就不是好東西。」

「對！」小純陽翹著拇指說：「我就佩服你眼光厲害。那個傢伙叫韓紹平，一肚子的鬼。小吳最看他不得，常常要跟他搗蛋。」

接著，他細談韓紹平在乩壇調虎離山的情形；劉德銘不必他解釋就明白了。

「說四川『王氣發揚』，明明是指政府遷到重慶，原來他是心向中央的。」

「是啊！韓紹平一看苗頭不對，所以拿他弄走，自己來。這種情形，平常也有；不過今天他玩的鬼花樣，毒辣得很。我今天來，第一、要拆穿他們的花樣；第二，我不能再幹了，你能不能幫我弄條出路？」

「第二點不成問題，上海現在眞正是遍地黃金，只要你肯去撿。」劉德銘拍拍胸脯，「小事一段，包在我身上：你現在把他們的花樣告訴我。」

花樣就是新四軍利用李明揚專信扶乩，「請碟仙」、圓光這一套，借神道「設教」。泰州在前清號稱「小揚州」，清客型的幫閒文人很多；新四軍收買了他們，他們裝神弄鬼，這天關公的兩首詩，就是預先安排好了的。

小純陽借了劉德銘的自來水筆，將那兩首詩錄了下來說：「你倒看看，裡面有點什麼『玄機』？」

劉德銘也是首先注意到了「難封李廣揚名處」這一句，便即問道：「『馬耳東風』指誰？」

「你想呢！」小純陽說：「是拆字格。」

這一點破就容易看出來了，「耳東陳」。他問：「陳，又是指什麼人呢？」

「陳毅。」

「喔，是他。他現在是新四軍第一支隊司令？」

「不錯。」

「這是說，李明揚如果要揚名，要聽陳毅的話。」劉德銘問道：「他這個名怎麼揚法呢？」

「攆走韓德勤，他來當主席，不就揚名了嗎？」

「好傢伙！」劉德銘吸口冷氣，「看起來自己人要打自己人了。」

「此所以我不能再幹，非走不可。」

「要走容易，我跟何森山說一聲，把你帶走。」劉德銘急於要知道謎底，「你把這兩首詩裡的花樣，揭開來我看看。」

「一說就明白。白日是太陽，鬼子的國旗——。」

眞的，一點明了，朝這條路子去想，不難索解。「白日西馳瞬復東」，是說日軍西向侵華，很快地會失敗東歸。「將軍草上」隱一「蔣」字，指蔣委員長；打敗日本，自然成了千古獨一的民族英雄。但照共產黨的想法，也是他們的做法，「漢家」的「千秋」大「業」，要讓他們「左」派，所以說是「枉英雄」。至於「大地橫飛草上風」，可想而知，大地之草扣一「毛」字，若是西風橫飛，則草皆東偃，明明指的毛澤東。

「照你這麼說，十八子遲早會把部隊拉到『馬耳東風』那面去。」劉德銘問：「是不是這樣？」

「那倒也不見得。不過，你現在做的這件事，絕不會是好事！」

劉德銘楞住了。左思右想，委決不下；便即問說：「這個機會，對我來說很重要。你倒替我參謀參謀，看看有沒有兩全之計？」

「不必談什麼『兩全』；只管自己好了。」

「對，我也只好管我自己了。」劉德銘說：「何森山是潘三省的朋友；我回去跟他說實話，這個朋友不值得交。我來這一趟，對他就算有了交代。」

「你跟潘三省是老朋友，我知道；交情到底怎麼樣？」小純陽問說：「他有沒有做過什麼對不起你的事？」

「你為什麼問這話？」

「因為你要脫身，就要做件對不起他的事。」

「那不行！我跟他賭過咒，決不做半吊子。」接著，他將潘三省如何保釋他的經過，約略說與小純陽得知。

「半吊子也有好幾種，一種是人家求你，你做了半吊子；一種是你求人家，結果過河拆橋，或者知恩不報，做了半吊子。前面一種當然不能做；後面一種，你不過名聲難聽而已。」

劉德銘點點頭笑道：「小純陽，想不到你還有這番道理講出來；前幾年倒小看你了。」

小純陽付之一笑；沉吟了一會問道：「如果你做了半吊子；潘三省『頂』得住，『頂』不住？」

這是說，劉德銘如果私底下溜掉，日本憲兵跟潘三省要人，會不會替他惹禍？

劉德銘想了想答說：「麻煩總是有的。」

「倘或只是麻煩，那就不管它了，讓潘三省去『頂』。你如果下得了這個決心，我們再商量辦法。」

「這話，我今天沒有法子答覆你，等我考慮考慮。」劉德銘問：「明天我們怎麼見面？」

「到該見面的時候，自會見面。」

劉德銘聽了，半眞半假地問一句：「你在搗什麼鬼？」

於是，小純陽將他的想法告訴了劉德銘，他決定向李明揚明說，他跟劉德銘是在南京的老友；在乩壇中相遇時，道規森嚴，不便招呼。這樣，不必他有所表示，李明揚就會在劉德銘來訪時，通知他來一敘舊誼。既然能公開交往了，以後有什麼事，隨時商量，一切好辦。

第二天，李明揚又邀劉德銘吃晚飯；將「白秘書」找了來作陪。兩人都是做作的好手，筵前乍驚還喜，殷殷敘舊；從這天起，他就成了代表李明揚與何森山招待劉德銘的專員。

何森山的計劃寫成了，帶到上海，如何說法，要有個使者往返聯絡——小純陽順理成章地取得了這個差使。

小純陽跟著劉德銘到了上海，一路長談，了解了他的情況；替他出了許多主意，有的不錯，有的卻不免有些「餿」味。但「餿主意」也有用；劉德銘覺得這就像胡適之所說的「嘗試」，至少可以證明此路不通，不必再去多花腦筋。

能夠走通的路子，比較起來還是過江招撫這一著。回頭來重提此事；小純陽說：「你來個假招撫好了。」

劉德銘捻著小鬍子沉思久久，突然跳了起來，「一字之師！」他笑容滿面地說：「我想通了；從這個假招撫的假字上想出來的。」

於是向潘三省覆命時，他改變了原意，不說何森山這個朋友不值得交；而且將他的原計劃也拿了給潘三省看，計劃是想招三千人，編成一個師，何森山當師長；劉德銘爲副。招撫的費用，估計需要十五萬銀元。

「十五萬倒不成問題。」潘三省說：「事情你看怎麼樣？何森山我也好幾年不來往了；此人很活動，不知道他做事靠得住，靠不住？」

「靠得住。」劉德銘說：「不過，逢人只說三分話，未可全拋一片心。我想，你先撥一批款子，我跟他在南京會齊，過江去看情形；接頭好了，眞有那麼多人，你再把款子全數匯過來。這樣比較穩當。」

「先撥多少呢？」

「撥個兩三萬。」

「先撥三萬好了。」潘三省做事很漂亮，「一切你去籌備。你說，要我做什麼事？」

這是劉德銘早就想好的，不慌不忙地數著手指說道：「第一、這件事不能讓丁默邨知道。日本人那裡倒不妨說一聲——。」

「當然要跟日本人說的；不然你『皇協軍』的番號從哪裡來？」

「對！不過，你話不要說得太切實；萬一不如理想，還有個退步。」

「我知道。第二呢？」

「第二，要替我弄張『良民證』。」

原來在淪陷區的中國人，都須取得一張「良民證」；無此身分證明，隨時都會出問題，更不必談行動自由。劉德銘被保釋後，因爲限制在上海居住，無需此證；現在要去南京，情形當然不同了。

「這有點麻煩。」潘三省沉吟了一下說：「好吧！沒有這東西，不能辦事；我跟日本憲兵去說。」

「第三，」劉德銘又說：「我想跟你要個人。」

「你要那個？」

「小毛。」

「他除了會開汽車，沒有啥用處。」

「管管錢，辦辦庶務總會吧。」劉德銘說：「我跟何森山說好的，將來參謀長他派；副官長我派，我想挑小毛。」

司機當副官長，說來有點滑稽；不過「英雄不論出身低」，亦未嘗不可。潘三省又想，在劉德銘身邊，有個人做自己的耳目，倒也不錯；當即答說：「你要挑他，我也高興。你自己跟他去說好了。」

這小毛姓楊，三十來歲，人很能幹；聽劉德銘說要請他當師部副官長，口頭稱謝，心裡卻以爲在「吃豆腐」，事後去見潘三省請示。

「是啊！劉將軍要挑你；跟我說過的。你願意不願意呢？」

證實了有其事，如何不願？他笑嘻嘻地答說：「潘先生知道的，我不是不識好歹的人。」

潘三省點點頭，從抽斗中取出嶄新的兩疊鈔票，「這兩千塊錢，我額外送你的；工錢你自己到帳房裡去算。」他說：「從明天起，你不要來了；改個名字，『皮子』弄挺括些，副官長要像個副官長的樣子！」

「曉得，曉得。」

「還有，」潘三省放低了聲音關照，「你知道的，劉將軍是我從七十六號保出來的；如果出什麼紕漏，我面子上不好看。這一點，你要替我當心。你懂不懂我的話？」

「懂。」

於是，楊小毛就此「榮任」副官長。劉德銘替他改了個很女性化的名字：楊雪瑤。

三萬銀圓已經撥到；劉德銘交給楊雪瑤保管。當然，另外租了房子作辦事處；小純陽也住在一起，劉德銘爲他介紹時，說是「白秘書。」

何森山那裡當然要穩住；這方面劉德銘很花了些心血，要提出問題，還要提出看法，讓「白秘書」去親自接頭。看上去非常認眞。要這樣，何森山才不會直接跟潘三省去聯絡——如果何、潘直接有所聯絡，劉德銘的什麼「參謀長他派，副官長我派」的假話現形，西洋鏡就全部拆穿了。

了。

此外還有件事要辦，就是秘密跟妻子做了假離婚的手續；留下一筆安家費，就可以準備動身

艾麗絲是位小姐，剪短了的灰色的頭髮，燙出柔和的波浪形；皮膚很白，鼻子也不高，架一副金絲眼鏡，文靜而誠懇，一見就予人以可信賴的感覺。劉德銘決定率直地提出要求。

她的父母一結了婚，就從美國的東部，到了中國的北部，先在保定，一面行醫、一面傳教。戊戌政變的那一年，由保定轉到太原；第三年發生義和團之亂，山西巡撫毓賢下令屠殺「洋鬼子」與「二毛子」。艾麗絲的父母雙雙不免；八歲的艾麗絲卻爲一位老太太冒死相救。因此，她的父母雖在中國被殺；她卻仍對中國保有一份誠摯的感情。

辛丑議和之後，艾麗絲從太原被接到北京；由她的一個在王府井大街開洋行的叔叔撫養，到得十七歲回美國念大學。畢業典禮的第三天，復又買舟東來；又想嫁美國人、又想嫁中國人，舉棋不定，蹉跎了佳期。望五之年，猶似三十許人；仍具有迷人的風姿。

「劉先生，」她說得一口帶山西音的京腔，「你是莊秘書的好朋友，有他的介紹信，我一定盡力幫你的忙。」

「謝謝你，艾麗絲小姐。」劉德銘問道：「信裡面，對我的身分，有沒有說明？」

「劉先生，請你自己看好了。」

是英文信；重慶美國大使館秘書莊萊德寫的。劉德銘不識英文，卻不便明告；只好試探了。

「似乎說得不大清楚？」

「在我看，已經很清楚了。說劉先生是國民政府的情報人員。」艾麗絲扶一扶眼鏡腳，又問一句：「劉先生是嗎？」

「是的。」劉德銘將信交了回去。

「那末，是不是有信要我轉給莊秘書？明天就有一個外交郵袋送到重慶。」

「不是送信。」劉德銘指著自己的鼻子說：「送我這個人。」

「喔，」艾麗絲問說：「到哪裡？」

「香港。」

「你自己不能買船票？」

「如果自己能買，就不必麻煩艾麗絲小姐了。不但不能買船票，而且在船上不能露面；不但不能在船上露面，就是上船，也要秘密。」

「我明白了。不過，劉先生，我這會沒有法子答應你；我得跟我們的海軍副武官商量。」

「是的。」劉德銘問：「我什麼時候來聽消息？」

「這也沒有辦法答覆你。請你告訴我，你常去哪些地方。」

這話很難回答；因爲他自己都還不知道常去那些地方。思索了一會，說了兩個地方，一個是百樂門舞廳；一個是秋園。

「都在滬西！」艾麗絲說：「我會想法子跟你聯絡。」

「好！重重拜託。如果安排我上船，希望能夠給我比較充裕的時間。」

「你希望多少日子？」

「半個月左右。」

「好的！劉先生你放心好了。我想不會有問題。」

從這天起，劉德銘就常到百樂門跟秋園。如果是在百樂門跳茶舞，就到秋園去吃晚飯；白天在秋園，不管多晚，只要百樂門尚未打烊，就一定要去報個到。

當然開納路還是常要去的，有天潘三省問他：「德銘，聽說你最近舞興大發。」

他又補了一句：「我記得你以前不大喜歡跳舞的。」

「我的興趣常常在變的。」劉德銘很機警地說：「老潘，聖誕節快到了，你來辦它一場舞會好不好？」

「好啊！我叫張善琨多喊幾個明星來。不過，好的樂隊弄不到，就沒意思了。」

「不要緊，有個菲律賓的『洋琴鬼』勞倫斯，我在夫子廟就熟的；剛到上海，合同還沒有敲定。我叫他去拉幾個好手來，臨時『敲』一場。」

「好吧！你有興致你去搞。要弄得像樣。」

就這樣兜攬了一件閒事，不過是有作用的；劉德銘知道，他的行蹤有楊雪瑤在那裡打「小報告」，潘三省可能已經動疑了。如今正好調虎離山，派楊雪瑤去辦舞會，差東遣西，一方面使他無法注意自己的行蹤；另一方面也讓他弄點小小的好處，塞塞他的嘴。

誰知一說其事，楊雪瑤面有難色：「潘先生說過，教我少到開納路。」他說：「我去了，潘

先生會不高興。」

「教你少去，不是不去。沒有關系，我跟潘先生說一聲就是了。」劉德銘說：「我們一起走，我去找洋琴鬼；你到霞飛路酒吧間去訂酒，訂小點心。價錢隨他開，東西要好。」

「價錢隨他開」五字，一鑽入耳中，楊雪瑤的神色立刻不同了，「有多少人？」他問。

「起碼上百。」

「那，小點心訂八十份就夠了。酒用多少，算多少；實報實銷。」楊雪瑤又說：「好酒自備，不必用他們的；省得敲竹槓。」

「對！你去辦好了！」劉德銘又多了一句：「潘先生交代，不必怕花錢，東西要好。」

在呂班路的一家公寓中，劉德銘找到了勞倫斯。這是他們第二次見面；劉德銘的英語跟勞倫斯的上海話，都是「洋涇濱」，兩下一湊，居然毫無隔閡。

第一次匆匆見面，這一次才能深談。勞倫斯是帶得有西班牙血統的菲律賓人，在「洋琴鬼」中算美男子；他擅長「薩克斯風」，所以一回到上海，夜總會、大舞廳的樂隊，爭相羅致。但他志不在此，想自己辦一個「勞倫斯大樂隊」。錢不成問題，仙樂斯，大滬兩舞廳，各有一名私蓄極豐的紅牌舞女，願意無條件幫他的忙；成問題的是人，聖誕、元旦，接著是陰曆年，正是一年生意最好的時候，想到樂隊中去挖好手，難如登天。

「再難你也要想辦法！好在只有聖誕節一天。臨時幫忙，你每個樂隊找一個，就湊成功了。當然；一定要第一流的。」劉德銘又說：「勞倫斯，你兩年多沒有到上海，恐怕行情都不大明白了，現在的潘三省，不是從前坐汽車跑頭寸的辰光了；你曉得現在誰跟他住在一起？」

「誰？」

「黑貓的王吉。」劉德銘說：「你在黑貓敲過，總認識吧？」

「很熟，很熟。」勞倫斯訝然問道：「他不是跟了王曉籟了嗎？」

「不錯！從前是王王吉；現在是潘王吉。你這一趟幫忙幫得潘先生有面子；我再跟王吉替你說說話，你這個『勞倫斯大樂隊』，一炮就會紅！」

勞倫斯聽了自然動心，盤算了好一會說：「小提琴、大提琴、小喇叭、手鼓、大鼓、加上我自己只有六個；還少一個鋼琴手，總可以找得到。不過，劉先生，有一種情況，我要跟你先說明白；我找的人之中，有三個是德國人。潘先生能不能保障他們的安全？」

原來歐戰爆發以後，希特勒被同聲譴責爲侵略者，以致德國人亦被仇視；除了東歐以外，英、法兩國亦已正式對德宣戰。在上海的德國僑民，頗爲孤立；在公共場所，常常會受欺侮，所以勞倫斯需要保證。

「沒問題！」劉德銘說：「那天如果有外賓，亦無非日本人。日本跟德國在一條陣線上；不必潘先生保證，亦不要緊。」

說定了這件事，劉德銘對辦舞會就幾乎可以不必管了，因爲外有楊雪瑤；內有內行的女主人——出身黑貓舞廳的王吉。他插手反變得多事了。

因此，他仍舊每天秋園、百樂門兩頭跑。這天在秋園賭到夜裡，預備轉到百樂門；拿籌碼去兌現時，窗內遞出一疊鈔票；同時遞過來一句話：「劉先生，鈔票請你回家再點。」

劉德銘抬頭一看，窗內那人，眼觀鼻、鼻觀心地裝得像根本沒有說過這句話一樣。劉德銘會意了，當著他的面，將一疊鈔票很愼重地藏入西服夾袋；表示是照他的意思在做。

當然，他不必也不肯回家再檢點，進入洗手間，坐在抽水馬桶上，取出那疊鈔票，找到一張小小的紙片，使他怏怏的是，紙上打著兩行英文，不知道說些什麼？

細看之下，猜出了一個大概，因爲上面寫的年、月、日、時除了月份以外，都用阿拉伯字；可以確信是一九四十年某月二日下午三時。有這一點不完整的了解，已使得他大爲興奮；定定神想起，身上帶著袖珍日記本，上有中英文對照的日期，取出來一查，知道夾雜在日期中的那個英文字「Jan」是正月。他想，對方是告訴他，在一九四十年正月二日下午三時，他需要採取某一個行動。

是什麼行動呢？他從他認識的「Club」這個英文詞上，猜想是要他在指定的時間，到達某一俱樂部。

小純陽不知道懂英文不懂？他這樣轉著念頭，毫不遲疑地直奔「搖攤」的那個台子，果然找到了小純陽；拉一拉他的衣服。

小純陽回頭一看，悄悄問道：「有事？」

「你下注了沒有？」

「下了。」

「我等你。開了這一寶再走。」

開出來是「二」，小純陽朝地上吐了口唾沫，一面走、一面罵：『放鴿子』撇『白虎』，偏偏開『白虎』。晦氣！」

「你不要賭了。」劉德銘說：「你是想做生意，還是謀個差使，應該趕快作一個決定。不然，我就沒有辦法幫你的忙了。」

「怎麼？你快要走了嗎？」

「我看。差不多了，回去吧。」

坐上賭場所派的汽車，小純陽要有話說，劉德銘推一推他的身子，示意噤聲。到得辦事處，只有一個工友，劉德銘派他去買兩瓶瀘州大曲。這種酒只有先施公司後面一家川東商店有得賣，辦事處是在小沙渡路，此去雖不遠也不近，來去總得一個小時，他們盡有工夫來研究那張英文字條了。

「你懂不懂英文？」

「懂一點。」小純陽問：「怎麼回事？」

「你看！」

小純陽看了看答說：「只有兩句話：一九四十年，今年一九三九；就是陽曆明年正月二號下午三點，叫你到一家『鄉下總會』，自有人跟你聯絡。」

「鄉下總會？」劉德銘大爲困惑，「從沒有聽說過這個地方。」

「不錯！Country Club」

劉德銘想了一下，很傷腦筋地說：「這還不好隨便問人。」

「怎麼呢？」

劉德銘有美國領事館這條路，是連小純陽都瞞著的；不過出走之事，他完全清楚，所以告訴他說：「有人替我安排離開上海；這張條子就是告訴我那天到那裡去報到。」

「爲什麼用英文呢？是不是外國人。」

「是的。」劉德銘說：「今天十二月二十，到下個月二號，只有十三天的工夫，你怎麼樣，決定了主意，我好替你去辦。」

「我不想升官，也不想發財，只想吃吃喝喝，過兩天寫意日子。所謂『苟全性命於亂世』，於願足矣。」

「你這傢伙！」劉德銘笑著說：「苟全性命於亂世，還要吃吃喝喝，過兩天寫意日子。」說到這裡，他突然想到，脫口而道：「遠在天邊，近在眼前。秋園是老潘的大股東，我跟他說一聲，你到秋園去掛個名，你看好不好？」

「怎麼不好？好極！」

「那就走。我正要到開納路去，當面替你介紹。」

到得開納路十號，大廳上已用燈飾彩紙，佈置得花團錦簇；潘王吉正指揮聽差在裝飾一棵高可二丈的聖誕樹，劉德銘笑嘻嘻地喊一聲：「吉姊！」

潘王吉轉過身來，小純陽陡覺眼前一亮，潘王吉艷光四射，穿一件窄袖黑絲絨旗袍；領口鈕下，佩一枚大小幾十粒鑽石鑲成的胸花，映著閃爍不定的五色燈光，眞有霞光萬道，瑞氣千條之概。小純陽爲之目眩神迷。

「德銘，儂倒好！啥格人面啊勿見哉？」潘王吉說的是蘇州口音的上海話，格外軟糯動聽；她含笑又問：「格位是？」

劉德銘先爲小純陽引見：「這是潘太太。」

「潘太太！」小純陽很恭敬地喊一聲，鞠了一個十五度的躬。

「貴姓。」

「敝姓呂；雙口呂。」

「他是正正式式呂洞賓的子孫。」劉德銘以一本正經的神態開玩笑，「『小糊塗』的師叔。」這一說，潘王吉大感興趣，「格是有大來頭格啘。」她問：「呂先生勒啥場化設硯？」

小純陽聽她居然能道：「設硯」二字；知道她肚子裡有點墨水，不敢掉以輕心，老實答道：「我本來在蘇北，這一次是跟德銘兄一起來的。」

一聽這話，潘王吉便轉過臉去說：「德銘，格末我要派儂格勿是哉，儂那哼早勿帶呂先生來白相？」

「今天也不晚。」劉德銘說：「老呂測字是本行；看相也是鐵口。你要不要請他看一看？」

這正是投其所好。原來潘王吉是五百年一見的尤物；可惜有個缺陷，臉的下半部滾圓一團。

相法上男論天庭，女論地角；潘王吉的地角竟不知在何處？這一點她自己也知道，卻總以爲並無妨礙；因而一直喜歡看相，目的就是不斷地求證，想證明她的想法不錯。

於是潘王吉將小純陽延入她專用的小客廳；裡面有一桌麻將在打；劉德銘走過去跟四個珠光寶氣的女客周旋了一陣，再走回來時，小純陽已穩坐皮沙發，在替潘王吉看相了。

他自然有他的一套「江湖訣」；對於潘王吉的身世，本亦約略有所知，這天見面，聽她的談吐，便知並非庸脂俗粉，一味趨奉，並不足以見重。所以他一開口便說「可惜」；說她地角部位如能與天庭相配，便是大貴之相。

劉德銘在一旁幫腔，故意問說：「怎麼個貴法？」

「母儀天下。」小純陽將這四個字，說得斬釘截鐵一般。

潘王吉又驚又喜，那雙眼睛越發亮得能鈎魂攝魄；「耐阿是說，有皇帝格辰光，我要做——？」她故意不問完全。

「做皇后。」小純陽緊接著說：「就以現在來說，起碼也是一位部長夫人。」

「這倒是實話。」劉德銘復又幫腔，「老潘要做部長，還不容易？」

「我倒啊覅想做啥個部長夫人。」潘王吉又問：「呂先生，請儂看看，我格兩年阿有啥風險？」

「有風險亦不過破財。潘太太天生走幫夫運的相。三十年之內，聲名俱泰；三十年之後，可以享兒子的福了。」

說到她最關心的一件事，潘王吉急急地又問：「呂先生，儂看我有幾個兒子？」

「這要看八字。照相上看，大概兩個。」

「兩個？」失望的聲音，顯然嫌少。

「兒子好，」劉德銘插嘴，「一個就夠了。」

潘王吉點點頭，不以爲憾了。就這時候，牌桌上有人在喊：「劉將軍，請你來替我打兩牌！」

劉德銘替下來的那婦人；潘王吉爲小純陽介紹，稱她「吳太太」，她也是想看看相。小純陽對她一無所知；看她二十五六歲，容貌自然不及女主人，但至少也是中人之姿，顴骨稍高，一雙吊梢眼，就相論相，自然是剛強能幹一路的女人。又看她脂粉不施，卻戴一綠豆般大的鑽戒；心中一動，莫非是個「白相人嫂嫂」？

「呂先生，」吳太太說道：「君子問禍不問福，請你直言談相。」

開出口來，毫無婆婆媽媽的味道；小純陽越發覺得自己的猜測不錯。因此，他的膽也大了，說她跟潘王吉的相不同，是自己可以做一番事業的巾幗英雄；做事有決斷，「落門落檻」，贏得大家心服，不過要愼防捲入感情糾紛。

小純陽一面說，一面注意她跟潘王吉的表情，兩人不時交換眼色，盡皆自許。

小純陽知道自己的這幾句話，說得非常中肯。他很見機，得好便收，不肯多說；吳太太再問時，他說要細看八字才知道。

「吉姊，」吳太太用上海話問道：「那哼謝謝呂先生。」

「不必，不必！」小純陽急忙搖手。

「看相算命，沒有白送的。」吳太太說：「不然說好不算，說壞靈得很。」

「蠻準，」潘王吉又對吳太太說：「那哼謝法，等息我搭德銘來商量。儂打儂個牌去。」

吳去劉來；潘王吉將他引到一邊悄悄說知其事；劉德銘便將小純陽想進秋園的話告訴了她。

「格是小事體，我啊好作主格。」潘王吉又說：「呂先生看個相邪氣準；別人家要謝伊，伊落得好好教摸兩鈿，勿必客氣。德銘儂看送伊幾化？」

「隨便。你們拿得出，他當然收得進。」

潘王吉點點頭，走到牌桌邊，在吳太太面前取了個粉紅色的籌碼，又叫一個小姐：「阿香，拿五千洋鈿來。」

等取了簇新的五千元鈔票來，潘王吉連那枚籌碼一起交了給劉德銘，自然有一番話交代。

「看相算命，勿作興揩油格。喏，格是我格；格是吳太太格。德銘，儂搭呂先生出去調一調。」

「好！」劉德銘看了小純陽一眼。

「卻之不恭，受之有愧。」小純陽頷首爲禮：「謝謝。」

「應該、應該。」潘王吉又說：「三省搭盛老三一淘，去看日本來格一個啥個大將去哉；儂陪呂先生白相相，吃仔夜飯去。」

「曉得、曉得。用不著你費心。」

兩個告辭而出，小純陽埋怨劉德銘說：「你開玩笑，也要有個分寸；怎麼說我是「小糊塗」的師叔？「小糊塗」得罪的人不少，這幾天有人在找他的麻煩，疏遠還來不及，無緣無故套什麼關係？」

「怎麼？」劉德銘問：「『小糊塗』闖了什麼禍？」

「我們這一行，還不是禍從口出。」

原來「小糊塗」是上海測字的名家，一字入目，脫口分解；要言不煩，兩三句話，往往奇驗，因而門庭如市。測字要預先掛號。不久以前，有個維新政府的中級官員去問休咎；拈的是個「炭」字。「小糊塗」不暇思索地道了八個字：「冰『山』一倒，一敗如『灰』。」那人神色沮喪而去；急流勇退，另謀出路。但他的那座靠山，被人到處傳說，是座「冰山」；大大地妨礙了此人的「前程」，追源論始，老羞成怒，預備不利於「小糊塗」。

「這也沒有什麼！『小糊塗』如果出事，正好你『小純陽』出頭。閒話少說，這個籌碼，也是五千；你是兌現呢；還是到裡面去玩玩？」

小純陽夢想不到，看了兩個相，就有上萬的進帳！劉德銘說，上海遍地黃金，只要會得撿，這話不假，他決定再去多撿些，便即答說：「我去賭攤。」

「不要撇『白虎』了！」劉德銘又開玩笑：「今天你『白虎星君』照命。」

「啊！」小純陽突然想起，「那吳太太是誰？」

「吳四寶的老婆。」

「原來是她！怪不得。」小純陽問：「你呢？要不要陪我玩玩？」

「不！我要去看勞倫斯。」

*　　*　　*

「勞倫斯，」劉德銘問道：「我問你個地方，『鄉下總會』在哪裡？」

勞倫斯楞住了；然後搖搖頭，用英語答了句：「I don't know。」

劉德銘明白了，「鄉下總會」這是中文名詞；如果他知道，自己當然也知道。得告訴他英文，原名才是。

於是他用生硬而且結結巴巴的英語說道：「Country Club。」

「Oh，Country Club。」勞倫斯用中國話回答：「你們中國人叫它『花旗總會』。」

「原來就是花旗總會！」劉德銘眞是又驚又喜了。

「你問它做什麼？」

「有人要我到那裡去玩。我隨便問問。」劉德銘顧而言他，「你的樂隊怎麼樣了？」

「很順利！」勞倫斯說，「潘先生人很好。謝謝你，替我介紹。」

## 3 殊途同歸

美國外交官協助中國情報人員脫出重重樊籠的傳奇性經過。

前一天晚上，裝了一肚子的本幫館子的「糟缽頭」、「禿肺」；圍爐話別時，來了兩支海寧洋行的「紫雪糕」，五臟廟就此作怪，一夜起來了十幾遍，不但劉德銘本人萎頓不堪，連楊雪瑤亦因睡不安穩，精神大打折扣。

「副司令，」他說：「你這樣拉肚子，路上怎麼辦？我看過兩天走吧？」

「那怎麼行？好不容易從日本人那裡弄來一個『頭等包房』；今天不走，以後再要就麻煩了。」

「那末，先請個醫生來看看？」

「怕時間來不及。」劉德銘說：「你跟白秘書先押了東西上車；我到醫生那裡去打一針，配幾包藥，隨後就來。」說完，急急又奔往洗手間。

這時小純陽已經遛過鳥，提著他的兩籠畫眉回來了；聽楊雪瑤說知經過，隨即打電話給搬場

公司，派車來運行李。電話中特別聲明，要來四個小工，因爲有兩只樟木箱中，裝了一萬「袁大頭」，重有四五百斤，非四個人抬不動。

車到北站，先找副站長；再找站長山本。由於日本憲兵隊事先有公事；潘三省又派人跟山本打了招呼，所以特別優待，開了柵門，准卡車直接駛入月台，將兩只樟木箱，抬入唯一的一節頭等包房，其餘行李，照一般的規矩交運。

安排已妥，小純陽與楊雪瑤在包房中休息等候；到得開車前二十分鐘，劉德銘趕到了。這天不太冷，而他頭戴「三塊瓦」的貂皮帽；身披水獺領的狐皮大氅，右手「司的克」，左手大皮包，滿頭大汗地進了包房，一面卸大氅，一面問說：「洗手間的門開了沒有？」

「門是開了；不過『黑帽子』關照，車不開，洗手間不能用。」

「去他娘的！」劉德銘撈起薄絲棉袍的下擺，直奔洗手間。

「老楊，」送行的小純陽問：「你還有什麼事，要交給我辦的？」

「現在沒有。」楊雪瑤說：「等我想起來，再寫信告訴你。」

「寫信寄到秋園來。」

「我知道。」

「我在秋園也是暫時的局面。老楊，你們過了江，看情形怎麼樣，千萬給我詳詳細細來封信。」小純陽說：「劉副司令待人眞厚道，我還是想跟他。」

「原就該一道走的嘛！」楊雪瑤說：「你的秘書長，我的副官長，左輔右弼，幫劉副司令好好打出一個天下來。」

小純陽未及答言，聽得洗手間門響；劉德銘瀟瀟灑灑地走了出來，「『入門三步急；出送一身輕。』」他說：「子丹，車快要開了，你請回去吧。以後聯絡不便，我恐怕沒有工夫寫信；不過，你放心好了，事情辦妥當了，我自會通知你，請你來歸隊。」

「好。」小純陽問：「倘或有人問起，說劉先生到哪裡去了？我應該怎麼說？」

「日本人關照過，我們過江去辦事，要保守秘密。有人問起，你就說要問潘先生。」

交代到此，站上打鐘催送行的客人下車；等小純陽一踏上月台，列車隨即蠕蠕而動，劉德銘卻又探首窗外，向小純陽招一招手。

「到了南京，」他大聲說道：「晚上我打長途電話給你。」

* * *

出站未幾，劉德銘又要上洗手間了；從北站到昆山，瀉肚瀉了八次，楊雪瑤自不免關切，「副師長，」他說：「這樣子拉下去，你人很吃虧！」

「拉光了就沒事！」劉德銘不好意思地笑一笑，「也怪我嘴饞；從醫生那裡出來，看見有個烘山芋的攤子，香得很，我買了一個在汽車裡吃。現在在肚子裡作怪了。」

「藥呢？」楊雪瑤說：「我看不如服一包。」

「也好，在皮包裡面；勞駕！」

他是故意讓楊雪瑤替他取藥；皮包鑰匙就掛在把手上，一打開來，楊雪瑤的眼睛發直，成捆的美鈔好幾捆；未開封的中國銀行鈔票十來疊，將皮包塞得滿滿地，不知藥在何處？

「在夾層裡面。」劉德銘說。

在夾層中取了一包藥；楊雪瑤從自攜的熱水瓶中倒了開水，一起送到劉德銘手上，看他手掌紅潤，不像瀉肚的人，皮膚常少血色。

「我要睡一下。」劉德銘說：「你別走開。」

「是。我不會。」

於是劉德銘閉目養神，但沒有多少時候，突然一骨碌起身，直奔洗手間；這一次在裡面逗留的時間不長，出來說道：「差不多了！肚子裡快要拉光了。不過，餓得很。」

「算了，算了！副師長，你就熬一熬吧。」

「也只好熬一熬。」劉德銘問道：「雪瑤，你去過南京沒有？」

「沒有。」

「到了南京，我帶你去逛夫子廟；那裡各式各樣的小吃，比上海城隍廟多得多。」

楊雪瑤對小吃不感興趣：「副師長，」他問：「夫子廟的女校書是怎麼回事？」

「怎麼？」劉德銘笑道：「你想去玩玩？」

「我是打聽打聽。」

「你也不必打聽；到了南京跟著我走好了！包你落胃。」

接下來，劉德銘便談夫子廟「群芳會唱」捧女校書的規矩，如何點戲、如何「叫條子」、如何登堂入室。這一談，不知不覺到了蘇州。

車在蘇州車站有十幾分鐘的停留；因爲要等西來的列車「交車」。劉德銘穿上絲棉袍，口中說道：「我下去走走。」

楊雪瑤跟著他下車，在月台上散步；來回走了一趟，劉德銘突然問道：「有草紙沒有？」

「怎麼又要拉了？」

「肚子又痛了。」他手捂著腹部說：「快！」

楊雪瑤跑步上車，等取了草紙來，劉德銘已有迫不及待的模樣，接過草紙便走；楊雪瑤不自覺地也跟了過去。突然之間，劉德銘像是忽然想起了什麼，很快地站住腳，回身一看，面有慍色地向列車呶一呶嘴；意思是：包房中沒有人，失竊了怎麼辦？

楊雪瑤也省悟了，隨即回身上車。劉德銘進了廁所，撒了泡尿，繫好褲腰帶，籠著手跟打掃的工人閒談。

「你們這裡的站長，叫什麼名字。」

「不曉得；只曉得他姓趙。」

「怎麼？」劉德銘詫異，「站長是中國人？」

「是啊。」

「中國人做站長倒不多；這趙站長一定很能幹？」

「他做站長，不是因爲他能幹；是他妹子裙帶上來的。妹子軋個姘頭是東洋人；蠻有勢力的。」

接著，那工人便說趙站長妹妹的艷史；劉德銘一隻耳朵聽他的，另一隻耳朵在聽鐵路上的動靜。不久西面來的列車進站；在嘈雜的人聲中，一聲汽笛，接著便聽出上海來的列車開動了。

「再會，再會！」劉德銘向那名工人打過招呼，溜出廁所；第一件事是仔細觀察，有沒有楊雪瑤的影子。

沒有！劉德銘料中了，財帛動人心。一皮包鈔票，兩箱子現大洋，還有一箱子新做的棉夾衣服，外加一件皮大氅，楊雪瑤豈有不動心之理？劉德銘料定他到了南京，就會帶了東西，遠走高飛；連潘三省都不會再理睬了。

及至旅客出站的出站，上車的上車；月台上已相當清靜時，劉德銘方始從從容容地上了由南京去上海的火車，躲在廁所對面的洗手間。

車到崑山，列車長來查票；劉德銘是早有準備的，「對不起！我的車票掉了。」他將一捲鈔票塞了過去，「我是蘇州趙站長的朋友；麻煩你補張票。」

既有交情，又有賄賂，還有禮貌；自然順順利利地補到一張票。

話雖如此，他仍舊不能不小心；未到上海北站，在眞茹就下了火車。站前有好幾輛「野雞小包車」；劉德銘坐上一輛，直放上海，到了大西路「花旗總會」。

* * *

被誤稱爲「花旗總會」的「鄉下總會」，是上海外僑所組織的一個俱樂部；外籍的金融鉅子、洋行大班、名醫、名律師以及各國領事館的外交官，工部局的要員，大都是這個俱樂部的會員，但以美國人爲最多，因而被人稱作「花旗總會」。

由於英、美兩國，與日本已成敵對之勢，這個俱樂部就不能不起戒心；深怕日本人或者七十六號滲透進來，所以對於雇用華籍的員工，採取了非常嚴格的甄別制度。即令如此，有一次還是被臨時雇用，來打掃花園的短工，偷走了一本會員名冊。因此，俱樂部的管理委員會決定此後不再雇用臨時工人。但「鄉下總會」的範圍甚大，一個星期打掃一次，沒有人幫忙怎麼行？

「我有辦法。」美國總統輪船公司，上海分公司的經理說：「每次船到，華籍水手很多；讓他們來加班就是了。」

總統號的輪船，班次很多；這趟到的是胡佛總統號；船上派來三十名水手，一律著制服，有人率領，整隊到了鄉下總會。正在鋤草擦玻璃窗時，劉德銘的汽車到了。

車錢是在車上就付了的；等打開車門，劉德銘直衝進門，長長地透了口氣，一直懸著的一顆心到這時才放得下來。

「請問，」司閽攔住他問：「貴姓？」

「我姓劉。」

「劉先生，請你拿卡給我看一看。」

「我不是會員。」劉德銘說：「美國總領事館的艾麗絲小姐，約我在這裡見面。」

「喔，原來就是你這位劉先生。請跟我來。」

司閽將他帶到辦公室，有個長得很英俊的青年來接待；一語不發，先通了電話，跟艾麗絲聯絡過了，方來跟劉德銘交談。

「我叫李大衛。」他說：「艾麗絲小姐要一個鐘頭才能來；她一來，劉先生就可以走了。」

「走？」劉德銘大驚，「要我走到哪裡去？」

李大衛亦有困惑的神氣，「劉先生，不是說要離開上海嗎？」他問。

「對不起，」劉德銘不好意思地笑道：「是我誤會了！我只當要我離開這裡。」

「不是！我的意思是：艾麗絲一到，劉先生就可以上船。」

「喔，」劉德銘想不問，卻忍不住，「上那條船，怎麼去法？」

「我也不十分清楚。一切都等艾麗絲來了再說。」就這時，李大衛聽得劉德銘腹中作聲，隨即問道：「劉先生是不是餓了？」

「是！我從上海餓到蘇州，蘇州餓到上海。這會兒，有點頭昏眼花。」

李大衛不知他何以說得這麼可憐？只老實答道：「此刻午餐已過，晚餐時間未到，我陪劉先生到酒吧去看看，或許有點心。」酒吧中只有下酒的杏仁與洋山芋片，都是無法充饑的東西；虧得酒保很熱心，到廚房裡跟大司務商量，弄來一大盤現成的沙拉，四只烤玉米；又替他調了一杯雞尾酒。不上片刻工夫，已經酒乾盤空了。

就這時候，門口倩影飄然，艾麗絲挾了一個黃色厚紙大封袋，盈盈含笑地走了過來。劉德銘起身只招呼了一聲，等她開口。

「劉先生，你本事很大，我以爲你不會來了。」

「爲什麼？」

「你今天一早，不是上了去南京的火車？」

「咦！」劉德銘詫異，「我倒沒有想到，你們會在注意我的行動。」

「我們不注意你的行動，怎麼幫得上你的忙？」

「不錯，不錯！」劉德銘用手指敲敲額頭，「我太累了，腦筋沒有轉過來。」

「劉先生！」艾麗絲問：「請你告訴我，你是怎麼來的？」

「我上了火車──。」劉德銘從上火車談起，一直談到眞茹下車；講到蘇州車站躲入廁所那一段，艾麗絲大笑不止。

「劉先生，讓我再說一句，我很佩服你；怪不得莊先生對你格外欣賞。」艾麗絲又問：「聽說，你幫過莊先生很大的一個忙？」

「是的。」

「是怎麼回事？」

「替他送一封信到重慶。」

「一定是封很要緊的信？」是一種套話的口氣，劉德銘突生警惕；原來抗戰初期時，莊萊德是美國駐上海總領事館的二等秘書；有一次要請個專差送一封信給在重慶的詹森大使，經人介紹了劉德銘，負此任務；莊萊德交代明白，這封信非面交詹森本人不可，劉德銘答應了。

間關到達重慶，劉德銘到美國大使館求見詹森，說明有信面遞，詹森派參事代見索信，劉德銘不肯交出；定要面遞。結果，詹森親手從他手中接到了莊萊德的信。據說莊萊德是得到了極可靠的情報，重慶的美國大使館中，好些館員是中共的同路人；這封信如果不是面交詹森，就很可能透露到中共方面去。

劉德銘心想，艾麗絲忽然會對此關心，似乎可疑；凡事小心爲妙。

「我想當然是封很要緊的信。」他答了這一句；急轉直下地說：「艾麗絲小姐幫我這麼大一個忙，我不知道怎麼報答？」

「你們中國人總愛說報答，報仇。我們不是這麼想。」

「你們美國人是怎麼想呢？」

「我們想到自己，像幫你的忙，是我職務上應該做的事；我不覺得你應該對我報答。」艾麗絲又說：「不過我希望你了解，如果我是在幫忙，我不是在幫你劉先生的忙。」

「是的。」劉德銘想了一下說：「你是在幫一個美國朋友的忙。」

「一點不錯！」艾麗絲把信封袋遞了給他：「劉先生，你所要的東西，大概都在裡面了。你不妨打開來看一看，如果還缺少什麼，可以告訴我。」

劉德銘打開來一看，裡面有一本護照，已有英國領事館的簽證。可以去香港及新加坡，連黃皮書都有了，不能不使人驚奇。

「艾麗絲小姐，」劉德銘歉然說道：「請原諒我問一句也許不該問的話；不過，我覺得知道得多一點比較好。」

「是的，你問好了。」

「這本護照是我們外交部發的？」

「一點不錯。簽證、黃皮書都不假，不過，香港檢查比較寬，你如果要到別處去，在香港還要另辦手續。」

「謝謝你！」劉德銘再檢點他物，有美金二百元、港幣一千元，便退了回去，「這不需要，多謝了。」

「你的錢夠嗎？」艾麗絲說：「這是花旗銀行的旅行支票，比攜帶現金方便。我看你還是收下吧！你不收，摩根韜也不見得會見你的情。」

摩根韜是美國的財政部長；她這樣說，即表示那兩筆款子已出了公帳。劉德銘擅於詞令，立即答說：「好！錢數雖不多，但出於美國政府的贈送，我覺得很榮耀。」

「是友誼的象徵。」艾麗絲又問：「你還需要什麼？」

「這——，最好能給我一封給美國駐香港總領事館的介紹信。」

「這當然可以，不過時間上來不及了。」艾麗絲沉吟了一會說：「這樣，我會通知香港總領事館的勃克先生，他是一等秘書；你如果需要他協助，就去找他。」

「是！希望我不必去找他。」

「那末，劉先生動身吧。」

「到哪裡？」

「香港。」

「船票還沒有。」

「不要緊！」她把「胡佛總統號」上派來的水手頭目找來；關照他將劉德銘送上船。

此人也姓劉，寧波人；老劉爲人很熱心，也很小心，將劉德銘引入一間小屋，取出一套制服，讓他易裝；同時關照了許多船上的規矩。

「劉先生，船要後天下午才開；今天你到了船上，仍舊要穿制服，冒充船上的人。請你少走動，處處當心；船長是德國移民，做事一板一眼，不大好講話。」

「這——」劉德銘問：「我在船上住哪裡？」

「今天、明天，要請你委屈一下，跟我們一起擠一擠，到了後天中午就舒服了。」

「怎麼呢？」

「後天中午上客，劉先生自然住進頭等艙了。」老劉答說：「船票到時候會送到。」

「噢！」劉德銘心想安排如此周到，實在令人感動，當即謝道：「宗兄，承你費心，不知道該怎麼謝謝你？」

「笑話，笑話！人家美國人都幫我們的忙；我們自己人難道不幫自己。喔，還有句話，劉先生，你在船上要少說話。」

「『開口洋盤閉口相。』我懂。」

於是劉德銘混在水手之中，由黃埔灘碼頭，上了「胡佛總統號」。老劉將他安排在一間堆置雜物的小房間中；這一天因爲太累了，吃完老劉替他弄來的一大塊T字牛排，倒頭便睡。

第二天一早起身，盥洗剛畢，老劉匆匆跑來說道：「劉先生，明天要上客了；船長今天檢查，各處都要走到。請你當心！」

「我索性一天不出房門。」劉德銘提出一個要求：「不過，宗兄，你要替我弄幾份報，弄幾本小說書來，我好消磨辰光。」

「有，有！我馬上替你去拿。」

老劉拿來七八份大小報；三本小說，一本是魯迅翻譯的《死魂靈》；一本是《老殘游記》；一本書名叫做《銀梨花下》。《死魂靈》文字澀拗，看不下去；只有那本《銀梨花下》，是「奇書欣賞會」印發給會員的黃色小說。看《死魂靈》看得昏昏欲睡的劉德銘，精神大振。在老劉送午餐來時，要求他再弄來幾本類似《銀梨花下》的書來。

就靠了這幾本書，劉德銘混過了一天；入夜「解禁」，可以到甲板上去走走，向南眺望，燈火璀璨，何止萬家？最觸目的，自然是國際飯店廿四層樓上的霓虹燈；這使得劉德銘記起過去那些日子，紙醉金迷的生活，不免戀戀。心裡在想，有機會還是要到上海來做地下工作，一面出生入死；一面聲色犬馬，這種雙重刺激的生活，實在很夠味道。

「劉先生，」老劉尋了來跟他說：「今天晚上你可以睡得舒服了。我領你去。」

領到頭等艙，就不能再出來了；直到第二天中午開始上客時，劉德銘才正式成爲旅客，先到

酒吧喝桔子水看報；然後上甲板，憑欄看碼頭上形形色色的旅客；有一對年輕洋人，不知是夫婦還是情侶，相擁而吻，一直捨不得分開，劉德銘好奇，特意看手錶爲他們計算時間。

就在這時候，有輛汽車開到，停在這對洋人面前；車門啓處，下來的是徐采丞。

寂處了三天兩夜的劉德銘，頗有他鄉遇故的喜悅；正想招呼時，看到車上又下來一個瘦長男子。約莫三十多歲，似曾相識，急切間卻記不起姓名。

直到看他緊抱著一個皮包，由扶梯一步一步上來；才驀然記起，頓時心頭一震！這不是高宗武？他心裡在想，怎麼會是徐采丞送他上船；莫非奉了汪精衛之命，去拖杜月笙落水？

不會的！他隨即否定了自己的想法；杜月笙怎麼會做漢奸？汪精衛也不是能欣賞杜月笙的人。那末，徐采丞跟高宗武何以會在一起？這件事就大堪注目了。

於是他去找到老劉，悄悄問道：「旅客名單你看得到，看不到？」

「劉先生，你爲什麼問這個？」

劉德銘的意思是，要請老劉在旅客名單上查一查高宗武住在那間房。這件事老劉可以辦得到；但是沒有結果，旅客名單上，根本就沒有高宗武的名字。

這就更神秘了！劉德銘心裡在想，一定是用的化名。因爲如此，越發激起了他的好奇心；經常在甲板、走廊、酒吧、餐廳，還有圖書室、彈子房等等旅客的公共場所搜索；而高宗武深藏不出，始終不曾遇到。

民國二十九年一月八日，汪精衛在上海愚園路一一三六弄的住宅中，召開「擴大幹部會議」，內定爲「部長」、「次長」的「要員」，擠滿了樓下的大客廳，一個個都是「如喪考妣」的臉色。原來出走的不僅是高宗武，還有陶希聖。令人擔心的是他們出走的時間，正在「日支新關係調整要綱」談判完成，十二月卅一日雙方簽字之後。這個「要綱」的談判，高宗武早就被摒拒在外；而陶希聖是始終參預的，那知他推託著不肯簽字，最後竟是溜之大吉，這就更不能令人放心了。

這兩人的遠走高飛，自然爲汪精衛帶來了極人的問題；而問題的焦點是：他們究竟帶走了一些什麼？如果是「要綱」的草案，還不太要緊，因爲可以辯說：那是日本人提出來的條件，根本未曾接受。倘是簽了字的影本，就變成不打自招的賣國供狀。照這樣去分析，對陶希聖的關心，即更甚於對高宗武。因爲大家相信，高宗武是無法接觸到「要綱」的簽字本的。

「都是羅君強！」陳璧君拍案戟指，狠狠地罵羅君強，「陶希聖是讓你逼走的！」

羅君強的面色蒼白；周佛海亦是一臉的尷尬，因爲羅君強跟他的關係太深了。他們是同鄉，也是世交；羅君強在上海大夏大學未曾畢業，就跟著周佛海做事；一度當過浙江海寧縣縣長，任內有件喜事，二度續弦，新夫人也姓羅，不是外人，是他的族姑。

好色如命的羅君強，隨政府撤退到漢口時，是在當行政院的秘書，國難當頭，竟跟一個姓孔的交際花打得火熱；當道震怒，下令撤職查辦。虧得陳布雷替他求情，始得無事。其時周佛海已到了上海；羅君強挾著新歡，間關來從，作了周佛海的親信。他爲人很霸道，替周佛海得罪了好些人；照陳璧君所收到的「小報告」中說：陶希聖與羅君強爲了爭辦一張報，大起齟齬；羅君強

居然寫了一封信，痛罵陶希聖。所以說陶希聖是被他氣走的。

這當然是陳璧君的揣測之詞；汪精衛便勸道：「你也不必責備君強。現在要緊的是，是要研究這一不幸事件所可能發生的後果。」

意見很多，也很分歧，有的主張從速疏通；有的主張採取辯護的行動；有的主張沉著觀變。在一場無結果中，有一個共同的看法是，組織新政府已成騎虎難下之勢，只有貫徹到底。

＊　　＊　　＊

擔心的事終於出現了。

一月二十深夜，陳公博從香港打來了一個電報，是隱語；但可以猜得出「日支新關係調整要綱」將在第二天見報。

第二天汪精衛要上船去青島，所以早早就睡了，接到電報只有先拿給陳璧君看，她把它壓了下來；直到早餐桌上才拿給汪精衛看。

汪精衛的臉色很難看，好久才說了句：「我不入地獄，誰入地獄？」

「地獄也不該你一個跳。」陳璧君憤憤地說：「公博這樣的交情，不肯來共患難，太說不過去了。」

「人各有志，不能相強。」汪精衛搖搖頭，沒有再說下去。

陳璧君沉默了一會方又開口：「我想到香港去一趟，把公博勸了來。」

「這——」江精衛說：「等我青島回來再說。」

「青島會議就應該要他來參加的。組府的事，你始終沒有跟他提過；莫非他倒毛遂自薦，說我來當你的行政院長？」

「即使他來，行政院也不能給他。」

「怎麼？」陳璧君詫異，「莫非給佛海？你當心尾大不掉！」

「不！」汪精衛說：「我自己兼。讓民誼當副院長，春圃當秘書長，由他們兩個人看家。」

「那末公博來了以後呢？」

「自然是立法院。」

「那還差不多。」

談到這裡，只聽鐵門聲響，有輛汽車開到；陳璧君從落地玻璃窗望出去，看到周佛海後面，春風滿面，拎著一個碩大無朋的新皮包的羅君強，不由得無名火發，霍地站了起來，抓起那份電報，便向客室走去。

「夫人早！」剛放下皮包的羅君強，趕緊站直身子，鞠了個九十度的躬。

「你今天興致很好哇！」

周佛海一聽，覺得話中味道不對；羅君強卻未覺察到，笑嘻嘻地答說：「是，是！夫人的精神也很不錯。」

「我可是一夜沒有睡著。」陳璧君繃著臉，將電報使勁往几上一攤，「你看！你幹的好事。」

拿起電報一看，羅君強臉上的笑容盡斂，輕聲向周佛海說道：「條約今天在香港見報了。」

周佛海木無表情；陳璧君便又指著羅君強罵：「都是你！不是你把希聖逼走了，哪裡會有這種丟臉的事？」

「夫人！」羅君強低聲下氣地說：「非我族類，其心必異。我早就看出他是臥底來的；說實在的，倒不如他早走了的好，否則更糟糕，說不定變生肘腋。」

聽他這麼說，陳璧君略爲消了點氣，「現在不就是變生肘腋嗎？」她的語氣已緩和了些。

「夫人，我不是這個意思。」

「那末是什麼意思呢？」

「我說的『變生肘腋』，是怕河內事件重演。」

聽得這話，陳璧君立即有戒愼之色，「佛海，」她轉臉問道：「安全不會有問題吧？」

「不會。」周佛海答說：「影佐負全責。青島方面，早就派人去佈置了。」

說到這裡，隨汪精衛同行的「要員」，陸續到達；幾乎毫無例外，進門一團喜氣；得知「條約見報」的消息，便又都是「如喪考妣」的臉色。

*　　*　　*

青島會議是個「分贓會議」。來分贓而且「拿大份」的是汪精衛；被分的是「維新政府」與「臨時政府」的頭目。前者的心情又遠較後者來得抑鬱。

「維新政府」的大頭目是被稱爲「安福餘孽」的梁鴻志，做過段祺瑞的秘書長，詩做得很出色，但詩人的味道卻不濃。他有過一段名言：「世界上有兩樣最齷齪的東西，一樣是政治；一樣是女人的那話兒，男人偏偏就喜歡那兩樣東西。」這是他的「夫子自道」。

但「維新政府」的實權握在兩個人手裡，一個是清黨時期與楊虎搭檔，頗建了功勞，被共產黨訾爲「狼虎成群」的陳群。由於作風過分，以致投閒散置，做了杜月笙的食客；上海淪陷，不肯跟杜月笙一起走。那倒不是什麼意外之事，早有人說過，陳人鶴——陳群的別號——生了一張曹操臉，早就在等著落水了。

再有一個是任援道。「維新政府」的「綏靖軍」首腦。圓圓的一張臉，帶些傻相；但卻能言善道。此人是分贓會中心情最平靜的一個；因爲他的胞弟任西萍在中央工作，早就爲他輸誠，是中央安在敵後很重要的一著棋子。

當然，這三個人是汪精衛不能不賣帳的。至於華北的「臨時政府」，由於日本的決策，要把中國搞得四分五裂，所以支持「臨時政府」存在；汪精衛亦以戰前有華北政務委員會的成例可援，作爲屈就現實的自我解嘲。但「臨時政府」的第一號頭目王克敏，對於要奉汪政府的「正朔」，也是不大情願的。

因此，這個分贓會議氣氛之僵硬，可想而知。倒是會外的酬酢，相當熱鬧；頭一天正式的晚宴結束以後，王克敏在他的海濱別墅邀客作第二度的歡敘。主人一向以豪賭出名，自然少不了一桌「梭哈」，入席的還有兩名「貴公子」，一個是岑德廣，前清兩廣總督岑春煊選的兒子。一個是楊毓珣，他的父親是袁世凱的智囊楊士琦；本人是袁世凱的女婿。楊毓珣與東北軍頗有淵源，汪精衛在上海招兵買馬，在哥倫比亞路特設招待所，即由楊毓珣主持，經手收編各路散兵游勇，

「講斤頭」大部分由他經手，因而搞了不少錢，在賭桌上，財大氣粗，將岑德廣比得黯然無光。一場豪賭下來，楊毓珣大輸；其實他是打的「政治梭哈」，多「跟」少「看」，明知他人「偷雞」，故意不「捉」，爲的是讓大家覺得他豪爽夠交情。

由於第二天上午還有會議，大多數的客人結了帳便即告辭；其餘的吃了消夜也都走了，唯獨楊毓珣留了下來，跟主人還有話談。

「琪山，」王克敏喊著他的別號問說：「老汪安排你幹甚麼？」

「現在還談不到此。」

「你自己呢，總有打算吧？」

「是啊！」楊毓珣答說：「我正要跟你商量。」

楊毓珣的目標是上海市長，希望王克敏能爲他在汪精衛面前多說好話。

「上海市長？」王克敏從墨晶眼鏡中斜睨著他問：「你吃得消嗎？」

「怎麼吃不消？」

「那面有戴雨農、杜月笙；這裡面有個丁默邨、李士群，你夾在中間，兩面受敵，莫非倒不怕？」

「不要緊。『仁社』的朋友，可以幫我的忙。」

「人家憑什麼幫你的忙？你跟我一樣是『空子』。」

「有寒雲跟內人的關係；『仁社』的人，不拿我當『空子』看的。」

他口中所說「寒雲」，就是袁世凱的「皇二子」袁克文。楊毓珣的妻子，在姊妹中排行第三，名叫叔禎；與袁克文是一母所出。袁克文在青幫是「大」字輩；他這一幫的字號叫做「興武六」，在前清漕運「一百二十八幫半」的糧幫中，勢力最大。與袁克文同幫同輩的名人，有張之江、蔣伯器；「老大」叫張仁奎，先是揚州徐寶山的部下，做過鎮守使，後來參加革命，很出了些力。現在高齡八十有二，隱居上海海格路範園，已經不問世事。

不過，他跟杜月笙的「恆社」那樣，門弟子有個組織叫做「仁社」，其中軍政工商學各界的人都有。勢力遠到華北、西南；川軍將領外號「范哈兒」的范紹增，應該是「袍哥」，居然亦會是仁社中人。

袁克文與張仁奎是「同參」弟兄；袁叔禎頗有丈夫氣，跟「門檻裡」的人亦很熟；楊毓珣憑此關係，自信能取得「仁社」的支持，但王克敏不以爲然。

「就算『仁社』支持你，力量也有限。你跟上海沒有什麼太深的淵源，何必去幹這種吃力不討好的事。」王克敏又說：「況且，老汪亦未見得肯把這個缺給你。你要我說，也就是白說；倒不如到我那裡去。當上海市長，不如當北平市長。」

「我不能去。」

「爲什麼？」

「我怕人家笑。」

王克敏大爲詫異，「笑你什麼？」他說：「府上跟北方的淵源很深，你去當北平市長是很自

然的事。」

原來楊毓珣很怕北平的小報，怕一當了市長，小報借報發揮，大談袁世凱的醜史。當然這也不是主要的原因；問題是他有一副班底，對北平的情形非常隔膜。目前唯有先進行上海市長；活動不成，另作他計。

「好吧，我替你探探口氣看。」王克敏說：「我看希望甚微。」

「謀事在人，成事在天。」

恰好第二天開會之前，王克敏有個跟汪精衛單獨談話的機會。原來這天需要討論的「中央政府機構」及「中央政治委員會」的組織草案，事先都說好了的；開會通過不過是一個形式。只是有件事。卻須在會中討論，汪精衛特意請了王克敏來商量。

「叔魯兄，」汪精衛說：「本黨『六全大會』決議，授權兄弟『延請國內賢智之士，參加中央政治會議』；北方的耆舊賢俊，能不能請叔魯兄開張名單，給我參考。」

「怎麼說能不能？汪先生交辦，自然遵命。」

「言重，言重！」汪精衛又說：「我預定下個月中旬，在上海開第一次『中政會』。關於時間、地址，叔魯兄有沒有意見？」

時間沒有問題，地點卻有意見；卻又苦於不便直說。王克敏認為在上海開會，有移樽就教的意味，十分不願；於是想了一下說：「北方的耆舊，年紀都大了，憚於遠行；恐怕都不會出席，似以在北方為宜。」

這是討價還價的手段；如果一談下去，必是採取折衷的辦法，仍舊選定具有中立意味的青島爲開會地點。汪精衛看出他的用意，毫無還價，但有解釋。

「叔魯兄，」汪精衛以他特有的那種誠懇親切的語氣說：「關於地點問題，我考慮了很久。照我的本意，爲了敬重北方的耆舊，想到北平去開會。不過，這一次『中政會』，對外具有號召全面和平的作用；上海是國際都市，在宣傳上易收事半功倍之效。所以這一點，要請叔魯兄支持。至於北方耆舊，即或憚於遠行，無法南下；將來我會請人當代表。到北方去當面請教。但更希望會前有書面意見；這方面要請叔魯兄多多費心，能在下個月行旌南來時，搜集他們的寶貴意見，一起帶來。」

聽他這麼一說，王克敏覺得無可商量，心想：到時候我亦表示憚於遠行。看你如之奈何？想是這樣想，口中卻唯唯敷衍著；順口又問了句：「關於中樞的人事安排；汪先生想來已有腹案了。」

「是啊！有件事我正要跟叔魯兄商量。考試院一席，我想借重逸塘；無論如何要請叔魯兄支持。」

「逸塘本人的意思呢？」

「我還沒有跟他談。」汪精衛又說：「我知道叔魯兄也不能沒有逸塘臂助；不過，論資歷，實以逸塘掌考試爲最夠資格。我想不妨南北並顧，以考試院長兼華北政務委員。」

汪精衛所說的逸塘，就是安福系的要角王揖唐；他出身很奇特，先是光緒三十年廢科舉前最

後一科的二甲進士；後來又棄文習武進日本士官。穿馬褂、踱方步的進士老爺去學「制式教練」，弄得笑話百出；不得已棄武習文，在法政大學混了兩年，回北京參加「游學考試」，發榜取中，欽賜同進士出身，變成有清一代極罕見的「雙料進士」。這樣的出身來當考試院長，自然最夠資格。

王克敏心想，以考試院長兼任華北政務委員，豈不表示華北的「小朝廷」，隸屬於汪記政府？如果不讓王揖唐兼任，只幹空頭考試院長，似乎又對不起老朋友。左思右想，無可拒絕，只得答應；不過，主意也打好了，儘管他「明令發表」，只不讓王揖唐就職，亦可以暗示，華北不受南京管轄。

「汪先生，」這時該王克敏提出要求了，「上海市長一席，楊琪山人地相宜，敬爲舉薦。」

汪精衛不想他會單刀直入，這樣「薦賢」！心想，如果飾詞推託，此刻正在利用楊毓珣招兵買馬之際，殊多不便；唯有找句好聽的話，先敷衍過去再作道理。

「是的。楊琪山大才槃槃，出任上海市長，也很相宜；不過，將來最重要的還是軍事，我另有借重他的地方。」汪精衛這時已想到了一個位置。所以緊接著又說：「一定比上海市長一席，更能發揮琪山的長處。」

王克敏還想再問，已無機會，開會時間已到，進入會議室，由梅思平宣讀議案；日本方面的代表清水董三，擔任傳譯，草草通過。汪精衛等一行，當天就搭「奉天丸」啓碇南歸。

4

# 組班邀角

青島「分贓」會議始末及汪精衛「組府」的形形色色。

「還都」的日期定在三月三十日；正式籌備工作開始，首先當然是決定「新政府」的人事。第一要角當然是周佛海，已內定爲財政部長；周佛海手下的第一要角，則是羅君強。他早就有了一個構想，找一批人來爲周佛海做羽翼，曾經擬了一張名單，不下三十餘人之多，請周佛海圈定十個人，安插到各部去當次長。這一來，除了財政部以外，周佛海的影響力，便可擴張到其他各部門了。

周佛海所圈定十個人，以羅君強爲首，有金雄白，有杜月笙的學生汪曼雲，有吳鐵城當上海市長時的法文秘書耿嘉基，連周佛海一共十一個人，曾經義結金蘭。但是，這「十弟兄」，卻不能個個當次長。

到了三月中旬，汪系第一大將陳公博，終於到了上海。他是陳璧君親自去拖他下水的；當她到了香港，陳公博曾經問她，汪精衛是不是要組織政府？陳璧君答得很技巧：「對於這一點，你

是反對還是贊成，請你自己跟汪先生去說。從仲鳴被刺以後，只有你在他面前，什麼話都可以說。」

最後一句話打動了陳公博。他還悄悄跟杜月笙、錢新之見了一次面；他們當然希望他能勸阻汪精衛不要組織政府。陳公博也答應了；但一到上海，才知道一切都已就緒，簡直令人無法開口。

「名單是佛海擬的。他的意思是請你掌立法；上海是根本據點，亦非請你偏勞不可。」汪精衛又說：「公博，看在交情份上，你也不能不陪我跳這個火坑吧？」

「我們自以爲跳火坑，別人不是這麼看。」

「那也顧不得了。但求無愧我心。」汪精衛轉臉說道：「佛海，你拿名單再跟公博商量一下。」於是周佛海將陳公博邀到另一間關防嚴密的小客廳中，從保險箱中，將新政府的名單拿出來給他看，只見頭一行寫的是：「主席林森」；第二行才是「代理主席汪兆銘」。以下行政院院長汪兆銘；副院長是褚民誼；再下來就是立法院院長陳公博；監察院院長梁鴻志。

看到這裡，陳公博問道：「陳老八呢？」

那是指陳群；「喏！」周佛海指著名單說：「把內政部給他。」

「喔。」陳公博點點頭，往下看到有個社會部，便又說道：「這是新設的一個部，管什麼？社會問題可多得很啊！」

「沒法子！」周佛海皺著眉說：「大致跟警政部差不多；職掌還待擬定。」

「既然如此，何必疊床架屋，另設一部。」

「只爲——」只爲丁默邨與李士群對警政部部長一席，都是志在必得。論資格應該讓丁默邨；所以周佛海的安排是：丁默邨當部長，而以李士群爲政務次長。那知李士群堅拒不受；而丁默邨亦不甚歡迎這個次長，彼此鬧得不可開交。最後只好另闢蹊徑，爲丁默邨特設一個社會部；由周佛海兼警政部，而李士群則以政務次長當家，才算將這場糾紛擺平。

再看下去，陳公博不由得失聲說道：「荒唐、荒唐！這不成話。」

周佛海一聽就知道了，「是不是褚民誼當海軍部長，顯得滑稽？」他問。

「豈止滑稽，簡直是個笑柄。」

「是啊！我也是這麼想。那一來一提到海軍，大家就會聯想到他替『美人魚』拉馬，招搖過市的模樣。無奈『老太婆』說，沒有關係。」

「怎麼沒有關係？」陳公博拔出自來水筆，將海軍部長之下的褚民誼三字勾掉。

「那總得給他弄個部才是。」

「我看，」陳公博說：「汪先生不必再兼外交部，給他好了。反正，現在只辦日本一國的外交。」

「邊疆委員會還沒有人？」

「是啊！」周佛海說：「我想找汪曼雲，那知他情願當次長。」

「本來嘛！邊疆在哪裡？」陳公博說：「我看南京的城門，就是邊疆了。」

周佛海報以苦笑，拿出另一份名單說：「請你看看軍委會的安排。」

軍委會的委員長是汪精衛兼；陳公博兼副委員長，再兼政治部部長；次長還沒有人。

「博兄，」周佛海說：「關於你的安排，是出於汪先生的指示；有什麼意見，盡可商量。」

「我沒有意見。汪先生跳火坑，我是殉葬。」

出語不祥，周佛海不免掃興，停了一下又問：「你夾袋中有人物，開張單子給我。」

「沒有，沒有！」陳公博答說：「既無夾袋，亦無人物。」

這有些「話不投機半句多」的意味了。周佛海本想說羅君強的事，此時亦就見機不言。

「除了褚民誼的海軍部長，此外我都同意。」陳公博將名單推向周佛海，身子往後一仰，意態蕭閒地說：「上哪裡去走走好不好？」

周佛海不知他想到哪裡？轉個念頭，方始明白；他們倆「同病」，都有「寡人之疾」。便微笑著收好名單，說一聲：「走吧！」

摒除隨從副官，周佛海陪著陳公博上了汽車，向司機低聲說一句：「海格路。」

出了弄堂，汽車折而向南；陳公博問道：「你要帶我到哪裡？」

「到了你就知道了。」周佛海忽然向司機問道：「老董，你的兒子怎麼樣？」

「小兒麻痹症，很麻煩的事。送在寶隆醫院，三等病房人很雜；我女人陪在那裡很不方便。」

「換個好點的病房。」周佛海從身上掏出一疊鈔票，往前座一丟，「不夠再跟我要。」

「夠了、夠了。」老董說道：「先生最好搬個場；太太在疑心了。」

「喔，」周佛海想了一下說：「回頭你到潘先生那裡去，問問他們還有什麼合適的房子。」

司機點點頭，不作聲；陳公博便問：「你們打的什麼啞謎？」

「潘三省給我介紹了一個人——。」周佛海當著司機毫無避忌地告訴陳公博；他替會樂里的一個名妓大媛，在海格路築了金屋；是潘三省拉的線。此刻聽司機的口氣，似乎他的妻子楊淑慧已有所覺，遷地爲良；得找潘三省另找房屋。

陳公博笑一笑問道：「思平是怎麼回事？」

周佛海自己的艷史，並不避諱；朋友間的風流公案，卻不肯在司機面前談論，只說：「話很長。」陳公博也會意了，暫且不言。到得海格路，在一座不靜的小洋房前面停下，按了一長兩短三聲喇叭；等他們一下車，司機隨即將車開走了。

鐵門戛然而啓，司閽一見是主人，開了大門；周佛海領著客人到了樓下客廳，有個梳著長辮子，風姿嫣然的「大姐」迎了出來，開口說道：「小姐到先施公司去了。五點鐘回來。」

「好！你先煮兩杯咖啡。」周佛海又說：「阿翠，陳部長在這裡吃飯。」

「陳部長是頭一次來。」阿翠含著笑說。

「以後常常會來。」

「那末，」阿翠問道：「要不要預備客房？」

「對！你倒提醒我了。不過，」周佛海沉吟了一會兒說：「恐怕要搬家；等搬定了再說。」

「好！我曉得了。」

說著，阿翠一甩長辮子，轉身而去；陳公博直盯著她那個扭動的大屁股看。周佛海等他轉過眼睛來，含笑相問：「如何？」

「明慧可人。」

「豈止明慧。」

「還有什麼？」

周佛海笑笑不答；停了一下說道：「思平的事，你也知道了？」

「是啊！我在香港聽人說，事情鬧到汪先生那裡去了？」

「可不是！組織部有個楊小姐——」

這楊小姐是僞組織部的日文秘書。長得妖冶異常；梅「部長」不知道怎麼勾搭上了。梅思平多少有些假道學，怕風聲傳出去不好聽；中道捐棄。那楊小姐可不是膽小怕事的人，一封信寫給汪精衛，告梅思平始亂終棄；表示如果不能善了，將訴諸社會，討個公道。

「這一下，思平豈不是吃不了，兜著走了嗎？」

「那還用說，汪先生大爲震怒；老太婆還指著思平的鼻子，訓了一頓。」

「事情呢，如何善了？」

「汪先生把她的信交了給我；我託周隆庠去斡旋。結果，四萬元了事。」周佛海笑道：「四萬元給思平買來一個外號，叫做『祥生公司』。」

「怎麼叫『祥生公司』？」

「出租汽車的祥生公司——」

「啊！啊！」陳公博恍然大悟；祥生公司的電話號碼「四〇〇〇〇」，就漆在出租汽車上，全市皆知。

在笑談聲中，阿翠手托銀盤，送來咖啡，先敬客人，後奉主人；主客二人、相向而坐，距離很近，所以阿翠轉個身，就可以將咖啡放在周佛海身旁的矮几上；等她彎下腰去，圓鼓鼓一個屁股正撅在陳公博眼前，他忍不住伸手摸了一把。

阿翠一驚，腰一扭很快地將下半身滑開；站直身子，向陳公博敢怒而不敢言地看了一眼，低著頭走了。

「其味如何？」周佛海忍著笑說。

「豐臀細腰，此揚州之『瘦馬』也！」

「閣下不愧爲伯樂。」周佛海說：「等大媛回來，我跟她商量。」

陳公博反倒不好意思了，「不、不！緩緩圖之。」他說：「頭一次來，就打人家丫頭的主意，不成了惡客了嗎？」

「好吧！悉憑尊意。」周佛海忽然側起耳朵，聽了一會兒：「大媛回來了。」

果然，鐵門啓處，一輛蘋果綠的「奧斯丁」，緩緩駛入；周佛海隨即迎了出去。

「來，來！」大媛喊道：「幫我拿東西。」

陳公博從落地玻璃窗中望出去，只見大媛打開車後行李箱，取出一個大盒子；放著聽差、丫頭不使喚，偏讓周佛海捧住，然後大包小包，一件件往上堆，一直堆到其脖子，他用下顎抵住最上面的雪茄煙木盒，一步一步，小心翼翼地往前走；同時還要跟大嫂說話。

這樣且行且語，上台階，進客廳；腳下一不留神，絆了一下，只聽「嘩喇喇」一陣亂響，大包小件摔得滿地，而且空氣中立刻彌漫著濃郁芳烈的香味。

「要死！把我好不容易覓來的一瓶香水打破了！真是飯桶，一點用都沒有。」大嫂且笑且罵，周佛海亦嘻嘻地傻笑著，彎腰幫大嫂去拾東西；卻又彼此撞了一頭，笑作一團。

「樂在其中！」已走近來的陳公博，微笑著說。

這時大嫂才發現有客人在；微窘地埋怨周佛海不爲她引見。

「這位就是我跟你提過的公博先生。」

「喔，」大嫂驚喜交集地，「原來是陳部長，比報上登的照片要年輕得多。請坐，請坐！」

來自「長三」的大嫂，應酬功夫自是高人一等；將陳公博延入原來的座位，對坐相陪，殷殷動問，那一天到上海，下榻何處？又談上海的市面，也問香港的情形。周旋得熟了；挑一個空隙問周佛海，是不是在家吃飯？

「在家。我已經告訴阿翠了。」

「我去看看。」大嫂站起身來，用自己人的口吻說：「陳部長，你想吃什麼？告訴我，不要客氣。」

「我倒想一樣東西，只怕一時沒有；就有，只怕你也不許我吃。」陳公博接著便念了兩句詩：「『荻芽抽笋河豚上，楝子花開石首來。』」

「對不起！」大媛笑道：「河豚沒有 你拼死也不行。說別樣。」

「河豚沒有；石首應該有的。」周佛海說：「請陳部長吃黃魚好了。」

「黃魚好像還沒有上市。」大媛點點頭說：「我知道陳部長今天想吃些什麼。我會預備。」

等大媛走遠了，陳公博低聲笑道：「佛海，你說吃黃魚，我倒想起來了；那年在揚州吃的『黃魚』，眞是別有風味。」

原來他口中的「黃魚」，在揚州是私娼的別名。當周佛海在鎭江當教育廳長時，陳公博有一次與他同度周末；兩人微服過江，在揚州見識了「黃魚」。他此刻追憶的就是這件事。

周佛海也記起有這回事，「我記得同行的還有君左；他倒不似乃翁那麼風流放蕩。」周佛海指的是易君左。

「是啊！那次君左不肯下水；一個人躲在旅館裡寫文章。後來鬧成軒然大波的『閒話揚州』，就是那天開始動筆的。不住溫柔鄉，自蹈文字獄；眞正『易君左矣』。」

「『文字獄』對『溫柔鄉』，苦樂異趣，妙得很！」周佛海問：「近來有什麼佳作？」

「好久沒有弄這東西了。在香港 有一天在淺水灣步月，一時感觸，吟成四句；自覺遣詞用事都還不錯，那知第二天一查詩韻，三個韻腳分三處，八庚、九青，還有十三元。」

「庚、青猶可說，怎麼會錯以十三元上去的呢？」

「誰知道樹根的根，會不在八庚裡面？」陳公博說：「詩韻是湖州人定的，跟我們廣東音的距離大大，所以我對韻腳一向沒有把握。那一次我心裡在想，庚根同音，這兩個字一定不會錯，誰知道還是錯！」

「眞是『該死十三元！』」周佛海縱聲大笑。

笑聲中，大媛出現了。先前她大概因爲自己要開車的緣故，穿的是烏法蘭絨褲子；上身一件收腰加帶的麂皮短大衣；下配一雙平底、鑲色的香檳皮鞋，這是教會大學女生的打扮；手裡要握兩本厚洋書，顯得格外俏皮。大媛的身材纖弱，也缺少那點洋味，所以穿那種服裝並不對勁；此時換了件鐵灰色薄呢旗袍，掛一串紫水晶綴成的項鏈，下踏一雙鑲毛皮的紫紅色氈鞋，細腰窄袖，婀娜玲瓏，將她那香扇墜的味，完全托了出來，陳公博不由得脫口讚一聲：「好靚！」

大媛報以愉悅的一笑；向周佛海問道：「陳部長喝什麼酒？耿秘書送的那瓶白蘭地，說是六十年陳的，把它開了吧？」

「不，不！」陳公博接口，「別糟蹋了！我只能喝葡萄酒。」

「那麼開瓶香檳吧。」大媛挪一挪身子，避到一邊，肅客進飯廳。

飯廳中一張桃花心木的橢圓形餐桌上，擺了四個下酒的碟子，蝦子拌春筍、薺菜雞絲、金華火腿、糟魚，另外有只水晶玻璃碗，盛的是椒鹽杏仁。

「可人，可人！」陳公博喜不可言，「在香港還好；在重慶想死了江南風味。」

對於客人的激賞，大媛自然很得意；春風滿面地請他跟周佛海對面坐下來，自己佔了主位。

這時阿翠已抱了個冰桶進來，桶中冰著一瓶香檳，當著客人「嘭」地一聲，拔開塞子。酒沫推絮滾雪似地湧了出來，濕了她的手，也濕了陳公博的衣襟。

「你看你！」大媛剛要責備阿翠，陳公博急忙攔住她說：「不要緊，不要緊！」一面說，一面掏出雪白的一方麻紗手帕，擦一擦自己的衣襟；隨即伸向在替他倒酒的阿翠的右手，替她抹去手背上的酒漬。

「謝謝、謝謝！陳部長。」阿翠笑著說：「我自己來。」

大媛對陳公博的態度，頗感意外；不由得轉臉去看周佛海，兩人在目語中，取得了默契。

「你去吧！」大媛從阿翠手中接過酒瓶，「菜不必太快。」

接著，她替自己倒了一杯香檳；周佛海是喝花雕，舉杯說道：「江南風味，實在誘人；有好些朋友談起來，不願到後方，就是爲了留戀江南風味。」

陳公博點點頭，一張嘴忙著享受江南風味；顧不得說話，大媛便問周佛海：「汪公館的菜好不好？」

「也不見得好。汪先生生活很儉樸的。」

「喝不喝酒。」

「喝一點點。」周佛海說：「汪夫人限制他只能喝一杯；有時候興致好，想喝第二杯，只要汪夫人提高聲音喊一句：汪先生！馬上就不喝了。」

「這樣說，汪先生是很怕汪夫人的？」

「這是誰都知道的事。」

「那末，當然也——」大媛終於說了出來：「不敢討姨太太囉？」

她的話剛完，陳公博「噗哧」一聲笑了出來。周佛海與大媛都奇怪地看著他。

「我在想，」陳公博說：「汪先生如果娶了姨太太，是怎麼一個樣子？」

「無法想像。」

「做人像他這樣子，『到死不識綺羅香』，似乎也太乏味了！」

「你念的這句成語好熟。」周佛海說：「記不起是誰的話。」

「楊士驤自輓的下聯。」

提起清末直隸總督楊士驤，倒提醒了周佛海，「這一次在青島，王叔魯舉薦楊琪山當上海市長。這個位置，關係太大，怎麼能給他！」他說：「博兄，你在上海好不好？」

陳公博想了一下說：「無所謂！反正在南京也無法可立。」

「那就說定了。」

「其餘各處怎麼樣？」陳公博說：「汪先生沒有跟我提，我也不想去問他；怕他以爲我對這件事很關心。在這裡，不妨談談。」

「現在也還無從談起。」周佛海神色黯然，「日本人的原則，地方負責人最好暫且不動；要換也要一步一步來。」

「財政方面呢？」陳公博又說：「一筆開辦費就很可觀。不能一上來就欠薪吧？」

「已經借好一筆款子了。是犬養健接的頭，由正金銀行借四千萬日幣。」

「以後呢？」

「我編了個預算，歲入一千八百萬。歲出兩千五百萬。有七百萬的赤字，我想總可以找到彌補的辦法。」周佛海問道：「博兄，這方面你有什麼意見？」

「日本的軍用票，一定要取消。日本的軍用票不能用於日本國內；而且不列號碼，不知道發行了多少？這樣無限制的通貨膨脹，簡直荒謬絕倫！」

「這件事當然要辦的。我跟汪先生談過；日本如果不肯放棄發行軍票的特權，即視日人爲無合作的誠意。」

「倘或不肯放棄呢？」

「以死相爭！」周佛海緊接著說：「這件事一定可以辦到；日本方面稍爲通達一點的，都會支持我們的立場。」

正談到這裡，電話鈴響了；大嫒起身接聽，只聽她說一句：「請等一等！」然後手掩送話器向周佛海說道：「秦副官的電話，說有要緊事。」

於是周佛海接過聽筒聽了一會兒，說一句：「知道了。」回到座位，臉上便有些不大自在。

「如果有事，你不必陪我。」陳公博說。

「不相干。」周佛海舉一舉杯，管自己喝了一口。

這一來不免掃了陳公博的興致；幸而大嫒的交際手腕很高明，找出好些有趣的話題來談，能夠維持陳公博輕鬆愉快的心情。吃完飯，爲時尚早，大嫒提議找人來打牌。牌搭子很多，但能到這裡來的沒有多少；大媛打了六七個電話，只找到一個搞銀行的孫曜東。

「怎麼辦？」她問周佛海，「只有老孫在。要不讓老九也來；她去洗頭，說快回家了。」

「老九」是大媛的手帕交，花名玲華老九；後來由會樂里轉到百樂門當舞女，改名叫潘九玲。熟人仍舊叫她「老九」；現在是孫曜東的新寵。如果他們來兩腳，牌局就可以湊得成功。

但周佛海卻別有會心，「不必，不必！就讓老孫一個人來好了。」他說：「讓阿翠湊一腳。」

「那也好！」大媛隨即又打電話；打完，告訴陳公博說：「一刻鐘就到，我們在樓上打。」說著起身上樓去安排牌桌。

「孫曜東熟識不熟識？」周佛海問陳公博。

「聽說過，不認識。」

「不認識也不要緊。此人是個標準『篾』片。」

陳公博微笑著，表示會意；忽又問道：「剛才是個什麼電話？彷彿替你帶來了什麼心事！」

「唉！」周佛海輕嘆一口氣，「內人到南京去看房子，原說明天回來的，今天下午到了。」

「這也不是什麼大不了的事啊。」

「家家有本難念的經。內人最近防範很厲害；回頭，我可不能奉陪了。」周佛海躊躇了一下說：「牌完了，大媛會替你安排。」

「安排什麼？」陳公博多少還有些頭巾氣，「不必，不必！」

周佛海也不作聲；等孫曜東一到，介紹過了，由他陪著陳公博，自己脫身上樓。不一會，阿翠來請入局。

樓上專有間預備打牌的房間，一切都預備好了，大媛站在牌桌旁邊，面對房門；陳公博進門坐在她對面。大媛便指著她上首說：「老孫，你請坐這裡！」說著使個眼色。

剩下陳公博下家的一個位子，自然是阿翠的。她常替大媛代牌；三缺一也總是她湊數，所以欣然坐下，在牌堆中去找東南西北風，準備扳位。

「不必扳了！」孫曜東說：「你打個東好了。」

一擲兩個紅，八點；該陳公博起莊，「陳部長今天一定大贏。」阿翠將莊圈、骰子送到他面前，「雙紅大喜。」

「多謝你的雙紅。」陳公博問道：「你是客家人？」

「陳部長怎麼知道？」

「你有客家口音。別人聽不出來，我聽得出。」

「阿翠！」孫曜東接口說道：「陳部長是你的知音！」

阿翠笑笑不響；大媛便皮裡陽秋地向陳公博說：「陳部長，你看，孫先生很會說話，是不是？」

「一點不錯！」陳公博拈一枚籌碼問道：「這是多少？」

「這個五千。」阿翠伸手到他面前，指點大小不同的籌碼；「一共一萬塊錢。」

「平常我們都是打對折。」大媛補了一句。

「脫底五千元。」陳公博點點頭，「這還可以；再多我就輸不起了。」

「阿翠！」孫曜東一面洗牌，一面說：「陳部長已經預備脫底了，你放出本事來贏陳部長的錢。」

「我在陳部長下家；陳部長要扣我的牌，我一點辦法都沒有。」

「不會，不會。陳部長怎麼會扣你的牌。」

「那還要孫先生幫忙，扣住陳部長的牌，我才有希望。」

「閒話一句。」

「不得了！」陳公博笑道：「牌還未打，已經坐上轎子了。不過，只要你們抬得動我，我也樂於坐轎子。」

「聽見沒有？」大媛看著孫曜東說：「陳部長的牌一定打得好，你跟阿翠就想請陳部長坐轎子，恐怕也辦不到。」

聽得這一說，陳公博倒覺得不能不顯點本事；上來聚精會神地打了幾副，該扣該放，操縱自如。

「眞的，陳部長的牌，打得跟達銓先生一樣好。」

孫曜東指的是吳鼎昌。「達銓的牌確是打得好。不過，」陳公博說：「比起唐生智來，又遜一籌。」

「唐生智是誰？」大媛問道：「這個名字倒蠻熟的。」

「唐老四的哥哥。」孫曜東答說。

「唐生明在這裡？」陳公博問。

「在這裡。」

「徐來呢？」陳公博又問：「豐韻如昔？」

「我看大不如前了。」

「『美人自古如名將，不許人間見白頭。』」陳公博感嘆地說：「我有一次在香港跑馬場，看見楊秀瓊，不是別人指點，竟認不出她是誰？不過，她倒還認得我。」

「可見得陳部長一點不老；跟我十年前在實業部看到的一樣。」

一言未畢，阿翠叫聲：「碰！」將孫曜東打的　張二萬碰了下來，順手打一張三萬。

「要戒嚴了！」大媛說：「她這副牌不小。」

陳公博看阿翠的牌是，二萬、發財、白板三碰；碰二萬時，是從中間抽出兩張，三萬隨手打掉；剩下四張牌，兩端各二，明明是兩對。有一對必是一萬，原來聽邊三萬；而三萬湖中有二，手中有一，就只聽了一張牌，當然碰二萬成對對和。

到得他摸了牌，開口問道：「打紅中要包是不是？」

「當然囉！」大媛答說：「大三元嘛。」

陳公博攤了兩張牌，一張紅中，一張一萬，「一萬準放銃；紅中也危險。」陳公博看著阿翠說：「我這兩張牌一定要打一張，你自己挑。」

「妙！」孫曜東笑道：「我倒還沒有看見這樣打牌的。」

一語未畢，大媛說道：「陳部長，你不會另外打一張？」

「不行，我也要聽張。你們看。」他把牌都攤開，是一副湊一色弔頭的牌，「非楊即墨，不是弔一萬，就是弔紅中。阿翠小姐，你自己挑，不必客氣。」

「小姐勿敢當，紅中勿客氣。」阿翠將牌推倒，拍手大笑；果然是紅中、一萬對碰。

「你也太不客氣了！」大媛笑道：「眞有這麼巧的牌。」

「我是對小姐客氣呀！和一萬，陳部長不包；現在陳部長要請我吃個包子，我落得替小姐省省。」

「這麼說，倒要謝謝你了。」

「我也要謝謝。」

孫曜東替她算好翻數；又代算三家應解籌碼的總數，陳公博一一照付。看他們授受雙方，一個心曠神怡；一個春風滿面，覺得是可以開玩笑，作暗示的時候了。

「阿翠，陳部長請你吃一個包子；禮尙往來，你要請陳部長吃兩個包子才是道理。」

阿翠還懵懂不解；大媛卻「噗哧」一聲笑了出來，同時發現三雙眼睛都盯在她的隆起的胸前，方始恍然大悟，又羞又氣，狠狠白了孫曜東一眼。

「不成話，不成話！」孫曜東笑著說：「阿翠，我替你釘住陳部長的牌，讓你多和幾個辣子好不好！」

「謝謝一家門！」阿翠又白了他一眼。

十二圈牌打完，已經午夜一點了。吃稀飯時，孫曜東問道：「陳部長還有興致沒有？」

「你指哪一方面？」

「現在是陽春三月；宜乎秉燭夜遊。」

「今天已經很盡興了。多謝，多謝，明天還有一個會；我已經答應了，一定參加，不好意思不到。改天再奉陪吧。」

孫曜東跟大媛交換了一個眼色，方始點點頭說：「陳部長有興致隨時讓副官打電話給我。」說著孫曜東掏出來一張名片，取筆寫上兩個電話號碼，恭恭敬敬地擺在陳公博面前。

「陳部長，」大媛也說：「孫先生人很熱心，有什麼事，儘管請他辦好了。」

「是的，是的，如果我有別人辦不通的事，一定拜託孫兄。」陳公博這樣回答，顯然也表示已領會了她的意思。

「孫先生，」大媛又說：「請你送陳部長回去。」

「當然，當然！」孫曜東問道：「陳部長是回愚園路？」

「是的。」陳公博起身說道：「今天玩得很好；真是感謝之至。」

這時前廊及院子裡的電燈，都已開亮；鐵門「戛戛」地響，陳公博手拿呢帽，首先往外走，要下台階時，孫曜東一把將他拉住了說：「請等一等，讓車子開進來。」

等一部「納許」牌子的深藍色大轎車，開到階前停下，先出來兩名「羅宋保鏢」；很快地環視搜索了一轉，方始手扶車門，肅客上車。

陳公博這時才警覺到，一到上海，便已身處危地。既有保鏢，自然照規矩行事；一上了後座，居中坐下；另一名保鏢，由車前繞過來，開了後座右面的車門，坐在陳公博旁邊；然後孫曜東上車，一左一右，夾護著陳公博。還有一名保鏢在前座傍著司機坐。車子出大門向左轉彎；轉得急了些，陳公博的身子往孫曜東這面一甩，碰得一樣極硬的東西；想一想才明白，孫曜東的大衣口袋中藏著一支手槍。

「上海太緊張了。」陳公博皺一皺眉說。

「緊張是因爲有競爭；可是，沒有競爭就沒有進步。」

這話彷彿言之成理。陳公博心想，此人倒有些歪才；當下便問：「孫兄在哪裡得意？」

「在金融界混個小差使。」孫曜東說：「以後要請陳部長多提攜。」

「不敢當！」陳公博很爽直地說：「有佛海幫你的忙，盡夠了。」

「是！不過貴人不嫌多。」

陳公博笑笑不答；停了一會說：「佛海的這個愛寵很不錯；沒有風塵氣息。」

「是的。佛海先生也就是看中她這一點。」

「那阿翠呢？」

「她是大媛房間裡的大姐。」孫曜東說：「原來也有恩客；如今算是跟大媛一起從良了。」

「既有恩客，大媛應該遺嫁才是。」

「陳部長眞厚道。」孫曜東微笑著說：「不過大媛又是一樣想法。」

「什麼想法呢？」

「留著她做個幫手。大媛跟她說，將來周先生的部下很多，年輕漂亮有出息的，很可以抓一把來揀揀。再有周先生照應，發財也很容易。阿翠讓她說動了。」

「這倒也是實話。不過——。」陳公博笑笑沒有說下去，卻念了兩句詩：「『倡條冶葉恣流連，飄蕩輕於花上絮。』」

孫曜東於此道不通；但「開口洋盤閉口相」他是懂的，所以沉默不答。事實上，也不容他們再談下去，愚園路一一三六弄已經在望；司機懂這裡的規矩，先將車燈的遠光變近光，然後關掉大燈，減慢速度，慢慢靠近崗亭踩煞車；有個日本憲兵已等在汽車旁邊了。

「派司！」是生硬的中國話。

孫曜東會說日本話，「我送陳公博先生回來！」他又用上海話關照司機：「把車子裡的燈開開。」車頂小燈一亮，陳公博岸然正坐；日本憲兵回崗亭取來一本照相簿，找到汪公館中交來的陳公博的照片，對證無誤，方始放行。

「不必開進去了。」陳公博說：「我就在這裡下車好了。」

孫曜東心想，陳璧君不大好惹，倘或汽車聲響驚擾了汪精衛的好夢，她會下樓來罵人。好在汪公館就在進弄第一家，送到這裡也不算失禮，便先下了車；前座的保鏢自然也下車戒備，將陳公博交代了日本憲兵，孫曜東深深一鞠躬，說聲：「明天見！」上車而去。

* * *

這天的會由汪精衛親自主持，決定最後的名單。爲了加強號召，仿照國民參政會的辦法，邀請民、青兩黨及無黨無派的社會賢達參加。民社黨稱「國家社會黨」，創辦人張君勱早已發表聲明，主張團結抗戰；青年黨的領導人物曾琦、李璜、左舜生等人，亦早就重申了「政黨休戰、團結禦侮」的態度，所以汪記政府只能拉到兩黨中的二、三流腳色。國社黨的兩名代表是諸青來、陸鼎揆；青年黨的代表也是兩名：張英華、趙毓崧。他們在應邀以前，用楊度當年的一句話，表示態度，叫做「幫忙不幫閒」。意思是不願做冷官，所以周佛海幾經斟酌，決定以交通部給趙毓崧；而以陸鼎揆出掌司法行政部。那知陸鼎揆一命嗚呼；而諸青來不是學法的，指明要當交通部長。這一下，自然又費周章了。

結果是羅君強出了個「一氣化三清」的主意，將預定由梅思平主持的實業部，分爲農礦、工商兩部；交通部則本有爲孫科特設鐵道部的先例在。這樣，平空多了兩個部，亦就多了兩個「特任官」出來，事情可以擺得平了。

交通部給諸青來，是經過趙毓崧同意的，交換條件是農礦部；梅思平自然當工商部。至於實際權力連「京滬滬杭甬兩路局長」都不如的鐵道部長，分了給大夏大學校長，梅思平的同鄉傅式說；他是章太炎的侄女婿，在投效汪記政府的人物中，算是比較像樣子的。

另一個社會賢達叫趙正平，江蘇無錫人，民國元年做過南京留守府的交通局長，此人一直鬱鬱不得志，而且傳說有新台之醜；不道老來交了一步「運」，當上了汪政府的交通部長。據說得力於他的侄子，地方自治專家趙如珩。他是日本留學生，有幾個日本同學屬於政壇中的「少壯派」；經過這些關係，爲趙正平爭到了一名部長。

維新政府的舊人，梁鴻志監察院長；溫宗堯是司法院長。再有一個是邊疆委員會；周佛海本想讓十弟兄中的蔡洪田去當委員長，蔡洪田不要；又找汪曼雲，也說寧願當次長，不願當這個「邊疆」西到三山、東至通濟；北起神策、南迄聚寶這四個城門的委員長，因而名單上是空白。

討論完了政治部門，接下來是軍事部門。東北軍的鮑文樾，成了汪政府的第一員大將，出任軍政部部長。維新舊人任援道，是「綏靖軍」的首腦；陳群因爲有特殊關係，希望能通過他跟杜月笙搭上線，所以佔了內政部長的要缺。至於趙正起的同鄉楊壽楣，家資富饒，應酬得法，也被留了下來當水利委員會委員長。

此外還有兩個委員會，一個是賑務，由周佛海的密友，岑春煊的兒子岑德廣出任，是個肥缺；一個是僑務，由於陳群的推薦，以辦學店起家的私立「上海中學」校長陳濟成充任。此外什麼軍訓部部長、次長，辦公廳主任、各廳廳長、航空署長等等，自然是清一色的軍人。武中帶文的只有一個政治部，由軍事委員會副委員長陳公博兼任；下面兩名次長，亦須由他推薦。

「我沒有人。」他答得很乾脆。

周佛海胸有成竹，不慌不忙地說：「公博兼政治部部長，當然只管政策；得要替他找個次長去看家。我看君強很合適。」

「不、不！」陳公博趕緊搖手笑道：「別人都可以；君強那麼壞的脾氣，我不能要他。你替他另謀高就吧。」

「誰也不能跟君強共事！」陳璧君霍地站了起來，面有慍色。「讓他到邊疆委員會去好了。這個機關跟各部都沒有關係；他大可以關起門來做皇帝。」

周佛海唯有苦笑點頭，提筆在名單上補了名字。這時的羅君強還沒有資格參與高層決策，只能在外面打聽消息。得知其事，頗有意外之喜。原來他的想法不同，有周佛海在，不怕沒有事做；但資格是要熬出來的，知道「老太婆」對他的印象極壞，深怕她作梗，連個次長都撈不到。那知道反而由她的提議、平空一躍而爲特任官，怎不喜出望外？

* * *

一見了大媛，周佛海第一句話便問：「昨天晚上怎麼樣？」

「什麼怎麼樣？沒頭沒腦，你倒是問哪件事？」

「還不是陳部長，替他安排了沒有？」

「怎麼沒有。」大媛答說：「他自己不要；我請老孫把他送回愚園路的。」

「阿翠呢？」

「還不是在國際飯店空等了一夜。」大媛笑道：「我問她，你一夜在想點什麼？她說，她只在想那只紅中。」

接著大媛將昨晚上打牌，陳公博有意「放水」的故事講了給他聽。周佛海哈哈大笑；笑停了又搖搖頭、彷彿有些困惑，「公博也是寡人有疾，」他說：「居然有現成到嘴的兩個『包子』不的邊。」

「不敢，不敢！在你面前，我不敢偷嘴。」周佛海答說：「而且已經許了公博，也不好剪他

吃，可是異數。」

「我看他比你色得好一點。」大媛半眞半假地，「大概你的嘴饞了！」

心。」

提起「太太」，周佛海臉上的笑容消失了，「我倒情願你比她兇。」他說：「我反倒比較放

「這樣說，你看得我比你太太還要兇。」大媛很認眞地問：「是不是這話？」

「這話什麼意思？倒說給我聽聽。」

「我是說，如果你比她兇，就不致於會吃虧。」

「我會吃什麼虧？」大媛臉上已有懼色了。

周佛海接得一個密報，楊淑慧向閨中密友表示，聽說她丈夫在外面「弄了個人」，正在偵查。查不到便罷，查到了要帶人上門，打她個落花流水。周佛海頗爲擔心，很想暗示大媛，倘遇有這種情形，不要怕，越怕越糟糕。如今看她的臉色，心裡在想，還是不說爲妙；一說，眼前就會把她嚇壞。

「有我在，你不會吃虧。」他只好這樣說：「不過，你自己也要小心一點。」

「慢點，慢點！」大媛大爲緊張，「你說，我要怎麼小心？小心點什麼？」

「小心也者，無非說話謹愼。譬如生人面前，不要說跟我住在一起。」

「十三點！」大媛白了他一眼，「陌生人面前，我怎麼會說？我又不是神經病。」

「那最好。」看她懵懂，周佛海反有如釋重負之感，起身說道：「我有個重要的約會，該走了。」

「不回來吃飯？」

「不回來。今天是錢大櫆請吃日本飯，有很要緊的事情。」

這錢大櫆是周佛海所羅致的得力助手。本來是交通銀行大連分行的經理；經過日本方面的關係，推薦給周佛海。兩人一談金融方面的意見，頗為投機；周佛海待人處世，一向爽快，馬上就把準備另組「中央銀行」的籌備工作，交了給他。新政府成立以後，立刻需要大筆支出；錢大櫆建議，先向正金銀行借一筆錢，這天晚上請吃「日本飯」，正是談這件事。

到得虹口一家名爲「桃山」的「料亭」，汽車一停；立刻便聽見，「梯梯踏踏」的腳步聲，霎時間集中了十來名濃脂厚粉，身穿五色和服的藝妓，站在玄關前面，一齊九十度鞠躬，用日本話表達歡迎之意。

周佛海昂然直入，到玄關換了拖鞋，進入不是最大，但最精緻的「楓之間」，主客三人都已起身迎接。

主人是錢大櫆，客人是汪政府經濟顧問犬養健，及正金銀行上海支店長岸波。

「久仰部長閣下。」岸波垂手肅立，低著頭說：「請多關愛。」

「彼此，彼此！請坐。」

四個人都坐了下來，隨即有四名藝妓跪坐在身旁，含笑照料。依照比較隆重的禮節，應該是每人面前一具食案；但周佛海覺得那樣談話不方便，建議改用圍桌而坐的方式。於是四名藝妓又一陣忙，端來一座長方形極大的矮桌；周佛海與岸波對坐在寬闊的兩面；犬養健與主人在側面相陪。

用北海道的魚子佐「菊正宗」；四個人乾了兩巡酒，犬養健首先開口，「關於新政府所需要的資金，正金銀行很願意效勞。」他說：「現在有四個問題：數目、利息、年限、擔保方式，請岸波先生表示意見。」

「數目以二千萬爲度；利息照正金銀行最優惠的標準；年限十年；擔保方式，仿照中國歷來借外債的方式，指定某種稅收，作爲償還本息的款。」他在說，犬養健和錢大櫆都拿紙筆在作摘記；等他說完，犬養健轉臉說道：「現在請周部長答覆。」

「首先擔保方式我不能同意。那是不平等條約之下的一種貸款方式。而且，在沒有談到貸款之前，我要先告訴岸波先生，關於『關餘』，從新會計年度起，我不打算再存在正金銀行了。」

一上來便像碰僵了；犬養健與錢大櫆面面相覷，岸波卻很沉著，居然含笑向周佛海敬酒。

「部長先生，」岸波低聲下氣地說：「關餘由滙豐銀行收存本行，並非出於本行的要求。請諒解。」

「你說這話我就不能諒解。不錯，關餘由滙豐改存正金，是你們軍部的要求。」周佛海憤憤地說：「你是不是要拿軍部的帽子來壓我？」

「我沒有這個意思，只是說明一項事實。」

「事實不是不可改變的。由匯豐改存正金，就是一項事實的變更。從前英國人赫德，控制了中國的海關，所以關稅存入匯豐；現在是你們日本人控制，於是正金取匯豐而代之。基本上都是以殖民地視中國。你用這種態度來對付我，我們沒有法子再談下去；不過，我要聲明，我不負談判破裂的責任。」

這等於指責對方應該負責。岸波很聰明，知道這件事鬧開來，不論誰是誰非，反正他這個正金銀行上海支店長的職位是保不住了。上海是好地方，他捨不得離開；那就只有讓步。

「部長先生，我亦很同情中國的處境，更尊重部長先生的立場。不過，這個問題，是我所無法解決的；我想不如暫且擱置，先談借款。」

「是的，是的。」犬養健急忙接口，「先談借款，比較切合實際。」

「岸波先生，」錢大櫆說：「在我個人看，中國財政部與貴行正式訂立借款合約，不必再需要任何保證。」

「甚至也不是借款。」周佛海突然想起汪精衛常對人說：「我們沒有用日本的錢」，所以這樣說道：「你借給中國的錢，不就是中國的關餘嗎？」

「是的。」岸波不慌不忙地答說：「部長先生，就銀行來說，存款是存款，借款是借款；用定期存款的單據向同一銀行通融，仍算借款，要付出較高的利息。這道理是一樣的。」

周佛海語塞；錢大櫆便接著交涉，「關於利息，只能象徵性地付一點。」他說：「因爲現在我們是需要友邦協力的時候；我們還付不起較高的利息。」

「現在通貨膨脹，銀行放款是吃虧的——。」

「銀行放款吃虧，」周佛海打斷他的話說：「客戶存款就不吃虧嗎？」

「部長先生的詞鋒眞利害。」岸波苦笑著說。

「你減一點吧！」犬養健向岸波暗示，「周部長在別的地方幫你一點忙，所得的利益，就足以彌補了。」

岸波點點頭，想了一下問：「那末，我先請問：回扣如何？」不想這句話又惹惱了周佛海；他大聲斥責岸波，對中國的財政部長談回扣，是一種嚴重的侮辱。由於他聲色俱厲，岸波不由得被嚇倒，一再道歉，表示失言；一場風波，才算在犬養健與錢大櫆的勸說之下而平息。

當然，談判是比較順利了；借款的數目提高了一倍，利息低，年限長；保證當然不必談，只要蓋有「財政部」大印的本票即可。

條件是談好了。但周佛海要求立即付款，卻爲岸波所峻拒；堅持必須借款合約簽署，並蓋上財政部的大印，才能給錢。

「岸波先生，這一點要請你諒解。」錢大櫆很婉轉地解釋：「新政府還沒有成立，周部長亦不曾接事，財政部的印信是無法起用的。」

「那就到新政府成立那天，動用這筆款子好了。」岸波答說：「如果需要現金，是要哪一國的貨幣，請你預先告訴我；我替你準備，照當天匯豐的牌價結算。」

錢大櫆碰了個釘子，目視周佛海請示；周佛海自然不肯爲此向日本人低頭，板起了臉，漸有愠色。於是犬養健出面，代爲情商。

「周部長那方面確有困難——」

「我知道。」岸波搶著說道：「我們不要爲這件事掃了貴賓的酒興；我回去跟業務部門主管商量一下，看有什麼變通辦法？明天上午十點鐘，我會跟你聯絡；請你轉告周部長。」

到得第二天近午時分，犬養健到愚園路一一三六弄去看周佛海；他說岸波已經有了答覆，他曾召集他的高級助手開會研究，大家認爲這是日本銀行界跟中國財政部第一次正式打交道，應該建立一個認眞不苟的範例，作爲一個信用良好的開始。如果周佛海堅持先要撥款，必須有正金銀行總行的指令；岸波還表示，由他打電報向東京請示，亦無不可。不過，不見得很快就有答覆。

「周先生，我很坦白的說，岸波是用拖延的手段；電報來往磋商，等到批准，也已經在新政府成立的時候了，未得實益，徒費周折，是你很不合算的事。中國人說：事有從權。我奉勸閣下，何不從權，先期用財政部的印信，有什麼關係呢？」

這是岸波想出來的話，特爲請犬養健以第三者的立場來說，比較易於見聽；周佛海略一考慮，點點頭說：「那也可以。不過這有法律上的問題；三月三十日以前，財政部尙未成立，在此以前簽署的借約，我可以不承認。這一點請對方要考慮。」

「那不要緊。中國的公文原有倒塡年月的辦法；我們不妨預塡年月，寫明三月三十日好了。」

周佛海沒有想到，人家是早就研究透徹了的；不容他耍花槍。新政府成立之前，有許多迫切的支出，不能沒有大筆款子；迫於現實，只好暗中嘆口氣，接受了岸波的條件。

於是擬定了借款合約，經岸波同意，定在第二天上午簽署；周佛海隨即派人連夜趕到南京，將尚未起用的財政部印信取了來備用。

簽約的地點是在預定的財政部駐滬辦事處。事先約定，岸波帶一張正金銀行的本票來，簽署完成，交換合約，致送本票，都要拍攝照片，作爲紀錄。

到了預定的時間，岸波與周佛海先後到達，略作寒暄，隨即並坐在一張鋪了雪白桌布的長桌後面，各執毛筆簽署；不過十分鐘的工夫，便已完成。接下來便是蓋用印信；錢大櫆將紅綢子裹札的印盒打開一看，不由得楞住了。

原來印鑄局照前清的規矩，鑄成的銅印，四角帶四只腳；因爲唯有如此，才能確實保證在這方銅印出爐到遞送的過程中，未爲人所盜印。這個規矩不但錢大櫆不懂；連周佛海也是第一次見識帶腳的印信，一時不知作何處置。

「要把腳鋸掉才能用印。」從林柏生那裡找來的攝影記者，自告奮勇，「我去找工具。」說完，掉頭就走。

「簽署已經完成了。」錢大櫆懂了印信帶腳的道理，便有了應付的辦法，「請部長跟岸波先生，還有貴賓們，先到客廳進用香檳。」

「好，好。」窘境暫告解消，周佛海舉手肅客：「請！」

於是岸波將裝了正金銀行本票的信封，揣入口袋；隨著周佛海到了客廳，開香檳碰杯，坐下來隨意閒談。

不一會只聽見外面「嘎嘎、吱吱」的聲音；聽得岸波齒根發酸。周佛海則是心都酸了；那種用鋼銼在鋸印腳的聲音，在他聽來，就如同跟他私奔到日本過苦日子的楊淑慧，在刮米缸一樣。

財政部的大印，第一次起用，就拿來蓋借款合約；他在心中自語：大非吉兆！

錢大櫆當然也聽到了；同時，周佛海與岸波的表情也看到了，趕緊奔了出來，只見一堆人圍著那方銅印，還很起勁地在工作。

「算了，算了！」他搖手阻止，「聲音太難聽。回頭再說吧。」

攝影記者住了手，揩一揩額上的汗問道：「換約的儀式不舉行了？」

「只好作罷。謝謝你。」錢大櫆看他有怏怏之色；急忙又說：「你不妨到客廳裡去找兩個鏡頭。」

「對！」一句話提醒了那記者，衝進會客室。站定腳說道：「請周部長跟岸波碰一碰杯！」

周佛海對新聞記者一向很尊重的；便將他的意思，用日本話告訴了岸波，徵詢他的意見。

「可以，可以！」岸波欣然同意。擺好了碰杯的姿勢；攝影記者一面對光，一面說道：「請周部長面露笑容。」

周佛海實在笑不出來；只好唇角牽動了幾下，勉強裝出一個比笑還難看的笑容。

# 5 優孟衣冠

汪偽政權粉墨登場後的種種矛盾與笑話。

民國二十九年三月三十日，南京城裡城外，店舖住戶掛起了青天白日滿地紅的國旗；不過上面還有一面三角形狹長的黃布小旗，旗上有六個字：「和平、反共、建國」。有人說，這面小旗，猶如梁山泊替天行道的杏黃旗。於是有人就把這面「杏黃旗」扯掉了。

這一扯壞了，有個「皇軍」經過，一望之下，神色大變；楞了一下，奔上去拿皮鞋腳猛踢大門，一面踢，一面大罵「馬鹿！」

這一下，嚇壞了街坊，驚動了警察；消息一直傳到「市長」高冠吾耳中。

這個矮矮胖胖、滿臉濁氣的市長，穿一件藍色寧綢夾袍，上套一件黑絲絨馬褂。正在「國民政府」以地主的身分，周旋在「各部會首長」之間；聽到這個消息，臉上因爲得以留任而顯露的笑容，頓時消失；走到正跟陳公博在交談的周佛海面前，低聲說道：「市區有一點中日糾紛，我想跟院長、部長報告，請示處理辦法。」

累，目標就是青天白日旗，不想今天會在他們佔領的地區發現，自然不能甘心。」高冠吾又說：「類似情形，不止一處；此刻新街口集中了成千上萬的日本兵。倘或沒有善策，或許會有暴動的危險。」

「喔，」周佛海問：「何謂中日糾紛？」

「有些老百姓把國旗上的飄帶拿掉了；日本兵見了大爲不滿，說他們打了三年的仗，死傷累

「我早知道，」陳公博脫口答說：「一定兩面不討好。」

周佛海沒工夫發牢騷，只問高冠吾：「你倒說，有什麼善策？」

「是不是下令——，」他也有些說不出口；而終於很吃力地說了出來，下令暫不懸旗。

周佛海幾乎要破口大罵「放屁！」高冠吾看他臉色難看，趕緊又提第二個辦法。

「或者，請部長打一個電話給西尾壽造大將，請他想辦法安撫。」

西尾壽造大將是日本駐華派遣軍總司令；提到他，周佛海的氣又來了。

「我們政府還都，日本不派大使；連駐華派遣軍司令都不來觀禮，眞豈有此理！」周佛海說：「我不跟他打電話，我找影佐。」

於是將影佐禎昭找了來，匆匆交談，定了兩個步驟，一方面由他分別打電話給西尾壽造及日本憲兵司令，勸導「皇軍」散去；一面由高冠吾派警察勸告百姓，掛國旗務必須有那面小黃旗。

部署初定，只聽得軍樂大作，原來「代理主席」汪精衛到了。「文武百官」不是藍袍黑褂，就是黃呢戎裝；唯有他穿了一套長禮服，不過頭有點抬不起來，全靠漿洗得雪白的硬領撐住。當

然，臉上不會有一絲笑容。

行禮如儀到了「代主席致詞」，只是汪精衛手撐著講壇，茫然地望著台下；久久不發一語。

汪精衛的演講，在黨國要人中考第一，往往一上來就探驪得珠，幾句話便能吸引全場的注意力；但這天卻語音低微，有氣無力，往日演講時那種飛揚的神采、清晰的聲音、優雅的手勢，都不知道哪裡去了？後排的人只見他嘴唇翕動，不時有一兩句「大亞洲主義」、「無百年不和之戰」之類的話，飄到耳邊。最後一聲「完了」，倒很清楚；令人想起宣統登基，在太和殿的寶座上大哭特哭；他的生父攝政王載灃爲了哄他，不斷大聲地說：「一會兒就完，一會兒就完！」果然三年工夫便斷送了天下；如今汪精衛是一開始就知道自己「完了！」

「開鑼戲」草草終場；汪精衛隨即到「行政院」院長辦公室「判紅」——就職貼紅紙佈告，稿上要畫「行」。辦了這件開手第一件的例行公事；他拿起第二個卷夾，裡面是一疊電訊；頭一條就是暫遷重慶的國民政府明令「通緝賣國降敵漢奸陳公博」等七十七人；這是汪精衛決定組府後，中央第六次發佈通緝令：第一次只有汪精衛一個人；第二次也只有兩個人：周佛海、陳璧君；第三次有褚民誼、梅思平、丁默邨、林柏生之流，一共九個人。這三次通緝令，層次分明，誰是首、誰是從；誰是汪記政府最重要的人物與次要人物，從名單先後，一望而知。

第四次是通緝汪記的軍事首腦，一個鮑文樾，一個葉蓬；第五次通緝「次長級」的人物；這一次的人數最多，連同以前五次發佈的名單，是一網打盡了。

汪精衛默無一語地看完電訊；抬頭看見他的「秘書長」陳春圃站在哪裡，便即問道：「你有事？」

「是的！」陳春圃說：「重慶的中常會，本月二十一日決議：尊稱總理中山先生爲國父。我們是不是也要改尊稱？」

汪精衛不作聲，好久，才嘆口氣念了吳梅村的兩句詩：『我本淮南舊雞犬，不隨仙去落人間。』」

這時褚民誼也到「外交部」接事去了；在部長室判了行，隨從秘書向他報告：「部裡同仁集合在大客廳，請部長出去受賀。」

「受賀！」褚民誼搖搖頭：「何喜可賀？」

「那末請部長跟大家見個面；說幾句話。」

褚民誼想了一下答一句：「也好！」起身就走。

大客廳已經集合了全部的職員，總共二十多人，次長徐良與周隆庠看到他的影子，領導鼓掌；褚民誼搶上幾步，撈起長袍下擺，就勢身子微蹲，撈著袍角的右手從左往右一甩，長袍下擺抖出個半圓形，同時雙手抱拳作了個羅圈揖。

有個女職員，看他那副打太極拳「以武會友」的功架，忍不住笑出聲來，大家都替他發窘，他卻夷然不以爲意，咳嗽一聲，開口說道：「我可以告訴各位：各位將來會很清閒；因爲外交部根本沒有外交可辦──。」

站在旁邊的次長周隆庠，覺得部長的話很不得體；便輕輕咳嗽一聲，提醒他檢點。褚民誼轉臉一看，馬上就又有話了。

「我們現在的外交，只辦一個國家，就是我們的友邦，日本！其實對日外交，只要兩周就夠了。那兩周呢？一位是財政部周部長；一位是我們的日本通，」褚民誼一指，「喏，周次長。」

這似捧似嘲的說法，搞得周隆庠大爲尷尬，只有窘迫地微笑著。另一個次長徐良則緊閉著嘴，臉色發青，相形之下，更顯得是在生氣。

褚民誼其實是個老好人，他的對日外交「兩周」論，說的也是實話，並無譏嘲的意味；此時看到徐良的臉色，只當他爲了自己抬高周隆庠而不悅，內心不免歉然，覺得對他也要有個交代。

「本部的兩位次長，一對外，一主內，從今天起，我請徐次長看外交部的家；徐次長就是大家的婆婆。」

這個譬喻，倒也頗能符合實情；而且也算很客氣的說法，所以徐良臉上的肌肉也放鬆了。那知下一句話出了毛病，「徐次長是常務次長，」他說：「看家是本分——」

此言一出，引起了輕微的騷動；褚民誼不明所以，把話停了下來。他的隨從秘書趕緊上前，低聲說了句：「徐次長是政務次長。」

「喔，喔！」褚民誼轉過臉來，右手握拳，左掌往拳頭一搭，向徐良打個招呼：「對不起，對不起！」他又向大家說：「我弄錯了。徐次長以政務次長看家，稍爲委屈一點。徐次長留學日本、美國，得過學位；希望將來對英美的外交，能夠開展，還要大大地借重徐次長的長才。」

這番話總算能讓徐良心裡舒服，但周隆庠卻急壞了。

因爲褚民誼的這幾句純粹爲了想敷衍徐良的話，以出於「外交部長」的地位來說，可視之爲宣佈新政府的外交政策：希望開展對英美的外交。從抗戰以來，美國一直對日本採取壓制的態度，最近這一年，日美關係更緊張；尤其是上年七月底，美國繼公佈對日戰略物資禁運令以後，通告廢棄日美通商航海條約；對日本的經濟，是個極大的打擊。現在日本的少壯派軍人，反美的情緒很強烈，戰略方面在醞釀「南進政策」，希望能在取得重要資源上打開一條出路；同時已有人提出一個很受重視的構想，締結日德意同盟，必要時放棄反共的基本政策，拉攏蘇俄，一起來對付美國。

在這樣的背景之下，褚民誼說要開展對英美的外交，勢必引起日本極大的誤會。

所以周隆庠不顧褚民誼還在大放厥詞，照理應該在場聆聽的禮貌，悄悄退出去；首先找到「大阪每日新聞」的記者，生長在中國的鳥居太郎去解釋。

「褚部長的意思，決非希望跟英美合作；不過，爲了減少國際上對新政府的敵視態度，不能不說兩句門面話。請你不必發表，免得引起不必要的誤會。」

「我對褚部長很了解，不會誤會。」鳥居太郎笑一笑說：「恐怕褚部長自己都不知道，他這隨便說的兩句話，可能會害得板垣中將大爲緊張。」

他說的板垣中將，就是「中國派遣軍總司令」的總參謀長板徵垣四郎，是日本陸軍少壯派的中堅分子。在他當關東軍高參時，與同僚後輩石原莞爾，發動了「九一八事變」，稱之爲「石原智略，板垣實行」，是個很難纏的傢伙；所以周隆痒很傷腦筋。

「還有，」鳥居太郎又說：「外務省方面，也可能會延期發佈阿部大將使華的消息。」

這就更嚴重了。原來周佛海主持對日交涉時，曾經一再要求日本，首先承認汪記政府，同對遣派「大使」。日本內閣與軍部意見一致，因爲還希望能跟蔣委員長談和，一時不便承認汪記政府，表示仍舊尊重遷都重慶的國民政府。至於派大使，應在承認新政權以後，目前爲了便於談判基本關係起見，日本決定在汪記政府成立以後，遣派一名特使。人選亦已決定，是卸任的首相陸軍大將阿部信行；預定在四月一日宣佈。

如果因爲褚民誼信口開河的兩句話，日本外務省先要澄清此事，再發佈阿部使華的消息，那就意味著新政府的對日外交，一開始便有挫折，這在周隆庠看，是件很嚴重的事，也宜乎及早解釋，才能弭患於無形。

於是等褚民誼回到部長室，周隆庠便將鳥居太郎的話，很宛轉地作了說明；然後請示處置辦法。

禮貌很周到，實際上是有意難一難「部長」。果然，褚民誼楞住了；他沒有想到，隨隨便便一句話，竟會引起如此嚴重的後果。

「我跟汪先生去說，我不能做這個部長；連說話的自由都沒有。」

「是的。」周隆庠平靜地答說：「做外交官，就是在這方面必須受拘束。請部長亦不必跟汪先生去說，似乎頭一天就要撂紗帽，夫人會不高興。」

周隆庠口中的「夫人」就是陳璧君；汪政府中除了羅君強，數褚民誼最怕她。羅君強還可以

敬鬼神而遠之；褚民誼是至親，三天兩頭要見面，她嘮叨起來、想不聽都不行。所以一提到她，褚民誼就氣餒了。

「反正部長的本職是副院長，目前也不必辭兼職；剛才部長說過，請善伯先生當家，以後關於外交方面的事務，部長不管就是。」

「對、對！請徐善伯替我主持一切，有什麼儀式，要我出席，我來擺擺樣子就是。」褚民誼又問：「今天有什麼活動？」

照道理，像這種日子，外交部是最忙的時候，各國使節覲賀、設宴招待，往往人手不夠，還要臨時向外借調。但汪記政府成立，除了「滿洲國」有一通賀電以外，那一國也不理睬；這自然是很令人難堪的事，不過周隆庠卻沉得住氣。

「國難期間，一切從簡。」他輕描淡寫地說。

「那末，我在部裡沒事了吧？」

「是的。」

「沒事我就要走了。」褚民誼說：「以後一切請你跟徐善伯偏勞。」

出了部長室，褚民誼又去看徐良，將私章交給他保管；隨後又到各司的辦公室去周旋了一番，離去時連聲道「再見。」第一天上任，行逕倒像卸任道別；許多人感覺到，是個外交不終的不祥之兆。

＊　　＊　　＊

褚民誼是揚長而去了，由於他「失言」而可能引起的誤會，卻必須趕緊處理。汪記政府的一切對日交涉，人都透過影佐禎昭辦理；爲此，影佐還特地設立了一個特務機構，代號是「梅機關」。周隆庠此時就是找梅機關去接頭。

幾通電話打下來，覓得影佐的蹤跡；他在周佛海的「財政部」部長室。於是周隆庠跟周佛海通了電話，將褚民誼信口所發的論調，以及可能引起的後果，作了扼要的陳述；然後提出他的看法，向周佛海徵詢意見。

「我同意你的辦法；影佐在我這裡，我請他馬上處理。其實，民誼的話也沒有錯；只要作了解釋，不致引起誤會。」周佛海又說：「倒是有件事，跟外交部也有關係；我希望你立刻能來，一起跟影佐辦交涉。」

「是！我馬上來。」周隆庠說：「不過，能不能請你先把是件什麼事告訴我；我好準備。」

「解散『興亞建國運動』那件事。」

這件事周隆庠是很明瞭的。最初日本人所希望的汪記政府，能夠「擴大基礎」，容納各黨各派，造成一種各方面都期待「和平」的聲勢；使得國民政府不能不重視此種現實，從而放棄抗戰到底的決策，出現日本所期盼的「全面和平」。

爲了這個緣故，影佐決定找中國人組織一個變相的政黨，支持這個「政黨」參加新政府，一方面作爲「擴大基礎」的一部分；另一方面可以透過這一「傀儡政黨」，去控制汪記政府的內部。不過，他自己不便出面來搞這件事；找了一個老朋友岩井英一來負責。

岩井英一出身於日本為了訓練間諜而設立的上海「同文書院」，說得極好的一口中國話；漢文寫作亦很能順。當「一二八事變」前後，重光葵當上海總領事時，他以副領事的身分，擔任日本駐滬領事館的發言人，因此跟上海的新聞記者很熟；同時跟好些情報販子建立了關係。這時接受了影佐的委託，想起了一個人。

這個人本名袁學易，號逍遙，後來改了單名，叫做袁殊。他是湖北人，留學日本，精通日語；人又生得高不滿五尺，看上去就更像日本人了。眞所謂「矮子肚裡疙瘩多」，他的神通確是很廣大，那一個特殊的組織中，他都能插上一腳；岩井就因為他三教九流中都有朋友，才看中了他。

經過幾次密談，有了成議，配合軍部正在要求設置的「興亞院」，將這個組織稱為「興亞建國運動」；先由袁殊找人將「興亞建國運動」的理論基礎先建立起來，再招兵買馬，正式推出。

這件事很快地讓周佛海知道了。中國共產黨在嘉興南湖的船上，第一次開發起會議，他跟陳公博是十個代表中的兩個；對於搞這套花樣，敏感得很，不相信袁殊只是幫日本軍部做事。再深入調查，發現袁殊所找來的重要助手之中，翁永清與劉慕清是共產黨；陳孚木做過陳銘樞當交通部長時的政務次長，跟廖承志非常接近。這就明擺著「興亞建國運動」的本質，是共產黨的地下工作機構。

於是周佛海將丁默邨找了去，要他抓袁殊；丁默邨說，他跟吳醒亞是一起的，有「中統」的關係，他不能抓他。不但丁默邨，連李士群也一向對「中統」另眼相看的，因為他們都是「中統」

出身，舊日同僚自有香火之情；同時也是爲自己留個退步。

「你知道不知道，」周佛海問說：「袁殊有四方面的關係：日本、中共、中統之外，還有軍統？」

「我知道。」丁默邨坦率答說。

「既然知道，我希望你即刻採取行動。」

於是袁殊以「軍統」駐滬情報人員的罪名，爲七十六號逮捕。岩井很快地就知道了，去見丁默邨及日本憲兵隊駐七十六號的聯絡官塚本中佐，要求釋放袁殊。

丁默邨與冢本一致拒絕。岩井退而求其次，要求保釋，亦商量不通；最後提出要求：借用兩個星期。

「我受軍部的委託，有一項極重要工作，交給袁殊辦理，快要完成了；借用兩星期到期還人。如果你們不相信，不妨向影佐禎昭大佐求證。」

抬出這個汪精衛的「最高顧問」，丁默邨終於不能不同意。岩井將袁殊保了出來，一輛汽車開過外白渡橋，安置他在北四川路駐滬總領事館的禮查飯店；這裡是「皇軍」直接管理的「警備區」，爲七十六號勢力所不能到，所以到期岩井不還人，丁默邨亦拿他沒辦法。

更壞的是，這一來反逼得岩井提早將「興亞建國運動」的招牌掛了出來；本部就在閘北寶山路岩井家中，對外的名義，只稱「岩井公館」。岩井替他拉攏一批日本浪人，都是與軍部少壯派有密切關係的極右派分子，如兒玉譽士夫等；中國人方面的成員，亦極盡其光怪陸離之至，連專以三角戀愛爲題材的小說家張資平，都羅致在內。

周佛海當然無法容忍，跟岩井的交涉沒有結果，迫不得已只好向影佐禎昭，提出極嚴厲的警告：如果日本人要扶植一些背景複雜的人，另樹一幟，公開活動，即表示對汪精衛不信任，立即停止組府的工作。

事態嚴重，影佐不能不接受周佛海的要求；但他本人的處境很爲難，因爲這個組織原是他授意岩井發動的，自不能出爾反爾。因此他一方面通知岩井，最好暫停活動，尤其不可招搖；一方面關照岩井，託日本駐華大使館的一等書記官清水董三，陪著他一起去向周佛海解釋。事情就這樣拖了下來。

如今迫不及待地又要解決這樁「懸案」，是因爲有個特殊的原因；周隆庠是到了周佛海那裡才知道，前一年秋天，也就是周佛海向影佐提出嚴重的交涉之前不久，岩井曾率領了「興亞建國運動」的八名發起人，到東京拜訪過內閣總理大臣阿部信行大將。如今阿部是以「重臣」的身分奉派來與汪政府談判基本關係的「特使」；如果岩井、袁殊借阿部的招牌有所活動，將會增加汪政府很大的困擾。因此，周佛海再度表示了強硬的態度，「興亞建國運動」非解散不可。

「周先生，你實在是誤會了。」影佐很婉轉地說：「『共同防共』是近衛三原則之一；亦爲貴我雙方合作的主要基礎。請你想，我們怎麼會支持一個中共工作的組織。」

「不錯，我相信你跟岩井的本心無他！但是，你們完全不能理解中共的手法。袁殊的背景，已充分說明他的不可靠；他們羅致的人，都是共產黨或者共產黨的同路人，對於這樣一個具有鮮明赤色的組織，莫非你跟岩井居然能視而不見？」

「這，」影佐答說：「是周先生主觀的看法。」

這一下，周佛海火了，「大佐，你太偏聽了岩井；而岩井是『政治色盲』。」他抓起筆來，在便條上寫了一個名字，遞給影佐：「你知不知道這個人？」

影佐看上面寫的是「惲逸群」三字，搖搖頭說：「不知道。」

「這個人本來是一個通訊社的記者，抽鴉片，從外表上看，了無是處；可是，他是資格很老的共產黨。」

「眞的嗎？」影佐仍舊在懷疑。

「我現在無法使你相信。可是我可以告訴你一個試驗的辦法；此人現在住在袁殊那裡，深居簡出，而『興亞建國運動』的幹部名冊中，並沒有他的名字，你想，這說明了什麼？」

「有這樣的事？」影佐到此時才有了明確的答覆：「我要調查。如果眞有像周先生所說的情形，當然很可疑。我要勒令岩井解散！」

周佛海點點頭，轉眼看著周隆庠說：「你聽到了影佐大佐的話了？你做個見證。」

交涉到此告一段落。過了五六天，周佛海關照周隆庠向影佐探問結果；影佐答說，他已經證實了確有此事，也曾依照承諾，勒令岩井解散；他說：「『興亞建國運動』這個名義，已經不存在。」

周隆庠將他的話，據實轉報；周佛海知道問題並未解決，「名義不存在」的說法，意味著實際活動仍將繼續。

為了處理袁殊的問題，周佛海自然而然地想到了他的一個密友，也是「十弟兄」之中的中堅分子金雄白，平時他在掛牌做律師，以他在新聞界的關係，各方介紹的案子很多；特區法院與巡捕房又多的是熟人，所以業務茂盛，路路皆通，生活頗為優裕。但他是個戰國策士型的人物；又有東漢智識分子，過分看重私人義氣的毛病，感於周佛海的情誼，不顧一切，如上海白相人打話的「閒話一句」，毅然「落水」了。

在周佛海左右，他跟羅君強共事，在南京辦了一張《中報》，與汪政府同日登場，很明顯地表示出這就是汪政府的機關報。但金雄白辦報是內行，他知道如果辦成一張處處為「政府」講話的「官報」，銷路一定會成問題，因此他另有一套爭取讀者的做法；但必須以副社長的名義，獨斷獨行，期無掣肘。

這一來，作為社長的羅君強，自然大表不滿；他是個很霸道的人，不是他的權力，尚且要爭，何況本應是由他作主的事，豈甘拱手讓人？所以《中報》一開辦，內部就出現了人事磨擦的現象；金雄白當然也知道，但他一向倔強，而且自信像羅君強這樣的人，他也還鬥得過，所以並不在意，依舊我行我素。同時，他在辦報以外，還在進行一件可以發財的事，也沒有工夫去跟羅君強計較。

這天，周佛海要找他，而他恰好為了那件「發財」的事，也要跟周佛海去談，見了面，自然周佛海的事先談。

「袁殊那面有回音來了，『興亞建國運動』的名義，可以取消；實際上當然還有花樣。」周佛海說：「我想請你去查一查，到底是何花樣？袁殊個人有什麼希望？」

「你是預備跟他妥協？」

「不能說妥協；或者可以說是安撫。」

「恐怕不是安撫所能解決問題的。」金雄白說：「據我所知，岩井跟袁殊始終並未放棄這個活動；不過改採思想文化運動的形式。如果說他們的活動有危險性，那末這個危險性由表面轉爲潛在，危險更甚。」

「只要他們不是鼓吹共產主義，就搞思想文化運動也不要緊。目前，仍舊請你替我留心；必要時，你不妨代表我跟袁殊談一談，要求合理，我自然可以接受。」

「好，我懂你的意思了。」

「你自己的事呢？」周佛海說：「梅哲之要去驗資了。」

「已經來驗過了。我正要跟你談——。」

原來周佛海幾次向金雄白隱隱約約地表示過，在未來的政治活動中，因爲要打通中央的關係，不能不掩護來自重慶的情報人員；這樣，就必須有一筆不能公開的經費。金雄白知道周佛海在汪政府中擔任財政部長並兼「中央儲備銀行」的負責人；因而自告奮勇，預備辦一家銀行，必要時可作爲周佛海的「外府」。周佛海同意了，說是「試試也可以。」

於是，汪政府開張的第一天，金雄白就將申請核發銀行營業執照的呈文，送到了財政部。這家銀行定名爲「南京興業銀行」，資本額爲法幣五十萬元。金雄白對辦銀行是外行，經朋友介紹了一個姓葛的本地人，負責籌備；那知此人全無用處，卻又好面子，有難處一直不肯說，先是無法覓得行址，只好以新建的《中報》報館樓下，臨街的一部分暫且將就。繼而是到得要驗資時，才向金雄白呑呑吐吐地說破，股本僅僅只招得半數。

「虧得梅哲之幫忙，今天來驗資，我把事實眞相老實告訴他，請他通融辦理；不過，我已經向他保證，明天帶足全部資金去看他。哲之已經答應了。」

「那，」周佛海問：「你要湊足五十萬法幣；只有一天的工夫，來得及嗎？」

「我想沒有問題。」金雄白略停一下說：「不過爲防萬一起見，我不能不先報告你。」

「我知道了。如果有問題，你跟淑慧直接去說。」

彼此心照不宣，話不必明說。金雄白倒確是「爲防萬一」；事實上還差二十幾萬法幣，他都用電話接頭好了。當天晚上，坐了汽車四處一跑，湊足全部資金；第二天一早到財政部錢幣司，當著承辦人請司長梅哲之驗資。不到一個星期，領到了第一號銀行開業執照。

銀行是開門了，憑藉金雄白的關係，拉來了好些不需付息的「甲種存款」；大多是各機關的公款。但寄人籬下，看起來是一爿錢莊，縱有發展，「錢途」有限。金雄白看不懂帳簿跟傳票，海派作風卻是高人一等；找了他的高級助手來，宣佈要自建行址，預算是全部資本法幣五十萬元。

照姓葛的看，「董事長」在發神經；全部資本都花在造房子上，營運的資金在哪裡？當然，存此疑問的，不止他一個人。

「你們當我發瘋了，是不是？我說個道理給你們聽，你們就知道了。第一，做生意最勢利，銀行更勢利；現在南京興業銀行，租了中報的幾間店面作行址，怎麼樣也不能叫人看得起。如果自己有富麗堂皇的行址，人家的觀感就大不相同，而且也估不透你的實力；心裡只是在想，光是房子就值幾十萬，資本怕不有幾百萬？那一來，你們設身處地想一想，會不會拿存款送上門來？」

姓葛的點點頭答說：「這倒是實話。」

「我再說句關起門來，自己人心裡的話。對於小客戶，他們節衣縮食，省幾文下來送到我們行裡，生點利息，總要給他們有個保障；最穩當的保障，就是不動產。將來不管怎麼樣，銀行的房子總是日本人搬不走的。」

在場的人，聽得這段話都覺得別有滋味在心頭，各自有所警惕；當然，也有好些人深受感動，本來只是覓一枝之棲，好歹餬口的人，都變了想法，認爲對這個銀行，值得投注心血。

因爲如此，事情進行得很順利；很快地就在中報館同一條路的朱雀路，覓得了一塊地皮，找建築師打了圖樣，克日興工。

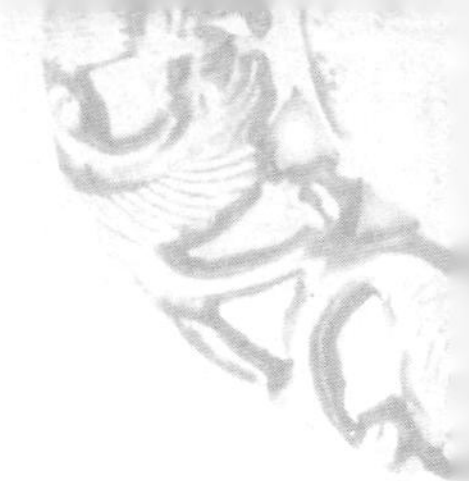

# 6 時勢英雄

本書主角之一，戰前的名記者金雄白，呼風喚雨，辦報辦銀行的戲劇性過程。

汪記政府開張尚未滿月，日本的特使阿部信行大將，飛到了南京。在機場迎接的「新貴」，對他都留下了很好的印象；而且，很多人有意外之感——中國人所熟悉的日本軍閥，不過本莊繁、土肥原賢二、松井石根等等，照片曾見於中國報紙的少數人，不是一臉奸許，就是滿面橫肉；而阿部信行，生得慈眉善目，矮而微胖的個子，白皙的皮膚，還帶一副金絲眼鏡，完全是儒將的味道。

當天晚上，汪精衛設宴歡迎阿部，席間講話，彼此都表示希望「全面和平」能夠實現。周佛海曾向阿部探問，日本方面準備提出的條件；阿部含含糊糊地，答語不著邊際，只隱約指出，「日支新關係調整要綱」具有很大的約束力。

這份「要綱」就是高宗武帶出去的密件；自從公開以後，由重慶到香港，由香港到海外僑區，普遍展開抨擊。周佛海心裡明白，照這樣的原則去談判「基本條約」，永遠不能得到國民政

府的諒解，更談不到基層「全面和平」。

到得「盡歡而散」，汪精衛在頤和路二十三號，戰前本屬於褚民誼住宅的「官邸」，召集親信會議，商量談判的立場、態度與技巧。大部分的意見，認爲立場應該保持彈性；態度不亢不卑。可是能保持的彈性有多大，態度上如何是亢，如何是卑？卻無從討論；因爲不知道阿部手中的「底牌」。

「一定要把它探問出來。」汪精衛作了一個決定：「佛海，這件事讓你去辦。我希望三天之內有結果。」

周佛海想了一下答說：「三天之內，是否能有結果，還不敢說。我想雙管齊下，需要比較充裕的時間。」

「那末，你說，要多少日子？」

「一個星期到十天。」

「好！就算十天好了。」汪精衛對周隆庠說：「在這十天之中，關於開議的問題，不可向對方作任何承諾。」

這意味著如果條件太苛刻，根本就不可能開議；阿部信行的任務，未曾開始，便已失敗。這對日本政府、軍部及阿部個人的面子，都是極大的打擊；將會出現非常嚴重的局面。周隆庠不由得憂心忡忡了。

等辭出「官邸」，對日外交實際負責人的二周私下商量，別樣都好辦，唯有阿部攜來的「底牌」，必須盡一個星期之內弄到手，是當務之急。周佛海在日本陸軍省有條路；他之要求由三天展限爲一周，就是打算著派人到日本去一趟，往還需時的緣故。但這條路能不走最好不走，因爲走通了亦有後患，陸軍省可能會清查內部，追究洩密的責任問題，鬧開了不好看；如果走不通事機敗露，麻煩更多。

「有這條路應該『養』在那裡，不宜輕於動用。目前，我看還是透過公開的途徑，向日本方面表明態度爲妙。」周隆庠又說：「如果能夠保證，不論對方開什麼條件，我們一定跟他談判；我想，影佐會替我們去想法子，把那張『底牌』弄了來。」

「這，我可以保證。汪先生的態度，歸我負責。」

有他這句話，周隆庠心放了一半；第二天便去找影佐禎昭，要他「亮牌」，他說：牌反正是要打出來的；遲打不如早打，有什麼問題，私下先可以研究。如果一定要到會議桌上才亮牌，萬一不能接受，搞成僵局，豈非自己爲難？

影佐讓他說動了：很快地取來一通文件，名爲《日本要求之根本條件》，一共五條：

一、中國承認「滿洲國。」

二、中國必須放棄抗日政策，樹立中日善鄰友好關係：爲適應世界新情勢起見，須與日本共同負擔東亞之防衛。

三、在認爲於東亞共同防衛上之必要期間內，中國承認日本可在下列地區駐兵：一在蒙疆及華北三省駐兵；二在海南島及華南沿海特定地點，駐留艦船部隊。

四、中國承認日本在前項地域內，開發並利用國防上之必要資源。

五、中國承認日本在長江下游三角地帶，得在一定期間實行保障駐兵。

「何謂『保障駐兵』？」周隆庠問。

「這是爲了保障長江下游三角地帶的治安。」影佐禎昭答說：「換言之，此一地帶的治安，如果中國政府有足夠的力量維持，皇軍自可不必進駐。」

周隆庠點點頭，停了一下說：「照這個條件，恐怕談不攏。」

「不會！」影佐禎昭答道：「並沒有超出《日支新關係調整要綱》的範圍之外。」

「好吧，等我們先作個研究，再決定開議的日期。」

「請仔細研究。」影佐禎昭說：「阿部特使，已經把夏天的衣服都帶來了。」

這表示日本方面已經有充分的心理準備，知道這一談判，討價還價，有得磋磨；至少，阿部並不期望在一兩個月內就會有結果。

「中國人說『從長計議』，這是兩國百年的大計，自然需要愼重。」周隆庠用了句外交詞令：「我很高興貴方有此認識。」

「但是，特使是決不可能空手而回的。」

影佐明白地表示了日本的態度，不管交涉的期間多長，沒有結果，決不罷手。

＊　＊　＊

「這是亡國的條件！城下之盟亦不致如此苛刻。」周佛海面色凝重地說：「先不能拿給汪先

生看。」

「汪先生催問呢？」

周佛海想了一下說：「你跟春圃去研究，不妨先拿給『老太婆』看；讓她在枕頭邊先做點疏通的工作。這場交涉，後果如何，頗難逆料；我們先爭，爭到對方無可讓步，再請汪先生出面來談。」

「嗯，嗯。」周隆庠深深點頭。

「這是一個交涉的原則；技術問題請你去設計，我可不管了。」周佛海苦笑著說：「你知道的，這兩天我公私交困，焦頭爛額，馬上要趕到上海去；這方面只好請你偏勞。」

「我知道。部長請放心去好了。」

於是周佛海當天就到了上海，一下車便找潘三省。原來周佛海藏嬌金屋，楊淑慧早得風聲；周佛海由於司機所透露的消息，亦有警覺，心想遷地爲良。但其時陽曆年後陰曆年；陰曆年後緊鑼密鼓，預備組府，將這件事就擱了下來，直到一個月前，才託潘三省另外覓屋。那知就在已覓得新屋，大媛正在收拾箱籠，預備遷移時，楊淑慧已獲得確實情報，找李士群的老婆葉吉卿幫忙，弄了一班「白相人嫂嫂」打上門去；將大媛辛苦經營的香閨，砸得稀爛。阿翠一看不是路，溜出來打電話向潘三省告急；潘三省口中說：「就來，就來！」心裡打定主意，讓楊淑慧出足了氣再說；事實上他亦決不敢出面去捋「虎」須。

「部長，」潘三省說：「請你原諒我！連你部長都惹不起周太太；我又怎麼敢？不過，善後

工作，我料理好了；現在我陪部長去看令寵。」

說罷，潘三省陪著周佛海上了他的「保險汽車」——特制的開特勒克，三排座位六扇門，前後防彈玻璃。周佛海與潘三省在六名「羅宋保鏢」夾護之下，由南京路出外灘，過北四川路橋到虹口；只有在這個區域，大嫒才可以不愁楊淑慧再度打上門來。

大嫒的新居，也是一幢精緻的小洋房；隨從依舊，排場不減，可是大嫒的神情卻改過了，蕭索憔悴，一見了周佛海，兩行眼淚就掛了下來。

「大嫒小姐，」潘三省說：「你跟部長到樓上去談談。」

樓上的臥室，卻空落落地沒有什麼陳設；大嫒喜歡收集香水，本來一進她的房，首先觸入眼簾的，就是大梳妝台上五光十色的百十個玻璃瓶，此時只剩得十分之一都不到了。

「你不要難過。」周佛海握著她的手說：「這裡很安全，不會再有麻煩；你別怕！」

「我哪裡能不怕？到現在還常常做惡夢——。」

大嫒且哭且訴，將楊淑慧帶來的那些「白相人嫂嫂」如何用下流話醜詆；如何拉破她的內衣，有意凌辱的情形，拉拉雜雜地說不盡言。周佛海除了皺眉以外，唯有好言慰撫；並沒有一句責備妻子的話。

這一下，太傷了大嫒的心。本來她已經想下堂求去；潘三省勸她，最好等見了周佛海再說。大嫒心思倒也活動了，只要周佛海能說句公道話，另外對她的安全確有保障，委屈也就算了。不道他是這樣的態度，舊怨加上新恨，心裡的氣一下子湧了上來，決定分手。

「求求你，放我一條生路！我不明不白跟了你，永遠不會出頭。」大媛打開房門，衝下樓梯，一面連聲大喊：「潘先生、潘先生！」

「怎麼樣？」潘三省迎上來問：「大媛小姐，有話好說。」

「我話都說盡了，他怕他的雌老虎老婆怕死了。我再跟他在一起，人家要了我的命，他也不會替我伸冤。」

潘三省一聽這話，心裡明白，這頭露水姻緣不如拆散爲妙。周佛海少了好些麻煩，自己在楊淑慧面前也可以表功一番。

主意打定，便向大媛低聲說道：「周部長跟周太太是患難夫妻；周太太再狠，周部長也要讓她的，你犯不著夾在裡面吃虧。你有啥條件，我替你去說。」

大媛原已打消分手的念頭，所以也不曾考慮過分手的條件；遽然之下，不知所答。潘三省掌握機會，不等她再開口先爭取主動。

「你放心！我不會讓你吃虧，你先這裡坐一下，我替你去談。」

說著，拋開大媛，上樓而去；只見周佛海坐在大媛梳妝台前，對著大鏡子在發楞。

等他在開著的房門敲了兩下，周佛海才轉過臉來說：「你看，她發這麼大的脾氣。」

「她發脾氣不要緊，就怕周太太發脾氣。」潘三省問：「部長，你是怎麼個意思？跟我說一句，我替你辦。」

「我，」周佛海搖搖頭，「總覺得於心不忍。」

這意思就很明白了，並非捨不得大媛，只是覺得就此拋棄，良心有虧。在潘三省看，可以拿金條美鈔來彌補，不足爲慮。

「部長，依我說，倒不如趁她年輕，早早放她一條生路，良心上反而過得去。」潘三省放低了聲音說：「部長在公事上，已經夠傷腦筋了；再爲這種事佔了工夫，太划不來。再說，是大媛自己鬆的口，求之不得；多送她點錢就是了。」

周佛海嘆口氣說：「也只好如此了。送她多少錢，請你替我作主；過後我再跟你算。」

「小事，小事。」潘三省說：「部長來過了，意思已經到了，請吧。」

「嗯，嗯。」周佛海躊躇著，臨別還想跟大媛說幾句話。

「算了，算了！」潘三省看出他的意思，隨即催促著說：「提得起，放得下。我替部長再找好的。」

等周佛海黯然魂消而去，潘三省便跟大媛談條件，結果是十根條子「叫開」。那時黃金市價，每兩法幣八百元，十根條子折算法幣，恰好比梅思平的楊小姐的「四〇〇〇〇」，加了一倍。

辦完了這件事，潘三省自然要去報功；當周佛海很客氣地道謝時，他想到有件事，應該可以說了，「部長，」他說：「有個朋友，我不知道哪裡得罪了他？想請部長幫我調停、調停。」

「誰？誰跟你鬧得不愉快？」

「雄白！」潘三省說：「他常常在《中報》上罵我，部長總知道的吧？」

「不不！我一點都不知道。」周佛海有些困惑，「《中報》我也是每天必看的，沒有看到罵你的文章啊？」

「罵『大世界』，不就是罵我？」

「啊，原來『大世界』是你辦的？」

原來汪政府成立的同一天，南京夫子廟出現了一家遊戲場，就是潘三省投資的「大世界」；其中煙賭嫖一應俱全。辦報要想站得住，自然要向這些地方「開火」；所以《中報》在它開張的第二天，也就是《中報》創刊的第二天，社會新聞版就刊出了一篇《大世界》的特寫，痛加抨擊。潘三省惹不起金雄白，便只有向周佛海告狀了。

「好吧，」周佛海慨然應諾，「我來跟他說。」

回到南京，一通電話將金雄白邀了來，周佛海開門見山地表示不滿。

「你知道我跟三省很熟；你也明知道『大世界』是他辦的，何苦在《中報》上寫得如此不堪，讓我為難？」

「我倒不覺得你會為難。」金雄白答說：「這篇稿子，還是我特為要採訪部寫的。」

一聽這話，周佛海眼都直了，「那是為什麼？」他說：「你不是故意的嗎？」

「是的，我是故意的。潘三省一直拿你們在招搖；開出口來公博如何如何，佛海如何如何？人人知道他是你們的『皮條客人』；我是為了你們好，特意登這麼一篇稿子，等於間接替你們闢謠。」振振有詞的一番話，想想還駁他不倒；而且，事實上也確有他所說的闢謠的作用。周佛海也就只好皺皺眉不作聲了。

可是，一直處心積慮在想抓權的羅君強，卻以爲有機可乘，除了不斷在周佛海面前挑撥是非以外，暗中還有佈置；等到有一天金雄白回上海，他親自打電話到編輯部及經理部，召集職位較高的工作人員開會，地點就在他家裡。

十來個人一起坐了部大巴士來，進入客廳坐定；羅君強便高聲喊道：「丁副官。」

「有！」丁副官一面在門外應聲，一面走了進來。

「你注意！」羅君強手指著客人說：「在談話沒有終了以前，任何人不得離開。」

眞是語驚四座！十來個人不約而同地睜大了眼，面面相覷，心跳加快，不知道出了什麼大亂子？會面臨這樣嚴重的局面。

「今天，」羅君強咳嗽一聲，用濃重的湖南口音，大聲說道：「召集大家談話，目的是要共同揭發金雄白在《中報》種種舞弊的情形。我手裡已經有了相當的證據；希望大家能夠提供更加詳細的資料。」

此言一出，無不驚愕莫名。雖說他這個社長與副社長金雄白面和心不和，已是同事間盡人皆知的事，但他們畢竟是義結金蘭的異姓手足；而且一直在周佛海手下密切共事，不想他居然對金雄白會出此「清算」的手段，人心眞太不可測，也太可怕了。

「你們不必顧慮！只要肯坦白，不但既往不咎，而且還可以調昇其他優厚的職位；倘或不肯坦白，罪有攸歸，我只好以社長的身分，送法院究辦了。」

「社長，」會計科長站起來問道：「你要我們坦白什麼？」

「誰跟金雄白有勾結，坦白出來！」

「那沒有！」會計科長坐了下來，再無別話。

「你沒有，別人有吧？」羅君強指名向工務科長問道：「你說，買材料的回扣，是怎麼分的？」

「請社長問會計科好了。」

「怎麼？」羅君強大爲起勁，「會計科也有份？」

「社長，社長！」會計科長急忙聲辯，「不是說我們大家分回扣；回扣是有的，金副社長關照歸公入帳，每一筆都可以查考的！」

這話等於在羅君強臉上摑了一掌，有些要老羞成怒的模樣了；有個編輯不識眉高眼底，站起來說道：「金副社長自己辦了銀行，各機關沒有利息的存款多得很，要揩油不必揩到《中報》來——。」

「你說什麼！」羅君強大吼一聲，「他辦銀行佔用《中報》的地方，假公濟私，就是揩油。」

「南京興業銀行租用《中報》的房子，是出房租的。」

「出房租就不是揩油嗎？」

羅君強由此強詞奪理，大發雷霆，將那個編輯惹火了，起身便走。丁副官攔在房門口，低聲軟語央求：「你算體諒我；暫且委屈，仍舊請坐。」

那編輯心軟了，氣鼓鼓地走了回去，支頤而坐，眼卻望著別處。羅君強也無可奈何，只好裝作不見。

就這樣僵持到了晚上九點鐘，一個副總編輯起身問道：「請問社長，明天還出不出報？」

「當然要出！爲什麼不出？」

「要出報，就要去編報了。而且從下午五點到現在，夜飯還沒有落肚。」

羅君強緊閉著嘴不響，好一會，突然一拍桌子：「散會！」人隨聲起，首先走了出去。

「『共產黨會多』，也沒有這樣莫名其妙的會！」有人咕嚕著，吐出湖南人罵人的一個字：「杇！」

等金雄白一回到上海，自然有人會將經過情形向他報告。新聞記者出身，什麼怪事都見過；但像羅君強這樣既不是明槍，又不算暗箭，肆無忌憚，不計後果的攻擊，想想有點不可思議，也眞有點寒心了。

「羅君強說過，中國人只要三個在一起，就會分成兩派；其實，他只要跟另一個人在一起，就會對立。」金雄白嘆口氣，「做事容易做人難。」

已經撕破了臉，是非只有越來越多。金雄白完全是爲了周佛海的交情，並無意與羅君強爭權奪利，所以心裡覺得其人可惡；但卻決定找個藉口，退出《中報》，專心去經營他的南京興業銀行。

這天他剛剛從銀行新址的工地回《中報》，周佛海打了個電話來，約他見面談談；那知道談的又是報紙。

「《文匯報》的情形，你是知道的。」

金雄白當然知道。這家報紙停刊以後，廠房機器連招牌，是由丁默邨買了下來的，先後委任了兩個人籌備，相繼死在來自重慶的地下工作人員的槍下；這兩個都是名作家，一個劉吶鷗、一個叫穆時英。

「現在默邨找不到人籌備，願意把這家報無條件送給我。你跟君強無法再合作，不如各主一報。你到上海去籌備怎麼樣？」

「我正想跳出是非圈——」

「我不勉強你。」周佛海搶著說：「到上海辦報，要冒生命危險；劉吶鷗、穆時英的前車不遠。我此刻只不過徵求你的意見，並不需要你馬上答覆我。」

這是激將法，金雄白當然明白；不過他的性格最好逞強，所以考慮都不考慮，立即答說：「我馬上可以答覆你，我去！」

「好極、好極！」周佛海得意地笑了，「現在該你跟我談了。」

「先從報名談起吧。」

「我想報名就可以顯示內容，就叫『和平日報』，如何？」

「不好。」金雄白率直答說：「和平是一時的，而且在租界裡辦報，政治味道也不宜太濃。」

「這倒也是實情。不用和平日報，叫什報呢？」

「刪掉兩個字，叫『平報』。」

「『平報』、『平報』！」周佛海念了兩遍，點點頭說：「要得。」

「其次是人事。」金雄白說：「當然你是董事長。」

「那無所謂，把思平他們的名字，開三五個上去，董事會就有了，反正社長一定是你。」周佛海又說：「不過，經費很困難，開辦費有限，經常費更不會多。一切靠你精打細算，量入爲出。」

金雄白心想，經費還在其次，最要緊的是人；所以一回到《中報》，立刻召開社務會議，想調幾個人去做幫手。

等他說明經過，提出要求；一桌的人，沒有誰來答一句話。金雄白的心涼了；經過難堪而漫長的五分鐘，他只好跟羅君強一樣，說一聲：「散會。」

已經答應了，不能翻悔；金雄白只有單槍匹馬到了上海。報館都在公共租界的福州路，這裡本是最古老的鬧區，但房屋卻不像南京路——大馬路那樣，盡是最新的建築；《文匯報》在四馬路石路口，與吳宮飯店望衡對宇，是一座單開間三層樓的舊式市房。三樓編輯部，二樓排字房，樓下機器間；所謂機器是一部對開的卷筒平版機。

金雄白嚇一大跳，「這種老爺機器，怎麼能印報。」他說：「吃了二十年的報館飯，我還是第一次看到這種機器。」

「機器雖然老舊，也有它的好處。」丁默邨留下來的，那個姓卜的會計兼庶務，陰惻惻地說：「省得澆版了。」

金雄白報以苦笑，「去看看字架子。」

他說：「看不看都一樣。」

眞的看不看都一樣，字架子上連五號字都不全；各體標題字、「花邊」，全付闕如，「銅模、鑄字機呢？」他問：「這總該有吧？」

「有的。」老卜拍拍肚子：「在這裡。」

「怎麼說？」

「丁部長關照我跟朱小姐留守；薪水沒有，吃飯自己想辦法。我們只好先吃白報紙，後吃鉛條；上個月吃的銅模；前天把鑄字機也吃掉了。金先生，」老卜指著懸在半空中的閣樓說：「我把帳目移交清楚；遣散費請你斟酌辦。」

金雄白楞了一下，急忙說道：「不，不！請老兄幫忙，我還要多多借重；決不會再讓老兄吃鉛字、銅模。」

「我也不想吃；吃下去不好消化。」

「走！」金雄白一把將他拉住，「我請你吃容易消化的東西。」

「謝謝！應該我替金先生接風；不過只好請金先生吃頓『么六夜飯』。」

「沒有你請的道理，我來請。走！」

下樓坐上七十六號派來的汽車，一直到國際飯店；在十四樓新闢的「雲樓」，請老卜吃「色白大菜」。這是上海最「貴族化」的消費場合，老卜不免受寵若驚；將銅模、鑄字機押在什麼地方，告訴了金雄白，只要花新品五分之一的價錢，就可以把東西贖回來。

「金先生，」老卜咀嚼著白酒煨羊排，關心地問：「你這張《平報》，預備怎麼樣做法？」

「你看呢？」金雄白答說：「我正要向你老兄請教。」

「辦報我不懂。不過發行方面，我提醒金先生，恐怕有問題。」

「怎麼呢？」

「報販恐怕不肯發。」老卜輕輕說一句：「立場問題。」

金雄白是早就考慮過了的，當下表示虛心接受指教。爲了表示請他吃這頓飯，完全是出於友誼，並無所求，所以往下不談正事，只談風月，盡歡而散。

坐上七十六號的汽車，回到七十六號；金雄白家住在法租界呂班路萬宜坊，但從參加了汪政府，就很少回家，甚至到了上海，連電話都不打回去。這天因爲有好些心事要跟李士群談，根本就沒有想到過家。

「怎麼，」李士群問道：「聽說你一張報辦得不過癮，還要辦一張？」

金雄白報以苦笑，「你也吃我的豆腐。」他說：「我倒不便跟你談正經了。」

「既然知道我吃吃豆腐，還說什麼？」李士群說：「什麼正經？快說！我替你辦完了，你陪我摸十六圈。」

「十六圈不行！至多八圈。」

「好，八圈就八圈。你說吧！」

「《文匯報》那個地方，你總知道。」

「我記不起了。怎麼樣？」

「安全大成問題。要仰仗你了。」

「要多少人？」

「總要十二個。」

「十二個就是三十六個。」李士群說：「分三班輪流，這筆開銷不輕；不過，你老兄的事，我們當然白當差。」

「言重、言重！」金雄白拱拱手說。

「還有什麼事？」李士群一面問，一面已經拿起電話在邀牌搭子了。

很不巧，邀來邀去湊不齊。七十六號有的是人，不過李士群是不跟部下打牌的；因爲牌桌上口沒遮攔，言者無意，聽者有心，一句重要話洩漏了，就會引起不測的後果。他的牌搭子之難湊，原因亦即在此。

「那就談談吧。」他說：「你這張《平報》，預備怎麼個辦法？」

「不辦則已，要辦當然要辦得與眾不同。」

李士群點點頭，「這話我相信。」他說：「南京三家報紙，除了日本同盟社，德國海通社；敢用路透社、美聯社、哈瓦斯社的電訊的，只有你的《中報》。」

「《中報》現在不是我的了。」

「你要想把《平報》辦得跟在南京的《中報》一樣，恐怕是妄想。你有的條件，人家也有；人家有的條件，你沒有。」

「這倒是實話，不過事在人爲，也不見得妄想。我一定要創造個特色出來。」

「你說，什麼特色？」

「新聞大家都差不多的，只要不漏掉就是。」金雄白說：「我打算在副刊上動腦筋；要讀者覺得花一份報費，光買我一張副刊就夠本了。能這樣，不愁銷路打不開。」

「那，」李士群笑道：「你不是在『賣屁股』？」

這是民國初年流下來的說法，副刊俗稱「報屁股」，所以李士群有此惡謔。金雄白又只有苦笑了。

「喔，」李士群突然問道：「聽說你在找袁殊？」

「是啊，佛海託我跟他談談。」金雄白說：「此人行蹤詭秘，好幾次都聯絡不上。」

「我告訴你一個電話號碼。」李士君提筆寫好，交給金雄白，「你知道不知道，他跟誰租了『小房子』？」

「誰？」

「含香老五。」

「這倒眞是想不到！」金雄白還有些不信，「不會吧？」

原來這含香老五，也是會樂里的一朵名花，曾由小報讀者「選舉」爲「花國副總統」；爲杜月笙所寵眷，不僅纏頭如錦，而且香閨中勝流如雲，著實見過大場面，何以會看中形同侏儒、猥瑣粗濁的袁殊，不能不說是一件怪事。

「含香老五你總見過？」

「當然。」金雄白說：「在她那裡吃過花酒打過牌，很熟。」

「那你撥個電話過去看看。」

李士群不由分說，取起聽筒，代爲撥號；接通了，說得一聲：「請等一等！」然後手捂聽筒，輕聲說道：「就是她。」

「喂，」金雄白問：「袁先生在不在？」

話筒中是蘇州口音：「請問你是哪位？」

金雄白聽出確是含香老五的口音，隨即問道：「你是五小姐？我姓金。」

「金？」停了一會，傳來很熱烈的聲浪，「啊，我想起來了；金二少！不錯，我是老五呀。長遠不見，金二少你好？」

「還好，還好。你呢？」

「馬馬虎虎。」含香老五說：「你請過來白相。我住在長濱路。」

老上海管福煦路叫長濱路，等含香老五報明地名，金雄白一面記、一面問：「老袁呢？」

「到虹口去了。等他回來我告訴他。」含香老五答說：「金二少，請你把公館的電話號碼告

訴我。」

「我不在家，找不到我。」金雄白心想，袁殊不在家，不妨多談談，「我倒不知道老袁替你借了小房子，要請我吃杯喜酒才是。」

「我也叫沒辦法。」含香老五停了一下說：「金二少，幾時請過來，我跟你詳詳細細談。」

話中似有難言之隱，金雄白自然很知趣地敷衍兩句，便即收線。

「沒有錯吧？」李士群問：「她怎麼說？」

「頗有滄海之意。」

「『曾經滄海難爲水』？」

「話中有那麼一點味道。」

「當然囉，拿杜月笙來作比，跟袁殊是太委屈。」李士群又說：「這是叫杜月笙；換了張嘯林，早就翻了。」接著他模仿張嘯林用杭州俚語罵人的那副模樣：「入你活得皮帽兒！你扎老子的台型；老子要你好看！」

學得唯妙唯肖；金雄白想起張嘯林好些魯莽神態，不由得爲之破顏一笑。

「你告訴含香老五，要小心！袁殊的『手條子』很辣。」李士群說：「他原配老婆讓日本憲兵隊抓了去，說她是重慶分子，你知道是誰告的密？就是袁殊。」

「有這樣的事？」金雄白駭然，「此人一肚子的鬼，我是知道的；倒不知道他這樣子陰險！」

「所以你也要當心。」

金雄白深深點頭說道：「我明天去看他；把佛海的話帶到就是。以後也不會再跟他來往。」

*　　*　　*

第二天上午，先通了電話，又是含香老五所接，說袁殊尚未起身，不過歡迎他去。當下約定，一小時以後見面。

見了面，含香老五非常殷勤，但有袁殊在，不便深談，周旋了一陣，袁殊將他引入書房，動問來意。

「佛海託我向你致意。」金雄白只簡單地答這麼一句。

「我也很想跟周先生開誠佈公談一談。彼此都是為了全面和平，力量不應該抵消。政治有他，我不必再插手，文化事業方面，還有可為的餘地。不知道他的意見怎麼樣？」

聽他的口氣，儼然自居於與周佛海同一層次的人物；金雄白不免齒冷，覺得不妨回敬他一兩句。

於是他說：「辦文化事業，只要不違背國家民族的利益，佛海是無有不贊成的。」

「當然是中國本位。不過立場也要顧到，所以應該說是新中國本位。」

金雄白無意再探詢何以謂之「新中國本位」；只問「此外還有什麼意見，需要我轉達？」

「我想跟他當面談一談，或者在南京，或者在上海，都可以。請問雄白兄，你能不能費心安排？」

「這也談不到費心，我打電話問他好了，他一定表示歡迎的。」金雄白又問：「是你一個人嗎？」

「不！大概三四個人。」

「岩井當然少不了的。還有呢？」

「不一定，名單等我決定了再通知你。」袁殊問道：「我跟你怎麼聯絡？」

金雄白先不答所問；堅持要知道去看周佛海的是什麼人？故意暗示：「除足下與岩井之外，也許有佛海不願，或不便見的人。」

袁殊想了想說：「那就是陳孚木吧。」

陳孚木雖說也是共產黨的同路人，但色彩不如袁殊另外的兩個助手翁永清、劉慕清來得濃；金雄白認為周佛海是可以接受的。

「我在上海居處不定，我跟你聯絡好了。」金雄白不肯透露要辦《平報》的消息，「如眞有必要，你打電話到警政部駐滬辦事處好了。」

這個機關是七十六號的別稱；袁殊點點頭說：「原來你住在李士群那裡。」

「是的。」金雄白答說：「那裡比較安全。」

正事談完，金雄白因為心鄙其人，不打算再當他一個朋友，所以不稍逗留；起身告辭時，倒很想跟含香老五再見個面，那知竟失所望，也只好算了。

這天下午，他要了個南京財政部的長途電話；轉達了袁殊的要求，周佛海一諾無辭，於是立刻又打電話通知袁殊。

「啊，金二少，」含香老五在電話中說：「我想你一定要留下來便飯的，特爲到八仙橋小菜場去買菜，甲魚、蚶子、青蟹，統通只好自己吃了。」

「啊，抱歉，抱歉！」金雄白說：「我請老袁說句話。」

「他出去了。」

「喔，」金雄白心想，這是個機會，「你一個人在家？」

「是的。」

「日子過得怎麼樣？」

「馬馬虎虎。」

「老袁待你不錯吧？」

「嗯——，」含香老五吞吞吐吐地。「馬馬虎虎。」

這就很明顯地表示出來，日子過得並不如意；金雄白很想將李士群的話告訴她，但到得口邊，又改了主意。

「老朋友還常見面吧？」他問。

「金二少是說哪些人？」

「譬如《申報》的唐先生、趙先生。」

唐是唐世昌，趙是趙君豪，都是以前陪杜月笙常在含香老五閨中盤桓的，「唐先生常碰頭。」她說：「趙先生好久不曾見面了。」

「噢，過兩天我有幾句話託唐先生告訴你。你聽了擺在肚子裡，自己作打算好了。」

「金二少，什麼話？」含香老五問道：「能不能在電話裡告訴我？」

「電話裡說不清楚。」

「那末，我請金二少在弟弟斯吃咖啡？」

「謝謝！我實在很忙。」金雄白趕緊沖淡自己話中的嚴重性，「不是什麼了不起的事；你不必擺在心上。」

說完掛斷，另外撥電話給唐世昌，約他一起在冠生園吃飯；唐世昌回答他，晚上有四個飯局，無法分身；此刻倒有工夫。於是約定在大光明電影院的咖啡室見面。

## 7 壁壘分明

另一名記者金華亭的故事。

「聽說你要接辦《文匯報》？」唐世昌一見了面就問。

「是的。報名定了，叫做《平報》；我正要託你，請你幫忙找幾個人給我。」

「難！」唐世昌答說：「我只能替你問問，不能勉強人家；將來出了事，我要負責任。」

「你找來的人，就不會出事。」

「那也不一定。有個人會作梗。」唐世昌又說：「不是我不肯幫你的忙；我欠你的情很多，沒有話說。現在你要我找人；找來的人靠不靠得住，沒有把握。倘或在你那裡搞點花樣出來，豈不是變了我對不起你？」

金雄白心想，這話倒也不錯，如果軍統與中統趁此機會，要求唐世昌介紹幾個人到《平報》，在他拒之不可；在自己就是咎由自取。不如不教他爲難爲宜。

「好，這件事作爲罷論；另外一件事你辦得到，而且可以幫你手下賺幾文。」金雄白說：

「《平報》創刊那天，我要在申新兩報登全幅封面；廣告請你去發，佣金照算。」

唐世昌點點頭說：「這件事我無論如何替你辦到。不過，日子要早半個月通知我，好把地位留出來。」

「那當然。」金雄白想起一句話，「你剛才說有人作梗，誰啊？」

「你倒想想看，還有誰？」

「華亭？」

「當然。也只有他才夠資格作梗。」

原來金華亭在新聞界與金雄白齊名，號稱「兩金」；他在《申報》跑政治新聞，因而認識了好些黨國要人，跟周佛海也是朋友。抗戰爆發，政府遷至漢口，周佛海代理中宣部長，派金華亭爲駐滬特派員。以後周佛海到了上海，過去的長官部屬，成了不兩立的敵人；周佛海怕他處境爲難，託人約他見面，請他照常當中宣部駐滬特派員，只希望對周佛海個人稍爲客氣一點；同時表示，按月致送津貼五百元。這件事只有極少的幾個人知道。

金華亭器小易盈，頗爲矜重他那個宣傳官兒的頭銜，開口閉口「我是中宣部特派員」；有時甚至以此身分，干預《申報》的行政，一副盛氣凌人的模樣，令人齒冷。但他懷的鬼胎，自己知道；唯恐有人懷疑他受了汪政府的津貼，所以反汪的調子越唱越高，終於惹得七十六號作成了「幹掉他」的決定。這個決定已經身兼「特工委員會主任委員」的周佛海批准；那知恰好爲金雄白所發覺，極力爲金華亭求情，周佛海勉強將原批的「准予執行」，改爲「暫緩執行」。

金雄白知道，如果再有這樣的情況，給周佛海磕頭亦無用；因而找到唐世昌，託他轉告金華亭，明哲保身；否則眞正是愛莫能助了。

過了幾天，唐世昌來看金雄白，說金華亭最初的反應是神色一變；過了一會硬起來了，他說：「姓金的自己做了漢奸，居然還公然來恐嚇我！我不受他的恐嚇。」

這一來，金雄白和他的交情，自然就斷了。所謂「作梗」，當然是他會警告任何預備參加《平報》的人。金雄白明白了這一點，更加諒解唐世昌的苦衷；而且也省悟到招兵買馬，需要秘密進行。

由於政治色彩不濃；也由於金雄白人緣不壞，憑一具電話，居然只半個月的功夫，就湊成了一副班底。但總編輯、總經理尚付闕如；金雄白狠一狠心，只好雙肩都挑了下來。

他很有自知之明，以一張毫無基礎、條件遜人的新報紙，不但不能跟申新兩報打硬仗；甚至要趕上汪政府的機關報都很難。因此，他決定走偏鋒，一方面將副刊辦成一張高級小報的模樣；一方面展開宣傳攻勢，將開辦費的十分之六，花在廣告上，全上海的電線杆上，都有彩色的《平報》副刊預告，電台上亦不斷有渲染《平報》內容的消息。這一來，未曾出版就已有好些人決定要訂一份了。

但是，有人訂報，還得有人送報才行。發行科長老早就提出警告了，望平街上的大報販，可能會採取杯葛的態度，必須及早疏通。金雄白心想，報販很多，各有各的地盤；若言逐一疏通，事倍而功半，得想個省事的辦法。

最省事莫如攻心。上海的報販，頗多黑籍中人；「黑」還不是指鴉片，而是白面與紅丸。沾上毒癮，品格斯濫，此輩連累了規規矩矩的大報販；「老槍喉嚨」賣晚報、賣號外，輕事重報，亂「打高空」，常爲「唱滑稽」的資爲調侃的材料。如果他人調侃，我則禮遇，豈有不能使此輩心折之理？

主意打定，關照發行科長在望平街口大陸商場的老正興菜館，定了五桌酒；發帖邀宴各路大報販。金雄白親作主人，每席敬酒、不斷抱拳拜託：「請多幫忙，請多幫忙！」報老板請報販，是望平街上有史以來的創舉。「花花轎兒人抬人」，面子換面子；《平報》的發行問題，可以高枕無憂了。

到得創刊那天，申、新兩報登出全版廣告；全上海大小書報攤，都將《平報》擺在最顯著的地位。報頭《平報》二字，厚重無比，而且尺寸特大；加以全新鉛字，上等磅紙，印出來紙墨鮮明，上海人打話：「罩勢十足」。再看內容，翻到副刊，鴛鴦蝴蝶派各家的小說，女明星、舞女的趣聞艷屑，配上五花八門的小報頭，編得極其活潑，不由得就看了下去。《平報》一炮而紅，就此站住。

不過，金雄白馬上就遇到了兩個勁敵；是汪政府的「自己人」。一個叫胡蘭成，浙江嵊縣人，是個霸才，也很霸道，他本來是香港《南華日報》的總主筆，跟林柏生搭檔；汪精衛從河內到上海，將他從香港找了去辦宣傳。汪精衛欣賞他的霸才，那支筆理不直而氣壯，有理沒理，說得振振有詞；陳璧君則將他的霸道看成耿直，所以也另眼相看。就這樣，他成了「公館派」的核心人物。

與「公館派」相對的ＣＣ派；首腦自然是周佛海。此派得名的由來，一說是表明周佛海過去的政治關係；一說是指周佛海與陳公博，因爲周、陳二姓用羅馬字拼音，都是Ｃ字開頭。不過，汪精衛本人並不以派系爲然，所以沒有人敢在他面前提到「公館派」三字，暗地裡則由陳璧君在發號施令；同時「公館派」也處心積慮想從ＣＣ派手中奪回實權，暗鬥得很厲害。

ＣＣ派的諸般實權中，有一項就是特務組織。胡蘭成熟讀明史，將七十六號看成「錦衣衛」；想將李士群這名「緹帥」爭取到「公館」來，削弱周佛海的實力；李士群也想直接打通汪精衛的關係，兩人一拍即合。爲了報答胡蘭成，知道他想辦一張自己的報紙，便在物質上全力支持，胡蘭成的報紙叫做《國民新聞》。

再有一個就是袁殊。原來他與岩井、陳孚木三人，到南京跟周佛海談判的結果是，獲得了每個月三萬元的津貼，作爲辦文化事業的經費；袁殊卻辦了一張《新中國報》，並推周佛海爲董事長，作用是以後經費困難，可以找董事長想辦法。

這張報無論內容與形式，都很特殊，有點日本味道，也有點像共產黨的「新華日報」。出版第三天，第一版正中刊出一張日皇的照片，下面的說明：「天皇陛下御照」。一時輿論大嘩；害得周佛海也挨了許多罵。就憑這一張照片，日本人不相信《新中國報》跟共產黨有密切關係。

面對著兩大勁敵，金雄白不能不以全力周旋。尤其是對《新中國報》，因爲它跟《平報》都走「副刊路線」，對立格外顯得尖銳。新中國報還辦了一本月刊，名稱就叫《雜誌》，擁有好幾個

叫座的女作家，其中有一個筆名叫蘇青，作風大膽，她的成名作只是一個「標點」：將「飲食男女，人之大欲存焉」這句成語，改動標點，變成「飲食、男，女人之大欲存焉！」

再有一個就是張愛玲，香港大學的高材生。她的祖母是李鴻章的愛女；祖父自然是張佩綸。據說張愛玲頗以家世自矜；但她的小說，除了才氣功力以外，她的家世確是給了她很大的幫助，因爲就由於她的家庭背景不同，讓她能夠深入「世家大族」，接觸到人所不知的一面；同是以抨擊舊家的腐化爲題材，她的小說就遠比巴金的「家」、「春」、「秋」來得細緻深刻。

面對著這些挑戰，反倒激起金雄白更強的鬥志，很想再辦一張小報，與《平報》作桴鼓之應；報名都想好了，就叫《海報》。但辦這張報不能像辦《平報》那樣，憑一具電話接頭，就可以招兵買馬；辦小報卻非親自出馬去邀角不可。

因爲小報的成敗決定於作者陣容；那些鴛鴦蝴蝶派的健將，構思於香雲吐霧之餘；提筆於燈紅酒綠之間，稿紙也許是旅館的信箋；也許是長三堂子的局票。要邀他們寫稿，先得跟他們酒食徵逐，混在一起；這是金雄白眼前所辦不到的，他不但沒有工夫；有工夫亦不敢隨便出門，原來彼此報復性的暗殺行動又熱鬧了。

# 8 紅粉金戈

巾幗英雄鄭蘋如的身世，參加地下工作與謀刺丁默邨失敗的過程及原因，以及再蹈虎穴，中計被害的全部經過。

金雄白所住的呂班路萬宜坊，是法租界很有名的一條弄堂；住的名人也很多，像「七君子」之一的鄒韜奮，就住在那裡。

但是，萬宜坊上百戶人家中，風頭最健，無人不知的是一位「鄭小姐」；名叫蘋如。她的父親叫鄭鉞，是江蘇高等分院的首席檢察官；母親是日本人，混血兒聰明漂亮的居多；鄭蘋如就是天生尤物，在法國學校讀書，每天騎一部「三槍牌」跑車上學，坐凳上聳起渾圓的豐臀，是男人誰都忍不住想多看兩眼。

當然，追求鄭蘋如的人是不會少的；其中獨蒙青睞的是個世家子弟，此人名叫陳寶驊，家世烜赫，兩個叔叔都是當朝一品。本人翩翩濁世，一表人才；鄭蘋如固是私心默許，堂上兩老亦已將陳寶驊當作未來的東床看待了。

那知平地風波，無端來了個色魔；正就是汪政府兩大特務首腦之一的丁默邨。

此人的寡人之疾與他的肺結核一樣，都到了第三期，生肺病的人，本就容易亢奮，更何況每天一支「蓋世維雄」，所以丁默邨成了色道的餓鬼。偶而邂逅，爲鄭蘋如那雙眼睛勾去了三魂六魄，輾轉設法，終於結識了鄭蘋如。

丁默邨面無四兩肉，終年戴一副太陽眼鏡，襯以他那蒼白的臉色，看上去陰森可怖，鄭蘋如當然不願意理他，誰知道反倒是陳寶驊，不斷鼓勵她跟丁默邨接近。

「我不懂你什麼意思？」鄭蘋如到底忍不住了，「莫非你在這個癆病鬼身上有什麼企圖？我希望你跟我說老實話！我告訴你，你的態度已經使我無法容忍了。」

陳寶驊沉默了好一會說：「我可以告訴你；但是，我也很痛苦。不過國家民族正遭遇前所未有的危險；淪陷區多少人在水深火熱之中，個人的痛苦，只好咬一咬牙關，擺在一邊。」

「你的話我不懂。我只知道我也很痛苦！現在我只希望你坦白告訴我，不必說這些莫名其妙的話。」

「你知道我是什麼人？」

這話問得奇怪，鄭蘋如不肯胡猜，於是這樣回答：「你自己說好了。」

「我告訴你，你千萬不能洩漏！」陳寶驊神色嚴重地說：「在上海的中統，現在歸我負責。」

「原來你做地下工作！」鄭蘋如不覺失聲：「倒看不出你。」

「要看不出才好。」陳寶驊緊接著說：「既然已經告訴你了，不妨徹底談一談——。」

談得眞是很徹底。陳寶驊率直提出要求，希望鄭蘋如也參加工作，首要的任務就是接近丁默邨，能夠左右他的行動，以便製造制裁他的機會。

「丁默邨原來是中統的高級人員，居然認賊作父，太不可原諒了！所以一定要制裁他。以他在敵僞政府的身分，以及他反叛組織的重大罪行，如果能夠消滅了他，是件太有意義，對國家太有貢獻的事。立德、立言、立功三不朽；蘋如，你建了這件大功，在歷史上就佔了一席之地了。這是人生難得的際遇，你不可錯過。」

鄭蘋如是外向的性格，覺得冒這個險很値得，也很刺激，心裡已經動了。但是，她在感情上不能不作顧慮；因而沉吟未答。

陳寶驊當然也想得很周到；看她的臉色，知她的心事，當即又說：「至於你我的感情，絕對不受這件事的影響。是我向你提出的要求；你就算爲我犧牲。我永遠都會感激你、尊敬你。」

有此保證，鄭蘋如再無顧慮，慨然一諾，照陳寶驊的設計去進行。先是找個藉口請丁默邨幫忙；然後爲了酬謝，請丁默邨吃飯，陪他跳舞。就這樣很快地讓丁默邨迷住了。

「你們要動手，就趕快動手。」鄭蘋如對陳寶驊說：「機會隨時都有，早點把事情辦完了，大家輕鬆。」

「是的，是的！我們在積極籌劃，快了，快了！」

他是有說不出的苦。原來中統的工作重點在搜集情報；行動方面幾於無拳無勇。向軍統去借將當然也可以，但獨得的功勞讓人分去一半，卻又不甘。苦思焦慮，並無善策，就只有找助手來

商量。

他的親信助手有兩個，一個是他的至親，名叫嵇希宗；還有一個是專員周啓範。陳寶驊說：「這個行動最難的部分是，能夠左右丁默邨；既然鄭蘋如叫他往東，他不敢往西，可說最難的部分已經完成了。至於下手，不過是一舉手之勞；只要有人，不是難事。」

就是沒有人！嵇希宗跟周啓範面面相覷；心裡的想法相同。

「重賞之下，必有勇夫。」陳寶驊說：「我們花錢去找個人來。」

「啓範，」嵇希宗說：「你是恆社的，總有路子吧？」

「路子怎麼沒有？不過要找靠得住的，不是三兩天的事。」

「一個星期。」陳寶驊問：「如何？」

周啓範想了一下，點點頭答應下來；問一句：「找幾個？」

找幾個要看行動計劃。於是丟開人的問題，先研究如何下手？當時決定了兩個原則：第一、不能在丁默邨及七十六號的勢力範圍之內；第二、要在鬧區馬路上。這兩個原則，都是爲了行動得手以後，易於撤退。不然，後果會很嚴重，而且也不容易找到人。

「照此原則，人少了不行；不過也不必多，以四個爲最適當。」陳寶驊對周啓範說：「人歸你找；槍歸我借。」

這又遇到難題了。槍不難借，難在攜帶，英、法兩界動輒「抄靶子」；攜槍在身被抄到了，全盤計劃立刻打翻，所以手槍不宜預先發給行動人員。比較妥當的辦法是，行動之前半小時或一小時，在現場附近，覓一處地方集合。臨時發槍，立即行動；事後回到原處，交槍解散。

等聽取了鄭蘋如的意見以後，細部的計劃擬出來了。時已入冬，設計由鄭蘋如向丁默邨「開條斧」，爲她買一件灰背大衣。上海最大的皮貨店，是靜安寺路，同孚路口的「西伯利亞皮貨公司」，但不必預先說明要在那裡買，免得丁默邨起戒心。反正到時候隨機應變，終歸引誘他到那裡就是。

不但要引誘他到那裡，而且方向應該自西往東，因爲西伯利亞皮貨公司坐南朝北，汽車靠左行駛，就只能停在對面，丁默邨來回穿過馬路，才有下手的機會。四個人分兩面，兩個看住他的汽車；兩個守在皮貨公司門口，丁默邨就怎麼樣也逃不掉了。

人找到了，槍也找到了，集合的地點比較難找，但終於亦能解決，是借了卡德路有名的浴室「卡德池」斜對面一家診所。只是四支手槍，要由南市運到公共租界，卻不能不愼重。

「抄靶子」是越來越厲害了，在租界上隨時隨地都可以被攔住檢查。怎麼辦呢？

陳寶驊想到他一位叔叔，當初從上海運槍械，送學生到黃埔去的往事，設計出一個辦法，找一個有襁褓之子的媽媽，擔任運槍的任務。

所謂「襁褓」是八仙桌面這麼大的一方薄棉被，將嬰兒對角放在上面，先摺下面，再摺左右，全身包裹，只露出一個小腦袋。南貨店買蠟燭也是這種包法；所以俗稱襁褓爲「蠟燭包」。

抄靶子不會抄「蠟燭包」，四支手槍藏在那裡面，萬無一失。但有兩個先決條件，第一、媽媽的膽要大；其次，四支手槍塞在「蠟燭包」裡。狼狼犺犺，嬰兒不會覺得舒服；不舒服要哭要

鬧，也是麻煩，所以要找一個耐性很好，不哭不鬧的嬰兒。

這也很難，因為誰聽到這種事都會害怕；而且太太們總比較愛說話，小菜場中遇到，閒聊家常，無意中洩漏出去，大禍立至，所以只能通知同志，暗底下分頭物色。

「皇天不負苦心人」，終於找到了一位張太太，三十出頭，頗有鬚眉氣概；一個八個月大的男孩，生來極乖。種種條件，並皆適合；陳寶驊開口一說，張太太慨然許諾。

「太好了！」陳寶驊很高興地說：「張太太，我送你一千塊錢，小意思。」

「不要不要！」張太太雙手亂搖，「為國家嘛！能夠做好這件事，將來說起來，我也很有面子。」

陳寶驊以為她假客氣，等將鈔票掏出來，不道張太太要翻臉了。

「陳先生，你也太小看我了。這是性命交關的事，莫非你當我這條命只值一千塊錢？」

「是，是！」陳寶驊改容相謝，「我錯了。」

辭出張家，陳寶驊即去訪周啓範，道是「萬事齊備」，連「東風」都不欠；只待詐降的「黃蓋」，將「曹操」勾引了來送死。

「槍呢？」周啓範問：「是不是先運了來，藏在集合的地方，要用就有，比較方便。」

「這不行！我想過。」陳寶驊說：「那家診所人很雜，萬一露了眼，反倒不好。這位張太太辦事，相信得過，到臨時再運好了。」

於是通知鄭蘋如，可以「開條斧」了。那時丁默邨迷她迷得神魂顛倒；只要她開口，說什麼就是什麼。當時便要出門上皮貨店，反倒是鄭蘋如不願，「我跟你說著玩的。」她說：「我又不是沒有皮大衣，何必這麼急？」

她這樣故作大方，是因爲要騰出工夫來，好讓陳寶驊準備；同時也要等一個便於下手的適當機會。當然，這種機會並不難找。

「後天中午，滬西有個朋友請他吃飯；他那個朋友，我也認識，所以他邀我一起去。」鄭蘋如又說：「下午三點鐘，他跟日本人在虹口有個約會。我想二點鐘總要走了；就是這時候吧。」

「好的，我們二點鐘開始埋伏。」陳寶驊問：「那天你穿什麼衣服？目標要顯著。」

最顯著當然是紅色；鄭蘋如想了一下說：「我那件紫貂的披氅，你不是見過的？」

「對，對，好！」

她那件紫貂的披氅，紅呢裡子，兩面可穿；如果將裡子當面子，紫貂出鋒，更爲漂亮。那天當然這樣穿法。

「還有什麼話，你此刻都交代我。」鄭蘋如說：「丁默邨的疑心病很重，我們今天見了面，一直到動手。不必再聯絡。」

「對，我們再把細節對一遍。最要緊的是，你要跟他保持相當距離，免得你受誤傷。」

「那末，你們是決定他一下車就動手呢；還是等他出來再打。」

「這要看情形。」陳寶驊想了一會說：「我想這樣，等你們出來；走到路中間，你說你有皮包忘了拿，回身進皮貨店，那時候我們再動手，就萬無一失了。」

「好，準定這樣。」鄭蘋如問：「事後呢？我回家？」

「不要回家。到卡德路來集合，看情形再研究。」

「我也覺得不回家比較好。」

接著又將重要步驟，重新談了一遍，直到毫無疑問，鄭蘋如方始告辭。陳寶驊隨即召集主要助手，分頭部署；最重要的當然是通知張太太。

那知張太太變卦了！

「陳先生，我實在很抱歉。我正要來告訴你，爲這件事，我跟我先生昨天晚上吵了一夜。他罵我自己找死，一定不准我那樣做。」張太太一臉的懊惱，「我先生的脾氣很倔的！怎麼辦呢？」

陳寶驊倒抽一口冷氣，只望著張太太發楞，好半天講不出話。

「我能不能跟張先生談一談？」

「談不通的。」張太太搖搖頭。

「這──？」陳寶驊不斷地吸氣，心亂如麻，不知道說什麼好？

「這樣，陳先生，」張太太面現堅毅之色，「我把孩子借給你。你們總有女同志吧？」

聽得這話，陳寶驊略爲寬慰了些；不管怎麼樣，問題算是解決了一半，還有一半，趁早去找路子。

「張太太，我不能讓你們夫婦失和。不過，我要冒昧問一句：到時候，會不會張先生又反對？」

「反對我把孩子借給你？」

「是啊！」

「不會，」張太太說：「我先生也不是不愛國；他認爲這件事說來容易做來難，到時候我會『上場昏』，出了事，反而害了大家。孩子不懂事，就談不到『上場昏』，他爲什麼反對？如果他這樣子不講理，我跟他離婚。」

說得這樣斬釘截鐵，而且道理很透徹，陳寶驊相信不致於再變卦，點點頭表示諒解。

「最好請你們的女同志早點來，我好告訴她，萬一孩子哭了，怎麼哄他。」

「好，好！我明天就讓她來。」

口中這樣答應，其實女同志還不知道在什麼地方？回去找到周啓範一說，大家都傷腦筋了。

「只好再去找。」

一直拖到動手當天上午，還沒有找到「勇婦」；周啓範開口了：

「我看不能找太太們。有家有業，有丈夫、有兒女，就是找到了，或許臨時顧慮太多，也會『上場昏』。愛國的女學生很多，說不定倒有哪位小姐見義勇爲。」

「啊！『一言提醒夢中人』。」陳寶驊說：「一心只想爲孩子找個媽，所以只在太太們頭上動腦筋，鑽入牛角尖了。」

說完，掉頭就走；他想到一位王小姐，二十八歲尚未結婚。因爲眼界很高，不同流俗。平時議論世局，侃侃而談，充滿了正義感，像這樣的事，她一定願意合作。

趕到王家一問，說王小姐到浦東同鄉會看畫展去了；於是原車到浦東同鄉會，人群中一個一個看過去，查無蹤跡。復又趕到王家，仍未回來：王太太說她女兒曾提到一部《萬世師表》的電影，得過金像獎，在大光明上映時，錯過未看；這兩天重映不能再錯過機會，可能去看早場了。

一聽這話，陳寶驊趕緊找報紙查電影廣告，《萬世師表》是在一家光陸戲院上映；於是趕到博物院路光陸戲院，要求打燈片找王小姐。

「快散場了！你先生等一等好了。」

「不！」陳寶驊說：「還是要打。」

話剛完，領位小姐已經在拉門簾了，「是不是？」那人說道：「散場了。」

這一下陳寶驊抓瞎了，戲院的太平門好幾個，不知王小姐是從哪個門出來？想一想只好到對面行人道上，視界較廣，才有希望找到。

這時已經十二點半了，離約定的時刻，只有兩個鐘頭，要到南市拿槍，再轉到卡德路去分配，時間非常緊迫，一分一秒都耽誤不得，可是能不能遇到王小姐，毫無把握，所以心裡一陣陣發緊，急得渾身冷汗直冒。

人都散完了！怎麼辦？陳寶驊心想，唯一的辦法是先打一個電話到王家，關照王太太，如果王小姐回來了，請她千萬等候。

主意打定了，抬眼一望，旁邊就是一家煙紙店可以借電話。陳寶驊便上前先買一包煙，然後問道：「請問電話在哪裡，我借打一個。」

「喏！那面。」

往「那面」一望，陳寶驊簡直不能相信自己的眼睛，正是王小姐剛伸手去摘話筒。

「走，走！王小姐。眾裡尋你千百度，得來全不費工夫！」他拉了她就走。

「陳先生，」王小姐問他：「什麼事？」

「我們上車再說。」

坐上三輪車，直奔南市；車上耳鬢廝磨，低聲密語，旁人只道一雙好親熱的情侶，卻不知談的是鐵血鋤奸的義舉。

果然，陳寶驊這一次是找對人了，王小姐在聽他的話時，態度顯得非常沉著；聽他講完，問一句：「你爲什麼早不來找我？」

「是啊！我也在懊惱。」陳寶驊說：「因爲有吃奶的孩子，所以我只想到年輕的媽媽，沒有想到小姐。」

「時間很侷促。不要誤事才好。」王小姐又說：「早知是這麼要緊的事，應該坐出租汽車。」

「也快到了。」陳寶驊又說：「王小姐，你對抱孩子不外行吧？」

「我小弟是我抱大的。」

「那好！眞正找對人了。」

四個人趕到現場，已經二點二十分，照約定的時間來說，可能晚了；但也可能不晚，因爲約定的時間是二點到二點半，但顧鄭蘋如跟丁默邨遲到。

西伯利亞皮貨公司對面的大華路口，倒是停了好幾輛汽車，卻不知那一輛是丁默邨。事先問過鄭蘋如，汽車的牌子、顏色與「照會」號碼；鄭蘋如說他車子有好幾輛，牌子各種都有，顏色是最普通的黑色；至於「照會」號碼就更無法知道了；因爲常常掉換，就是同一輛車子，上午是這個號碼，下午可能變成另一個了。

由於約定是事先等候，行動員只要看到紅呢披氅女郎所伴同的一個「癆病鬼」，就是要制裁的目標，所以事先不知道坐那一輛汽車，也不要緊。此時則不免徬徨，原計劃似乎也行不通了；因爲不知道應該守住哪輛汽車。

十分鐘很快地消逝，爲頭的老蔡轉身向大家看了一下先用眼色示意，再拗一拗嘴，於是四個人都到了西伯利亞皮貨公司，一面兩個，悄悄守候。

到底來了沒有呢？跟老蔡在一起的小朱，裝做瀏覽櫥窗中的樣品，沿著大玻璃窗從東往西走了一遍，卻以玻璃反光，一時無法看得清楚；於是由西往東，又看了一遍。

這一遍看壞了。他在明處，丁默邨是在暗處；見此光景，心知不妙。本來照他們的工作經驗來說，如果到了一個臨時起意要去的地方，逗留時間不超過半小時，是不會有危險的。如今可能要出意外。

想到這裡，當機立斷，不肯做甕中之鱉；他很快地掏出二百美金，向正在跟店員研究，灰背固好，豹皮也不壞，拿不定主意的鄭蘋如說：「挑好了，你先付他二百美金的定洋。」

鄭蘋如不懂他這樣做是什麼意思；正想發問，只見丁默邨已拔步衝了出去。等在外面的四個行動員心目中，只有紅呢披氅的女郎；一時不曾留意，等發覺此人行色倉皇，方始省悟，可是丁默邨已經坐上他的裝有防彈玻璃的汽車了。

及至行動人員發覺，自然對準目標追擊，一時槍彈橫飛，行人四竄，只聽緊急煞車輪胎擦地擠出來的獰厲之聲不斷；丁默邨的汽車著了好幾槍，但子彈是否打穿了玻璃或車身到了丁默邨身上，卻無從判斷。

這時的鄭蘋如自然成了西伯利亞皮貨公司中，顧客和店員視線所集中的目標。

「小姐，」有個經理模樣的人，開口問她：「陪你來的哪位先生是什麼人？」

鄭蘋如一驚，遲疑未答之際，只聽警笛狂鳴；這下提醒了她，如果巡捕一到，自己就脫不得身，還不趕快溜走？

於是她連丁默邨丟在茶几上的二百美金都顧不得取，隨手拿起披氅，交代一句：「明天我再來看。」

說完，往外急走；同時將披氅翻個面穿在身上；一到了行人道上，極力自持，擺出很從容的態度，穿過馬路，到卡德路的機關聚會。

到得樓上一看，除了陳寶驊，都是陌生人，她便不開口；陳寶驊也不招呼，低聲向那班陌生人說了幾句，將他們送走，才坐在鄭蘋如旁邊，苦笑著說：「爲山九仞，功虧一簣。」

「我不懂，怎麼會讓他逃掉的呢？」

「唉，意料不到的事！找到人把槍送來，已經晚了。」陳寶驊說：「我亦不懂，他何以會突然發覺？」

「誰知道呢？」鄭蘋如恨恨地說：「我實在不大甘心。」

「蘋如，」陳寶華不勝歉疚，「這件事當然是我策劃不周。你的責任完全盡到了；雖沒有成功，仍舊是你的功勞最大。」

「勞而無功！」鄭蘋如很率直地說：「我要的是成功。我現在就回家，他可能會打電話來。」

「你預備怎麼跟他說？」

「我裝做完全不知道。他不會疑心到我身上的。」

「怎麼不會，一定會。」

「我不相信。」鄭蘋如說：「不管怎麼樣，我總不能不回家；他疑心也只好讓他疑心了。」

「那末，」陳寶驊說：「你這幾天要小心，沒有事少出門。」

「我知道，我知道自己該怎麼做？」

到得第三天，鄭蘋如沉不住氣了，打了個號碼極少人知道的電話，在七十六號找到了丁默邨。

「你沒有什麼吧？我是嚇昏了。」鄭蘋如說：「當時兩條腿發軟；嘴裡想喊，就是喊不出來。」

「害你受一場虛驚。」丁默邨聲音中有著歉意，「你怎麼不打電話給我？」

「我想你會先打來的。」

「我也是這麼想。」丁默邨說：「要不要一起吃飯？」

「我請你，替你壓驚。你挑地方吧。」

「還是露伊娜那裡好了。比較清靜一點。」

「好！幾點鐘？」

「七點到七點半。」

掛斷電話，鄭蘋如考慮了好一會，覺得從任何跡象去看，丁默邨都不像已疑心到她；如果爽約，反倒顯得心虛。不入虎穴，焉得虎子；如果能製造第二次機會，成功的果實，來之不易，會覺得格外甜美。

於是，她著意修飾了一番；先到霞飛路一家法國洋行，買了半打丁默邨穿慣的一種牌子的絲襪；然後坐三輪車到露伊娜去赴約。

露伊娜是個白俄，四十出頭，五十不到，而風韻猶存，據說是帝俄時代的郡主。上海人管流浪的白俄叫「羅宋癟三」，此輩儘管用毛筆筆套當煙嘴，撿馬路上的煙蒂過癮，但問起來都有輝煌的家世；因此，上海的暴發戶都喜歡用羅宋保鏢，潘三省用了八個，據說其中包括三名男爵、一名子爵，甚至還有一名親王；當然，那是他們的父親或者祖父。

這些流浪的白俄，男的當保鏢、司機，賣毛毯、肥皂；女的當「鹹水妹」、吧女。從事高尚職業的，當然也有；最爲上海人所熟知的是，開館子賣「羅宋大菜」。露伊娜就主持著一家家庭式的餐室，一共一大間、一小間；大間亦只擺得四張桌子、小間則只有一張。丁默邨跟鄭蘋如是這個小間中的常客。

餐室雖小，卻是上海第一流的館子；與主要只靠一道「羅宋湯」，全麥麵包無限制供應的所謂「羅宋大菜」，有霄壤之別。露伊娜的主廚，也是合夥人卡柯夫，自道他的祖父是俄皇尼古拉二世的御廚；李鴻章訪俄時，吃過他的菜，讚賞不絕。這話自然無可究詰；不過卡柯夫的手藝，確實不凡，鄭蘋如最欣賞他做的魚，不論如何調製都好吃。

「鄭小姐，」坐在帳台中的卡柯夫笑臉迎人，用很地道的東北口音說：「丁先生叫人打電話來訂了座兒了。今天很巧，有黑海的魚子醬。還有鱒魚；鄭小姐愛怎麼吃？」

「怎麼都好。」鄭蘋如說：「你只別忘了，回頭把帳單給我。露伊娜呢？」

「她去試衣服，也快回來了。你先請坐。我給你調杯酒。」

步入小間，坐定不久，卡柯夫送來一杯雞尾酒；剛喝得一口，丁默邨到了。

「我以爲我會比你早到。」他看一看錶說：「七點一刻。」

平常總是丁默邨等鄭蘋如；這天恰好相反，她有解釋：「今天是我做主人，當然要早到，才合道理。」

「你瘦了點。」丁默邨看著她說。

「兩天沒有睡好！」鄭蘋如一面想，一面說：「想起來就是一身冷汗。虧得沒有什麼；倘或出了事，總是爲了替我買大衣。那，我不是一輩子受良心責備？」

「你的心太軟了！」

談到這裡，門上剝啄兩下，隨即出現了露伊娜，寒暄了幾句，開始點菜；鄭蘋如爲了表示她做主人的待客之誠，爲丁默邨點了最貴的菜。同時表示，應該開一瓶香檳來慶祝他的逢凶化吉。

「也好。」丁默邨說：「不過我不希望你喝太多的酒。」

「不會。」鄭蘋如忽然覺得他的話中有語病，「我並沒有說我要喝太多的酒；你的話是哪裡來的呢？」

「爲了慶祝，不是應該痛飲嗎？」

「啊，不錯。喔，」鄭蘋如取過手提包，「我替你買了半打襪子。」

「多謝，多謝！」丁默邨問：「你的皮大衣呢？挑定了沒有？」

「沒有。當時那種情形，哪裡還有心思去挑大衣。不過，訂錢倒是給他們了。」

「既然付了訂錢，不能白犧牲那二百美金。回頭吃完了，我陪你去辦了這件事，也了我一樁心事。」

「今天不要去了。提到那個地方，我的心就會跳。」

她的話不假，此刻正是在心跳：恨不得能有機會給陳寶驊通個電話，告訴他第二次機會又到了。

「不要緊，突然起意要去的地方，大致是安全的。」

「你不要這樣說！那天不也是突然起意的嗎？」

「可是，滬西有人請吃飯；虹口有約會，都是預定的程序。」丁默邨說：「我想，他們注意我不只一天了；那天大概是發現了我的汽車，知道我在附近。有個人在櫥窗外面，不斷往裡面張望，左臂挾著報紙。我一看情形不對，果然，我的看法不錯。」

鄭蘋如這才知道當時是這樣子洩漏的機關；心中暗恨陳寶驊找來的人無用。同時在考慮，是不是趁此機會問下去，了解整個實況，以便作爲工作上檢討的根據。

就這沉吟之際，置在銀質冰桶中的香檳，已經送到；侍者「澎」地一聲，開了瓶塞，斟滿兩杯香檳，鄭蘋如舉杯相碰，接著問道：「乾吧！」

「不！慢慢喝。」丁默邨喝了口酒，取一片敷滿了魚子醬的小茶餅，放入口中，一面咀嚼一面說：「我眞希望我們每天都能在一起吃晚飯。」

這似乎又是舊事重提了。丁默邨曾幾次要求，跟她正式同居；除了名義，什麼都可以給她。而鄭蘋如卻不願落這麼一個痕跡，所以此時仍如以前那樣，默然不置可否。

「你聽懂了我的話沒有？」

「我不太懂。」鄭蘋如亂以他語，「我們談別的。」

「那，你說，談些什麼？」

「你總調查過了？」鄭蘋如決意探索他那面的眞相，「是誰跟你作對？」

「調查是調查了，沒有結果。不過，當然是軍統的人。」

鄭蘋如暗暗高興他的猜測；不過她也很機警，既然已經說「調查了沒有結果」，即不宜再問。於是換了個方式說道：「我對你樣樣都滿意，只有一樣，形成我精神上很大的負擔。」

「哪一樣？」

「還有哪一樣？自然是你的身分。」鄭蘋如說：「像那天的事，你想可怕不可怕？」

「我也覺得很可怕。我的身分是改變不了的，不過我的工作崗位可以變改。蘋如，」丁默邨忽然凝視著她，「你願意不願意跟我一起離開上海？」

鄭蘋如對於他在茶晶眼鏡後面，那雙看不清的眼睛的凝視，頗感威脅；聽到他的最後一句話，益覺驚異，也保持了高度的戒心，想了一下，平靜地反問：「跟你一起到哪裡？」

「到重慶。」

「到重慶！」話一出口，鄭蘋如從自己的聲音中，發覺有洩漏秘密的可能；暗暗警告自己，從此時開始，每一句話的每一個字都要考慮過才能出口。

「你覺得奇怪是不是？」

「我不懂。」鄭蘋如搖搖頭，「我眞不懂你們，說來就來，說去就去，太方便了。」

「當然不是那麼方便。不過，我回重慶是歸隊。蘋如，你的意思怎麼樣？」

「我不想去。」鄭蘋如知道是在套她的話，當然不肯上當。

丁默邨卻又釘著問了下去：「為什麼呢？那不是大後方嗎？多少愛國青年都輾轉到四川了。」

「重慶太苦。我過不慣。」

「那就難了。你又怕，又不肯離開上海；態度上好像有點矛盾。」

「並不矛盾。」鄭蘋如說：「如果是一個既不必使我擔心；生活又沒有問題的地方，我願意跟你去。」

「那是個什麼地方呢？試舉例以明之。」

「譬如——」鄭蘋如先想說巴黎，旋即想到，法國人民在維琪政府的傀儡統治之下，日子並不好過；倫敦物資缺乏；羅馬正在作戰，在歐洲，不知哪裡是樂土。

「譬如，譬如哪裡？」

鄭蘋如讓他一催，想到一個地方；不假思索地說：「里斯本。」

丁默邨笑了，嘴一張。高高的顴骨聳起；瘦削的雙頰，陷下去成了兩個大洞；露出一嘴陰森森的白牙，令人想起狼吻。

「里斯本是國際情報販子集中之地。你怎麼會對那個地方感興趣？」

鄭蘋如知道失言了，但悔之無及，只好設法掩飾。

鄭蘋如從他的話中，聽出來有些不大對勁；不過她並不在乎，神態自若地說：「我是喜歡地中海的陽光；沒有想到那裡對你也不太合適。」

「有個合適的地方。」丁默邨在紙餐巾上寫了個號碼。「你看！」

「這是什麼意思。」

「我在瑞士銀行有個戶頭，就是這個號碼。」

「原來你早作了退步了。」

「怎麼樣？」丁默邨說：「如果你願意，我就要開始籌畫了。你好好考慮一下。」

鄭蘋如也不知道他的話是真是假？不過自己的態度，應該表現得當他是真的。因而收斂笑容，深深點頭，雙眼一垂，好長的睫毛在閃動。丁默邨暗暗嘆口氣，心裡不知是何滋味。

「等我好好想一想。」她說：「你知道的，我母親是離不開我的。」

「嗯。」丁默邨亦唯有點頭。

這時侍者已送來了咖啡與尾食，等她將要離去時，丁默邨忽然將她喊住，要一個雙份的白蘭地；及至送了酒來，他拿它傾入咖啡杯中，一飲而盡。這突如其來的行為，令人詫異，卻想不出是何緣故？

「走吧！」丁默邨問道：「我陪你去取大衣。」

「不忙！也沒有挑定；過一天再說。」

「那末，去跳舞？或者陪我談談。」

「陪你談談好了。」

於是要來帳單，鄭蘋如搶著付了帳，出門上車，丁默邨不曾關照去向，司機也不問，往靜安寺的方向，疾駛而去。

進入越界築路，鄭蘋如問道：「你預備到哪裡？」

「我先回辦公室看兩件公事。你等一等我，行不行？」

「怎麼不行？」鄭蘋如心裡有些不對勁，口頭上卻泰然得很。

於是到了七十六號，揿了一短一長一短的喇叭，鐵門大啓，車子一直開到了丁默邨專用的辦公室前才停下來。

鄭蘋如到這裡來過兩回，路徑已熟；逕自推開小客廳的門，只見有三個彪形大漢等在那裡，鄭蘋如認得其中的一個，是七十六號四名行動大隊之一的林之江。

「鄭小姐！請坐。」

「喔，林大隊長。」鄭蘋如回身一看，未見丁默邨；心知不妙，想回頭出去時，另外的兩個人已經堵住了門。

「鄭小姐，」林之江推開一扇門，「請到這面來談談。」

* * *

「怎麼說？」丁默邨問。

「她承認了。不過就只有一句話：事情是我做的。」

「就這一句話？」

「翻來覆去這一句話。要她交代關係，她說沒有，就是她一個人。」林之江說：「部長沒有交代，我們也不敢動手。」

丁默邨不作聲；煙罐裡取了支煙銜在嘴上，再去取打火機時，只見他的手在發抖。

林之江掏出自己的打火機，替他點燃了煙；低聲問道：「是不是明天再問？」

「明天再問，」丁默邨說：「把她放在你家裡，慢慢問她。」

林之江對於他如此處置鄭蘋如。頗感意外；不過，稍爲想一想，也不難理解，如果將她羈押在七十六號，難保她不會將她跟丁默邨如何有肌膚之親，說與人知。那一來，自然影響「部長」的聲威，所以才會借他家軟禁。

「怎麼樣？」丁默邨問：「沒問題吧？」

「沒問題、沒問題！」林之江急忙答應。

「那你就行動吧！慢慢套她的眞話。」丁默邨又說：「這件案子，你直接跟我負責。」

「是，我明白。」

於是林之江將鄭蘋如帶到他家，就在七十六號旁邊的那條弄堂；此地本名「華村」，原來的住戶早就被軟哄硬逼地攆得光光，如今是七十六號的宿舍。林之江的職位較高，一個人佔了兩戶，空房間很多；挑了樓上最大的一個套房。安置鄭蘋如。

「鄭小姐，」林之江說：「我們把話說明白，你是丁部長交代下來的，我不會難爲你；不過，鄭小姐，你也要顧到我們的立場，不要亂出花樣。不然，我想幫忙也幫不上了。」

「你請放心，林大隊長。」鄭蘋如將一隻手搭在他手背上，斜睨著作出一個頑皮笑容，「我會很乖。」

林之江心裡霍霍亂跳；抽回了手，站起來閃開兩步說：「我叫個人來陪你。」

「謝謝你。」鄭蘋如問：「是什麼人？」

「自然是女的。」

「我也知道是女的。是怎麼樣的一個女人呢？住在一間房，如果談不到一起，那不是好彆扭？」

「不會談不攏。」林之江說：「也是女學生，很有程度的。」

「那好。人呢？」

「快來了。」林之江問：「你有什麼要求？可能範圍之內，我可以替你辦。」

「請你替我打一個電話回家，說我跟同學到杭州玩去了，大概一個星期，就可以回來。」接著，鄭蘋如把她家的電話告訴了他；當然，她此時已經知道，此舉是多餘的，林之江不可能不知她家的電話幾號。

「其實，」林之江說：「只要你肯合作，用不著一星期就可以回家；不合作的話，一年也回不去。」

「眞的嗎？」鄭蘋如又拋過來一個媚眼。「林大隊長，依我說，你不必找什麼人來陪我。」

「爲什麼？」

「不方便。」鄭蘋如走過去攀著他的肩低著頭輕聲說道：「對你，對我。」

林之江心旌動搖，驀地裡警悟；少見她爲妙，否則總有一天像她一樣，也要嘗嘗禁閉的滋味。

於是案子就擱下來了。丁默邨既是此案的主管，也是「受害人」，只要他不問，就沒有人來問，連李士群都覺得不便干預。不過，丁默邨雖不想殺鄭蘋如，卻還不能放她，因爲有好幾件案子未破，甚至連底細都摸不透，如雙十節前夕，「上海市長」傅筱庵被刺——半夜裡被亂刀砍死在床上，一個貼身的跟班失蹤，自然是兇手，但背景如何，會逃到什麼地方，或者匿藏在上海何處？完全不明。為了對部下要求「工作紀律」，加強偵查，他不能自己先在鄭蘋如的案子上，立下一個馬馬虎虎的壞榜樣。

哪知丁默邨這個「閻王好見」；林之江這個「小鬼」亦並不「難當」，卻另有一班「催命判官」成了鄭蘋如命宮中的磨蝎，第一個就是楊淑慧，好奇心起，倒要看看鄭蘋如是怎麼個一顧傾人城，再顧傾人國的尤物。

要看鄭蘋如很方便，一個電話打給吳四寶的老婆，自會帶她到林之江家去看。

從楊淑慧一開了頭，「新貴婦」接踵而至，有七八個之多，對鄭蘋如的觀感是一字之貶，也是一字之褒：妖！

有天大家在周佛海家吃午飯，丁默邨太太正喝著醋椒魚湯，不知怎麼以酸引酸，忽然說道：「不把這個一身妖氣的鄭蘋如殺掉，我們這一桌上，難保沒有人做寡婦。」

此言一發，響應熱烈。沒有幾天，林之江就接到了執行的命令；林之江騙鄭蘋如，拿她解到南京，不久即可釋放。上車時，只有前座一個衛士；汽車開到荒涼的刑場，鄭蘋如明白了。

她的態度很從容，下了車一直往前走；走到曠場上站住腳，仰起頭來，但見晴空萬里，陽光普照；她的一雙眼睛，忽然流露出痴迷不捨的神情；嘆口氣說：「這樣好的天氣，這樣靜的地方，白日青天，紅顏薄命，就這樣一撒手走了，自己都覺得有點可惜。」林之江很想安慰她幾句，但想不出適當的話，只有把頭低了下去。

「之江！」鄭蘋如用很低，但是可以聽得清楚的聲音說：「我們到底有幾天相聚之情，現在要同走，還來得及。」

「那是不可能的。」林之江彷彿是要壯自己的膽，突然之間將短槍拔了出來，「喀嚓」一聲以熟練的手法開了「保險」，將子彈上了膛，對準鄭蘋如的前額。

「之江，你眞忍心殺我，那就開槍吧！」她臉上仍然是平靜的，「不過我求你不要打我的臉，讓我死得好看些。」一面說，一面一步一步往前走。

林之江大起恐慌，深怕她來奪槍；一步一步往後退，可是鄭蘋如只走了兩步就站住了。

「這裡是要害！」她舉起一雙十指塗滿寇丹，紅白相映，分外鮮艷的左手，撫著她的隆起的左胸說：「請你看準了，一槍打在我的心臟，讓我少受一點兒痛苦。之江，我做鬼都感激你的。」

這時林之江的手已經在發抖了，右手食指，在板機護圈外面，木強不屈；一顆心七上八下，把握不住，不過九分昏沉之中，還保持著一分清明，猛然轉身，把槍抛了給衛士，一面疾走，一面下令：「開槍！快！」

走不到三五步，身後槍聲響起；他站住腳，很吃力地轉過身去，只見鄭蘋如倒在血泊中抽搐。

「給我！」林之江從衛士手中要過槍來，走到鄭蘋如面前，咬著牙瞄準她的左胸，補了一槍。看她腿一伸不動了，林之江才抹抹額上的汗，喘了口大氣。

# 9 自誤平生

周佛海誤會杜月笙；金雄白義救萬墨林。

汪精衛與日本特使阿部信行大將的交涉，終於達成「協議」。日本正式承認汪政府，並互派大使，正式簽訂《調整中日關係條約》，共計九條，內容是友好、防共、駐兵及撤兵、經濟開發，取消領事裁判權及內地雜居等等。同時，汪政府要發表一篇《日滿華共同宣言》。

簽字日期定在十一月二十九日。汪精衛知道，只要這人在「協定書」寫下「汪兆銘」三字，他的一生，就不必等到蓋棺，便已論定。可是他無法逃避。袁世凱曾經說過，他是讓他的兒子及親密僚屬，把他硬架到火爐上去的，而汪精衛連這句託詞都沒有，火坑是他自己願意跳的，現在到了他兌現這句話的時候了。

在他人看，他眞是所哀有甚於死者！在禮堂前面的台階上，兩行眼淚，滾滾而出；雙手抓住頭髮使勁地拔、使勁地拉；咬著牙，鼻翅不斷翕動，「哼、哼」之聲，變成「恨、恨」之聲。在場的「文武百官」，都爲他的神態嚇得噤不能聲。

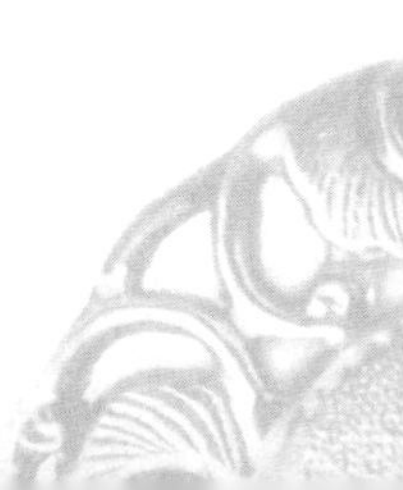

但有很多人在心裡想，當年曹彬下江南，李後主「最是倉皇辭廟日，不堪揮淚別宮娥」，大概就是這般光景。

突然之間，樂聲大作，那不是「教坊猶奏別離歌」，而是歡迎阿部特使的軍樂。這時，站在汪精衛身旁的周隆庠，輕輕說一句：「先生，阿部特使來了！」

「喔、喔！」汪精衛抬起一雙失神的眼，茫然四顧。頭上還是一頭亂髮；而幹外交官都有一把隨身攜帶的梳子；周隆庠在汪精衛抹眼淚時，已將他的頭髮梳整齊了。

除了眼睛有些腫以外，汪精衛依然容光煥發，微笑著踏步上前，與外表溫文爾雅的阿部大將握了手，相偕步入禮堂。

簽約時，當然是有淚自吞；亦可說是自作自受。倘說有所收獲，能夠彌補大錯於萬一，只有收回鈔票發行權一事；由犬養健到繼犬養而為汪政府最高經濟顧問的青木一男，前後經過一年的交涉，日本終於讓步，承諾在新通貨發行後，將梁記「維新政府」的「華興銀行」鈔票，及不編號碼，不准在日本國內使用，連大藏省都不知道發行數量的軍用品收回。

這是成立作為汪政府的「國家銀行」之「中央儲備銀行」的主要條件。條件既備，「儲備銀行」可以開張了；正式成立的日期，定在三十年一月四日。

中國的銀行，不管總行設在何處，業務的重心，十之八九在上海分行；「儲備銀行」的上海分行，預定與總行同日成立。周佛海將金雄白找了去，委託他刊登廣告。

「申新兩報有什麼事來找我，只要我辦得到，無不幫忙；其中大部分是你經的手，你當然都知道。這次儲備銀行開幕，發行自己的通貨，杜絕了日本軍部無限制的榨取，無論如何是替淪陷區的老百姓，做了件好事。光憑這一點，申新兩報，應該破例替我登個廣告。而儲備銀行並不排斥法幣；與中儲劵同樣通用，申新兩報亦沒有拒絕這個廣告的必要。至於版面、地位的大小，我都不計，只要登出來就行。」

金雄白也覺得照情理來說，申新兩報破這麼一次例，並不爲過。因而打電話找到申新兩報的負責人，轉達了周佛海的要求。所得到的答覆是，需要商量以後，方有回信。

第二天回信來了，說是代表國民政府在上海作地下活動的吳開先，已經嚴詞拒絕。申新兩報，未便違命，請求諒解。金雄白當然要極力疏通；但電話再打到申新兩報，已經找不到負責接聽的人了。

「哼！」周佛海接到報告，臉色鐵青，「你替兩報來說情的時候，總說『行得春風有夏雨』，現在放點交情給人家；人家將來對我們也會講交情。現在你說，交情在哪裡？雄白，我說在這裡，以後申新兩報的人，如果讓丁默邨、李士群抓走了，你不要來找我。」說完，管自己進了臥室，將金雄白丟在小客廳裡，不理不睬。

金雄白心裡很難過；他跟周佛海相交到現在，還是第一次受到這種待遇。不過，他對申新兩報的負責人是諒解的；知道他們不是不講交情，是出於無奈。

過了幾天，周佛海拿一份情報給金雄白看，說是申新兩報拒登儲備銀行的廣告，並非吳開先有嚴令，而是金華亭以中宣部特派員的身分，力表反對。他說：如果有人主張接受這個廣告，要呈報最高當局，予以嚴厲制裁。

金雄白看完這份情報不作聲；心裡在想，金華亭這一回要受到嚴厲報復了。但他不便再為金華亭討情；因為上次已對周佛海表明過，最後一次，下不為例。而況這一次的情節，又非昔比；這個情一時討不下來，徒然傷了他跟周佛海的感情，不如不說。他心裡在想，要殺金華亭也不是件容易的事，總要佈置佈置，還得等待機會，不是說動手就可以動手的。好在殘臘將盡，自己要回上海過年；到時候找人間接通個消息給金華亭，要他自己當心就是。

到得動身那天的中午，金雄白到西流灣周佛海家去辭行；不過周佛海一聽說他要回上海，大為緊張，急急說道：「你回上海，千萬要小心。」

「怎麼？」金雄白以為有人要對《平報》下手，「有什麼消息？」

「今天一清早四點多鐘，把金華亭打死了！」

金雄白大驚，「在哪裡出的事？」他問。

「愛多亞路大華舞廳門口。」周佛海嘆口氣，「他究竟也是老朋友，所以我又覺得很難過。現在的暗殺政策是One by one，你的目標最顯著，他們要挑，一定挑上你。你現在坐的什麼車子？」

「一九三九的別克。」

「是不是保險汽車？」

「不是。」

舞。」

「趕快去買一輛保險汽車。」周佛海又加了一句：「一到上海就買。」

金雄白沒有把汽車的事擺在心上；只在想金華亭，「太糊塗了！」他說：「這個時候還去跳

「誰？」

「那是，」周佛海用極低的聲音說：「我們派人引他去的。」

「我不知道。」

行動上的細節，他是不會知道的，這要問李士群。四點鐘從下關車站上車，到上海已近午夜，金雄白驅車直駛平報社，採訪組的記者已經下班，找記載金華亭被刺的新聞稿來看，語焉不詳。直到第二天上午，才在一份小報上看到一篇記金華亭出事經過的文章。作者叫盧溢芳，筆名大方，年少多才；早年是大世界共和廳打詩謎條子的健將，所以外號「條子小盧」。金雄白跟他也是熟朋友。

據「條子小盧」的記載：前一天晚上《華美晚報》的老板朱作同，邀金華亭到他家吃「午夜飯」，飯後慫恿他去大華舞廳跳舞。過了十二點，朱作同說第二天要起早，先行辭去，金華亭卻興致勃勃，一直跳到清晨四點鐘，舞廳打烊，方始歇手。這天他叫來坐台子的舞女叫「阿二頭」，褲帶很鬆，金華亭已跟她約定，闢室同圓好夢。那知一下了樓，便遭遇伏擊，兩槍致命，變起不測，金華亭連拔自衛手槍還擊的機會都沒有。

金雄白深知「條子小盧」爲小報寫稿，記載闈外異聞；風塵艷秘，一向翔實，非「亂打高空」

者流。因而心頭浮起極濃的一陣疑雲；判斷朱作同便是金華亭的勾魂使者。

原來朱作同跟七十六號早有勾結，李士群給過他好多錢，要他投靠過來；朱作同一再推延，始終無明確表示。金雄白在去南京以前，聽說李士群對朱作同已下了「最後通牒」，迫他非表明態度不可；金華亭的中圈套，即是朱作同所表明的態度。

於是，金雄白特地去看李士群，一見面就說：「爲金華亭的事，你在朱作同那裡花了多少錢？」

李士群一楞，「誰對你說的？」他問。

「佛海。」

李士群趕緊搖搖手，「你千萬不可以說出去！」他說：「這件事關係很重大。」

金雄白心想，新聞界被汪政府收買的，都是伙計的身分；報老闆則尚無其人。因此，金華亭之送命，不會有人疑心到是爲朱作同所出賣；而唯其如此，對忠於國民政府的新聞同業來說，朱作同便成了一條隱藏在臥室中的毒蛇，可怕極了！

事不宜遲，他辭出七十六號，立即打電話約唐世昌見面；談了金華亭致死的經過，他關照唐世昌秘密通知常跟朱作同有往來的朋友，多加戒備，免得糊裡糊塗地做了金華亭第二。

「好、好！虧得你關照。我們都一直還當朱作同夠朋友。」唐世昌又說：「你常到七十六號，看到萬墨林沒有？」

「沒有。」

「聽說他在裡頭『吃生活』，老虎凳，灌辣椒水，都上過。」

「不會吧？據我所知，他在裡頭很受優待的；行動也還自由，經常拿了兩罐香煙到『大牢』裡去看難友，比平祖仁、王維君他們舒服得多了。再說，萬墨林是自己過分招搖，日本憲兵才注意他的；李士群跟他並無『難過』，看杜先生的面子，也不致於難爲他。」

原來萬墨林是杜月笙貼身的跟班。杜月笙量才器使，在上海的一切機密活動，託付給頭腦冷靜，手腕靈活的徐采丞；萬墨林的主要任務，是照料杜月笙的留在上海的親屬，兼爲徐采丞供奔走之役，如安排地下工作人員集會地點，轉送秘密活動經費等等。以杜月笙的交游廣闊，他幹這些事本來是可以不被懷疑的；無奈他開口「杜先生」，閉口「杜先生」，喜歡以地下工作者自居。因此，眞正在做重要地下工作的徐采丞，深得日軍在上海的「最高軍事當局」登部隊的信任；而萬墨林卻爲日本憲兵隊通知七十六號，加以誘捕了。

唐世昌是怕萬墨林熬刑不住洩了底，此時聽金雄白這麼說，再想到周佛海跟杜月笙的關係一向很好；尤其是目前跟杜月笙一起在香港，日夕不離的銀行家錢新之，一直是周佛海心目中能夠通到重慶，談「全面和平」的一道橋樑。照這些淵源來說，周佛海亦絕不致爲難萬墨林。

「那末，」唐世昌又說：「金先生，你能不能替萬墨林想想辦法？」

「要救萬墨林的人，不知道多少？大家都是看你們先生的面子；我也跟佛海說過，他說：萬墨林人不重要，目標很大；日本憲兵釘得很緊。總要等他們注意力稍爲減低以後，才有法子好想。好在他在七十六號很舒服，多住些日子也不要緊。」

「還是杜先生的面子要緊。」唐世昌說：「大家都知道萬墨林是杜先生貼身的人，又是親戚；如果他一直在裡面，外頭就會說：杜某也失勢了！連萬墨林都弄不出來。金先生，你說我這話是不是？」

「嗯、嗯。」金雄白深深點頭，「我倒沒有想到這一層。」

「杜先生也很傷腦筋。聽說最近要請一位周先生的老朋友來說情；到時候要請你幫忙照應。」

「當然、當然。」金雄白問：「不知道來的是誰？」

「聽說姓李，也是位銀行家。」

不多幾日，金雄白聽說杜月笙所委託的特使已經到了。此人叫李北濤，日本留學生，他是鎮江人；鎮江幫在銀行界的勢力極大，最有名的是陳光甫、唐壽民。周佛海這時候剛開辦「中央儲備銀行」，對銀行家當然要賣交情；而且李北濤是周佛海當江蘇教育廳長時，在鎮江就很熟的朋友，更易於說話。金雄白認爲杜月笙請他來跟周佛海打交道，確是相當的人選；無須旁人再來「敲邊鼓」，所以將唐世昌吩咐的話，擱在一邊了。

那知突然傳來消息，說萬墨林不但未能釋放，而且快要被槍斃了！金雄白正在詫異時，「司法行政部次長」，也是「十弟兄」之一的汪曼雲，神色倉皇地來找金雄白，一見面就問：「你知道不知道萬墨林的事？」

金雄白不作聲，要聽他說；只答了句：「請坐下談。」

「雄白，我現在的處境爲難萬分。你想如果萬墨林有什麼不幸，將來我跟杜先生見了面，怎麼交代？雄白，你無論如何要幫我的忙，在佛海面前全力進言，務必饒墨林一條命。」

金雄白心想，汪曼雲列名「恆社」，而且一向很得杜月笙的照應；如果他不能出盡死力救出萬墨林來，確是一件愧對師門的事。不過，疑團先得打破，「李北濤不是來了嗎？」他問：「怎麼事態反而惡化了呢？是不是李北濤跟佛海言語之間碰僵了？」

「不能怪李北濤。是周作民出了個主意，反而弄巧成拙。」

原來李北濤由香港專程到了上海，特意去看金城銀行的總經理周作民；跟他商量，應該如何進行。周作民認爲周佛海若是肯放萬墨林，早就放了；如今要他改變主意，非得另外加上一重他承受不住的壓力不可。周佛海跟汪精衛一樣，懼內有名；如果能走內線，打通楊淑慧的路子，一言九鼎，必生極大的作用。

既走內線，當然要送禮，李北濤出重價買了兩個戒指，一個是七克拉的火油鑽，一個是通體碧綠的「玻璃翠」。由周作民交給「中央儲備銀行副總裁」錢大櫆的妻子，代爲致送楊淑慧。

楊淑慧當場拒絕，而且將這件事告訴了丈夫。周佛海有點書生習氣，一怒之下，親筆下了張條子給李士群：「萬墨林著即處決。」汪曼雲一方面託李士群「刀下留人」，一方面四處奔走，但盛怒的周佛海，拒人於千裡之外。他想來想去，覺得只有金雄白還有辦法，如果連金雄白都無法討情，他也只好死心了。

「好！我可以去試一試。」金雄白毫不遲疑地說：「不過，佛海如果犯了難得一犯的『騾子脾氣』，如之奈何？」

「不管！你去了再說。」汪曼雲又說：「我來託你，不但因為你跟佛海的交情夠，而且我也相信你必有絕妙詞令，可以說動佛海。」

當然，這是要有一個說法的。金雄白考慮了好一會，盤算停當方始夜訪周佛海。先是海闊天空地閒談了一陣；金雄白有意無意地問道：「外面有很奇怪的傳說，我都不相信。」

「什麼傳說？」

「說是萬墨林要槍斃了；而且是出於你的意思。這不是很奇怪的傳說？」

「不奇怪，確有其事！」

「確有其事？」金雄白用那種過於關切，口不擇言的語氣說：「我真不懂，你何苦為了這樣一個人去開罪杜月笙？」

就這一句話將周佛海的餘怒又激了起來，「新之與月笙太豈有此理了，」他高聲說道：「他們有事託我，只要我力之所及，無有不幫忙的。那知道他們居然派人送了一份重禮給淑慧，是不是當我真的做了漢奸，唯利是圖？這是他們蓄意侮辱我；我非殺了他不可！」

「還有這麼一回事！」金雄白慢條斯理地說：「這跟陶朱公的故事正好相反，妙得很！」

「什麼陶朱公的故事？」

「陶朱公的第二個兒子，殺了人要抵罪；陶朱公派人去營救，他的長子說是非他親自去不可。陶朱公無奈，只好答應；事後對人說：老大一去，老二死定了。為什麼呢？老大小氣，送禮送得不痛快；火候不到，豬頭不爛，果不其然，老二還是死了。」金雄白又說：「那知道送禮送得痛快也不行；一個有修養的人，居然也會拿人家的性命來證明他的廉潔。」

此言一出，周佛海已緩和了的臉色，復又變得難看了。

「那末，」他吵架似的說：「依你說，怎麼辦？」

「人死不能復生，等你氣平了，你再想想萬墨林死得寃枉，你會內疚終生。」金雄白停了一下，看周佛海的怒氣漸消，方又接著說道：「既然已經謝絕了他的重禮，索性再放了萬墨林，既表示了你的清白，也顧全了你們之間的私交。一舉兩得，何樂不爲？」

周佛海不響，起身踱了幾步；拿起桌上的電話說：「給我接李次長！」

金雄白大爲緊張，知道萬墨林正在鬼門關上；也許周佛海下令，即時處決；但也許是收回執行的命令。總之不是送命，就是超生。

電話接通了，周佛海說：「把萬墨林放掉！」

金雄白深深吸了口氣，心想好險；不過萬墨林本人恐怕未必知道，他這條命是這麼撿來的？出去有得吹了；大姆指往胸口一指：「阿拉杜先生格面子，儂看哪能？」

「雄白，」周佛海已經擱下了電話，「我再告訴你一個消息，出賣金華亭的那個人，跟華亭一路去了。」

金雄白心頭一震，定定神問說：「是士群告訴你的？」

「嗯。」

這時金雄白才想起話中語病；因爲照情理應該先問出賣金華亭的人是誰？不問其人，自是已經知道，無須再問。

他正在這樣轉著念頭時，周佛海又說：「士群認爲朱作同的一條命是送在你手裡的。」

「何以見得？」

「他說，只有你知道朱作同跟他的關係；消息當然是你這裡走漏出去的。」

金雄白想了一下答說：「我承認。我新聞界的朋友很多；現在自己在辦報。像朱作同這樣出賣朋友，請問，換了你閣下，是不是也要忠告人家小心？」

周佛海嘆口氣：「總算爲華亭報了仇了。不過，這樣冤冤相報，如何才是了局？」

這是無法回答的話。金雄白只問：「朱作同死在何方神聖手裡？」

「中統。」周佛海忽然說道：「雄白，我告訴你件事，你不妨注意一下。有人說《平報》的記者在外面敲竹槓。」

任何一個正規的報人，都不會不重視這句話；尤其在作爲「《平報》董事長」周佛海口中說出來，金雄白更覺得有責任要查清楚。當即問道：「喔，知道不知道這個記者的名字？」

「只知道姓巫。」

「吳？」

「不是。『雲雨巫山枉斷腸』的巫。」

這是個僻姓，金雄白不必再多問了；「我知道是誰。」他說：「跑社會新聞的。」

## 10 倫常慘劇

華美藥房二小開弒兄案詳情。

觀察了幾天，並無跡象可以證明那個叫巫煦仁的記者曾經敲竹槓；金雄白的態度越發謹慎。敲竹槓固然不可；未敲竹槓說部下敲竹槓更不可。

金雄白每天晚上到報館第一件事是，拆閱讀者來信；這一天拆到一封信，既無稱呼，亦未具名，而且筆跡凌亂、點捺有勁，看得出是在一種憤怒的情緒下所寫的。

信上說：「華美藥房發生了胞弟殺親兄的兇案，如此倫常鉅變，素以社會新聞見長的平報一字不登！是否在華美藥房的銀彈攻勢下，你們也被收買了？你們得了人家多少錢？」

這一下，金雄白心頭疑雲大起，隨即找了巫煦仁來問，「華美藥房的事，」他說：「你知道不知道？」

「知道。」

「知道何以不寫新聞？」金雄白信口用了一句信中的話，「你得了人家多少錢？」

一聽這話，巫煦仁頓時臉脹得通紅，「社長，」他氣急敗壞地說：「這件事，如果我得了人家一毛錢，叫我一出報館就讓汽車撞死。」

「不必賭咒，你看看這封信。」

巫煦仁將信看完，一臉的詫異，想了一下，然後開口說道：「社長要不要聽聽這件事的經過？」

「好！你說。」

「四馬路畫錦裡口的華美藥房，社長是知道的；老板叫徐翔蓀，他的大兒子，前幾天暴病死掉了。屍首車送同仁輔元堂驗屍所，經法醫檢驗結果，填了屍格，是『因病而死』，屍首由徐家具領收殮。事實就是如此。不過，這話是同業告訴我的；我並沒有在驗屍所。既然信中這樣說；我再去詳細調查清楚，來報告社長。」

「好，這封匿名信你帶去好了。」

巫煦仁實在是被冤枉的，但心裡在想，倘無其事，讀者不會寫這樣一封不可能會有結果的信來。而且，果眞因病而死，屍首當然送殯儀館，何必送驗屍所？再說同仁輔元堂是個慈善團體，經常收殮路斃的流民乞丐；只是附設的驗屍所，受法租界工部局監督而已。以死在公共租界屍首，要送到法租界這樣一個驗屍所去檢驗，情理上也很難說得過去。

於是巫煦仁先去找同業，重新探問，毫無結果；再打聽到徐翔蓀的長女，留德學醫，在辣斐德路開了一家濟華醫院，便興匆匆地登門採訪。那知剛一開口，就讓人推了出來，「砰」然一聲，餉以閉門羹。

這一來巫煦仁益覺於心不甘，日夜奔走，不道線索是「踏破鐵鞋無覓處」，就在眼前；報館中有個同事，跟徐家有葭莩之親，託他一打聽，居然確有其事。

原來徐翔蓀以囤積西藥起家，十分殷實；他生有兩個兒子，長子已婚，生得少年老成，是個克家的令子，深得徐翔蓀的信任，在家庭、在店中，都是第一號權威人物。

次子年方二十；父兄忙於囤積發財，疏於管教，成了個標準的紈袴，也是個標準的「火山孝子」，下午跳茶舞、帶出場吃夜飯；吃完飯送進場，一直到打烊吃宵夜。這樣，錢自然不夠用了。

徐家的經濟大權，握在老大手裡；老二要用錢，不能不問老大要，可想而知的，一回兩回，還則罷了；三番五次，臉色不免難看，於是齟齬日起，心病日深，吵起架來，話也就越說越難聽了。

在徐老二想，父親的財產，本有一半可分，此時要用，大不了記一筆帳，將來分家照算。而徐老大早起遲眠孳孳爲利，掙來大把銀子，自覺一大半是他的功勞；老二不但不想一想創業維艱，也該動動手、幫幫忙，反而拿父兄的血汗錢去揮霍。這樣的敗家子，要不要氣煞？

即由於彼此的想法南轅北轍，終於同胞手足之間，有一天發生了大衝突。哥哥罵弟弟沒出息，是討飯的命；弟弟指哥哥把持財產，思量獨吞。徐老大暴怒之下，出手教訓弟弟，一個要打，一個要逃；一個要逃，一個要追，由三樓追到二樓，看看要追上了，徐老二不免情急。恰好樓梯轉角處，有一把開進口藥品木箱用的小斧頭，徐老二抄到手裡，當頭一下。德國貨的斧頭雖小，鋒利非凡，這一斧砍在徐老大的天靈蓋上，頓時倒地不起，等家人趕來勸解，血流滿面的徐老大，已經魂歸地府了。

徐翔蓀得知兇訊，幾乎昏厥，驚痛稍定，想到善後。這一想又幾乎魂靈出竅，弒兄是逆倫大罪，不必查六法全書，就可以斷定是遇赦不赦的死罪。大兒子死在小兒子手裡，小兒子又要為大兒子償命，剎那間不可思議地變成絕後，眞正叫慘不可言！

怎麼辦呢？死了一個，不能再死一個！徐翔蓀知道，這件事的關鍵在媳婦手裡。於是走到哀痛欲絕的「大少奶奶」面前；叫得一聲，彎倒雙膝，直挺挺地跪在兒媳婦面前。

他開出來一個請「大少奶奶」饒恕老二的條件，財產先提一半歸長房，其餘將來按股另分。此外，只要「大少奶奶」提出要求，能辦得到的，無不照辦。事已如此，「大少奶奶」就是心中萬分不願，也只好應允，不加追究。

雖然安撫了長房媳婦，但要瞞住這件事，問題還是很多。首先屍首一送殯儀館，傷痕顯著，殯儀館依照規定要報告巡捕房；那裡耳目眾多，就算殯儀館肯馬虎，亦必會有消息洩漏出去。所以屍首決不能送殯儀館。

不送殯儀館送何處？上海租界上，從無買棺材抬到家來盛殮之事；經至親密友商量，決定先送到同仁輔元堂驗屍所去驗屍；當然，這要費很大一番周折，好得錢多，居然買通了那裡的職員，弄來一具病死的丐屍，冒充徐老大，經過檢驗，順利過關，法醫在屍格上所塡的死因是：

「委係因病致死，並無別情。」然後就在同仁輔元堂棺殮，再移送殯儀館去辦喪事。

當時，有幾個記者在場，總覺得耳目難瞞，徐家便又分別致送紅包，都是來者不拒。其實，駐在的記者，並不知道有此偷天換日，屍首調包的情形。收到了紅包，反而覺得奇怪，倒要問一問，何以如此「客氣」？

這一問起來，方知眞相；而且知道事主是殷實出名的徐翔蓀，想想替他瞞這樣一件逆倫重案，而紅包只是戔戔之數，太划不來。但「得人錢財，與人消災」，不便翻悔；中間也有少數人表示不滿，無奈這件事擺不到檯面上去談，也就只好認吃啞巴虧，悶聲不響。所以各報隻字未登；除了徐家極少的關係人以外，外界並不知道有這麼一件駭人聽聞的兇殺案。當然，華美藥房上上下下的職工，每人都收到了「老老板」的一個厚甸甸的紅包，是不消說得的。

《平報》的記者巫煦仁，窮數日之力，將眞相細節，摸得清清楚楚；他的筆下本也來得，加以爲了要洗刷自己，所以行文語氣之間，毫無隱諱。這篇特稿寫成以後，送到金雄白那裡，認爲不論從新聞、法律、是非上任何一個觀點去看，都不能不發表，於是批了個「照發」；總編輯關照本埠社會新聞版編輯，列爲頭條。

第二天一早，整個上海都轟動了！平報館門口擠滿了人，因爲報攤上的《平報》一搶而光，有些讀者親自到報館來買報；也有些人是看了報來打聽消息的。報館電話不斷，更是件可想而知的事。

再下一天，各大報急起直追，連篇累牘都是徐家有弟弒兄的報導。這一來，徐翔蓀又要急得昏厥，託出人來四處打招呼；解鈴繫鈴，第一個要找金雄白。

徐翔蓀託的是他的一個同行，中法藥房經理許曉初；由許曉初轉託一個金雄白的同鄉，而且有私交的章正範來疏通。

「徐家的要求是，希望不再登這條新聞。」章正範說：「我知道你辦報，從來不拿人家的錢；所以徐翔蓀跟我說：條子要多少，請金先生開口。我回覆他說：金先生雖姓金；金條是打不倒的。而且他自己有爿銀行，金條也不少。不過，我希望你賣一個交情。」

金雄白早就知道，必有人來說情；答覆是早就想好了的，此時不慌不忙地答說：「此事我本無成見，不過，別家報紙已經登了。我們亦不便中斷；否則豈不是自己招供：此地無銀三百兩。如果能保證其他各報都不登，我也一定不登。」

這個保證，章正範如何辦得到。事實上，不登也來不及了，因爲法租界警務當局，已經採取行動，由捕房律師向上海第二特區法院提起公訴；提到徐老大的棺材，開棺相驗，腦袋上斧痕極深，確係傷中要害致死。

接下來，便是徐老二被捕；徐翔蓀已下了決心，爲了能留下一條根，不惜傾家蕩產要買次子的一條命。

徐翔蓀的銀彈攻勢。起先不夠強烈；後來又忒嫌過火，從法院到報館，鈔票處處送到，那知越送越壞，送得越多，消息的標題做得越大。事實上審判的過程，亦很戲劇化，更增加了新聞性；各報爲了本身的銷路，對此大好題材，亦不容記者輕輕放過，無不加枝添葉，盡力渲染，因而連謠言都登了上去；不過最後加一句：風聞如此，眞相不明。

當然，徐家所請的律師，酬勞是出乎一般想像地高，律師挖空心思，想出一個辦法，教徐老二裝傻，到得堂上，不管法官如何盤詰，死不開口，爲的是可以讓法官援用刑法「刑事責任」中，「心神喪失人之行爲、不罰」的條文，宣判無罪。

這是如意算盤，第二特區地方法院院長孫紹康，以及承辦推事，儘管傳言鑿鑿有據地說他們受了徐家重賄，也不敢冒天下之大不韙，判徐老二無罪；可是畢竟未判死刑、有期徒刑不多不少十年整。

牢獄之災不免，絕後之憂可解，徐翔蓀也就不打算替兒子上訴了。那知檢察官說好不上訴的，竟然上訴了！徐翔蓀得知其事，嚇得魂靈出竅，細細打聽。更覺大事不妙，原來檢察官是奉部長之命上訴。

司法行政部長本來是張一鵬；他的老兄叫張一麐，是袁世凱最親密的幕僚，但非洪憲勸進的「功臣」。等到袁世凱八十三天的春夢一醒，大限亦到，他亦就回到蘇州，息影林泉，不問世事。抗戰爆發，張一麐想起日本人逼袁世凱簽訂二十一條的猙獰面目，新仇舊恨，交感於心；上書請纓，要組織一支「老子軍」，還做了一首詩，就現成的吳宮舊事作起句：「娘子何如老子軍？」傳誦一時，當然，只是佳話而已；蔣委員長命陳布雷寫了一封情文周摯的覆信，謝慰勸阻，打消其事。雖有人傳以爲笑談，畢竟對士氣是有鼓勵的。

這張一鵬與汪精衛是在日本學法政的同學，北洋政府時代，做過司法行政部次長；罷官以後，在上海掛牌做律師，以他的資歷聲望，自然而然地被選爲上海律師公會的會長，而且一做做了許多年。

東南淪陷，他仍舊留在上海，從事慈善工作；頗得日本人的敬重，因而向汪精衛推薦他的這個老同學出掌司法。汪精衛欣然同意，與繼傅筱庵出任上海市長的陳公博及周佛海商量以後，決定委託在《申報》掌權，而與張一鵬小同鄉的陳彬龢去勸駕。

張一鵬自然不肯落水，而陳彬龢是想好了一套話去的；他說：「重慶從事地下工作的愛國分子，有六百多人被捕；日本憲兵把他們寄押鎭江、常州、無錫、蘇州的監獄裡面，不審也不判，性命都很危險。要有一位有肝膽的人出來，才能救得了他們。請他出來當司法行政部長，不是拖你下水；是請你『入地獄』。」

「佛曰：『我不入地獄，誰入地獄？』」張一鵬嘆口氣說：「你三天以後，來聽回音吧？」

通過徐采丞的秘密電台向重慶請示；得到的覆電是由錢新之、杜月笙具名的，只有十二個字：「請念令兄遺志，公病萬勿食冰」。所謂「令兄遺志」，是指已經下世的張一麐，暮年請纓殺敵一事；「冰」自是「彬」字的諧音。

「你看，不是我不肯吧？」

陳彬龢嘆口氣說：「『公病萬勿食冰』，晚節自然可保；不過那六百多人的性命，恐怕難保了！」

張一鵬跳了起來，氣急敗壞地將蘇州話都急出來，「奴做，奴做！」他說：「不過，只做六個月，日腳，到捲鋪蓋，一日不多做。」

等張一鵬走馬上任，第一件事就是跟日本軍方交涉，釋放寄押在各地的「重慶地下工作人員嫌疑犯」；交涉大部分勝利，所以青年團的王維君等等，都能重獲自由。

張一鵬的第二件事是改革獄政，親自到各地監獄去視察，與犯人談話，訪求「囚」隱。那知竟因此沾到了專門傳染斑疹傷寒的白蝨，不治而死；嚥氣之日恰好是六個月、一天不多、一天不少、一語成讖，「捲鋪蓋」長行不歸了。

司法行政部的這個部長，是羅君強早就在活動的，儘管周佛海希望張一鵬一直幹下去，因而對羅君強不斷敷衍，總說「到時候該你的，一定還是你的。」現在天從人願，張一鵬一死，羅君強自然而然地補上了這個職位。

他喜歡弄權，坐上了這個位子，要他不干預司法，比緣木求魚還難；他又喜歡沽名，當司法行政部長如果只抓住司法二字，要博個公正廉明的「青天」名聲，是很容易的，眼前就是絕好的一個機會；他將承辦檢察官找了去說：「這案判得太輕了！你要提起上訴。」

檢察官也受到了輿論的壓力；但徐家知道關鍵是在他手裡，只要他不上訴，便算定讞，所以買了當時已很名貴的英國「套頭」西裝毛料；現成的「蓋世維雄」之類的補藥，自然還要極大的一個紅包，悄悄送到他家。「拿人的手軟、吃人的口軟」，正當左右為難之際，羅君強的指示，正好解除了他的困境，奉命唯謹，當天就向江蘇高等法院第三分院，提出上訴；同時託人向徐家打招呼，道是奉命辦理，身不由己。

於是第二審官司的艱苦作戰又開始了。徐家在第三高分院鑽頭覓縫，卻是到處碰壁，因為不但分院院長喬萬選，對羅君強唯命是從；庭長到推事，聽說此案上訴，出於奉命，亦多敬謝不敏。不過法院中人卻指點了一條明路，道是此人如肯幫忙，便可化險為夷。

此人非別，正是金雄白。指點的人說：「金雄白跟羅君強在參加汪政府籌備工作時，便在一起工作；而且住在一起。羅君強出任司法行政部長以後，屢次約金雄白擔任政務次長；金雄白認為不做官比做官舒服，因而堅辭。現在金雄白又掛牌做律師了；如果請他來當二審的『選任辯護人』，跟羅君強疏通疏通，還不是閒話一句。」徐家的「智囊團」認為此計大妙；第一審的律師亦全力主張請金雄白。可是該怎麼請呢？研究下來，找到一個很適當的人選「耿秘書」。

這個耿秘書名叫嘉基，字績之，江蘇松江人。他的父親是前清的外交官；耿嘉基從七歲起，就在法、比兩國讀書。學成歸國，一度在外交部做事；北伐完成不久，調任上海市政府法文秘書，專辦對法租界的交涉，與杜月笙的關係極深。松江是東南膏腴之地中的精華，耿家在原籍有數千畝附郭之田，富甲一方；加以他本人在煙土方面的收入，因而能使他盡情揮霍；歡場女子竟以曾獲「耿秘書」青睞為一件值得誇耀的事。

由於松江與上海接壤，那一帶以黃浦江作區分，稱為「浦南」；當地的「草莽英雄」以「耿秘書」作護法，為了便於跟李士群講斤頭，有意拖他落水。耿嘉基生性豪邁，樂於助人，認為能助鄉人，免於七十六號的荼毒，亦是一件好事。但他的身世、學養，與李士群自然格格不入。金雄白看出這一點，以過去的交情，將他介紹給周佛海，亦為「十弟兄」之一。但是他跟周佛海並不接近；李士群方面又不願意他跟周佛海接近，多方阻撓，結果弄成兩面不得意，有落水之名，無落水之利，但虛名猶在；徐家認爲請「耿秘書」出來說情，金雄白一定不會不賣面子。

耿嘉基自己也覺得跟金雄白的交情，不同泛泛，不妨幫徐家的一個忙。所以打了個電話給金雄白，約他在勞爾東路一號，他私人組織的俱樂部中吃飯。喝著酒漸漸談到正事，耿嘉基吐露了徐家預備請他辯護的意思，然後說道：「至於律師公費，以及其他任何費用，要多少，就是多少。這一點，我可以負責。」

金雄白笑一笑說道：「績之，你知道不知道，我爲什麼掛牌？」

「我不知道。」耿嘉基說：「我原在奇怪，你也夠忙了，哪裡還有工夫來替人出庭？今天你自己提起來，倒不妨跟我談一談。」

「君強幾次約我當他的副手。我從無官癮；就有官癮，也不能跟他共事。讓他糾纏不過，只好拿律師招牌做個擋箭牌。這層道理你明白了嗎？」

耿嘉基恍然大悟，原來他掛牌當律師，是跟羅君強決絕的表示；照此看來，他當然不肯向羅君強低頭去說合官司。不過即使他不肯去說情，法院中知道他跟羅君強的關係，自然另眼相看；倘如維持原判，或者斟量再加一兩年，敷衍檢方的面子；羅君強看是金雄白經的手，一定也不爲己甚。

這樣想著，便即說道：「雄白，我並不是希望你在合法辯護的範圍之外，去替當事人活動。我只希望你考慮兩點：第一、你是律師，合法承接業務，不必顧慮其他；第二、請你給我一個面子。」

「言重、言重！績之，我老實告訴你，已經有人看出來，認爲我接徐家的案子最好；從中居間，想說成功了，好到徐家去表功。他們的話，沒有你老兄這樣客氣，說這件案子本是我揭發的，如果我不肯替他家辯護，徐氏血胤，因此而斬，問我良心上過得去過不去？解鈴繫鈴，我如果肯挺身而出，不但是補過，也是積德。這話，我倒眞不能不動心——」

「是啊！」耿嘉基急急又說：「我也想到這些話，不過不便出口。現在不談大義、私情，請你無論如何要幫忙。光只就事論事，徐家老二亦並不是非判死罪不可的。」

「這話很實在。第一審的律師過於弄法，今天這個結果，似巧而實拙；當初如果是我辯護，我絕不玩弄這種一看就是裝傻賣呆，反惹人反感的手法。」

耿嘉基聽他意思好像活動了，便興致勃勃地問道：「那末，你是預備怎麼辯護呢？」

「被告如果當庭承認長兄動手在前，因爲防禦過當，一時失手，既無預謀的證據，則誤殺罪充其量也不過判個無期徒刑。」

「說得是、說得是。」耿嘉基很高興地說：「好在被告始終不曾開過口；到二審叫他開口，照你的話說。」

「這是我的看法，並非建議。」

「那末，你有什麼建議呢？」

「不在其位，不謀其政——。」

「不，不！請你辯護——。」

「不，不！」金雄白也搶著說：「績之，你要替我想一想，案子是我首先揭發的；揭發以後，忽然掛牌做律師，而且同行都知道，我只是掛牌，幾乎生意都推出門的，如今就徐家這一案我接了。績之，請問你是不明內情的第三者，心裡會不會這麼想：這傢伙，原來他是有意安排的！」

耿嘉基語塞；楞了好一會，才問了句：「你能不能勉爲其難？」

「人言可畏！績之，這件事，我只有方命了。」

耿嘉基再也不提這件事了。至於金雄白，任何案子可以不接；有件案子卻非接不可，因爲當事人是周佛海的妻子楊淑慧。

# 11 醋海波瀾

周佛海金屋藏嬌；楊淑慧醋海生波；孫曜東「醍醐灌頂」的趣聞。

楊淑慧打官司的對象，不問可知是周佛海。她根本不可能跟任何人發生法律糾紛；即令有了，也用不著她來出面。而跟周佛海打的必是離婚官司；且必起於醋海波瀾，亦是可想而知的事。

事起於這年春天，小人得志的吳四寶夫婦做雙壽；吳四寶四十九，佘愛珍倒是四十歲整生日，他家住在愚園路，不久以前將左鄰的一座洋房買了下來，樓下打通了做舞廳；樓上就是個可擺十幾桌酒的大餐廳。做生日前後三天，在花園右首的網球場，及曬場上架起席棚，各搭一座戲台唱堂會；紹興戲，申灘以外，主要的當然是平劇。

正在上海的京朝大角，程硯秋、譚富英，無不被邀；賓客則除了汪精衛以外，都有帖子。周佛海恰好在上海。正日那天，親臨致賀；隨即被延入第一排正中去聽戲，他的左面是李士群；右面隔開一個座位是邵式軍。

開鑼第三齣是「打花鼓」，扮鳳陽婆的是初出道的一個坤伶，藝名筱玲紅，看年紀不過十七八歲，靠了她那雙黑亮靈活的眼睛，一出場便讓全場都覺得眼前突然一亮；台風十足，立即便得了個「碰頭好」。

周佛海自此聚精會神，目無旁騖；視線只隨著筱玲紅的腰肢轉。這是齣玩笑戲，道白用揚州口音，到得自矜「我是的的刮刮的清水貨呢！」眼角恰好瞟及周佛海，看他那副垂涎欲滴的神態，不由得一笑回眸，那種刻畫少女嬌羞的神態，冶媚入骨，越發害得周佛海如醉如痴了。

見此光景，吳四寶便到後台，等筱玲紅卸了妝，帶她來見周佛海；就坐在邵式軍身旁的空位子上，與周佛海有說有笑地看了半齣戲，隨即在眾目睽睽之下，相攜而去。

據周佛海事後對人說：「筱玲紅倒眞是『的的刮刮的清水貨』」。因爲如此，越覺眷戀；但要藏嬌金屋，卻很困難，因爲一則他的地位又不比從前，越發有人注意；再則楊淑慧知道周佛海已成了「財神」，拍馬拉馬的人很多，釘得更緊。想來想去，只有一個人可託，就是孫曜東。

這孫曜東是「壽州相國」孫家鼐一家，他的父親叫孫履安，是個老名士；還有個哥哥孫養農，跟袁世凱的東床快婿薛觀瀾，都以研究余叔岩出名。孫曜東本人，介乎紈袴與篾片之間，由於拉緊了周佛海與新任上海市長陳公博的關係，得任具有市銀行性質的上海復興銀行總經理；對周佛海自然要感恩圖報，便將筱玲紅交了給玲華老九。玲華老九住在法租界莫利哀路，周佛海與筱玲紅幽會便在此處，連洗腳水都是玲華老九親自照料。

閱人多矣的周佛海，不知是何孽緣，竟對筱玲紅著了迷，在上海不必說；在南京亦是每天一到辦公室，第一件事便是接通筱玲紅床頭的電話，談上一陣才開始辦公。

不久，周佛海嫌「借地安營」，總覺不便；孫曜東的安排，遷到了一座極高級的公寓。就在此際，楊淑慧發覺了，她聲色不動，偵察多時，不但打聽到了地址，而且連周佛海與筱玲紅通話的紀錄都拿到了手。於是有一天清晨，率領一班幫手，直搗香巢；筱玲紅的膽子比大媛還小，嚇得面無人色。穿著睡衣的周佛海，只好挺身相護；跟著來的那班女太太之中，總也有腦筋比較清楚的，拍部長太太的馬屁，無如直接拍部長的馬屁，所以名爲助陣，其實放水，擋住楊淑慧，放了筱玲紅一條出路。自然，她亦僅是身免；屋子裡被搗得稀爛。

楊淑慧之不能放過周佛海，是可想而知的；但周佛海卻捨不得筱玲紅。一面將外室安置在霞飛路「可的」牛奶棚對面一條僻巷中；一面向髮妻疏通，希望她網開一面。可是，楊淑慧堅持周佛海非與筱玲紅分手不可。

爲了要取得楊淑慧的諒解，周佛海什麼手段都用到了，包括「上萬言書」及長跪求情，但楊淑慧的佔有欲特強，怎麼樣也無法打動她起憐香惜玉之一念。

軟求失效，自然而然地走上了「三天一小吵，五天一大吵」的勃谿局面。陳公博、梅思平、岑德廣、羅君強這些跟周家極熟的朋友，都經常被請了來當調解人，但問題始終不得解決，且有愈演愈烈之勢；周佛海的鬧家務，成了南京「官場」中的一大笑柄。

有一天夫妻倆由口角而將至動武；楊淑慧有個小學同學吳小姐，是個老處女，這幾年一直住在周家，替楊淑慧當著類似管家的職務。此時當然要上前勸解，那知周佛海正在氣頭上，認爲這吳小姐平時不無替楊淑慧當「狗頭軍師」之嫌，所以使勁一推，出手較重；吳小姐一個「狗吃屎」闍撲倒地，跌落了一口門牙。這一下風波鬧大了！

「我跟他時，他是個窮學生；我吃盡辛苦，他才有今天！憑什麼我要讓不相干的人來佔有他？」楊淑慧逢人就這樣說；而且公開了多少年前，周佛海追求她時所寫的，不足爲外人道的情書。

她還有支四吋象牙鑲金的小手槍，是潘三省送給她的。在會玩槍的人看，這是玩具，但亦不能說它不能致人於命；楊淑慧說到氣憤難平時，就會把槍取出來，比比畫畫，說是總有一天先打死周佛海與筱玲紅，然後自殺。

看樣子要出人命，周家的友好，便發動包圍，對楊淑慧展開「疲勞轟炸」；終於氣得楊淑慧採取了釜底抽薪的措施，她把筱玲紅帶到銀行裡，開保管箱讓她看她的珍貴首飾，要求筱玲紅嫁到周家來。

這是件筱玲紅求之不得的事，但一聽條件，半晌作聲不得。楊淑慧的條件，一共四個：第一、住在一起。第二、稱周佛海夫婦是老爺、太太；對他們的女兒周慧海、兒子周幼海要叫小姐、少爺，完全是舊式家庭的規矩。第三、當夕要獲得楊淑慧的許可。這三個條件雖然苛刻，畢竟在理論上說是做得到的；那知還有做不到的第四條：不許生男育女。

只看第四個條件，周佛海便知楊淑慧並無解決問題的誠意；而且事實上，筱玲紅這時已懷孕在身。因此周佛海明白表示，楊淑慧承認筱玲紅是「家屬」的一員，他很感激；但決不能在一起住。

問題演變至此，眞到了推車撞壁的地步。儘管楊淑慧常常打電話給林之江，要他拿手槍去逼筱玲紅自動離異；可是她也知道林之江表面滿口答應，其實是在敷衍，因此她決定採取法律行動，到法院去告上一狀，要求與周佛海離婚。

這場官司她預備到上海去打，主要的原因是，上海有個名氣很響的律師叫蔣保釐，他的妻子跟楊淑慧是同學，所以決定委託蔣保釐代理她的訴訟。

周佛海知道了這件事，又驚又喜；知道這是一個難得的機會，不容輕輕放過。當即親筆寫了一封信，託陳公博的秘書長趙叔雍由京回滬之便，代表他去跟金雄白接頭。

周佛海的話說得很明白，如果金雄白能夠化解其事，固然最爲理想，但不期望會有這樣圓滿的結果；只是這場官司，最後不論是離是合，內幕千萬不能洩漏出去。這就是金雄白幫周佛海的忙，必須要做到的一件事。這自是非常艱鉅的任務，而在金雄白義不容辭；一口承諾下來，問楊淑慧的行蹤，自動迎了上去。

這天下午到了北站，等南京車到，在頭等車廂前面守候；果然，發現楊淑慧帶了個老媽子下車，便扭轉臉去，裝著找人的樣子。

「雄白，雄白，雄白！」楊淑慧喊他：「你怎麼在這裡。」

「啊，周太太，」金雄白答說：「我是在接人。」

「你向來不送往迎來的？今天接誰？」

「是一位父執。」金雄白一面說，一面東張西望；頭等車只有一節車廂，客人很快地都下了車，他故意裝出失望的樣子，「大概『黃牛』了！我那位父執是名士派，隨隨便便的，一定不來了。」他問：「周太太有沒有車來接？」

「沒有！我這次來，佛海不知道；所以也沒有叫家裡派車來接。」

「那，」金雄白說：「那末，我送你，到哪裡？」

「我去看個同學。」

「好的，走吧！」

出車站上了金雄白的汽車，楊淑慧迫不及待地吐苦水，「你好久沒有到南京來了。」她說：「知道不知道我跟佛海鬧翻了？」

「不知道。」金雄白非常關切地問：「為什麼？」

「自然是佛海太對不起我！我忍無可忍，決定請律師——」楊淑慧突然停頓；然後自責地說：「啊！我眞氣昏了，怎麼會想不到你是律師，還要去請教別人。」

「喔，」金雄白一本正經地問：「周太太，你是不是要委託我替你跟佛海談判離婚？」

「是啊！我不託你託誰？雄白，你肯不肯幫我打官司？」

「我怎麼能說不肯。而且我也沒有理由推託；你這樣的當事人，哪個律師都願意替你辦案。不過，周太太，我有兩點要先說明白。」

「你說，你說！」

「第一、要正式簽署委託書。朋友是朋友，法律是法律；你委託我，一定要照正常手續辦。」

「這不成問題。第二呢？」

「第二、你既然委託了我，我當然以保護你的權益爲唯一目標，法律問題有各種解決辦法，只要達到目的，並不是非要進狀子對簿公庭不可。你要把經過情形，眞正意向跟我說得清清楚楚，不能絲毫隱瞞；我能替你盡心策劃，達到你所希望達到的目的。」

「對，對！」楊淑慧很高興地說：「我眞是運氣不錯！剛好遇到你。說實話，我本來想請教蔣保釐，他太太是我同學。不過，我跟佛海的事，外人不大了解；有些話，我亦很難說得出口。遇到你，再好都沒有；我沒有什麼礙口的話不能告訴你。」

於是楊淑慧改變了主意，先是不想回家，等找到蔣保釐，採取了法律行動，給周佛海一個措手不及，然後再公開自己的行蹤；此刻已無此怕周佛海知道了會設法攔阻的顧慮，盡不妨到家細細去談。

到得周家，金雄白派司機回事務所，關照幫辦取來受任委託書；接著便聽楊淑慧細訴經過。她要求金雄白，即夕赴京，代表她去跟周佛海談判，倘或不願與筱玲紅分手，便須離婚；如果不願離婚，請金雄白向法院遞狀子起訴。

在長達數小時的接觸中，金雄白已經完全證實他的推測，楊淑慧那裡眞的想離婚？不過以此作爲逼迫周佛海就範的手段而已。

眞意既明，事情便好辦了。金雄白一諾無辭；讓楊淑慧簽了委託書，打電話定好了車票，便由周家徑赴北站上車。

* * *

聽說金雄白的初步行動，完全符合預期的結果；周佛海的愁懷爲之一寬。但未來的問題，還棘手得很。

「雄白，」他坦率而懇切地說：「我跟楊淑慧是貧賤結合，情同糟糠；現在兒女都已成人，我在道義上、情感上，都決沒有跟她分離的可能。」

「這一點，我也看得出來。可是，以目前的情形來看，恐怕你非割愛不可。」

「這個愛，實在割不下！我不諱言，我一生好玩，也遇見過各式各樣的女人，可是從來沒有像筱玲紅那樣出自衷心的愛過。」周佛海略停一下，用充滿了感傷的聲音說：「我的處境你是知道的，我的心境你總也能夠想像得到；像我，前途茫茫，而眼前又有這麼多難題目堆在我面前，如果我不能找到片刻歡樂，暫時忘卻眼前，我的精神非崩潰不可。這片刻的歡樂，只有筱玲紅能夠給我；只要有她在我面前，我什麼痛苦，都可以拋諸腦後；讓我得到一個充分的休息，恢復勇氣與精力，重新面對艱鉅，從這個意義上說，筱玲紅是我的一服心藥。」

「這服藥的名字叫做忘憂草。」金雄白苦笑著說：「可是很難保全。」

「你一定得想辦法！」周佛海接口就說：「人入中年，垂垂將老；花月情懷，這可能是最後一次了。而況，她已經有了喜，在良心上我更不能拋棄她；雄白，你無論如何得替我籌個兩全之道。」

「原來有喜了。尊夫人知道不知道。」

「正因爲知道了，才愈吵愈嚴重。」

金雄白這時已想到了一個辦法；定定神考慮停當，方始開口。他說：「如今只有明修棧道，暗渡陳倉。表面上你要跟筱玲紅分開，而且一定要暫時忍受幾個月的相思之苦，絕對不跟她見面；取得尊夫人的完全信任，才能圖久長之計。」

「嗯，嗯。」周佛海有些不置可否的味道。

「這一點很重要！如果你辦不到，我也只好敬謝不敏了。」

「是那一點？」

「就是跟筱玲紅暫不往來；一次都不能有例外，否則後果不堪設想。」

周佛海明白，楊淑慧不會那麼老實，相信他說話算話；一定還會繼續派人跟蹤監視，只要有一次藕斷絲連的眞憑實據，那時恐怕眞的演出一個大妻仳離的結果。

「好！」他下定了決心，「我答應你。」

「就是以後恢復往來，也要加倍小心。」

「我知道。」周佛海答說：「我已經想到一條路子；此刻也不必去說它。雄白兄，這件事我就全權拜託了。」

「我盡力而爲！只要配合得好，一定可以圓滿解決。如今最要緊的是筱玲紅要充分合作。」

「當然！我現在就可以告訴她，你扮演的是怎麼樣的一個腳色；我叫她完全聽從你的意見。」

周佛海又說：「希望你回上海以後，能去看一看她。」

「好，我一定去看她的。」

於是周佛海接通了上海的長途電話，告訴筱玲紅，金雄白就在他身邊，只要聽他的話，一切的一切都會很圓滿。此外又叮囑了許多話，十分周到。

* * *

「幸不辱命！」金雄白很得意地說：「經過通宵長談，我終於把佛海說服了，他決定放棄筱玲紅。」

「太好了！」楊淑慧笑容滿面地說：「你的神通眞廣大。」

「不過，筱玲紅這面，佛海爲了減輕良心上的負擔，想多給她一點贍養費。」

「錢無所謂，」楊淑慧很爽朗地，「不論多寡，請你全權作主。」

「好。」

「不過有一點，我絕不能承認她肚子裡的孩子，是佛海的骨血。」

「那當然！」金雄白答說：「要辦，自然要辦得乾淨；不能拖泥帶水。」

「正是這話。這件事，我全權拜託，請你趕快進行。」

於是，金雄白當天便照周佛海告訴他的秘密地址去看筱玲紅。找到了地方，看準了門牌，一揿電鈴，立即便聽得狼犬大吠，過了一會，門上打開一個一尺長的小門，有個女傭在裡面問道：

「請問你找那位？」

「我來看你們小姐。我是南京來的。」

「貴姓？」

「金。」

「喔，請你等一等。」

等那女傭一轉身，金雄白從小門中看到一條狗，嚇得心驚膽戰；那條狗不知是什麼種，身子有人的肩膀那麼高，伸著長舌頭向金雄白喘氣。

「請問，」這時是另外一個五十許的老婦來答話：「你是不是金律師？」

「是的。」

「喔，部長關照過，請進來，請進來。」說著，「呀」地一聲，大門開啓。

「謝謝你！」金雄白退後一步，「請你們先把狗拴起來。」

「是，是！不要緊。」

等把那條大狗，還有一條狼犬都攆到後面，金雄白才敢進門；看那老婦的衣著打扮，已猜到她的身分，但不能不問一聲。

「吳小姐是你什麼人？」他指的是筱玲紅；本姓吳。

「阿玲是我的女兒。」

「是吳太太！」金雄白點點頭，作爲招呼，「吳小姐在家？」

「在家。」吳太太說：「阿玲從不出門的。一則她好靜；二則怕人見到；三則，不知道部長什麼時候會有電話來，要守在那裡。」

怪不得周佛海對她如此著迷。金雄白心想，光是這份爲了周佛海方便，而在行動上的嚴格自我約束，就是人之所難。

引領上樓，先在書房中落座；金雄白在等候吳太太喚她女兒出見的片刻，打量書房的佈置，牆上掛一張汪精衛寫的條幅，錄下他的一首題爲《不寐》的七律：「憂患滔滔到枕邊，心光燈影照難眠；夢回龍戰玄黃地，坐曉雞鳴風雨天。不盡波瀾思往事，如含瓦石愧前賢；郊原仍作青春色，酖毒山川亦可憐。」下面還有小字題跋：「張孝達廣雅堂集金陵雜詠有雲：兵力無如劉宋強，勵精圖治是蕭梁，緣何不享百年祚，酖毒山川是建康。其然，豈其然乎？書奉佛海吾兄兩正。」署名是「兆銘」，押一方「雙照樓」的圖章。

從頭到底剛看完，聽得身後在喊：「金先生！」轉臉看時，吳太太身旁，娟娟一姝，正是筱玲紅。金雄白只見過她一次，除了她的點水雙瞳，印象猶深以外，長得什麼樣子，已不大記得起。想到由於周佛海爲她顛倒如此，所以一面答應著，一面不客氣地作劉楨之平視。

看她年紀還不足二十歲，不過白皙豐腴，不算漂亮；但別有一股嬌媚，卻又決非一般女伶做作得出來的秀氣。金雄白不由得想到楊淑慧，也是白皙豐腴的體態，但那張銀盆大臉，令人不免有殺氣騰騰之感，與筱玲紅對比，一虎一羊；周佛海避虎而就羊，亦是自然之理。

「吳小姐，」金雄白開口說道：「周部長已經拿我的情形，跟你說過了？」

「是的。部長要我什麼都聽金先生的。」筱玲紅欷欷在發抖，「他告訴我，金先生是周太太的律師。」

「不錯！可是我實在是你跟周部長的律師。」金雄白爲了安慰她，特意加強了語氣說：「周部長是決不會把你丟開的。他不能沒有你！不過，爲了要瞞過周太太，要有幾個月不能跟你見面，甚至連電話都不能通。這齣假戲要做得像，做得周太太不會再起疑心，才是一勞永逸的久長之計。這一點，周部長特爲要我對你說明白。」

「是的。」筱玲紅問：「這齣假戲怎麼做法？」

「自然是你寫張筆據願意離開。」

聽得這話，情緒剛剛有些穩定的筱玲紅，又在發抖了；母女倆對看了一眼，由吳太太發問：「金先生，你說這張筆據是假的？」

「當然是假的。沒有這張筆據，周太太放不過周部長。」金雄白看出她們母女對他的身分，不無顧忌，便又加了一句：「你們信任周部長，就應該信任我。」

「當然，我娘跟我都相信金先生。」

「那好！這張筆據，我會去擬；現在請你們提條件，要多少撫養費。數目不妨大一點；要大，周太太才會相信。」母女倆告個罪，躲到一邊，細語商量了好半天，仍舊無法決定，應該開怎麼樣一個「盤口」，才算最恰當。

「金先生，」吳太太說：「索性請你替我們決定吧。」

「也好。」金雄白斟酌情形，定了一個可使楊淑慧相信，對方趁機在「敲竹槓」的數目，

「二十根條子，怎麼樣？」

此言一出，吳太太驚喜交集；筱玲紅趕緊說道：「二十條也好，三十條也好；總歸還是部長自己的錢。」

這表示她不會見財易志；同時也堵塞了她母親的貪壑。金雄白心想，難怪周佛海著迷，筱玲紅確有一般風塵女子所不及之處。

* * *

「二十條可以；沒有問題。」楊淑慧很爽快地說：「不過，手續要快！」

「當然，三五天就可以辦好。」

「不，明天就要辦。雄白，你是幫我的忙。喔，」楊淑慧突然想起，「雄白，我應該送你多少公費？」

「笑話！我跟賢伉儷的交情，哪裡談得到此？」

「你是這麼說，我可不能沒有表示。」楊淑慧想了一下，站起身來說：「雄白，請你陪我出去一趟，好不好？」

「怎麼不好？你要到哪裡？」

「到了你就知道了。」

於是出門上車，楊淑慧關照司機到國華銀行。接著，便在車廂中與金雄白研究手續問題。

「雄白，我有幾點要求，第一、脫離的筆據由筱玲紅單獨簽字。」

「那當然，莫非堂堂財政部長跟她協議脫離同居關係？」

「對了，我就是這個意思。第二、要她承認目前所懷的孕，與佛海無關。」

「這也不成問題。我跟他說好了。」

「那好，」楊淑慧又說：「證人除你以外，要有惺華。」

楊惺華是楊淑慧的胞弟，有他簽字證明，自然妥當，金雄白點點頭說：「請你通知令弟好了。」

「好的，我會通知他。」楊淑慧說：「還要一個證人，孫曜東。」

「這，」金雄白問：「爲什麼要他？」

「皮條是他拉的。我要他簽字負責，佛海以後跟筱玲紅不再往來。」

「這一層，只要孫曜東願意，自無不可。」

「一定要他願意。雄白，務必請你幫忙。」

「我盡力而爲。」金雄白已經想到，此事不在乎孫曜東願意不願意：主要的是要看周佛海願不願意，因爲這一來好像落了個把柄在孫曜東手裡，並非明智之舉。

這樣沉吟著，汽車已戛然而止；一進銀行，大小職員無不投過來尊敬的眼色，負責櫃台的襄理，趕緊迎出來接待。

「我想開保管箱。」楊淑慧說。

「是，是！我派人去拿鑰匙。」

到了地下庫房，管理員取鑰匙與楊淑慧所持的鑰匙，一起開了她名下的保管箱；楊淑慧等管理員退了出去，方始拉開箱門，金光燦爛的一大堆外國硬幣之中，有個紫檀嵌螺甸的大首飾盒，捧出來擺在桌上，掀開盒蓋，金雄白頓有目迷五色之感。

「雄白，」楊淑慧說：「你替你夫人挑一件，我送她的。」

「到底是送她，還是送我？」金雄白笑著問。

「我的首飾怎麼好送你？」楊淑慧開玩笑地說：「那不成了私情表記了？」

金雄白料知推辭不得，便挑了比較不大珍貴的一枚胸飾，心形紫水晶，外鑲一圈碎鑽；已經要下手了，由心形上想到這也許是周佛海送她的紀念品，便改取了一枚紅寶石戒指。

「這個太小了。」楊淑慧挑了個大的。

「就這個好！內人的手指細，那個戴著太大，會滑掉。」

「那末再挑一樣。」

「一之爲甚，其可再乎？」金雄白替她將盒蓋闔上，「行了，行了！」

「雄白，你知道不知道，這些東西是怎麼來的？」

「是啊，我正想問，看樣子，這些東西是過去置的；佛海哪來這麼多錢替你買這麼精而且多的首飾？」

「這就是富貴在天！」楊淑慧坐了下來，喝著銀行裡送來的茶，得意地談她的往事。

那是在民國十六年，國民革命軍底定淞滬；爲了開展各方面的關係，淞滬特派交涉使，舉行了一個盛大的晚宴，被邀的都是金融界鉅子與所謂「海上名流」；貴婦盛裝赴會，珠圍翠繞，道不盡的富貴榮華。周佛海夫婦亦在應邀之列；但楊淑慧除了手上一枚象徵婚約的白金線戒以外，了無飾物。回到霞飛路霞飛坊寓所以後，周佛海問她，是否羨慕那班珠光寶氣的太太們。

「當時我回答他，羨慕也沒有用，我有這個命，將來不怕沒有；沒有這個命，有了也保不住。」楊淑慧接著又說：「佛海回國教書的時候，寫了一部講義；北伐以後，這部講義由上海新生命書店把它印了出來，就是大家認爲國民黨理論方面，最權威的《三民主義理論的體系》。全國中學以上，都拿這本書作黨義教科書，十幾年之中，版稅收入，著實可觀。出書的時候，佛海跟我約定，這部書的版稅收入都歸我。我沒有別的用途，陸陸續續買了這些首飾。回想當年，不料我現在所有的，遠遠超過當時我在那班貴婦身上所見到的。雄白，你說，這不是命？」

「雖說是命，也是你當初慧眼識英雄。」

「這一點，我倒可以說一句當仁不讓；佛海必成大器，是我早就看出來的。」楊淑慧緊接著又說：「就因爲這樣，所以我不能讓任何人來把佛海分去一半。雄白，我支票本子帶來了，就委託國華買二十根條子，你看好不好？」

「不必。到簽字那天，照市價折算，開支票給她好了。」

「也好。」楊淑慧問：「哪天簽字呢？」

「總在這兩三天之內。等我準備好以後，再跟你接頭。」

金雄白要準備的，第一是一份脫離關係的筆據；其次是打電話給周佛海，問他關於楊淑慧指

定要孫曜東簽字的意見，周佛海同意了。於是金雄白向筱玲紅聯絡，決定了簽字的時間與地點，方才去看楊淑慧。

「明天下午三點鐘簽字。」金雄白說：「請你把撫養費的支票開給我；照今天的市價折算好了。」

楊淑慧毫不遲疑地開好了支票，方始問說：「我要不要到場？」

「不必，有惺華兄去就夠了。」

「地點呢？」

「就在霞飛路，筱玲紅家。」

「好，等我來通知惺華。」

給她弟弟打完電話，楊淑慧又向金雄白提出條件，要筱玲紅蓋指印為憑；金雄白有把握辦到，一口承諾。

「孫曜東呢？」她問：「是不是一定到場？」

「我還沒有告訴他；不過，我想，他一定會來。」

「這一點，我要先跟你聲明；雄白，這張筆據如果沒有孫曜東到場簽字，不能算數。」

「我知道。一定替你辦妥當就是。」

「我信任你。」楊淑慧又說：「最好請你明天下午二點多鐘來，帶了惺華一起去；怕他找不到地方。」

金雄白答應著走了。回到平報館第一件要辦的事是聯絡孫曜東；他們並不太熟，所以等電話接通，孫曜東似乎頗感意外。

「孫先生，有件事不知道你有所聞否？」金雄白說：「筱玲紅決定跟佛海分手了。」

「喔，我不知道。」

「這件事，是我接受佛海夫婦的委託，代爲辦理的。周太太的意思，要請孫先生以證人的地位在筆據上簽字。」

「爲什麼？爲什麼？」電話中立刻傳來了驚恐的聲音，「這件事跟我風馬牛不相關，爲什麼要我簽字？」

金雄白心想，楊淑慧認定他拉皮條的話，不便實說；躊躇了一會，只好這樣回答：「孫先生請你不必問原因。總而言之，這件事你如果不到場，就不能了，更怕另有麻煩。」

電話中遲疑了一會才問：「那末，周太太到不到場呢？」

「她不到場。不過楊惺華要到。」

「好吧！我也到。」孫曜東問：「在什麼地方簽字？」

「霞飛路筱玲紅家；明天下午三點鐘簽字。」

到了第二天下午，金雄白與楊惺華先到；接著，孫曜東也到了，還帶了兩名保鏢，守在樓下。樓上客廳中，筆據筆硯都準備好了；金雄白將一張支票交了過去，隨即又將毛筆遞了給筱玲紅。

筱玲紅寫了名字，又打了指印；接下來是楊愷華、孫曜東與金雄白都簽了字，全部手續，不過五分鐘，便已畢事。

正待離去時，樓梯上一陣響，孫曜東向外一看，頓時臉色大變；金雄白亦深感意外，原來上樓來的正是楊淑慧。

除了楊淑慧，還有十來個「白相人」，打扮大致相同，格子紡的短衫袴，胸前一段黃澄澄的金表鏈，頭上歪戴一頂草帽；嘴上斜叼一支香煙，一進客廳便四面站了開來。

金雄白心知不妙，伸頭向窗外一望，只見弄堂中，隔幾步便有相似裝束的一個人在「站崗」。方欲動問，來意爲何；楊淑慧卻先開口了。

「手續辦好了沒有？」

金雄白點一點頭，將筆據遞了給她；楊淑慧仔細看了一遍，收入手提包中。接著滿臉怒色地朝孫曜東走去。

「孫曜東，你好！」

手隨聲到，一掌打在孫曜東臉上；站在她身旁的那個人，身胚與「紅頭阿三」相仿，搶上一步，一掌橫掃，將孫曜東的眼鏡打落在地上，鼻孔中立即流血。接著，當胸一把抓住，只聽清脆的裂帛之聲；孫曜東的一件藍色印度綢長衫，撕下了一大片；再下來，小腹上挨了一腳，孫曜東大喊：「救命、救命！」

他的兩個保鏢，早就被制伏了；客廳中挺著個大肚子的筱玲紅，面色慘白、渾身抖個不住；

金雄白又氣又急，剛想上前解勸，不道楊惺華已先碰了個釘子，想拉架時，爲楊淑慧的打手使勁一推，踉踉蹌蹌地退了回去。見此光景，金雄白敢怒而不敢言，只有橫身在筱玲紅面前，決定拼命護花。

「孫曜東，」楊淑慧拉開湖南腔罵道：「你要討好上司，應當以工作來表現；爲什麼用拉皮條的手段來拍馬屁？我問你：你是吃飯的，還是吃屎的？」

「他是吃屎的！」十幾個白相人，轟然應聲。

這時走出來一個胖子，嘴裡咬著半支雪茄，濃濃地噴了口煙；他手裡持著一個「白錫包」的香煙罐，揭開蓋子，用濃重的浦東口音，慢條斯理地說：「喏，弄罐『黃坤山』撥儂搭搭！」語聲未落，一罐「白相人地界」稱之爲「黃坤山」的稀薄糞汁，已如醍醐灌頂般，向孫曜東夾頭夾腦地潑了去；屋子裡頓時其臭不可嚮邇，連楊淑慧都忍不住趕緊掩鼻而退，一伙白相人將她簇擁而去；金雄白亦即奪門而走。

這天周佛海已由南京到了上海；金雄白隨即坐車趕到外灘中儲行去看他，細說了這一幕鬧劇的經過，率直指責楊淑慧做得太過分了。

「我最不能原諒她的是，害我在孫曜東面前失信；在孫曜東想，一定是我幫著她，用這樣惡毒的手段算計他。這個誤會太嚴重了！我不能不提出抗議。」

「一切看我的薄面！」周佛海說：「我馬上寫信向曜東道歉。」

孫曜東當然無可如何，不了了之；但周佛海總覺得欠了他很大一個人情，公報私惠，對「上

海復興銀行」，格外照顧；孫曜東則是假公濟私，很弄了些錢，眞如三十六門花會，誤押了第二十四門的「黃坤山」，哪知錯打錯配，一配二十八，好不得意。

這樣過了半個月，筱玲紅到達預產期；產科醫生是早接頭好的，但要進醫院時，周佛海秘密派人通知吳太太，要改換一家醫院。

原來周佛海已知道楊淑慧容不下筱玲紅腹中的嬰兒；所以另外作了安排。在醫院中住了一星期，筱玲紅生下來一個女嬰；護士將嬰兒料理乾淨，抱給筱玲紅看了看，又抱回養護室，那知在走廊上遇見兩個彪形大漢，搶過繡褓，從後門逃走。護士大驚，急急報告院方；筱玲紅與她母親哀哀哭泣，悲痛不已——事實上這是一場戲，不過做得很逼眞。那兩名彪形大漢明受楊淑慧間接指揮；暗中聽命於周佛海。事後，楊淑慧只知道筱玲紅的嬰兒已經「夭折」；其實，不過半個月以後，已經出現在筱玲紅身邊了。

筱玲紅的住處，離居爾典路周家，只有幾條馬路，名叫雷上達路。不過筱玲紅是寄居。居停岡田，是周佛海的密友，受託掩護筱玲紅母女；周佛海要去看筱玲紅，只說到岡田家去開會。楊淑慧有時會有電話「查勤」；周佛海在筱玲紅床上從容接聽，從未拆穿過西洋鏡。

## 12 怨怨相報

李士群借刀以殺吳四寶，及胡蘭成為情而助佘愛珍，恩怨糾結，鈎心鬥角的經過。

從筱玲紅在吳家唱過「打花鼓」以後，吳四寶開始交上了一步惡運。

吳四寶在七十六號的地位並不高，只是兩個警衛大隊長之一；但膽大妄爲，加以有佘愛珍這麼一個「賢內助」，所以惡名昭彰。他的壞事大半由他的　個徒弟張國震包辦；也因此替他得罪了好些人。漸漸地，連李士群都覺得有尾大不掉之苦；而那次做生日，又過於招搖，有人說是可與杜月笙浦東祠堂落成的場面相比擬。這話傳到汪精衛耳朵裡，勃然大怒，下令免除他的職務，通緝查辦。

通緝歸通緝，吳四寶照樣在家納福。李士群卻想了一條借刀殺人之計，策動憲兵隊派了二百名憲兵，將吳家團團圍住；吳四寶夫婦，卻還是溜掉了。

逃在外面的佘愛珍，先打電話給李士群；不道李士群先期走避，到了南京。此時他已由宣傳部次長胡蘭成的拉攏，改投了「公館派」，爲了免除吳四寶夫婦的糾纏，也爲了遮人耳目，故意

讓汪精衛對他也下了通緝令。佘愛珍無可奈何，只好向胡蘭成求援。

胡蘭成當然也只能找李士群。打聽到他當天傍晚回上海，特地趕到北站去接；一起到了毗連吳家的李家，胡蘭成以江湖義氣相責，但措詞冠冕堂皇。

「由日本憲兵來捉人，國體何存？這件事你必得出來挺！」

「蘭成兄，這不是打官腔的事。」李士群答說：「請你聯絡四寶嫂，明天到我這裡來一趟，大家一起商量。」

「今天晚上我就可以找她來。」

「今天太晚了；而且我要『靈靈市面』。明天上下午都要開會，準定晚上八點鐘，請你陪四寶嫂來。」

到了約定的時間，胡蘭成陪著佘愛珍來看李士群，在座的還有個「標準美人」徐來的丈夫唐生明；他跟李士群，吳四寶在一年以前「桃園三結義」，老大是四寶；老二李士群；老三「張飛」算是唐生明。不過李士群仍舊照以前的稱呼，叫他老四。

「四寶嫂，」李士群開門見山地說：「這件事非四寶哥到日本憲兵隊去不可了。我與蘭成兄、老四，陪四寶哥同去；我拿我頭上一頂紗帽、身家性命，當場把四寶哥保出來。日本人怕我反，不能不賣我的帳。」

話說得太漂亮，反而不容易使人相信。佘愛珍便看胡蘭成，胡蘭成也看佘愛珍，兩人當著吳四寶就眉挑目語慣了的，所以即時取得默契，到隔壁一間小屋中去商量。

商量了一下再出來，佘愛珍依舊保持沉默，顯然的，仍有不放心之意；李士群便賭咒了。

「你們三位都在這裡。」他指著水晶吊燈說：「燈光菩薩做見證，我李士群如果出賣弟兄，日後一定不得好死！」

賭到這樣血淋淋的咒，佘愛珍不能不相信了；當夜將吳四寶帶到七十六號交了給李士群。吳四寶腦筋簡單，以爲只到日本憲兵隊「過一過堂」，就可以回家，所以顯得很高興，不斷向李士群致謝，而且反過來安慰佘愛珍，叫她不必擔心。

這時已經午夜一點鐘了，佘愛珍回家，思前想後，還未上床，天已經亮了，索性不睡。不久胡蘭成來了，佘愛珍關照開早飯，稀飯小菜、蒸餃包子、燒餅油餅，還有粢飯團，無一不備，佘愛珍還是客客氣氣地做主人；打扮亦如平時，梳一個橫愛司頭，頭髮一絲不亂，不過一夜未睡，臉黃黃地，眼下兩道黑紋，不免顯得憔悴。

「你把心放寬來！」啃著一團粢飯的胡蘭成說：「李士群跟四寶結拜的交情是假；想巴結汪先生是眞。他能見到汪先生是我引進，諒他此刻還不敢在我面前調皮。」

「全仗胡次長，等四寶回來了，叫他給胡次長磕頭。」

「我還沒有到受四寶大禮的福分。這些不必去說它了；我們早點動身吧！」

「既然胡次長有把握，我們也不必早去；從容一點，派頭也大些。」

「也好！」他們九點鐘動身，我們八點三刻到好了。」

準八點三刻到達七十六號，只見吳四寶坐在李士群辦公室跟唐生明在談笑；不久，衛士來報，說是汽車好了。

「四寶嫂，」李士群起身說道：「我們陪四寶去一去就回來。」接著轉臉招呼唐生明：「老四，走！」

原來說好胡蘭成同行的，李士群竟似忘記了。胡蘭成本不願到日本憲兵隊去看「皇軍」的臉嘴；而且去不去都不生關係，也就樂得安坐不動了。

「胡次長，」佘愛珍等汽車出大門，坐在他身邊低聲說道：「不說你也一淘去的?李士群怎麼不招呼你呢？」

「無所謂的事。」胡蘭成說：「馬上就回來的。」

果然，很快地回來了，不過只有李士群與唐生明。

「四寶呢？」佘愛珍問。

「日本人說，要扣留調查幾天，再讓我去保。」李士群毫不在乎地，「留幾天就留幾天，我跟他們爭點什麼?」

語氣是將此比看成不足與爭的小事，暗示保釋不成問題，佘愛珍也只好將信將疑地不作答聲。

「要扣留調查幾天?」胡蘭成問。

「不會久的。」

「好!」胡蘭成站起身來對佘愛珍說：「你要把四寶的鋪蓋、日常用品送進去。」

這句話提醒了佘愛珍，隨即與胡蘭成辭去，到家一面準備鋪蓋、日用品，又買了一大批罐頭，一面跟胡蘭成商量，想親自到日本憲兵隊去一趟，跟吳四寶見一面。

「也好！」胡蘭成率直說道：「別地方我陪你去；日本憲兵隊我就不能奉陪了。」

「你是次長，你的身分比他們高得多；你不想陪我去，我也不能委屈你。胡次長，請你在我這裡等消息。」

「好的！我等你。」

等到佘愛珍回來，說是行李收轉，人未見到；隨帶的翻譯問日本憲兵，對吳四寶何時可以調查完畢，結果挨了兩句日本話混合「洋涇濱」上海話的罵：「拔加耶魯！嘩啦、嘩啦啥事體！」

「胡次長，我看情形不妙。請你要想辦法。」

「現在還沒有到要想辦法的時候；照李士群的話，根本就不必想什麼辦法。嫂嫂，你把心放寬來，等它三天，我去看李士群。」

過了三天到七十六號，撲了個空，李士群到南京去了。又過了幾天，得到間接傳來的消息，扣留的雖是吳四寶，要調查的不是他；是他的「學生子」張國震。

這幾天吳家川流不息的客，都是來慰問的；私下談起來，都怪張國震不好，「替先生」惹的禍。張國震自己也知道連累師門，一直抬不起頭來；這時候便狠一狠心，跟佘愛珍說：「師娘，我到日本憲兵隊去自首。好漢一人做事一人當；不與先生相干。」

佘愛珍一時無可回答；想了想說：「國震，你再仔細想一想。」

「不必多想！師娘，」張國震說了兩句狠話：「三刀六洞，我『行』過明白。」

張國震總算「有種」，果然自投日本憲兵隊。佘愛珍心想，既然張國震一肩挑了過去，吳四寶的罪名輕得多；看來可望保釋。那知道第二天一打聽，張國震已經「做掉」了！

原來張國震一投到，日本憲兵便打電話給李士群，叫他來領了人去，自行處置；李士群的行動很迅速，將張國震一領回來，問都不問，便即綁赴中山路刑場，由高級幹部楊傑「監斬」處決。

等胡蘭成受託去詢問究竟，李士群答說：「這是日本人關照的。張國震惡名昭彰；這應該是件大快人心的事吧？」

一句話將胡蘭成堵得啞口無言。到第二天再跟他去談吳四寶的事，哪知道人又到南京去了。

除了南京、上海以外，由於李士群還兼江蘇省主席，家住蘇州；所以如成語所說的「狡兔三窟」，胡蘭成很難找得到他；偶爾找到了，道三不著兩，一切都向日本憲兵隊一推。如是兩個多月，傳出來一個消息：吳四寶在日本憲兵隊「吃足生活」——據說，會柔道、摔跤的憲兵，看中了吳四寶二百多磅重的「身胚」，是練功夫的好對象，常常在他站著應訊時，突然有個憲兵上前拉著他一隻手，身子一翻，拿他的手一扭，將吳四寶從肩上翻過去，砰然大響，直挺挺地仰面朝天，在水泥地上摔得半死，好半天說不出話。

佘愛珍到底夫婦情深，哭著要胡蘭成想辦法；胡蘭成也覺得對不起佘愛珍，同時惱恨李士群太不夠交情，終於下定決心，不論用何手段，這一次非逼李士群將吳四寶保出來不可。

那天恰好汪精衛到蘇州視察，「駐蹕」李士群的「鶴園」；李士群將樓上全部讓出來供汪精衛及隨員住。胡蘭成上樓跟陳春圃、林柏生打了個照面，到樓下跟李士群交涉。無奈李士群要「辦皇差」，說不到兩三句話，便另有即時要解決的事要辦，離座他去。直到晚上八點多鐘，汪精衛吃完晚飯要休息了；李士群陪胡蘭成吃飯，才能詳談。

「你一定要回上海去想辦法！」胡蘭成說：「男子漢、大丈夫，說話算話。」

「別的地方，我說話算話，遇到日本人有什麼辦法？日本人的事，連汪先生都不敢保險。」

「那末，你當初怎麼說的呢？」

「我當初說什麼？」

「你說日本人怕你反，一定會答應你保四寶。」

「嘿！」李士群的笑聲讓胡蘭成很不舒服，「蘭成兄，造反也要有名堂。造反若是爲了名位、財勢，那怕造反不成捉了去殺頭，也還值得。爲吳四寶造反算啥名堂？」

胡蘭成勃然大怒，但還是忍住了氣，「你不要忘記，」他說：「你賭過咒的。」

「算了，算了！」李士群說酒話了，「吳四寶的造孽錢無其數，你胡蘭成死了睏楠木棺材，我李士群死了睏銅棺材；吳四寶死了睏金棺材。讓他睏金棺材好了。」

這一下胡蘭成忍不住了，沉下臉來說：「你是借酒三分醉，還是酒醉出眞言？別人也許可以說吳四寶不好，你不應當說！而且你爲什麼不早講，到現在才說？你既對不起人，我亦不想做你的朋友了。」

李士群一看胡蘭成動了眞氣，心想他到底在汪精衛夫婦面前說得動話；見機笑道：「我跟你說笑話，你就發極！」接著笑容盡斂，「我跟四寶的關係，比你跟他還深；我去。」

有此承諾，胡蘭成自無話說；酒罷歸寢，胡蘭成就睡在與李士群夫婦臥室相鄰的一間客房。這天很冷，小房間裡升了一個大火盆；胡蘭成既冷且倦，遇到一張溫暖的床鋪，雙眼倍感澀重，脫衣上床，剛剛睡好，有個衛士推門而入，手裡提了一籃炭，加滿火盆，道聲：「胡次長好睡！」破門自去。

到得半夜裡，胡蘭成著魘；覺得氣都透不過來，快要窒息送命了。但心頭突然清醒了一下，想到是炭酸氣作祟，盡力掙扎著爬下床來，打開窗子，透了口新鮮空氣，頭腦卻還昏沉沉地，什麼都不大會想，只想上床。

一覺醒來，紅日滿窗，胡蘭成將夜來的情事回想了一遍，心裡不免疑惑，李士群也許是想到地質學家丁文江夢中煤氣中毒的故事，有意一逞僥倖。自己果然死了，李士群去了個心腹大患；如今不死，自然饒他不得。

當下起床，漱洗既罷，特意到李士群面前晃一晃；只聽李士群說：「汪先生今天回京，專車十點鐘開。」

「喔，」胡蘭成答說：「我也要去送一送。」又說：「我這條命是撿來的。」

李士群一聽，大爲詫異地問：「這話怎麼說？」

「門窗緊閉，煤氣彌漫；差點『翹辮子』。」

「啊！」李士群對他妻子說：「我看『熱水汀』非裝不可了。」

虧他裝糊塗裝得如此逼眞；胡蘭成心裡冷笑，當下亦不多說，吃了早飯，隨眾上車，直駛蘇州火車站。送走了汪精衛；全城文武，紛紛出站，胡蘭成一把拉住了李士群。

「南京的車快來了，你同我去上海。」

李士群楞了一會；點點頭說：「好！」臉色非常難看；但也只是刹那間事，不留心是看不出來的。

一到上海，兩人先到七十六號休息；李士群打了幾個電話，交代了幾件公事，交代預備汽車。

「你先到吳家等我，我把四寶去領回來。」

於是胡蘭成到吳家去報喜；喜出望外，佘愛珍一時倒有手足無措之感。定定神才想起應該做的幾件事。

第一件預備香燭祭器，叩謝祖宗有德；第二件喊一個理髮匠來，因爲吳四寶出獄以後，先要理髮洗澡；第三是叫一桌宴菜席，款待李士群與胡蘭成，兼爲丈夫壓驚。還有一件，卻須問問胡蘭成的意見。

「胡次長，我想買一掛一萬響的鞭炮放一放。你看，可以不可以？」

「祓除不祥，本無不可。不過，這一來明天報上會登新聞，沒有什麼好處。」

「是的，是的！那就算了。」佘愛珍忽然雙眼潤濕了，「你看，他們還是結拜的！照我看，

胡次長才是我們骨肉親人。」

胡蘭成心中不免一動，當時不暇多想；心裡只是在嘀咕，李士群狡猾非凡，不要又溜之大吉？果然如此，非追到蘇州或者南京去跟他講理不可。那怕鬧到汪精衛面前也顧不得了。

幸好，這顧慮是多餘的。一聲喇叭，鐵門拉開，李士群的汽車中，居然有一個吳四寶，相見之下，悲喜交集而又似乎各有什麼想說說不出來的話，倒是李士群，神態絲毫不改。

「日本憲兵保是肯讓我保了，不過有個條件，要交給我看管。」他緊接著，「這也不過就是這麼一句話而已。四寶哥就到蘇州去玩一陣吧。」

只要人出來了，什麼都好說，佘愛珍與胡蘭成都沒有把這件事放在心上。倒是李士群看到大廳上，高供香燭祭器，反而催吳四寶趕快行禮。

「先洗個澡，再剃個頭。」佘愛珍說：「請胡次長陪一陪客，我們再來道謝。」

於是佘愛珍領著吳四寶入內，胡蘭成少不得有一番讚揚李士群夠意思的話。然後海闊天空地聊了一陣。不久佘愛珍領著吳四寶去而復回，他的髮理過了，衣服也換過了，簇新的藍緞團花的狐皮袍，上套玄色華絲葛馬褂，但臉上總不免一股晦氣。

點燃香燭，吳四寶朝上磕了三個頭；起來轉身又向李士群下跪，謝謝他的救命之恩。

「四寶哥、不敢當、不敢當！請起來。」

等李士群扶他起身，只見他雙眼中流下淚來。平時狠天狠地的腳色，忽有此兩行清淚，自然予人以十分異樣的感覺；胡蘭成望之慘然，心裡浮起個大非吉兆的念頭。

「我們明天一早就走。」李士群說：「四寶哥早點休息吧！」

「吃了飯去！」佘愛珍急忙留客，「都預備好了。」

「謝謝、謝謝。四寶嫂，我是急於來保四寶哥，蘇州好些要緊公事，還沒有交代。要趕緊去打幾個電話問一問，實在沒有工夫。」李士群又說：「過一天你到蘇州來看四寶哥，我們好好再敘。」

堅留不獲，只好讓他走了。胡蘭成亦不便久坐，起身說道：「你們夫婦有說不完的話，我不打攪了。明天清早，我來送行。」

「送行不敢當。」佘愛珍說：「不過，胡次長，明天一早，請你務必要來一趟。」

胡蘭成一口應承，第二天清晨，很早就到了吳家；下人已經聽主人交代過，直接將他領到樓上，打開臥室門，只見佘愛珍正伺候丈夫換衣服，看到他來，要來招呼；胡蘭成搖搖手，在門前的沙發上坐下靜等。

那間臥室很大，但見佘愛珍一面替吳四寶扣鈕襻；一面輕聲囑咐，絮絮不絕，卻聽不出她說的什麼？只看吳四寶不斷頷首，百依百順；那種夫婦共患難的模樣，著實令人感動。

「胡次長還沒有吃早飯吧？」佘愛珍走過來問。

「吃了來的。你們請。」

「我們也吃過了。」

吳四寶坐下來說道：「愛珍都跟我說了，全虧得胡次長照應；這份情還不完——」

「不必說這些話。你到蘇州安心住一段日子；我看情形，遲早把你弄回上海來。」

「有胡次長這句話，我可以安心了。」

「本來就不必擔心。」佘愛珍插進來說：「有胡次長，什麼都不要緊。」

就這時外面電話響了起來，大家都住口等待；須臾，下人來報，說七十六號來電話詢問，是否已赴車站？如果尚未動身，應趕快些。

「你們請吧！」胡蘭成說：「我就不送你們到車站了。有什麼話，再想一想，趁早交代給我。」

「現在是沒有話。」佘愛珍說：「到了蘇州看是怎麼個情形，我會再打電話來給你。」

「好！一路順風！」

* * *

第二天下午二點多鐘，胡蘭成書房裡的電話響了，拿起來一聽，是電話局的職員在問：「胡蘭成先生在不在？」

「我就是。」

「蘇州的長途電話，請稍等。」等了一會，又聽話筒中說：「請講話。」

「喂！我是蘭成。」

「胡次長！」是女人的急促的聲音，「你是不是胡次長？」胡蘭成聽不出她是誰；不過說話已近乎語無倫次，卻是很明顯的；於是胡蘭成用緩慢清晰的聲音說：「我是胡次長。你有話慢慢說。」

「胡次長，吳先生死掉了！」

胡蘭成一聽這話，頓覺滿眼金星；「你說誰？」他的聲音也失去從容了，「是不是吳四寶？」

「是的。」

「怎麼死的？」

「好像、好像——」話筒中帶著哭聲說：「吳太太說，請胡次長馬上來，越快越好。」

「好！我馬上動身。」胡蘭成又問：「什麼時候死的？」

「半個鐘頭以前。是急病。」

胡蘭成打完電話，坐下來激動不已，而且始終覺得這件事似乎不大可信。但電話中女人的聲音，猶自響在耳際；並且已辨出就是服侍佘愛珍，身分介乎看護與女僕之間的沈小姐的聲音，再回想一遍她的話，是暴疾而亡，並非如張國震那樣，綁赴刑場，執行槍決，心裡稍爲好過了些。

當下又打個電話到北火車站，在頭等車中留下一個位子；拎起出門所用，內儲各種日用品的小皮箱，徑到北站登車，傍晚時分就到了蘇州。

吳四寶在蘇州亦有一班朋友；沈小姐請了一個認識胡蘭成的人來接，車中便問起吳四寶的死因。

「我也不大清楚，聽說今天中午，有人捧了一碗麵出來給他吃；吃完不久就發作了。」

「所謂『有人』是誰？」胡蘭成問。

「總是李家的人。」

「死得慘不慘？」

「胡次長看了就知道了。」

「屍首停在那裡？」

「鶴園。」那人說道：「已經砌好靈堂了。」

趕到鶴園，只見靈堂如雪，佘愛珍哭得眼睛都腫了。胡蘭成先生在靈堂前面三鞠躬，然後揭開靈幃，只見吳四寶已經小殮了，直挺挺地躺在翻轉的棺材蓋上，臉色安詳，不像中毒死的。出了靈幃，方去慰問遺孀，剛叫得一聲：「阿嫂！」佘愛珍便即放聲大哭。

「阿姊，阿姊！」沈小姐推著她說：「你不是有要緊話，要跟胡次長說？」

「是啊！」佘愛珍哽噎著說：「斷命的通緝令——。」

「好！我知道了。」胡蘭成不讓她說下去，只問：「李士群呢？」

「到南京去了。」

這當然是有意避開，胡蘭成心中冷笑，決定也追到南京，但有件事要問清楚。

「沈小姐，」他將她拉到一邊，低聲問道：「到底怎麼死的？」

「大概是麵裡下了毒藥。」

「中毒是七竅要流血的？」

「怎麼沒有流？」沈小姐答說：「先是肚子痛，痛得在床上打滾；後來抽筋；再後來不動了，七竅都是血，小殮之前才抹乾淨。」

所說死狀，與水滸中的武大郎一般無二，看來吳四寶亦是中了砒霜的毒。李士群亦未免太肆無忌憚了。

「你跟我打電話，他知道不知道？」

「知道的。」沈小姐答說：「就因爲知道胡次長要來，他才躲到南京去的！」

「他會躲，我會找。」胡蘭成說：「我連夜去找他。」

於是搭上去南京的夜車；天色甫明，已到南京，出了下關車站，胡蘭成到汪曼雲家；開口問道：「你知道不知道蘇州的事？」

「不知道。」

「吳四寶死了！一碗毒麵吃死的。」胡蘭成說：「我借你的書房用一用。」

「你要寫什麼？」

「替吳四寶寫一張請求撤消通緝的呈文。」

呈文上的措詞很簡單，不談功罪，只講法律，人一死，通緝失去對象，命令自然應該撤消。不過照程序來說，應該由司法行政部備文呈請，胡蘭成爲了求快，更爲了替吳四寶爭一分「哀榮」，決定用他自己的關係，找些人聯名呈請。

第一個要找的卻是李士群，到得他家才七點半鐘，李士群剛吃過粥在看報，一見這麼一個面凝寒霜的不速之客，心裡一跳，急忙浮起微笑，起身招呼。

「你是從哪裡來？」他問。

胡蘭成一言不發，將呈文交了給他；接著，又去找了一枝毛筆，只說了兩個字：「你簽！」

「等別人簽了我再簽。」

「我沒有工夫再找你！」胡蘭將毛筆遞了過去：「你現在就簽字。」

李士群無可奈何，只得提筆寫下自己的名字，胡蘭成將呈文拿了就走，又去找陳春圃、褚民誼他們，一共十來個人，最後自己也簽了名，託陳春圃當面請汪精衛批准，當天下午趕回蘇州。這一下才可以公開辦喪事了。

也還是蘇州站火車站的趙站長幫忙，爲送棺材回上海開了一趟專車；佘愛珍身穿重孝，由沈小姐以及從上海趕了去的親友女眷，護持上車。看到胡蘭成，叫得一聲「胡次長！」隨即伏在他肩頭上，哀哀哭泣；身遭大故、態度失常，世俗中男女應避的嫌疑，此時不避也不要緊了。

車到上海北站，事先安排來接的人，上百之多；佘愛珍是有意要爲吳四寶死出風頭，好在錢多，買出來的路祭無其數；巡捕房裡也早用了錢，派出大批人來維持秩序。中午時分，大出喪的行列過北四川路橋，經黃埔灘轉南京路向西，由靜安寺路折往膠州路萬國殯儀館安靈，再奉神主回家，已是萬家燈火了。

吳家正門大開，裡外燈火通明；大廳上佈置了一個極氣派的靈堂。供好神主，親友上祭；最後是攙著佘愛珍到靈前，一跪下去，放聲大哭，怎麼也勸不住。

「看起來又要勞動胡次長了！請胡次長勸勸阿姊。」佘愛珍的弟婦說：「只有你的話，她聽的。」

還是胡蘭成伏下身去，在佘愛珍耳邊輕聲說道：「不要哭了！將來我會報仇。」

也不知道梨花帶雨的佘愛珍，聽清楚了他的話沒有？不過，對於他的動作，她的反應是非常馴順的；他一把將她拖起，她隨即便倒在他身上；他看一看吳四寶的那張有半個人高的大照片，一把將她抱了起來，走出大廳，踏上花園的甬道。她生得豐腴，抱起來很吃力；好得有沈小姐等人助一臂之力；眾擎易舉，使得胡蘭成能從容地去領略他的感受。

他是想起二十年前結婚那天的情事。他的妻子叫玉鳳，雖相過親，卻不曾看清楚；到得迎親之日，雙雙拜過天地，照他們嵊縣的風俗，新娘子要由新郎官抱進洞房。胡蘭成抱玉鳳上樓，只覺其苦不覺其樂，因爲時已入冬，新娘子的衣服穿得很多，累贅不堪；加以是上樓，雖有姊妹幫忙，仍舊吃力得很。

憶昔思今，感受大不相同；佘愛珍兩天兩夜，眠食俱廢，身上除了加一件白布孝袍以外，仍是吳四寶未死前的打扮，濃香遍體，令人心蕩；穿的是一件絲棉袍，軟滑輕暖，動人綺思，不由得就讓他想起一句西廂曲詞：「軟玉溫香抱滿懷。」

胡蘭成與佘愛珍都有一種對不起吳四寶的感覺，因而都渴望著能爲他報仇，借以彌補內心的歉疚。他們有個相同的想法，如能爲吳四寶報了殺身之仇，他在九泉之下，會毫不介意他們之間的一切。

當然，想爲吳四寶報仇，或者口說要爲他報仇的人，總有幾個；大部分是他的「弟仔」。但做「師娘」的佘愛珍卻表現得寬宏大量：「好花讓它自謝！」這是假話；「你們鬥不過他的；白白裡送了一條命。何必？」這句倒是眞話，也是好話；所以吳四寶的徒弟，都很敬重師娘。

師娘心裡有自己的盤算，有時人家談起吳四寶的死因，說李士群不該如此狠毒，她反倒爲仇人品清，不承認有中毒這回事。明眼人看出這是明哲保身之道；卻還不知道她是在消釋李士群對她可能有的猜疑與戒備。

胡蘭成了解她的心事；他也常常在自問：吳四寶的仇怎麼報法？

於是他想起一個人：熊劍東；想起一支部隊：稅警團。

13

# 為虎作倀

胡蘭成與熊劍東定計殺李士群；「大特工」作了日本軍閥細菌戰的試驗品。

辦稅警團出自李士群的獻議。當汪記政府登場不久，周佛海的「十弟兄」中，最活躍的羅君強與李士群，交往密切，幾乎無一天不見面；見面時無一次不是在談如何擴張周系的勢力。羅君強為了替周佛海拉緊李士群，建議周佛海讓出警政部長，由李士群以次長坐升；周佛海如言照辦。李士群為了感恩圖報，因而有辦稅警團的建議。

但是最後報來一個消息，終於改變了周佛海的態度。原來李士群志不在小，在政治關係上，頗想更上層樓；而胡蘭成想增強「公館派」的勢力，又以翦除周佛海的羽翼為首要之著，因而替李士群在汪精衛面前下工夫。偏偏陳璧君最討厭特工，公開說過：「七十六號的血腥氣太重。」所以胡蘭成要拉李士群入「公館派」，首先要打通陳璧君這一關。好不容易說動了她，曾經召見過李士群一次，對他的印象還不壞，但還談不到欣賞。李士群亦亟須再找一個表現的機會，加深陳璧君的印象，才可望踏入「公館」。

這個機會來了。陳璧君有廣州之行，路過上海；此行需要帶一批衛士。原來在汪政府的「轄區」中，廣東是個孤懸南海的特殊區域，用人行政，與蘇浙皖三省不發生關係。「廣東省政府」的代理「省長」是陳璧君的族弟陳耀祖；「財政廳長」汪宗準是汪精衛的胞侄，在陳家班、汪家班之上的「牽線人」是陳璧君。她擁有一個汪精衛指派而為外界所不知的秘密頭銜，叫做「廣東政治指導員」；這一次是赴「政指」之任，而非以「汪夫人」之身分，回鄉掃墓，因而要帶一批衛士，一則增加她「政指」的威風；再則也確是需要防備「大天二」搗亂於萬一。

李士群事先得到胡蘭成的通知，除了隆重接待以外；特為「孝敬」了一批全新的精良槍械，大獲陳璧君的歡心，再也不記得李士群來自「血腥氣重」的地方了。

羅君強來報告了這個消息，周佛海求證無誤，不免起了戒心，隨即下了張條子給李士群，將籌備稅警團的工作，即日移交給羅君強。

對李士群來說，好比一場春夢，由邂逅而通情愫，登堂入室，兩情歡洽，正當要攜手入羅帳時，卻為啼鶯所驚醒，那種悵惘空虛的感覺，著實難以消受。

周佛海的「手諭」，好比討厭的枝上黃鶯；但啼鶯驚夢的策動者，卻是羅君強。因此，李士群對羅君強自是恨如切骨；對於周佛海的關係，當然亦與割斷相去無幾了。

* * *

「稅警團」很順利地成立了。周佛海兼任團長；羅君強是副團長，在南京丁家橋成立了「稅警團幹部訓練班」，營長以上，須先受訓；不久，又加委了一個副團長熊劍東。

這熊劍東原名熊俊，浙江新昌人，行伍出身；與胡蘭成少年相識，一別二十年，不道在李士群家又得相見，但容顏已改，彼此都認不得了，直到互敘身世，方始驚喜交集。

熊劍東從紹興軍營中開小差到了杭州，胡蘭成在蕙蘭中學讀書，拿僅有的兩枚銀元給他做了路費，到了上海，轉往廣東從軍；到得抗戰爆發，已當到了團長，奉命在蘇常一帶打游擊。有一次到上海開會，爲日本憲兵所捕，監禁了一年有餘，方始釋放。放出來，「階下囚」變成「座上客」。因爲這一年多的監禁，熊劍東投降了日本人；日本人也很欣賞熊劍東，委任他帶領一支「皇協軍」，配合日軍作戰。這一次是從湖北來到上海，打算到太湖流域去招收舊部；以李士群家爲居停，不想得逢舊識，敘到當年的情誼，對胡蘭成親熱異常。

不久，熊劍東到蘇州、常州一帶，找到了好些舊部；哪知此時已當了江蘇省長的李士群，暗中通知日軍「土橋部隊」，圍堵熊劍東的部下，兩人舊好變成新仇。熊劍東的那支「皇協軍」，改編爲汪政府的「第二十九師」；熊劍東覺得沒意思，讓他的「參謀長」鄒平凡當「師長」，隻身到上海來找胡蘭成，另謀出路。平時胡蘭成與李士群交往正密，胡蘭成知道熊李有怨，不便公然保舉，便通過羅君強的關係，將他薦與周佛海——洪楊之亂，文人典兵的時代到底過去了；周佛海、羅君強都不懂軍事，正需要熊劍東這樣一個帶兵打過仗的軍人來負實際責任，所以一拍即合，發展他爲稅警團的「副團長」。這一來李士群與熊劍東的仇怨，自然更深了。

不過對羅君強的奪權之恨，李士群卻以牙還牙地報復得很痛快。原來日軍佔領東南以後，力量只能保持幾個「點」；連「線」也只能維持京滬、滬杭兩條鐵路的通車，廣大的「面」自然更

不必談。爲此，向汪精衛提議「清鄉」；汪精衛正希望日本逐步撤兵，恰好借清鄉的機會，由「和平軍」一處一處地接收進駐，所以欣然同意。周佛海更是極力贊成，因爲清了鄉，勢力普及全面，便好徵收田賦，在財政上大有幫助。

清鄉要設衙門，名爲「清鄉督辦公署」，首任督辦是羅君強。小人得志，猖狂非凡，正當他笑口常開，自誇又是「羅委員長」，又是「羅督辦」時，那知「清鄉督辦公署」這個衙門都沒有了。這是李士群經胡蘭成參贊以後，打出來的很漂亮的一張牌。李士群向汪精衛夫婦進言，清鄉是汪政府成立以後，最大也是最重要的一次軍事行動，地區遍及蘇浙皖三省，兵力將調動所有的「和平軍」，茲事體大，不宜假人以如此大權，他建議將「清鄉督辦公署」撤消，另設「清鄉委員會」，由汪精衛親自主持其事。

汪精衛與陳璧君都覺得他的話不錯，即時接納，通知羅君強停止「清鄉督辦公署」的籌備工作；另設「清鄉委員會」，自兼「委員長」，以陳公博、周佛海分任「副委員長」，內定胡蘭成爲秘書長，李士群爲參謀長。結果因爲胡蘭成主張以強硬態度對付日軍；而李士群卻與日軍妥協了。所謀不用，胡蘭成知難而退，由李士群擔任秘書長，不設參謀長的名目。

秘書長的辦公處設在蘇州，以便就近規劃指揮封鎖游擊區，以及進擊游擊隊的軍事行動。李士群的權力，已超過江蘇省長，能夠干預浙江、安徽兩省的行政了。

這一下氣得羅君強暴跳如雷，與李士群結下不解之仇。在李士群方面，自覺翅膀長硬了，亦不惜公然向周佛海挑釁，事情也很巧，周佛海剛好與日本簽訂了一份新的經濟協定，《國民新聞》

中有人受李士群的暗示，寫了一篇社論，罵周佛海喪權辱國；連帶攻擊周佛海與梅思平的生活腐化。《國民新聞》的實際負責人是胡蘭成，而董事長卻是周佛海；因此便發生了古今中外所無的，報紙罵自己老板的怪現象。

周佛海當然狼狽不堪，一方面辭掉《國民新聞》的董事長；一方面又向汪精衛引咎，要辭財政部長。汪精衛極力慰留；而且追究發生這個怪現象，打擊「政府威信」的責任。胡蘭成身爲社長，闖禍的那起社論，也是經他看過才發下去的，自不得辭其咎，結果是將「宣傳部次長」的一頂紗帽丟掉了。

羅君強與李士群之間的裂痕，很快地擴大了，雙方都在鉤心鬥角，拉對方的人馬；尤其是「十弟兄」之中的金雄白，彼此都在極力爭取，羅君強要他糾集其他「弟兄」，以背叛周佛海爲名，一起搗李士群；李士群又逼著他表明態度。左右夾攻，使得金雄白的處境，非常爲難，唯有掩耳疾走，不聞不問。

就在這時候，又發生了吳四寶的「毒麵事件」；胡蘭成一怒轉向，非楊即墨，跟羅君強、熊劍東非常接近。同時原本投李士群的袁殊，由於未得重用，改投了羅君強；熊劍東又與七十六號的行動大隊長林之江，暗中通了款曲。將明爭暗鬥的情勢，搞得異常複雜；李士群爲求自保，也是爲了擴張勢力，仿照周佛海的辦法，也有個「十弟兄」的組織，但除了唐生明、汪曼雲以外，都是七十六號的高級幹部——林之江自然不在內；他暗通熊劍東的秘密，已爲李士群所知，下令逮捕，決定殺他。

於是熊劍東問計於胡蘭成，如何得以救林之江脫險？胡蘭成教他利用他跟日本憲兵的親密關係，趁李士群不在上海時，策動日本憲兵到七十六號，說林之江另有要案待質；等把林之江提了出來，日本憲兵將他推入汽車，揚長而去。

李士群料定是胡蘭成搗的鬼，一怒之下，派兵包圍《國民新聞》，趕走了胡蘭成的親信；由李家「十弟兄」之一的黃敬齋接管了《國民新聞》。胡蘭成這時已重新爲汪精衛委任爲「行政院法制局局長」，長住南京，打電報責問李士群；所得到的答覆，東拉西扯，不著邊際。胡蘭成無奈，只有另謀報復之計。

這時清鄉已搞得天怒人怨，凡是交通要道，都用拒馬佈置成關卡，封鎖交通，進出盤查，苛擾需索，公然貪污；此外假借搜索游擊隊爲名，槍兵隨時可以侵入民居，翻箱倒籠，形同強盜。「江蘇監察使」陳則民向汪精衛反映民情，說城鄉傳言，清鄉之鄉，乃是皮箱之箱。李士群得報大怒，揚言要殺陳則民，嚇得他幾個月不敢露面。

搜括小民之外，李士群的部下，又想出一條剝削大戶之計，上了一道呈文，事由是：「呈爲舉行江蘇省土地及房產丈量查報，現已籌備就緒，呈清備案由。」「法制局長」胡蘭成細看辦法，丈量查報土地及房屋，要收規費，明的暗的，算起來江蘇百姓要負擔四十餘萬兩黃金之多；而且產權採登記主義，許多業主帶著憑據逃難到大後方去了，地痞訟棍，便可乘虛而入，用僞票登記，輕易取得產權，將來原業主回來，必然發生糾紛，因而擬了個批說：「此乃關係重大之事，未經核准，何得逕請備案，著即不准。其擅自籌備就緒之機構及人事，著即撤消。」汪精衛批了個「如擬」；公事隨即發了出去。

這個釘子碰得不輕，李士群只好另上呈文，請求批准。胡蘭成便又擬簽：「土地及房產丈量查報宜於將來行之；今非平時。不准！」汪精衛亦又來個「如擬」。

這一下，李士群才知道胡蘭成的「法制局長」，地位職掌等於明朝的大學士、清朝的軍機大臣，他這一關通不過，事無成功之望；更知道胡蘭成爲了吳四寶、熊劍東這一死一生的兩個朋友，蓄意爲難，只好設法疏通，下帖子請胡蘭成吃飯，陪客都是他江蘇省的「廳處長」。

酒過三巡，「財政廳長」余伯魯說：「胡局長，我有件公事想請教，能不能給我一個私下談談的機會？」

「可以，可以。」胡蘭成問道：「在哪裡談？」

「請過來。」余伯魯將胡蘭成引入鄰室，開門見山地說：「胡局長，關於土地房產丈量查報這件案子，請胡局長玉成其事。至於條件方面，請胡局長吩咐。」

「條件不必。」胡蘭成答說：「如果有新的事實或理由，確宜舉辦；我可以看看。」

「是，是！我馬上補一個呈文上來。」

胡蘭成點點頭；隨又重新入席。李士群只當他們談好了，只補一句：「江蘇省的事，請蘭成兄幫忙。」

胡蘭成心存敷衍，回答他說：「盡可能在法理範圍之內。」

第三次的呈文，做得非常切實，辦法中不妥之處，也修改了許多。但胡蘭成還是不准，跟李

士群的冤家是做定了。

話雖如此，表面上還是維持著熟不拘禮的態度；比起羅君強、熊劍東對李士群的態度，眞有天淵之別。羅、熊對李，或者說李對羅、熊，到了勢不兩立的地步。李士群在七十六號的二門，加了一道警衛；熊劍東家在樓梯口擺了一挺機關槍；羅君強最緊張，花園中放步哨，客廳門口亦有稅警站崗。同舟敵國，以致於金雄白大爲感慨。

金雄白曾經勸過羅君強，坦陳感想，覺得這是一個不祥的預兆。「政府」成立不過兩年，而一切現象酷似南明與洪楊兩時代，大人先生們動輒高張盛筵，窮奢極侈；而且往往召名伶演劇，卜晝卜夜，亙續數日不倦，這樣用醇酒婦人來粉飾太平，麻醉自己，與馬士英、阮大鋮等輩，在南京迎立福王後，有何不同？

他又說：「現在更索性發展到洪楊定鼎金陵以後，立即展開了同室操戈的內訌，我不忍再見楊秀清與韋昌輝的事，重演於今日，還是息事寧人，和解爲宜。」

金雄白倒頗想做調人，無奈言之諄諄，聽者藐藐，羅君強根本就聽不進去。同時由於李士群得罪的人很多，知道羅、李不和，想報復李士群的人，不知不覺地傾向羅君強，無形中形成鼓勵，越使羅君強覺得非去此獠不可。熊劍東也是早有去李而後快的決心，不過他做事比羅君強來得愼重，只是向信得過的胡蘭成問計：如何才可以把李士群打倒？

「特工不得兼行政官，總要把李士群的特工，或者江蘇省長免掉一個，削減他的勢力，再看後來的情形，相機行事。」胡蘭成特別強調：「這是一句總訣！怎麼做法，你自己去想法子。」

熊劍東聽他的話，活動陳公博、周佛海，以及日本方面向汪精衛進言。可是，由於陳璧君很欣賞李士群，所以汪精衛始終不願裁減李士群的勢力。

李士群也已察覺到，胡蘭成是熊劍東的軍師，想跟他破釜沉舟地談一談。這天胡蘭成到李家去玩；李士群恰好無事，吃完夜飯，邀胡蘭成到樓下書房，親自關上了門，臉色也變得很嚴肅了。

胡蘭成很沉著地採取守勢，一言不發，只等他來問；李士群開口第一句是：「我有今天的地位形勢，是你幫了我的忙。」

「豈敢！」胡蘭成笑笑答說。

「不過你近來為熊劍東，對我不好了。」

「我沒有為哪個，我為我自己。」

「像林之江，不是你救的？熊劍東一個草包，他沒有這樣聰明。」李士群接著又說：「還有你對江蘇省政府種種為難，也不是沒有道理的。總而言之，我要請你仍舊跟我聯合。」

「如今你已經凡事都會得自己照顧，何用這樣鄭重與我說話？」

胡蘭成是含著笑說的；在李士群覺得其意難以捉摸，嘆口氣說：「人家當你是書生，只有我幾件事上過手，知道你的厲害。熊劍東是匹夫之勇，你如果幫我，我就勝利；你如果幫熊劍東，我就失敗。」

李士群會甘於失敗嗎？自然不甘；不甘就會先發制人，胡蘭成聽出他話中有殺機；當即答說：「你們管你們吵，我兩邊都不幫好了。」

「政治沒有中立的。」李士群說：「非友即敵。」

「為敵又如何？」

「那自然是賭生死！像吳四寶，我要他死，所以他就死定了。」

胡蘭成既驚且怒，心想此時不能示弱，否則以後麻煩甚多；當即沉下臉來說：「現在的李士群，我大約亦打不倒你；不過，我自衛的一點力量，大約還有。」

「你不要誤會！我不過是比方；對你當然不同的。」李士群又說：「你跟我聯合，已經有歷史了；熊劍東，你不過在我家才認識的。這一層，我要請你想一想。」

胡蘭成果然想了一會問：「你是不是要我跟熊劍東斷絕往來？」

「你仍舊跟他往來，不過要幫我。」

「這是出賣朋友。」胡蘭成搖搖頭，「出賣朋友的事，我不做。」

「搞政治切忌動感情，你的政治才略勝過我；然而我比你曉得政治的本質。你還是聽我剛才的話，仍舊跟熊劍東往來，暗底下幫我。」

「哪有這種事？」胡蘭成板著臉說：「就汪先生下令要我做間諜我也不做的。」

「你不要生氣。」李士群急忙解釋，「你的弱點是沒有錢。現在我的錢比周佛海還多，我可以幫你；你要多少都可以，我馬上開支票。」

「不必！我也用不著什麼錢。」

「還有政治地位，以前是你幫過我；可是現在，我跟汪先生的關係勝過你了。我可以跟汪先生說，給你一個部。」

「多謝。」胡蘭成淡淡地說：「當初汪先生原是要我做特任官的，亦是我自己覺得不像，辭謝了的，豈有現在倒來鑽營之理？」

氣氛很僵，有些談不下去了；恰好衛士敲門，端進來一壺咖啡、一盤蛋糕。胡蘭成不由得想起吳四寶所吃的毒麵；轉念又想：第一、李士群沒有打算到談話會決裂，此刻縱有殺機也還來不及部署；第二、南京到底是「首善之區」，李十群到底還不敢公然謀殺「行政院長」的主要幕僚之一。何況又是在他家，就不怕惹麻煩，也會嫌晦氣。這樣一想，坦然地喝咖啡、吃蛋糕；氣氛是有些轉好了，偏偏李士群的妻子葉吉卿出面來干預了。

「士群呀，」葉吉卿穿件織錦的晨衣在房門口喊道：「已經半夜過兩點鐘了，有什麼話要這樣子談的？」

葉吉卿以前跟她丈夫一樣，一見胡蘭成總是「胡次長、胡次長」叫個不停；此時臉上卻有厭煩的逐客之色，胡蘭成心裡雖然不高興，但卻巴不得有這一句，便好脫身。

「正是，」他站起來說：「時候也不早了。下次再談吧！」

「你此刻是感情衝動。」李士群一面送他下樓梯，一面說道：「這時候你不以我的話爲然，請你回去細想一想，就知道我是對的。」

「好，好！我會細想。」胡蘭成回身攔阻，「請留步。」

「明天請你答覆我。」

「好的。」胡蘭成說完又走；李士群卻又送了出來。

一直送到大門口，衛士將鐵門拉開，汽車的引擎已經發動了，李士群等胡蘭成上車以後，還叮囑一句：「明天到我家來吃中飯。」

「明天再看。」胡蘭成一面說，一面左右張望，深怕李士群埋伏了刺客。

幸而沒有。但胡蘭成自此起了戒心，再也不到李家去了。

*　　*　　*

「蘭成，你看有什麼徹底一點的辦法？」熊劍東說：「再下去，眞正要尾大不掉了。」

怎樣才叫徹底呢？當然是殺掉李士群。但時機似乎還沒有成熟；胡蘭成想了一下說：「他兩個靠山，一個汪先生；一個日本人，你要想法子先斷他跟日本人的勾結。」

熊劍東跟日本憲兵方面的關係也很密切；但李士群已進而搭線到了東京，所以要斷他與日本人的勾結，不是件容易的事。

於是熊劍東又向胡蘭成去問計了：「他清老百姓的箱子，清得太過分了，有人告到東京。可是，東京方面僅僅注意，並無行動。你看，爲今之計如何？」

「這亦不用問得的，你去翻翻歷史看，伏壁死士，筵前立斬的故事多得很。」

「我也想過，如果我請他吃飯，他一定會疑心到是鴻門宴。」

「你當然不夠資格，找夠資格的人請他，讓他不防備。」

「嗯，嗯！」熊劍東說：「我懂了。」

「你放手去幹。」胡蘭成說：「你從周那裡下手；要周與陳聯名請他吃飯。即席數以殃民之罪，『先斬後奏』，自請處分。汪先生看到事已如此，亦不能把他們兩位怎麼樣的。」

熊劍東受教，果然跟周佛海去說了；周佛海面有難色，最後答了句：「我跟公博去商量。」

那知道陳公博比周佛海的膽子更小；堅決反對這種冒險的行為。而且認為這樣做法，後患甚為可慮。

熊劍東將陳公博的話，告訴了胡蘭成；他說：「沒有什麼後患的，要得此人而甘心的也很多；清鄉地區的老百姓，更一定是人人稱快。你不要聽陳公博的話，他是書生。」

「我也這麼想。可是有什麼好法子呢？」

「你不管法子好不好？只要能把他宰掉就是好法子。」

熊劍東頗為困惑，想不通胡蘭成的話，只好又問了：「你是說，不管用什麼辦法，只要把他宰掉？」

「對，正是這話。」

「善後呢？」

「那是另一回事。」

「可是，預先要想好。」

「你怎麼殺他，預先亦還沒有想好；哪裡就談得到以後了？棋要一步一步的走！」

這一下熊劍東倒是想通了，先去想設計殺李士群的方式；然後根據這個方式來考慮善後。

這樣過了兩個月，有一天胡蘭成去看羅君強，只見裡外都站了衛兵；羅君強一向容易緊張，但這天在自己家如臨大敵的模樣，卻還罕見。

「部長在樓上。」有個聽差告訴客人，「熊先生跟岡村憲兵中佐也在。我去通報。」

「我沒有事。不必。」胡蘭成很見機地說：「我待一會就走的。」

剛說了這一句，只見熊劍東出現在樓梯口，「蘭成、蘭成！」他很高興地說：「我正要打電話找你；巧極了。」

說著，匆匆下樓，將胡蘭成引入一間空屋，拉到靠裡的沙發上坐下，方始低聲相語。

「東京方面的回電已經來了。」

「什麼回電？」

「由日本憲兵建議，拿十八子處決。」

胡蘭成很有興趣地問：「怎麼說？」

「就地善處，惟須避免發生嚴重後果。」熊劍東說：「現在就是這點麻煩，你是汪先生的親信；所以要問你，如果殺了十八子，汪先生會不會一生氣說不幹了？」

「不會！決不會。」胡蘭成答說：「不要說一個『政府』；就是一個『水路班子』，也不能說散就散。」

「你敢這樣判斷？」

胡蘭成這些地方膽子最大，毫不遲疑地答一聲：「敢。」

於是熊劍東又匆匆上樓；胡蘭成仍舊在樓下客廳中看水仙花。眼中有花；心中有人，想到佘愛珍的夫仇可報，自己也可以了卻一件心事，不由得大爲興奮。不過，他也知道，自己在無意中參與了一件密謀，分享他人的秘密，不是好事，尤其是不利於李士群的秘密，更是不祥之事。轉念到此，無端打了個寒噤，趕緊悄然開溜；以後也不敢找羅君強或熊劍東去打聽這件事，只是靜以觀變。

*　　*　　*

「我覺得中國有句俗語，很有意思：『兩虎相爭，必有一傷』。」駐虹口的日本憲兵隊長岡村中佐，通過翻譯向李士群建議：「你跟熊劍東就如兩頭老虎，是不是可以和睦相處，不起爭執？」

「不是我跟他爭，是他跟我爭。」

「不管誰跟誰爭？只要你們有講和的誠意，我願意出面擔任調解人。」

「多謝你！」李士群問道：「熊劍東有沒有誠意？」

「有。」

「他有，我亦有。」

「那好！你們雙方暫且不必見面，有意見，有條件，都告訴我，讓我來擬定一個可爲雙方所接受的辦法。當然，這一定是個折衷的辦法，你們雙方都需要讓步。」

「是的。總要彼此相讓才談得攏。不過，原則是不能讓步的。」

「當然，當然！」岡村又說：「其實你們的原則是一樣的，爲中日和平，共同防共而努力。是嗎？」

「是。」

「既然立場相同，應無不能談得攏的道理。李部長，請問你有什麼條件？」

「我——，」李士群想了一下說：「我沒有什麼條件，條件要他開。」

「那末，你總有希望吧？希望你們的爭執，怎麼樣解決？」

「我希望他跟我在一起辦事。」

「嗯，嗯。」岡村問道：「要怎麼樣的一種安排，才能讓你們在一起。？」

「很容易！委屈他做我的副手；我可以跟汪先生說，爲他特爲設一個職位，或者現成的警政部次長。」

「好，這是一個結論。我跟他去談。」

談得很好，熊劍東願意做李士群的副手；不過他有個條件，要李士群送他五千萬中儲券。他的理由是，跟了李士群，就不能再有自己的勢力；李士群也不會容許他有自己的勢力。這樣，他的多年舊部，即非善遣不可，五千萬中儲券完全拿來作爲遣散費之用。

五千萬是太多了一點，討價還價，往返磋商，講定三千萬成交。於是岡村面邀李士群到他家吃夜飯；熊劍東也到，杯酒言歡，作爲化干戈爲玉帛的開始。

李士群準時赴宴，熊劍東先已到了，見了面，拉著手拍拍肩，一個說了句：「你這個傢伙！」一個答一聲：「好了，好了！過去的不必提了！」就此「盡釋前嫌」，言不及義地談得很高興。

不一會，主婦親自來請入席。岡村家雇用了一個廚娘，做得極好的廣東菜；時已入夏，啤酒當令，三個人都是好量，不到半小時，已經乾了兩打太陽啤酒了。

就這時，廚房裡送出來一盤「漢堡」，岡村鄭重介紹，是他妻子所親手烹製，風味與眾不同。熊劍東聽說，挾起一枚就往口中送，吃完一個又吃一個，其味津津；李士群照樣也是吃了兩個。接下來再喝啤酒，興盡告辭，約定等他蘇州回來，作東邀岡村與熊劍東再來賭酒。

第二天傍晚，李士群人在蘇州，要赴一次宴會；穿好衣服，忽然感到頭暈。他的妻子葉吉卿看他面色發紅，伸手在他額上一摸，嚇得驚叫：「好燙！」

李士群的「十弟兄」中有個黃敬齋，他們關係就彷彿周佛海與金雄白，不過黃敬齋與李家的交情，過於通家之好，所以黃敬齋的妻子金光楣，在李家穿房入戶，毫不避忌，此時便找了支溫度計來，親自爲李士群量體溫；一量是四十一度的高燒。趕緊扶到床上，李士群已是遍體淋漓，汗出如漿。照道理說，出了汗應該退燒；那知熱度不減反增，這病就來得蹊蹺了。

「怎麼辦？」葉吉卿跟金子楣商量。

「只有打長途電話把徐先生請來；一面這裡先請醫生來看。」

金光楣口中的徐先生，是在上海掛牌的西醫，據說他跟葉吉卿的關係，彷彿胡蘭成之與佘愛珍。不過醫道不錯，李士群很信任他；只是人在上海，無法救急。

「請日本軍醫來看。」李士群心裡明白，「只有日本軍醫知道是什麼病？」

請了日本軍醫來，也如中醫一樣，望聞問切四步工夫都做到；只見他緊自搖頭，說是中了一種細菌的毒，病很棘手。

「是哪一種細菌？」李士群問。

日本軍醫不答，替他打了一針；說是可以減輕痛苦。但事實上痛苦仍在；最特異的一個徵象是，汗出如雨，永無干時。葉吉卿、金光楣輪流替他拭汗，幾打乾毛巾，不消多時，條條濕透。

「給我一支槍！」李士群呻吟著說：「做了一世的特工，連這點警覺都沒有，我哪裡還有臉主持特工？」

儘管李士群一再要一支手槍，讓他自我解脫，無奈家屬始終抱著一絲希望；等徐醫生從上海趕到，居然診察不出是何病症，才知道李士群的一條命是保不住了，可是仍舊不能不讓他活受罪——日本進行「細菌戰」的研究，培養出一種不知名的細菌，進入人體以內，二十四小時才發作；一發作便不可救藥，只見人不斷出汗，也就是不斷排洩體內的水分，到排洩淨盡，方始畢命，而其時軀體已縮得又小又癟，胡眉男子，渾如孩童。李士群就是這樣惡貫滿盈的。

汪精衛在事後當然也知道了。由於是日本人下的手，無法追究，惟有效寒蟬之噤聲，在內心自危而已。

# 14 玉壘浮雲

日本發動太平洋戰爭的經緯。

在日本，陸海軍爭執了多年的國策：南進還是北進，終於有了結果，決定南進；放棄助德對蘇進攻，不惜對已與日本經濟絕交的美國、英國、荷蘭作孤注一擲之戰。

汪政府中人，懵懂無知，卻都以爲日本既與俄國世仇，且又標榜反共，那就一定不敢與國力深厚的英美爲敵，而終必採取北進政策。事實上，「帝國國策實施綱要」案，已由海軍在秘密製作了——向來所謂「國策案」的起草，都由陸軍主持，只以南進須由海軍主導，所以這一次的「國策案」，破例由海軍作成。

民國三十年九月三日，日本陸海軍舉行聯席會議，決定在十月下旬，完成作戰準備；對美交涉以十月上旬爲最後限期，屆時倘無結果，即決心對美、英、荷作戰。

九月五日，第三次近衛內閣首相近衛文磨，攜帶國策案進宮，面奏日皇；請求在下一天召開御前會議。

看完草案，日皇說道：「綱要中第一條談戰爭準備；第二條才談對外交涉，令人有戰爭爲主，外交爲從的感覺。這一點，我明天要質問統帥部的兩總長。」

「請陛下立即召見，如何？」

日皇同意，即時召見陸軍參謀總長杉山元；海軍軍令總長永野修身。軍部首腦謁見日皇，稱爲「帷幄上奏」；純粹爲統帥權的行使，照例首相亦不能參加，這一次特由日皇裁決：總理大臣陪席。

「如果日美戰事發生，陸軍確信多少時間可以結束？」

「僅是南洋方面，」杉山元答說：「打算三個月結束。」

「我記得中日事變的時候，你是陸相，你告訴我，事變一個月後可以結束。現在，」日皇很嚴厲地問道：「已經牽延了四年了，還不知道什麼時候可以結束？」

杉山元大爲惶恐，勉強答辯：「中國因爲利用了大後方，所以日本不能依照預定計劃作戰。」

聽得這話，日皇愈感不悅，聲色俱厲地說：「如說中國內地廣大，太平洋豈非更大？你憑什麼說三個月可以結束戰事？」

杉山元張口結舌，無以爲答；於是永野修身不能不挺身代爲解說。他將日美關係，比作需要動大手術的病人，倘或任其自然，必將逐漸萎弱；施以手術固極危險，但有痊癒之望。目前即是處於此一猶豫的階段；統帥部當然願意日美交涉成功，但如失敗，就非訴諸戰爭不可。

最後是海陸兩總長都作了承諾，日美關係的重點，仍舊應該置於外交上。當然，這無非搪塞而已。

第二天在宮內舉行「御前會議」。日皇名義上是此一會議的主持人；事實上是百分之百的傀儡，因爲他在御前會議中，是只聽不說的。

聽是聽取報告及質詢。御前會議的組成分子，分成三方面，一是政府，亦即內閣中的成員；二是大本營，亦即統帥部，以陸軍參謀總長及海軍軍令總長，率領重要幕僚參加；三是樞密院議長，算是民意代表。

這天先由近衛說明議題「帝國國策實施綱要」的由來；然後是主持制訂此綱要的永野修身及杉山元就戰略觀點，分析對美作戰準備如何必要，以及在何種情況下，開始對美作戰。接下來是企畫院總裁鈴木貞一報告經濟態勢，特別提到「最重要的液體燃料」，貯存量至下年六、七月間，即將告罄；一再強調，倘或發動戰爭，務須將因戰爭而影響生產的期間縮短；並使「武力戰的成果，能夠立即應用於生產方面。」換句話說，佔領了什麼地方，首要之著，就是搜括物資。

報告終了，開始質詢，由樞密院議長發言，與日皇的疑問一樣，國策綱要的重點，置戰爭於交涉之前，希望政府及統帥部說明理由。

政府由海相及川古志郎答覆，敷衍數語以後，全場默然；統帥部兩總長，竟置若罔聞。一時空氣緊張而僵硬，令人有窒息之感。

「剛才，」在御前會議中從不發言的日皇，突然開口，「原樞相的質問，確爲事實；統帥部對此不予答覆，誠屬遺憾。」說完，從軍服口袋中取出一張紙，雙手捧著，拉開唱詩的嗓子朗吟：「四海之內皆同胞，爲何平地起風波！」這是明治天皇的遺作；日皇吟畢，復又解釋吟詩的本意：「拜誦御作，是要將明治大帝愛好和平的精神，特加強調。」

於是永野修身起立答奏：「統帥部對陛下的責備，不勝惶恐。其實先前及川海相的答覆，臣以爲已代表政府及統帥部雙方。統帥部的主張，亦是以外交爲主，非不得已不開戰。這個宗旨，決不變更。」

有他這番話，僵局算是解消；而充滿了狂妄野心與火藥味道的「帝國國策實施綱要」，亦就算通過了。

但海軍與陸軍對奉行「國策」的態度不同。海軍一直是持觀望的態度，準備管準備，打不打仗是另一回事；陸軍卻是爲了作戰才開始準備的。這就是說，一經開始準備，就非打不可了。

由於海陸軍對南進政策，有此基本態度上的不同，所以隨著時日的消逝，雙方的歧異越來越明顯。近衛本意亦是先敷衍了軍部，以期在外交上獲有進展，便可不必訴諸戰爭。不料事與願違，由美國國務卿赫爾所提「四原則」而產生的中國大陸撤兵問題，日軍佔領越南北問題，以及日德義三國同盟問題，都形成了美日談判的嚴重障礙。而轉眼之間，日曆撕到九月下旬；以十月上旬爲談判最後期限的日子，迫在眉睫了。

於是陸海軍統帥部舉行了一次聯席會議，決定提出要求：是和是戰，至遲應該在十月十五日以前決定。這個要求由陸相東條英機，當面向近衛提出。

「請問，這是不是攤牌？」近衛問說。

「是的。」東條悍然相答：「御前會議決定的十月上旬，這個期限不應當變更。」

近衛開始感到事態到了圖窮而匕首見的嚴重關頭，對於陸軍方面，已無磋商的餘地，唯有寄望於海軍。事實上日本對美外交，是由海軍在辦，首先起用野村吉三郎爲駐美大使，是因爲野村在當駐美海軍武官時，正好羅斯福爲海軍部次長，私交甚篤，凡事易於磋商。

其次，近衛由第二次內閣改組爲第三次內閣，僅僅外相易人，由松岡洋右變爲海軍大將豐田貞次郎。豐田曾任海軍省次官，在第二次近衛內閣中擔任商工大臣，爲了謀求海外物資供應問題的解決，一向主張對美國應避免衝突，所以近衛第三次內閣的對美妥協氣氛是相當濃厚的。近衛衷心期待著在東條提出「哀的美敦書」式的最後談判期限以前，日美關係能出現柳暗花明的境界。

但是，美國已成爲同盟國的領袖；不知哪位深諳宣傳的專家，提出了一個極響亮的口號，叫做「ABCD陣線」，A是美國America；B是不列顛Britain，C是中國china；D是東印度群島的宗主國荷蘭Dutch。這條陣線形成了對日本有力的包圍；美國即令想與日本講和，但損害到同盟國，特別是堅苦抗戰、犧牲浩大的中華民國的利益，亦是無法與日本達成任何協議的。

這樣拖到十月十二，是近衛的生日；首相官邸，賀客如雲，他卻「避壽」到位於「荻窪」的私邸、秘密召開了一次「五相會議。」

所謂「五相」是內閣中最重要的五個人，首相之外，是外相、藏相、海相、陸相。但日本此時物資缺乏，而ABCD陣線，已展開對日經濟絕交；歐洲烽火處處，久無輸出，有錢亦無用，所以主管財政的藏相，地位已爲策劃經濟的企畫院總裁所取代。

在五相會議中，近衛與豐田外相及川海相是站在一邊的，仍舊主張繼續對美交涉。但海相站在軍部一體的立場上，不便明白表示不願作戰，只說「應當由總理大臣加以判斷。如果決定以外交進行，就應當停止戰爭準備，朝著外交一條路去走，不能在半途變更方針。」

「問題不這麼簡單！」東條立即提出反對，否定首相有決定和戰的大權；他說：「在日本，關於統帥權的行使，是屬於政務以外的。就是首相有決心，如果不能與統帥部意見一致，也沒有用；必須政府與統帥部雙方同意，才能奏請天皇裁決。現在，首相即令有決心，陸軍大臣亦不能盲從。」

由此展開激辯，東條始終執著於外交上須確信能照陸軍的意見達成目標，方可繼續進行。但陸軍堅決反對自中國撤兵，這樣就注定了對美交涉，必無結果。

由下午二點議到六點，終於不歡而散；近衛度過了平生最黯淡的一個生日。

第二天，他進宮參謁日皇，詳奏內閣的危機。第三天星期二，照例在上午九時舉行閣議；在開會以前他邀請東條到官邸，還想說服他放棄非戰不可的想法。

由於此時主張乾坤一擲，以日本國運作賭注者，大有人在；他們的說法是：當年中日、日俄兩大戰役，亦不能說有百分之百的勝算，但終於大獲全勝。因此，近衛特別就日俄戰爭開始之前的情勢，作了一番回顧。

他說，伊藤博文與山縣有朋在日俄開戰時，必有充分的成算；如果沒有成算，而貿然對俄作戰，無疑地是件荒唐的事。明治天皇當時亦非輕易下此決心，在首相桂太郎奏請裁斷時，伊藤博文曾希望明治天皇能作一夜的考慮；下一天清晨，明治召見伊藤，問以對俄戰爭，有何成算？伊藤的答奏是，至少可以使俄軍不得入朝鮮一步，以鴨綠江爲界，足以支持一年的作戰；在此一年中，維持對峙的情勢不變，可望第三國來調停。所謂第三國由日、英同盟，法、德站在俄國那一面來說，都欠缺調人的資格；所可信賴者爲美國，屆時可循此著手。戰爭的結果，當於日本有利。明治天皇因此方在御前會議，作了裁決。

「現在的情形與當年又不同。」近衛接著又說：「第一，對俄作戰，並非孤注一擲，即使戰敗，猶不致危及根本；其次，如果對ＡＢＣＤ陣線展開全面作戰，試問夠資格擔任調人的第三國在哪裡？」

東條毫不爲所動，諷刺近衛是悲觀論者，對日本的弱點看得太清楚，以致於看不出美國的弱點。而且，他還在閣議中大放厥詞，他的所有的同僚都只能報以沉默。於是到了晚上，企畫院總裁鈴木貞一，受東條之託，向近衛提出內閣總辭的要求，並且希望近衛推薦皇族東久邇宮組閣。

近衛接納了東條的要求。日皇對於東久邇宮組閣，並未表示絕不可行；東久邇宮本人亦沒有拒絕，只表示茲事體大，需要兩三天的考慮。結果是隱然操縱日皇，喜歡弄權的內大臣木戶允孝一手安排，組閣的大命，終於落在東條英機身上。

東條內閣成立，陸軍認爲當此非常時期，應由首相兼任陸相爲宜。因而由參謀總長杉山元提議，停休五年，尚差一個月始能晉昇大將的東條，以特例准予晉級；當然也恢復了現役的身分。

從十月十一日開始作戰準備，日夜加緊；十一月一日，陸海軍舉行了一次長達十六小時的聯席會議，修正了「帝國國策實施綱要」，決心對美、英、荷開戰，定於十二月初爲發動戰爭的時機；但對美交涉能於十二月一日午前零時以前成功，則停止發動戰爭。爲了掩護作戰準備，特派資深外交官來栖爲特使，赴華盛頓協助野村談判；同時新任外相東鄉茂德，亦在東京與美國的大使格魯，進行雙邊交涉。

到得十一月二十六日，可以肯定日美交涉已經終結，外交途徑已盡。於是東條通過木戶允孝的安排，在宮內舉行「重臣懇談會」。凡是擔任過首相的文官武將，稱爲「重臣」；當天有資格與會的是若槻禮次郎、岡田啓介、廣田弘毅、林銑十郎、阿部信行、米內光政、平沼騏一郎，以及近衛文磨；但結果是屈服在東條的成見之下。

於是，十二月一日，作爲統帥部執行長官的陸海兩總長，「奉敕佈達」了作戰命令。陸軍方面稱爲「大陸令」，海軍方面稱爲「大海令」。大陸令已編到第五六九號，命令南方軍總司令寺內壽一大將，南海支隊長崛井富太郎少將，以及中國派遣軍總司令畑俊六大將，宣佈「帝國決定對美英荷等國開戰」，賦予他們的任務是，攻佔菲律賓、馬來西亞、荷屬東印度群島、關島、香港等地。

大海令還只編到第九號，頒給聯合艦隊司令長官山本五十六元帥，告訴他「帝國決以十二月上旬爲期，對英美荷等國開戰。」說是說十二月上旬，到底哪一天呢？統帥部商量的結果，定在十二月八日。主要的原因是，這個日子對奇襲珍珠港，最爲有利。

珍珠港是遠離美國本土的夏威夷群島的一個軍港，美國海軍最主要的一個基地，經常停泊有上百艘的各種軍艦。日本海軍在考慮對美作戰時，首先想到的，就是對珍珠港展開奇襲；因為日本海軍的兵力，至多不過美國海軍的百分之七十；正面作戰，必處下風。如果奇襲珍珠港成功，預計消滅它三分之二的船艦，日本海軍便可由劣勢轉為優勢。

奇襲的方式，最初想用潛水艇；後來想到飛機；最後由山本五十六決定，以飛機、潛水艇作大規模的奇襲，將所有的航空母艦，都投入這場投機性的行動中。這是十分嚴重的一次冒險；彷彿戰爭一開始，海軍便展開了決戰，如果判斷錯誤撲一個空；或者事機不密，為美國海軍所伏擊，立刻就注定了失敗的命運，因此，經過一再的秘密檢討，方始定案，設計一種特殊的潛水艇，代號叫做「甲標的」；它能附載於航空母艦上，接近到相當地點，由航空母艦上卸落海中，如魚雷似地發動前進，對敵艦實施肉搏而能必中的攻擊。

不過主要的攻擊，仍舊要靠轟炸機來完成。轟炸機須午夜自航空母艦起飛，方能對珍珠港進行拂曉攻擊；所以最理想的攻擊時間，是照中國陰曆的算法，二十左右的月夜，因為自夜半迄日出，都有月亮照明，對飛機的起飛編隊，有莫大的幫助。

十二月八日照陰曆算是十月二十日，在夏威夷則是十月十九；選定這一天還有一個極好的理由，恰逢星期日，官兵休假，更易成功。

這個「乾坤一擲」的時間，奏請日皇裁可；隨即頒發「大海令」。陸軍方面亦同時開始行動；頒發「大陸令」另有一套密號及代號，大陸令第五六九、五七十、五七二號的代號是鷲、

鳶、鷹；作戰開始日爲「日出」；日期仿照中國韻目代日的辦法，預先編定，八日爲「山形」。因此，南方軍總司令部發回來的覆電是：「謹奉悉『鷲』之大令爲『日出』之『山形』。」意思是已了解於十二月八日遵照第五六九號大陸令開戰。

於是從日皇以次，凡是有資格參預最高機密的重臣要員，都屏息等待著「日出」之「山形」；而目光專注著第一航空艦隊。

第一航空艦隊司令南雲忠一中將所率領的航空母艦，共計六艘，爲奇襲珍珠港的主力。早在十一月下旬，即自日本本土出發，自北方接近夏威夷，預定在日出一兩小時以前，抵達歐胡島北方約二百浬的位置，六艇母艦所載四百架飛機，即自這一位置起飛，轟炸珍珠港。

同時，預定在馬來亞登陸的大運輸船團，亦於十二月四日自海南島的三亞港出發；作戰行動實際上已經開始，而對美國卻仍在交涉狀態中。這是在國際上說不過去的一件事，因此，外相東鄉茂德在十二月四日召集的陸海軍聯席會議中表示，在開始作戰後，有對美國提出最後備忘錄，通知停止交涉的必要。

杉山元與永野修身都有難色；因爲通知停止交涉，即等於宣告軍事行動的開始；奇襲端在保密，否則必敗無疑。

此一事實，東鄉自然亦能諒解；不過外交上的手續，是一定要完成的。擺在眼前的難題是，如何在保密的情形下，做到外交上應該要履行的步驟？

經過縝密的研討，決定將此項備忘錄自十二月七日上午四時期開始逐段發電，由野村大使於華盛頓時間十二月七日午後一時，面交國務院。這時在夏威夷是十二月八日上午三時；預定半小時後開始攻擊。

到了十二月七日，東京的報紙登載著美聯社的一則消息，說美國國務卿赫爾宣佈，羅斯福總統親自撰擬電報致日本天皇。東鄉大爲緊張，但亦不便主動跟美國駐日大使格魯聯絡。唯有靜以觀變。這樣到了晚上十點鐘，格魯親自打了個電話給東鄉，說美國有緊急重要的電報到達，正在翻譯；譯完即將來訪。午夜過後，格魯親自帶來一封羅斯福致日皇的電報，說奉命須晉謁日皇，當面遞呈。同時將電報的副本交給了東鄉。

羅斯福是指責日本增強法屬越南的兵力，希望日本撤兵，藉以保障太平洋和平。

東鄉很失望，他原以爲羅斯福有很大的讓步，還來得及阻止三小時以後發動的奇襲；不想是這樣一個電報。

「請稍坐一坐。」東鄉答說：「等我來聯絡。」

所謂「聯絡」是跟東條去商量；在此箭在弦上之時，自然拒絕了格魯的要求。

「非常抱歉。」東鄉跟格魯說：「現在已是十二月八日上午一點鐘；夜太深了，不便進宮，驚擾天皇。而且，電報中亦並無特別重要之處。」

格魯亦已料到有此結果，不過奉到命令，不能不有此行而已。可是，他沒有料到，東鄉還是進宮了。

日皇徹夜在等待。先是東鄉面奏有此羅斯福的電報，然後是東條晉謁，奇襲成功，時爲上午四點鐘。

日皇已經知道奇襲珍珠港成功了，但羅斯福卻還莫名其妙。原來，華盛頓、東京、夏威夷三地，時間有差異，以東京為準，華盛頓要晚十四個小時；而夏威夷要早四個半小時。預定的計劃是，野村大使應該在東京十二月八日凌晨三時，亦即華盛頓十二月七日下午一時遞送停止交涉的照會，此時在珍珠港是十二月八日上午七時，奇襲的飛機，已在飛行途中，預定於七點半鐘飛臨珍珠港上空。這就是說，從正式通知交涉終止到開戰，只給美國半個小時的時間。

那知道在華盛頓的日本大使館，由於電報翻譯、謄寫等等手續延誤，野村直到華盛頓時間下午一點五十分，方始出發；二點二十分在國務院見到赫爾——他的臉色之難看，是野村前後在美國多少年，從未在任何人面孔上見過的。

「赫爾先生，」野村仍舊保持從容的態度，「我奉本國政府的訓令，正式通知貴國，關於兩國之間的交涉，已經結束了。」

說著，將備忘錄遞了過去；赫爾接過來只看英文譯本，只說交涉結束，並未聲明日方保留行動的自由；在形式上不能認為是國際法上的戰爭通牒。

「你，」赫爾很不禮貌地戟指而言：「你所代表的國家卑鄙無恥，你知道不知道一小時以前發生了什麼事？」

野村先聽赫爾罵他的國家卑鄙無恥，不由得勃然大怒；但一聽後半段，知道赫爾出此態度，必有緣故，便沉著地答說：

「我不知道有何特殊的事故。」

「你看！」赫爾將擺在他面前的電報，往外一推。

野村拿起來一看，電文是：午前七時四十九分，日本飛機一百八十餘架襲擊珍珠港，先俯衝轟炸，攻擊機場；繼以魚雷攻擊機及水平轟炸機，攻擊港內船艦。我方損失慘重；戰爭刻正進行中。

野村恍然大悟，怪不得外務省指令，要他將備忘錄在下午一點鐘送到；雖然離發動攻擊的時間只有二十三十分鐘，但總是先警告，後行動。如今卻成了百分之百的暗箭傷人；自是有損國格的一件事。

「國務卿先生，」野村把頭低了下去，「我很抱歉。」

* * *

在同一時間，上海租界上的居民，幾乎都被發自黃浦江的巨大爆炸聲所驚醒。

黃浦江中炸沉了兩條船。一條是行駛於歐洲與遠東之間的豪華郵輪，義大利的「康脫羅梭」號；是公共租界當局從無線電中接到日本宣戰詔書：「帝國爲自存自衛起見，茲不得不奮起，以擊碎一切障礙」；以及珍珠港被偷襲的消息以後，自己炸沉的。

另一條是英國的炮艇「海燕」號。日本駐上海的海軍在接到開始攻擊馬來西亞的戰報後，派出兩名軍官去招降。「海燕」號的船長當面拒絕；在日本軍離船後，所有的官兵，亦即上岸，然後自己炸沉了「海燕」號。

另一名日本軍官招降美國軍艦「威克」號。名爲軍艦，實際是一條內河巡邏船；美國海軍專爲巡行長江而設計建造的——當十一月二十六日，美日交涉在事實上已經終結時，赫爾通知五角大樓，對日的外交途徑已盡，今後是軍方的工作了。因此，五角大樓下令作軍事上應變的部署。於是美國駐遠東的海軍司令，潛水艇專家哈特上將，給了駐上海的海軍司令格拉斯福少將一道命令，將所有的美軍船艦，都集中到菲律賓；只有「威克」號被留了下來，因爲「威克」號不適宜於海上航行。同時威克號上有一套高效率的無線電通訊設備，擔負著美國總領事館的通信任務；就因爲有此任務，「威克」號決定投降，大部分船員跳入黃浦江，潛游至一艘巴拿馬貨輪上躲了起來；但是那套極有價値的無線電通訊設備，終於還是讓日軍拆走了。

在上海的日本陸軍，也同時採取了行動，進駐租界，接收了英美的產業；到得天亮，全上海都已知道，日本眞的跟英美打起來了！

有人佩服「日本鬼子有種」；但更多的人卻是在暗中額手相慶。日本這一下是攪了一個馬蜂窩，有得它的苦頭吃。

汪精衛是於清晨七點鐘，在他頤和路的住宅中，召集會議。他的神情顯得相當激動，完全失去了他平時時刻在注意的優雅的風度。

「日軍總司令部跟日本大使館，在兩個鐘頭之前才通知我，已經對美國、英國、荷蘭，發動了全面的攻擊。這樣重大的問題，日本在作出決定以前，我們竟然一無所知！」汪精衛重重地捶著桌面，「日本政府太豈有此理；太不把我們當作友邦看待了！」

「日本方面有解釋。」周隆庠低聲下氣地說：「由於奇襲珍珠港，關係太大，所以不能不保密。這一點，日本大使館再三致意，說要請主席特別諒解。」

「外電報導，日本是在發動攻擊以後，才把停止交涉的備忘錄送交美國政府。這樣的作風，只有激起美國及同盟國方面的同仇敵愾的情緒，加緊團結。日本這樣做，自己注定了失敗的命運！日本軍閥這樣愚蠢地蠻幹；日本的元老重臣，全坐視他們的軍閥橫行，而無所匡救，眞是大出我意料之外。聚九州之鐵不能鑄此錯！」汪精衛用雙手使勁搔頭，連連問說：「我們怎麼辦？我們怎麼辦？」

於是，正好由上海到了南京的陳公博說道：「日本一採取『以戰養戰』的辦法；這個辦法，今後勢必擴大實施。據說偷襲珍珠港很成功，照形勢判斷，日本是有準備的，初期戰果會很可觀；這一來，軍部的氣焰更高，我們的處境將更困難，特別是對日軍搜括物資，應該預先籌劃一個對抗的辦法。」

「現在還談不到辦法。」周佛海接口說道：「我們只有堅持一個原則，隨機應變，爲國家保存元氣，替百姓解除痛苦，能做得一分是一分。」

汪精衛用失神的眼睛，茫然地看著大家，「盡其在我！」他嘆口氣，「只好明知其不可爲而爲之。」

會議就在汪精衛的嘆息聲中不了了之；但與會人員之中，很有些人浮現著閃爍不定的喜色。這只要多想一想就能明白，是出於一種幸災樂禍的心情，日本人自討苦吃，抗戰至今四年五個月，終於露出來一線勝利的曙光。

淪陷區內持著這種想法的人，不知道多少？同時，短波無線電中，也傳來了許多令人興奮的消息：大家最關心的，當然是來自重慶的廣播；領袖約見美、英、蘇三國大使，提交書面建議，表示中國絕不避任何犧牲，將竭其全力，與友邦共同作戰，建議採取聯合行動，美國對德、對義；蘇俄對日本，皆須同時宣戰。

國際上的反應，恰如中國所期待，英國、加拿大、澳洲、荷蘭、希臘、戴高樂所領導的自由法國，以及海地、薩爾瓦多、瓜地馬拉、洪都拉斯、哥斯達黎加這些中南美的國家，都發佈聲明，對日本及德義宣戰。侵略中國的日本，一夕之間成了世界公敵。

從七七事變以來，中國一直是抗戰，日本則是不宣而戰；到了這時候，中華民國終於正式對日宣戰，並聲明對德、義兩國，處於戰爭地位。同時分別照會羅斯福、邱吉爾及史達林，建議由中美英蘇荷五國，訂立聯盟作戰計劃，由美國領導執行。

邱吉爾覆電贊成；美國則不但同意，而且認爲這是「至爲切要」之舉，希望十二月十七日以前，在重慶召集聯合軍事會議，彼此交換情報，並商討對於東亞如何採用最有效的陸海軍行動，去擊敗軸心國家。雖然蘇俄還未迅速作出反應；但是，中華民國已處於對付世界公敵日本的關鍵地位，在世界舞台上，與美國、英國同爲要角。自鴉片戰爭至今中國的國際地位，提高到第一級；是淪陷區的百姓，最感到驕傲興奮的一件事。

因此，無線電中不斷傳來的壞消息：日本進攻泰國，兵不血刃而下；越南屬於維琪政府的法軍，與日本訂立軍事同盟；日本在馬來西亞北部及菲律賓登陸；日本佔領美國的屬地威克島、關島；以及英國的主力艦「威爾斯皇子」號、「卻敵」號爲日本飛機炸沉等等，所予人的感覺，並非沮喪，反是興奮。

因爲，大家對美國的國力是有信心的，日本不過乘美國不備，取得一時的勝利而已；等到美國正式動員，日本一定不是她的對手。此刻美國吃的虧愈大，將來報復的決心與力量亦愈強。這就是大家興奮的緣故。

但是，對於日軍進攻香港，大家就不能以隔岸觀火的心情來看待了，因爲香港有許多對國家有關係的重要人士；特別是金融家在內。

## 15

# 明珠失色

「十二、八」以後，香港高等華人群像。

東京時間十二月八日上午三時許，大本營接到第二十五軍司令山下奉文中將已開始登陸馬來西亞的電報；隨即在十分鐘以後，將預定的電報發了出去，只有三個字：「花開矣」！這個電報分致中國派遣軍司令畑俊六、駐華的第二十三軍司令酒井隆中將、華北方面軍總司令岡村寧次大將、駐漢口的第十一軍司令阿南惟幾中將、駐上海的第十三軍司令瀘田茂中將、駐台北的第十四軍司令本間雅晴中將。這「花開矣」三字，是預先約定的密語，表示已在馬來西亞登陸。

在南方軍的初步軍事行動中，有三個必須佔領的據點：新加坡、香港、菲律賓。此三地的作戰計劃，原則上是先爲其難；馬來西亞作戰，成敗難決；所以必須二十五軍在馬來西亞奇襲登陸成功，第十四軍及第二十三軍，才可以用「正攻法」對菲律賓及香港開始進攻。

進攻香港的主力，是隸屬於第二十三軍的第三十八師團，另外配屬步兵聯隊及炮兵隊各一；

當然也有轟炸機及兵艦分自海空支援。

十二月八日清晨，九龍半島的餐廳內，紳士淑女正悠閒地在進早餐，一面飲果汁，一面看報；報上並沒有日本奇襲珍珠港的消息——因爲同盟社的通訊稿送到，報紙已經上機器；總編輯也在看完大樣後，回家睡覺，根本就不知道有這麼一條超級大新聞。

突然之間，傳來巨響，震得門窗戛戛作響；於是大部分的客人都奔到窗口去觀望，但一無所見。有人指著《南華早報》上的記載說：「是英軍在試炮。」

這個說法很快地被否定了，電話中傳來的報告是：啓德機場被日本飛機所轟炸；日本已經對英國宣戰。街上人來人往，惶惶然如喪家之犬；尤其是家住香港的，更爲焦急，因爲香港政府在毫無任何通告或暗示之下，停駛了香港、九龍間的渡輪。

這突如其來的大變化，引發了一連串的惡性反應，商店關門；公共汽車停駛；電話有時通、有時不通；而整天空襲警報不斷，以致於香港到九龍，或者九龍到香港的人，如果當地沒有親友可以投靠，便陷入了進退維谷的窘境。

最狼狽的是短期逗留的旅客，無端成了斷梗飄萍。劉德銘就是如此：從離開上海到香港，輾轉到達內地，那知運氣不好，跟「組織」上聯絡的兩條線，陰錯陽差，都沒有能接得上頭。於是東飄西蕩一年多，終於在昆明「歸隊」；立即領受了一項任務，重回上海。三天前由昆明飛到香港，要等候一個素昧平生的「女同志」到達，扮成夫婦，一起坐船到上海，不想失陷在香港。

他住在九龍半島酒店；旅客都是高貴的紳士淑女，但大部分已失去了平時雍容優雅的風度，一個個愁眉苦臉，神情惶惑，到處打聽局勢。據說日本陸軍已經由深圳向新界進攻，英軍設了兩道防線，第一道在邊境；第二道在沙田，那裡群山屏障；山上分佈了許多炮位，可以長期堅守。「香港是英國的東方之珠，不會輕易放棄的。」有個坐在劉德銘身旁，神態非常樂觀的洋人，說得一口很流利的上海話：「上個月，有大批英軍，從加拿大派來增援；據我所知，停泊在新加坡外海的『威爾斯皇子』號跟『卻敵』號，已經決定移防香港。海陸兩路的防守實力，都很堅強；香港九龍，起碼可守半年。」

正當他高談闊論時，大廳上擴音器中播放的輕音樂已經停止，到了播報新聞的時間：第一條就是「威爾斯皇子」及「卻敵」號爲日本飛機炸沉的消息。

那洋人的臉色很難看，有點坐不住的模樣；劉德銘伸過一隻手去，親切地按在他的膝頭上，「不要洩氣！」他說：「日本人是一時猖狂；最後勝利屬於你我。」

劉德銘的友好態度，對於解除他的難窘，極有幫助；他從皮夾中取出一張名片，遞給劉德銘說：「通常英國人是不作自我介紹的。」他說：「不過，這一次是例外。」

劉德銘接過名片來看，一面中文，一面英文；中文上印的頭銜是：「英商卜內門洋行視察」；中文名字叫做「費理陶。」

「你叫我費理好了。」

「我姓劉。」劉德銘已改名劉漢君，掏了張在香港新印的名片；又看著費理陶的名片上的地址問：「你一向住在上海？」

「我是生在上海的。」

「怪不得說得這麼好的上海話。」劉德銘問道：「到香港幾天了？」

「前天才到，我是陪我太太來度假的。」費理陶問：「你呢？」

「我從昆明來，預備回上海。」劉德銘說：「看來仍舊要回昆明了。」

剛說到這裡，一陣香風飄襲；劉德銘轉過臉去，頓覺眼前一亮，站在面前的那婦人，年方三十，長身玉立，艷光四射，費理陶為劉德銘介紹，是他的妻子蘇姍。

劉德銘起身招呼；聽她口音帶些南京腔，別有一種他鄉遇故的親切感。蘇姍的感覺，亦復相似，開口問道：「劉先生是哪裡人？」

「南京。」

「果然！」蘇姍笑道：「口音總是改不了的。」她向她丈夫說：「我跟劉先生是同鄉。」

「這樣說，更有緣了。可惜是在這樣的情形之下，否則可以好好慶祝一下。」

話雖如此，費理還是叫了威士忌，舉杯定交。然後，談到彼此的處境以及今後的動向。

「我已經失業。」費理陶說：「今天中午聽到廣播，在日本勢力所能達到的中國地方，英美的產業，都為日軍所接管了。」

「還好，你們夫婦並未成為俘虜。」劉德銘說：「費理，請原諒我，對於香港的前途，我不像你看得那麼樂觀；既然已經倖免作為日軍的俘虜，應該珍視這份運氣，想法子離開香港。」

「離開香港到哪裡？」費理答說：「整個南洋，都在日本軍閥瘋狂地攻擊之下，沒有一片平安樂土。」

「那末到我們的內地去。」劉德銘說：「你們不是有分公司在重慶？」

「我也在這麼想，不過不容易。機場被炸，民航機根本無法起落。」費理陶忽然問說：「你們有許多政府所重視的聞人在香港，怎麼辦？你看，在這座大廳中的，我就認識好幾位。」

劉德銘環目四顧；目標顯著，首先入目的是，儀表魁偉的外交界耆宿顏惠慶；巧的是，他的隔座，便是他當年奉使蘇京，在民國二十四年重返莫斯科時，同船赴俄的電影明星胡蝶，依舊梨渦生春，風華絕代。

與顏惠慶相映成趣的，是瘦小精悍的林康侯；與他同桌的另一位清癯老者，劉德銘也曾識面，是北洋時代段祺瑞一系的要角，當過財政總長的李思浩。

再過去一桌，是廣東的精英，資格最老的許崇智、「天南王」陳濟棠；還有李福林、陳策。這些人如果陷失在香港，爲汪精衛拖下水去，足以增加「南京政府」聲勢；不知道重慶方面有什麼辦法，援救他們脫險？

轉念到此，劉德銘靈機一動；細想了一會，問費理陶說：「你們夫婦是不是眞的想到重慶？」

原來劉德銘的想法是，香港不但有好些政要聞人，而且因爲這是國民政府涉外事務方面一個主要的據點，無論國際貿易，情報聯絡，都在此進行；有許多要員派駐在香港、九龍，政府是一定要想辦法援救他們脫險的。

脫險唯一的途徑是空中航路；即令日本轟炸機不停地空襲，但必有重慶派來的民航機，乘隙冒險下降。時逢下弦，上半夜星月微茫，不宜空襲，若有來自重慶的民航機，這時候是降落的理想時間。費理陶如果想離開香港，不妨到機場去等機會。

這個想法，非常合理；仔細想一想，重慶方面，似乎除此以外，別無可以接運的辦法。費理陶欣然接受，深深道謝；接著跟蘇姍商議行止。

「最好是一起走，只怕辦不到。」他說：「我是做『黃魚』，一個人能擠上飛機，已算很幸運了。蘇姍，你說呢！」

「你一個人去好了！我先留在香港。」蘇姍答說：「好在我是中國人。」

「可是，誰照料你呢？」

說到這話，費理陶跟他的妻子，不約而同地轉臉去看劉德銘——劉德銘當然不能毛遂自薦；而且，他有任務在身，只要有機會，立刻就要離開香港，事實上也不可能給蘇姍多少照料；因而裝做不懂他們的意思，保持沉默。

「劉先生，」終於是費理陶開口，「你是熱心的人；倘或蘇姍需要你幫忙，你一定不會拒絕。是不是？」

「當然，只要能力所及，我一定效勞，不過，我不能作任何承諾；這種亂世，誰都無法預料明天會發生些什麼。」

「當然，當然！這一點我充分理解。你們中國人不是有兩句話：『夫妻本是同林鳥，大限來時各自飛』？」

語出不祥，劉德銘心中一動，倒有些懊悔，替他出了個到啓德機場去等機會的主意。

「費理，」蘇姍問說：「你預備什麼時候走？」

「既然已經決定了，不必遲疑，我今天晚上就走。」費理陶站起身來，「請你幫我收拾一下行李；我要寫幾封信給有關方面，報告我的行蹤。」

蘇姍點點頭，向劉德銘嫣然一笑，「劉先生，」她問：「今天晚上我們一起吃飯好不好？」

「好、好！」

於是費理陶夫婦相攜而去；劉德銘目送他們的背影，不由得想起一個從未識面，而卻與他有極「親密」關係的人，就是「組織」上分派給他作「妻子」的女同志，化名楊凌。

「楊凌不知道長得怎麼樣？」他在想，「能像蘇姍這樣就好了。」

入夜燈火管制。「東方之珠」的香港，本以燈火璀璨的夜景出名，這天卻是黯然失色了。外面一片漆黑，裡面是以燭火照明；每張餐桌都點著彩色的蠟燭，光暈搖曳，明暗不定，反倒出現了神秘而溫柔的情調。

可惜，炮火給人帶來的生活，乃至生存的威脅，已很深刻地反映到餐桌上——昨天的一湯兩菜，還有沙拉與尾食的正餐，此刻已縮減爲一湯一菜。

這使得許多人想起一個從未注意過的問題，人口密度最高的香港，不生產糧食，盤中之餐，大部分來自廣州；小部分來自美國、澳洲等等農產品豐富的國家。如今水陸兩路都已阻絕，香港的居民，豈不要活活餓死？

「日本軍閥實在很愚蠢！」費理陶說：「他們其實並不需要對香港發動軍事攻擊，只要封鎖水陸兩路，斷絕外來的接濟，就可以使香港不戰而潰。」

「不！」劉德銘說：「香港對日本人有特殊的意義，在香港的要人，以及香港各銀行保險庫中的財富，都是日本人急於想掌握的。所以日軍不但會對香港發動攻擊，而且必然會發動猛烈攻擊；希望像希特勒橫掃東歐那樣，取得閃電戰的效果。」

這番見解，加強了費理陶盡快離開香港的決心。飯後攜著簡單的行囊與愛妻吻別，向劉德銘鄭重表達了託妻之意，離開半島酒店，踏上一輛預先約定的出租汽車，直駛啓德機場。這一去就沒有再回來；蘇姍很高興地說，劉德銘的計劃實現了。如今她得爲自己打算，問劉德銘是住在九龍好，還是香港比較安全？

「就目前來說，香港比較安全。九龍是半島，日本陸軍可以到達；香港隔著大海，成爲天然的屏障，不過，到頭來是一樣的。」劉德銘說：「一動不如一靜，我預備在九龍等機會。」

「我想到香港去。在香港，我有一個最好的同學，我想找她。」蘇姍又說：「剛才我聽廣播的，在青年會臨時設立了渡海通行證申請處；不知道能不能請劉先生替我打聽一下？」意思是要請劉德銘替她代爲申請。這是義不容辭的事，劉德銘要了她的身份證明文件，步行到達青年會，只見排隊的長龍已繞過一條街了。

這一景象，令人氣餒；但腦中一浮起蘇姍的笑靨，勇氣與耐心都有了，靜靜地排在末尾。很快地，他身後又出現了一條長龍。

「如果日本軍攻佔了港、九，當然要組織維持會。」在他前面的一個中年人，問他的同伴：「你看，會請誰出面。」

「那還用說，自然是何東爵士。」

「何東爵士不在香港。」另有一個人搭腔，「到澳門去了。」

從這兩個人的交談中，劉德銘知道了何東爵士去澳門的原因，是爲了答謝澳門總督特地到香港來賀他們夫婦的鑽石婚，恰好逃過了這一劫。

對啊！劉德銘在心裡想，澳門屬於葡萄牙，而葡萄牙是中立國，所以她的首都里斯本，才會成爲情報販子的集中地。必要時想法子偷渡到澳門，倒不失爲一條可進可退的好路子。

正在這樣轉著念頭，發覺有人在他肩上拍了一下，轉臉看時，不覺一喜，「裁法，」他很興奮地說：「我聽說你在香港；怎麼樣，混得很得意吧？」

這個人是劉德銘在上海認識的朋友，名叫李裁法；出身不高，卻很重江湖義氣；最難得的是，頗有力爭上游之心。劉德銘心想，此時此地，能遇到這樣一個有用的朋友，運氣總算不壞。

「馬馬虎虎。」李裁法問道：「你是什麼時候到香港來的？上海一批老朋友怎麼樣？」

「來了沒有幾天。」劉德銘說：「我是從昆明來，在香港過境。」

「原來你在內地！」李裁法問道：「你排隊是領過海的通行證？」

「是替我一個朋友來領。」

「朋友？」李裁法想了想，開玩笑地問：「女朋友？」

「女是女的；不能算女朋友。」

「不管你是不是女朋友；來，來，不要排隊了！」李裁法拉著他手說：「我想法子送你的朋友過海就是。我們先找個地方聊一聊。」

於是劉德銘退出了行列，跟著李裁法想找個咖啡館歇腳，卻未能如願；因爲店鋪都關門了。最後，是劉德銘提議，到半島酒店去敘契闊。

據李裁法自己說，「混」得還不錯；開了一間「吧」，專做「爛水手」的生意，地點是在香港的北角，那裡是上海人的天下，另成一個「幫口」。劉德銘聽得出來，李裁法在「上海幫」中，是首腦之一。

「劉先生，」李裁法還保持著在上海時對劉德銘的稱呼，「你現在不論過境要到哪裡，一時都走不掉了，能不能幫幫我的忙？」

「喔，」劉德銘問道：「幫什麼忙？」

「九龍，香港是一定保不住的了。我還聽到一個說法，邱吉爾打電報給這裡的總督，香港如果守不住，不妨向日本投降；不能讓我們在廣東的游擊隊攻過來，更不必向中國政府要討救兵，他說：香港在日本人手裡，將來可以要得回來；給中國人一佔領，將來就要不回來了！」

「他媽的！」劉德銘不由得罵了句，「這個傢伙眞是老狐狸。」

「不管他是不是狐狸，話是實在的。等日本人一來，地方上要出面組織維持會；北角方面，我想來搞，不過大家都沒有什麼經驗。你是見過日本人的世面的；我剛才看見你，心裡在想，我的運氣不錯，居然能遇見一個有用的朋友。

劉德銘很驚異於他的想法跟自己完全一樣，也認爲是遇見了有用的朋友；可是彼此都錯了！李裁法不能用他；他自然也就不能利用李裁法了。

「裁法，」他率直說道：「搞維持會這一套，名聲太難聽；我只好敬謝不敏。」

「不錯，搞維持會就是漢奸。不過，劉先生，你只知其一，不知其二。」李裁法問道：「你認不認識一條腿的陳將軍？」

劉德銘知道他是指的陳策。此人是廣東瓊山人，辛亥革命以前，在廣東海軍學校當學生時，即已加入同盟會。民國十一年做廣東海防司令，適逢陳炯明叛變；保護中山先生登上永豐艦避難的，就是他。

抗戰發生時，他正擔任虎門要塞司令。平時綠林出身，修成正果的「福將」李福林，解甲歸田，在香港新界辦農場，題名「康樂園」，廣植時花鮮果，收穫甚豐，眞是優游林下；不道日本海軍知道他在粵軍中人緣極好，擁有很大的潛勢力，便以重賂請他策動廣東的海陸軍作內應。李福林表面唯唯，暗中派人到廣州，向行營主任余漢謀告密。

余漢謀便跟陳策定計，通知李福林，盡不妨答應日本人的要求。於是李福林收受了一筆巨款，約日本軍定期來攻；到得日本海軍進入珠江，伏兵齊起，吃了大虧。

但陳策亦於此役中受傷，在香港割掉了一條左腿，才得保住性命。

陳策人雖殘廢，雄心不減；現任國民黨駐港澳總支部主任委員，兼國民政府駐港軍事代表。

劉德銘聽李裁法提到他，心知必有說法，點點頭答說：「我雖不認識他；不過他在香港的任務，我知道。」

「你知道就再好沒有了。」李裁法說：「你倒想，我們多少人在這裡？一時哪裡走得完！而且別的人，譬如財政部、交通部、國防部派在這裡辦事的人，都可以走；中統、軍統的人，能走也不能走，走了哪個來做『工作』？所以陳將軍關照我，要搞維持會做掩護。」

聽他這一說，劉德銘才知道李裁法是在陳策指揮之下。既然如此，自不妨表明自己的身分；但轉念一想，俗語說得好，「逢人只道三分話，未可全拋一片心。」至少對他的話，先須求證確實，才談得到其他。於是他問：「陳將軍住在哪裡？」

「他住在勝斯酒店。你要不要見見他？我帶你去。」

他敢這樣說，可見陳策要他組織維持會的話不假；劉德銘想了一下答說：「我老實告訴你，我是要到上海去的。現在情況大變，去上海是不是還有必要，我得打電報去問一問；如果上海不必去了，我一定幫你的忙。」

「好極！」李裁法又說：「你要發電報，可以用我們的電台。」

「不必！」劉德銘說：「你請坐一坐，我先替你介紹一個朋友。」接著便是李裁法爲劉德銘解決問題，他有辦法將蘇姍送到香港；但蘇姍卻又變了主意，覺得跟劉德銘在一起比較安全。

「蘇姍小姐的想法不錯。」李裁法是抱著所謂「胡調」的心思，直覺地認定他們應該是一對情侶，想替他們拉攏，「跟劉先生在一起最安全；一定能照顧得你很好。如果有用得著我的地方，請你告訴劉先生，打電話給我好了。」接著，他在紙餐巾上寫了九龍與香港的兩個電話號碼遞給劉德銘。

「多謝李先生。」蘇姍含笑致謝以後，視線轉向劉德銘時，忽然臉上微有憂鬱之色，「有件事，我很不放心，費理跟我約定的，他一到了重慶，第一件事是打電報通知我；到現在沒有消息，不知道他搭上飛機沒有？」

「當然搭上了，不然應該回來。」

「就因爲沒有回來，我才不放心。聽說，啓德機場讓日本飛機炸了好幾次，死了好些人。」

很顯然地，蘇姍是擔心她的丈夫，飛機不曾搭上，性命已經送掉。劉德銘想了一下，覺得這個不幸的可能性，是存在的；爲了安慰她起見，應該立刻澄清她的這一憂慮。

於是劉德銘將費理陶接受他的建議，到啓德機場等機會飛重慶的情形，告訴了李裁法；問他能不能設法打聽一下，費理陶究竟搭上飛機沒有？

「那容易。我馬上打電話到機場，找中國航空公司的人問一問就知道了。」

李裁法去了好久才回來，告訴他們說，昨夜有一架飛機降落，要接許崇智、陳濟棠、顏惠慶等人到重慶；結果一個都不曾接到。當時秩序很亂，擠上飛機的人，有的登記了，有的未曾登記。而在已登記的名單中，並無費理陶其人。

「那末，轟炸機場，傷亡的名單呢？」劉德銘問：「應該到哪裡去打聽？」

「這要到警察署去打聽。」李裁法站起身來說：「我再去打電話。」

對於李裁法的熱心，蘇姍頗爲感動；因此，對劉德銘也增加了好感，覺得他有這樣的朋友，證明他也是個好人。

「我問過了，死亡名單不全，沒有費理陶的名字。受傷的名單是全的，可是也沒有，」李裁法說：「看起來是上了飛機了。」

「但是，沒有費理從重慶來的電報。」蘇姍答說。

「你不會打電報去問？」劉德銘說：「費理到了重慶，當然要到公司去報到；打電報到重慶的卜內門洋行一問，不就有了確實信息。」

「對！」蘇姍說：「立刻就打。」

半島酒店就有郵電代辦所；重慶卜內門洋行的地址雖不知道，卻也無妨，重慶電報局自能「探投」。蘇姍又付了回電的費用，預計五個小時之內，必有回音。

「希望五個小時之內，有好消息。」李裁法說：「我要走了，明天上午九點鐘再來，不但希望聽到蘇姍小姐的好消息；而且也能聽到我自己的好消息。」

最後這句話，蘇姍不解；等李裁法走遠了，她才向劉德銘動問，什麼是他的好消息。

「告訴你也不妨。」劉德銘將李裁法邀他幫忙的話，約略說了一遍。

「那末，你作了決定了沒有呢？」

「還沒有。」劉德銘答說：「我要等一個人；等那個人來了，才能決定下一步的動靜。」

「那是個什麼人？」

「工作上的伙伴。」

蘇姍不作聲，只見她長長的睫毛，不住閃動；是落入沉思中的模樣。劉德銘恰好乘她不注意時，恣意平視；一時遐想昇騰，連香港傳來的口機空襲的爆炸聲都聽而不聞了。

「我怎麼辦呢？」蘇姍突然這樣發問。

「不要緊！」劉德銘答說：「我那個朋友辦法多得很；一定可以把你送到重慶，與費理團聚。」

「就怕費理的行蹤成謎。」

「不會的。重慶一定有好消息來。」

消息是來了，卻並不好；費理陶並未到重慶卜內門洋行報到。蘇姍的話說對了，費理的行蹤，眞個成謎。

這燈火管制，一片漆黑的漫漫長夜，在蘇姍眞是在受熬煎；到了天色微明時，她再也忍不住了，用內線電話將劉德銘從夢中喚醒，帶著哭聲地說：「我怕！我睡不著！」

有句沒有說出來的話，她需要安慰。劉德銘只好這樣答說：「你別怕！有我在。」

「我也知道有你在。不過，是這時候；而且只聽得見你的聲音。」

「這不成問題，兩三分鐘我就可以到你身邊。」

電話中沒有聲音；劉德銘心裡很矛盾，希望她拒絕，但又深怕她拒絕。

終於電話中又有了聲音，「劉先生，」她說：「我到你那裡來；請你不要鎖門。」

這個回答，大出劉德銘意外；正躊躇著不知該怎麼說時，蘇姍已經收線。劉德銘只好起身，打開了門鎖；穿著睡袍坐在沙發上靜等。也不知是天氣冷，還是興奮得不能自持，身子在發抖。

等了一會，不見動靜，劉德銘不免疑惑，想撥電話去催，似乎不妥；而不問個清楚又覺得放心不下。繞室徬徨之餘，聽得身後輕響，急急回身去看，方始明白她遲遲起行的道理，原來她是化了妝，而且穿得整整齊齊來的。

「啊！」劉德銘說：「倒是我失禮了，穿著睡袍招待你，不成體統。」

「不！劉先生，我這樣子是有道理的。」說著，她將開司米大衣卸了下來。

劉德銘上前接過她的大衣，抱在手裡問道：「請你先說道理。」

其實，蘇姍盛裝而來的道理，亦是可以想像得知的；拂曉時分，穿著睡袍經過甬道，進入另一房間，爲人發覺，何以自解？同時，要離開他的房間時，如果是穿著睡袍，他人見了會怎麼想？

想通了這個道理，劉德銘對她的看法不同了，這是個有頭腦的女人，是緩急可恃，能共患難的伴侶，「你請坐；要不要來杯咖啡？」

他提起保暖的銀咖啡壺說：「在內地想喝一杯來路貨的咖啡很難，所以一到香港，大喝特喝；現在看樣子，恐怕又要喝不成了。」

「你是說，日本人來了，由英美進口的東西會斷絕？」

「一定的。」劉德銘倒了兩杯咖啡；遞一杯給蘇姍，「喝下去會使你舒服。」

「不！我想要一杯酒。」

「我只有當酒精用的『琴』，喝得來嗎？」

蘇姍想了一下說：「可以。」

於是劉德銘從箱子裡找出來一瓶「琴」，倒了小半玻璃杯；她接過來傾入咖啡杯中，仰頭一飲而盡，頹然倒在椅子上。

「蘇姍，」劉德銘不安的問：「你是不是有什麼心事？費理一定不要緊，吉人天相。」

這泛泛的安慰，連他自己都覺得缺乏說服力；果然，蘇姍搖搖頭，表示聽不進去。

「你心裡有什麼疑難，說出來大家商量。」

「我在想我的命。」蘇姍自語似地說：「看起來不能不信。」

「怎麼樣？」

「劉先生，你知道不知道，費理是——，」她雙目灼灼地望劉德銘，終於很吃力地說了出來，「他是我第三任的丈夫。」

劉德銘倒吃一驚；但他很快地想到，不宜有任何驚異的表情擺在臉上，所以只淡淡地應一聲：「噢。」

「我母親從小替我算命，說我剋夫。爲此我跟我表兄的婚約取消；結果，我的表兄，還是死在一次車禍中。」

「那，」劉德銘說：「足見得剋夫的話靠不住。」

「是啊！我也是這樣想，我母親更是這麼想。可是我從『金陵』畢業以後結婚，不到三年，就做了Widow。去年有人說，嫁的是外國人就不要緊；因此費理追求我不過兩個月的工夫，我就作了很重大的決定。那知道，結果還是這樣！」

「蘇姍，你把你的結果判斷得太早了一點。」

一語未畢，隆然聲響；不知何處發生爆炸。劉德銘看她臉色蒼白，急急坐在她身邊，捏住她的手說：「你別怕，有我在這裡。」

「是，我不怕。」蘇姍勉強報以微笑。

兩人側耳靜聽，除了酒店中的旅客夢中驚醒，出現了騷動的聲音以外，爆炸聲卻未再起；蘇姍的臉色，慢慢恢復常態了。

「我沒有想到，你這樣摩登而且洋派的小姐，會相信看相算命。」

「那是因爲我母親的緣故，女孩子總比較容易受母親的影響。喔，」蘇姍突然想起，「有個人你知道不知道：林庚白？」

「怎麼不知道？他是個絕頂聰明的人，但也是個怪人。」劉德銘問道：「你想起他，是因爲他精於命相。」

「是啊！聽說他從重慶到香港來了。我不認識這個人，但很想認識他。」

「我跟他很熟。明天我來問問我的朋友看，打聽到了他的地址，我陪你去看他。不過，最好把他約出來，不要到他那裡去。」

「爲什麼呢？」

「因爲他有潔癖。你一到他那裡，他首先交代煙灰缸、痰盂在那裡，深怕你弄髒了他的地方。如果你去動一動他的書，他那副滿身不自在的樣子，連客人都覺得難過。所以我雖跟他很熟，到他家裡去過一次，就不想再去了。」

「怪不得你說他是個怪人。」蘇姍笑道：「他有這樣一個癖性，做他的太太，不是整天要受罪了？」

「不是，不是，對女性是例外；對漂亮小姐，像你這樣，更是例外。」劉德銘拿起咖啡杯說：「譬如，這只杯子是他家的，我用過以後，他或許就丟掉了；但如果是你，杯沿或許會留下口紅的痕跡，他不但不會丟掉，連洗都捨不得洗，要把你的口紅保存下來。」

「這樣說，這個人是個——」蘇姍把話頓住了。

他知道她沒有說出口的兩個字是什麼？便即答說：「他倒也不是色鬼，不過風流自命，十幾年前追求過許多名媛。」

「喔，」蘇姍很感興趣地問：「劉先生，你倒說給我聽聽，有哪些人？」

「第一個是林徽音，他的父親叫林長民，是跟梁啓超在一起搞政治的，後來郭松齡倒張作霖的戈，他讓郭松齡請了去，想有一番作爲，結果糊裡糊塗死在關外——。」

「劉先生，」蘇姍打斷他的話說：「你只說林徽音，不必說她的父親。」

「林徽音是才女，後來嫁了梁啓超的兒子梁思成。」劉德銘又說：「林庚白還追求過張靜江的女兒張荔英；徐志摩的前妻陸小曼；還有有名的交際花俞珊、唐瑛；一個個都失敗了。可是他並不氣餒，他相信他命中該有一個才貌雙全的太太。」

「那末，他的話應驗了沒有呢？」

「應驗了。他現在的太太，也姓林，名叫林北麗。有人說林北麗是他族中的侄女，這話無法求證；不過林北麗很漂亮，也會做詩，才貌雙全四個字總算夠得上。」

就這樣以談林庚白的軼事來打發時間，很快地到了天亮，只聽門外剝啄有聲，劉德銘便轉臉看一看蘇姍，是徵詢她的意向。

「請開門好了。」

她是穿戴整齊、鬢髮不亂；雖在別室，並無可令人懷疑之處，至於她何以清晨出現在此，當然亦有話得可以解釋，因而處之泰然。但劉德銘卻仍舊很謹慎，將門開了一條縫，看是酒店的侍者，便即問道：「有什麼事嗎？」

「一早打攪，非常抱歉。」那侍者鞠著躬說：「昨天接到『差館』通知，政府有命令，要徵用這裡的最下面三層，作傷兵醫院，所以，要請劉先生搬個地方。」

「可以。搬到哪裡？」

「很委屈劉先生，要搬到地下室。」

「地下室？」劉德銘問：「不是倉庫嗎？怎麼住人？」

「很抱歉，只有用行軍床。所有的房間都滿了，請劉先生原諒；三樓以上的房間，只要空出來，盡先留給劉先生住。」

「喔，」劉德銘想了一下說：「女客也跟我們一樣，住地下室？那不是太不方便了嗎？」

「女客當然要優待，我們正在調配，跟三樓的房客商量，要讓幾個房間出來，給女客住；只好大家擠一擠了。」

「好！我知道了。什麼時候搬？」

「九點鐘以前，隨時聽便。」

劉德銘關上房門，上了心事。因爲他之住在半島酒店這一號房，是早就安排好的；他那被指定作爲伴侶的「女友」不認識劉德銘，只知道半島酒店那一號房的住客，就是她要會合的人。現在情況變了，唯一得以會合的一條線索斷了，怎麼辦？

這件事不便跟蘇姍談；而且還義不容辭地要爲她爭取「利益」，希望能替她弄到一個單人獨住的房間。

他還在考慮，蘇姍已經先開口了，「我得回我的房間。」她說：「雖掛著『請勿驚擾』的牌子，萬一驚擾了，發現是『空城計』，我的面子很難看。其實，」她停了一下又說：「剛才你倒不如開大了門，讓我跟Waiter說明白。」

「這是我沒有細想一想。」劉德銘說：「等我穿好衣服，陪你去辦交涉。」

「辦什麼交涉？」

「替你單獨找一房間。」

蘇姍嫣然一笑，「不錯，是替我。」她說：「可是，也是為你。」

劉德銘笑笑不答。心裡有萬千綺念，只有盡力克制，置諸不聞不問。

「請坐一坐。我換好衣服就來。」劉德銘拿著襯衣、領帶、長褲，走向洗衣間。

「劉先生，你就在這裡換好了。怕什麼？」

劉德銘笑而不答，換好了衣服去辦交涉，總算替她在四樓爭取到一個房間；他自己是住地下室。

大致安排停當，方到餐廳進食；早餐只有咖啡與麵包，最主要的火腿蛋取消了。這提醒了許多人，光是糧食一項，便是來日大難。

「到了這種時候，不由得就讓人相信命運了。」蘇姍嘆口氣，「只好聽天由命！」

「既然聽天由命了，樂得看開些。」劉德銘看她眉宇之間的幽怨，心中著實不忍；突然之間下了個決心，而且不自覺地說出口來：「蘇姍，有我在！我有命，你也一定有命。」

蘇姍感動地看他一眼；心裡在想，這也是命！患難之際，無端獲得一個生死之交；莫非命中注定還有第四個「丈夫」？

此念一起，她立刻自我排斥；覺得會有這種幼稚荒唐的想法，是件可恥的事。

「你看！」劉德銘向外一指：「我的朋友來了。先聽聽消息。」

來的是李裁法，一坐下來就說：「消息很壞！日本攻香港的指揮官是二十三軍的司令酒井隆；南京大屠殺，就是這個忘八蛋幹的。」

蘇姍是南京人，一聽這話，臉上頓時變色；劉德銘便拍拍她的手背，作爲撫慰，同時向李裁法問道：「還有什麼消息？」

「空中交通恐怕要斷了，啓德機場的工作人員，馬上就要撤退；後方有飛機來，亦不能降落。」

「那好！死了逃出去的一條心。」劉德銘問道：「你看還能守幾天？」

「九龍大概就是這兩三天的事。香港可以多過幾天，因爲隔著一道海，而且維多利亞峰周圍有許多炮位。」李裁法急轉直下地問：「劉先生，我的要求你考慮過了沒有？」

劉德銘想了一下，用極溫柔的聲音對蘇姍說：「我不是有什麼話要瞞著你跟李先生說；只因爲我跟李先生單獨來談，比較可以用理智來考慮，作出最好的決定。這一點，對你也是有益處的。」

他說到一半，她已連連點頭，表示諒解；等他說完立即問說：「是我暫時避開，還是你們換一張桌子？」

「當然我們換桌子。」李裁法一面說，一面已站起身來。

於是另外找了張隱在大柱子背後的桌子，兩人促膝而坐，劉德銘吐露了他的難處。

李裁法想了一會答說：「我不知道你到上海是什麼任務，也不知道你的『伙計』從什麼地方來？不過，形勢很明白地擺在那裡，東洋小鬼這一傢伙，搞得天下大亂，是連羅斯福都沒有想到的。現在連白宮都大打亂搥，你我什麼人，還說什麼事要維持原來的計劃，豈不是太自不量

力！」一番話說得劉德銘啞口無言，想了好半天說：「你的意思是，根本就不必管這件事了？」

「不是不管；是管不了。今天在香港，連英皇的總督都身不由主，只好做到哪裡是哪裡，何況他人？」李裁法又說：「再說，上海的情形也不同了，你就算到了那裡，任務有沒有做成功的可能，甚至還需要不需要，也大成問題。」

「話是不錯，不過，對上頭總要有個交代。」

「那很簡單，你打個電報回去，說形勢中變，任務受阻，目前在香港，參加陳將軍主持的工作。上頭要找你，也有地方找，不是很妥當？」

「好！」劉德銘覺得他的話很有道理，「我志已決，準備照你的辦法。」

「你是說，」李裁法問：「你決定幫我的忙？」

「我希望能幫你的忙。」

「這話怎麼說？」

「因為，」劉德銘想了一下說：「昨天跟今天不同；現在我有一個負擔，也是個累贅——。」

「啊！」李裁法打斷他的話說：「你是講蘇姍，我有一個不幸的消息，她現在是寡婦了。」

劉德銘大驚，「你有費理陶的確實消息？」他問：「確實死了？怎麼死的？」

「到機場那天，就讓日本飛機炸成重傷；送到法國醫院，已經斷氣。警方整理傷亡名單，發現一張中文的名片，不知道就是他。今天一早我去打聽另外一個朋友的下落，看到那張名片，才知道死的就是費理陶。」

「我勸你暫時不必把這個消息告訴蘇姍；因爲你這時候沒有功夫去替費理陶辦喪事，也沒有功夫安慰蘇姍。」

「不錯，只好暫時瞞住她。不過，這一來，我更不能不照料她了。」

「何用照料？一起幫我來辦事，如何？」

「好吧，這也是義不容辭的事。」劉德銘終於同意了。

「有你幫忙，我的工作會很順利。」李裁法很欣慰地說：「我眞希望英國兵能擋住日本軍的攻勢。不要多，能拖一個星期就好了；不然，九龍這許多大老、要人、名士，還有北洋政府時代的大官兒，落在日本人手中，被迫利用，對抗戰前途，是件很不利的事。」

「喔，」劉德銘被提醒了，「你知道不知道，林庚白住在什麼地方？」

「我聽說他住在九龍，詳細地址不知道。」

「能不能打聽到？」

「打聽得到。」李裁法問：「你要找他？」

「是蘇姍。看她人很洋派，相信看相算命；她想去看林庚白。」

「我也聽說，林庚白算命奇準。」李裁法忽然笑道：「現在倒有個機會，可以試試他，到底準不準？」

「怎麼試法？」

「讓他算算蘇姍的命。如果眞是準的話，一定知道她剛成爲寡婦。」

「對！」劉德銘也好奇心起，「你打聽到了，就來告訴我。」

到了下午，李裁法便有了確實答覆，林庚白住在九龍金巴利道月仙樓一號；那裡本是李鴻章的孫女婿，做過吳佩孚的秘書長，號稱「江東才子」的楊雲史的故居。

「今天來不及了。」李裁法又說：「明天中午，我陪你們去看他。」

哪知到了夜裡，情勢突然緊急，炮聲終夜不停；目標是香港及香港與九龍之間的渡輪。到了天亮，彌敦道上，一車一車的英國兵，從前線撤了回來；流氓地痞，大肆活動；警察已全數過海，九龍成了無政府狀態，大部分的居民，只有「閉門家中坐」；不知何時「禍從天上來」？

同訪林庚白之約，當然無法實踐；不過，李裁法還是到了半島酒店，帶來的消息是「新界」大部分已落入日本人手中；戰事失利的關鍵是，銀禧水塘以南，標高二二五呎的一處高地，亦是英軍主力陣地中的要點，在十二月九日傍晚，即爲日軍佐野兵團第二二八聯隊派出去偵察的一小隊尖兵所佔領；因此，佐野兵團原定以一星期作爲「準備攻擊期間」，至十二月十六日方始發動的總攻，提前在昨天開始了。

「英國人眞荒唐！」劉德銘說：「水塘這樣的要緊地點，都會糊裡糊塗丟掉；我看守一個月的話，完全靠不住。不過，九龍早一點失守也好。」

「怪話！」蘇姍皺著眉問：「劉先生，你好像唯恐日本人來得太晚似地？」語帶譏諷，劉德銘急忙解釋：「我說個道理給你聽，你就不會覺得我是在說怪話了，第一、密雲不雨的局勢，只會造成混亂，敵人還沒有來，自己先受了地痞流氓、打家劫舍的害；第二、糧食來源斷絕，尤其是水塘為敵人所控制，會發生威脅到生命、健康的問題；第三、日本軍一佔領了九龍，因為糧食問題一時不能解決，而進攻香港，在九龍就是後方，一定要疏散居民，作為安定後方的手段，否則勢必影響它對香港的作戰。那時候，是一個非常好的機會。」

「什麼機會？」

「許許多多住在九龍，而絕不能落入日本軍手中的要緊人物，不就趁此機會可以開溜了？」話剛說完，李裁法霍地站了起來，「劉先生，你眞是『一言驚醒夢中人』！」他說，「你這個看法太好，太重要了！我馬上要去聯絡，回頭再談。」說完，匆匆而去。

「他去幹甚麼？」蘇姍問。

「自然是去聯絡那些要逃而逃不出去的人，怎麼樣準備在九龍失守以後，由陸路、或者水路，經廣東轉內地。」

「那，我們呢？」蘇姍嘆口氣，「費理也不知道怎麼樣了？」

劉德銘不知怎麼回答，想了好半天，才很謹愼地說：「蘇姍，我覺得在這種時候，應該有個比較現實的看法。」

「你這話很費解。」她想了一會，還是微笑著搖搖頭，「我仍舊不明白，怎麼才是現實。」

「『夫妻本是同林鳥，大限來時各自飛！』這就是現實的看法。」

蘇姍嫣然一笑，「最現實的辦法，就是盯住你。」她問：「我這話是不是你心裡預料得到的答覆？」

她的話很率直，他亦覺得應該報以誠實：「不是預料，是預期；同時應該預備。你在這裡等我，我去了解一下情況。」

情況是半島酒店的警衛已經自動怠工，不知去向；酒店的洋經理，已避到香港，只有一個姓徐的華人經理負責。他的態度很誠實，他說他不能要求旅客離去；但非常時期，任何危難與不方便都可能發生；旅客如果願意住在半島酒店，就必須合作。不過他也提出警告：半島酒店必然是日軍到達以後，首先注意到的一個目標。許多旅客持著相同的看法，認為躲到親友熟人家比較安全。劉德銘考慮留下來，決定不走，「一動不如一靜，半島酒店的目標雖大，我們是名不見經傳的小人物，不要緊。而且，我覺得這徐經理是可以共患難。」他對蘇姍又說：「你看，野戰病院已經撤消了，我不必再睡地下室的行軍床，爲什麼不舒服一下？」

蘇姍深深點頭；然後矜持地說：「空房間既然很多，我們不妨找相連在一起的兩個房間，大家有照應。」

「好！不過要搬只有自己動手，我的行李簡單；如果你隔壁有空房，我先搬了去，再告訴櫃台好了。」

這一夜兵車轔轔，槍聲不斷；顯然的，是英軍敗退，日軍追擊。黎明時分，蘇姍來叩門；這一次跟上一次不同，只穿睡袍，面有啼痕，樣子顯得有些狼狽。

劉德銘大吃一驚，「怎麼回事？來！坐下來跟我說。」他把她扶了進來，在沙發上坐下，倒了杯水給她。

「我從夢中哭醒的。」蘇姍說：「我夢見費理死在日本人的刺刀之下，樣子好慘，好可怕。」

劉德銘心想，眞相遲早要揭穿的，沒有理由再瞞她；因而平靜地答說：「不！費理是死在日本飛機的炸彈之下的。」

蘇姍目瞪口呆，好久，才用發抖的聲音問道：「你怎麼知道的？」

劉德銘將李裁法所得來的消息，照樣轉述了一遍；同時歉疚地解釋，當時不告訴她是怕她經不起刺激。但現在想想，是錯了，他覺得隱瞞事實，對她並無益處。

「我早有預感了！」她哭著說：「一切都是命！爲什麼我的命這麼苦？」

於是劉德銘坐在她身旁，百般撫慰，日本軍全面佔領九龍的那一刻，他們是在忘卻外面的一切，專心一致將注意力投入個人感情中度過的。

## 16 命中注定

林庚白「命中注定」的傳奇。

九龍的情勢，外弛內張，日軍在昔日繁盛的尖沙咀、油麻地、旺角一帶，分段控制交通，每隔幾小時，放行一次。這種間歇性的隔離與開放，一方面可以防止混亂；另一方面也有助於日本軍搜索他們所要找的目標。

許多平時衣冠楚楚，半上流社會中的人物，此時成了日軍的「特偵」——特種偵探，掛著太陽旗的臂章，滿臉嚴重的神色，領著「皇軍」到處抓人。

此輩再有一項任務是，做嚮導強佔民居，日本陸軍在九龍太子道北面，正對香港中區的九龍塘，設立了炮兵陣地，因此，這個地區也就成了他們進攻香港的前進基地；附近房屋比較寬敞的人家，都須讓出底層，供日軍駐紮，屋主唯有住在樓上。這一來不但進出不便，家有中年以下婦女的，平空多了一層不知何時被侵犯人身的恐怖，因而寧願骨肉流離，分別投親靠友，父母妻兒各寄一處的也很多。

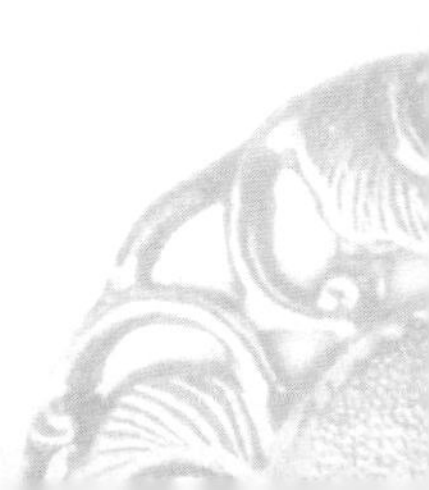

住在半島酒店的旅客，都關心著香港的命運；實際上是等待著香港陷落，結束了戰爭，恢復了對外的交通，他們才有各奔前程的可能。

但是，誰也不知道戰事的眞實情況；只有一件確知的事，九龍與香港，也就是日軍與英軍，每天晚上都有炮戰。炮聲是有韻律的，第一聲發炮；第二聲炮彈破空；第三聲著地爆炸。半島酒店面海的那一排房間已完全騰空，窗戶堵塞，以防香港來的炮彈；不過始終安然無事。

劉德銘與蘇姍過的日子，單調而緊張；但等哀悼費理的悲痛稍減，蘇姍跟劉德銘在烽火中展開了奇妙的談情說愛，就不覺得日子難過了。

「金巴利道遠不遠？」蘇姍突然問說。

「不遠。」劉德銘問說：「你爲什麼問這個地方？」

「咦！你忘記掉了嗎？林庚白不是住在金巴利道？」蘇姍緊接著說：「我想跟他談談我的命運。」

於是劉蘇二人從半島酒店出發，不多的一段路程，走了三個鐘頭才到。敲開門來，應接的中年男子，寬額尖下巴、鼻子很高、皮膚白晳，很有點歐洲人的味道；劉德銘認得他是林庚白；林庚白卻不認得劉德銘，但有蘇姍在一起，林庚白很禮貌地接待，引入客室，隨即出現了清秀而年輕的女主人林北麗。

蘇姍頗訝異於女主人比自己還年輕——林北麗才二十六歲，她的父親林景行，與林庚白是同鄉好友，但林景行久住浙江，因而娶了鑒湖女俠秋瑾的弟子徐蘊華爲妻，生下林北麗不久，林景行就在一次車禍中，不幸喪生了。

民國二十五年，林北麗二十一歲，由於詩的因緣，與林庚白訂了婚；及至行婚禮，已在「八一三」之後，日本飛機轟炸南京之時。這一對烽火鴛鴦，由南京經武漢到重慶，靠林庚白一份立法委員的待遇，日子過得雖不算富裕，但詩曲相和、閨中之樂，甚於畫眉；只是有件事，常常困擾林庚白，那就是他的星命之學。早在民國十年，林庚白就在北平出版過一部專著，名叫《人鑒》。據說他算命奇準，要人名流的八字，大半經他推算過。當時還有一位專家，就是名詩人兼外交家的汪榮寶之子汪公紀；也是名流要人，樂於問休咎的一個對象，因而有人說笑話：黨國要人的「命」都在林庚白、汪公紀二人手中。

林庚白爲人算命的軼聞很多，徐志摩乘飛機遇難，據說他未卜先知，因爲命中注定；最爲人樂道的是，民國二十六年春天，他替他的同鄉黃秋岳算命，說在半年之內，必有大凶。黃秋岳是行政院的簡任秘書，平時詩酒風流，與人無忤；大家都不知道他如何才會有大兇之事？那知七七事變一起，黃秋岳竟因替日本人做情報而伏法。

林庚白的推斷應驗了。

但是，他的大部分預言，猶待證實。與黃秋岳齊名的福建詩人梁鴻志，林庚白說他手掌有一特徵，將來非明正典刑不可；又說汪精衛過了六十歲，便難逃大厄，這「大厄」自然與梁鴻志的「明正典刑」，密切相關。汪精衛肖馬，生在光緒八年壬午，這年虛齡六十，看起來「大厄」已爲時不遠了。

對於他自己的命造，當然也不知推算過多少遍，命中一吉一凶；吉是他必能娶得才貌雙全的妻子，果然得能與年齡小他二十歲的林北麗結縭；凶是他活不過五十歲，因此，幾次重慶大轟炸，他比任何人所受的驚嚇來得多。每一次警報解除，他都要將自己的八字，參以天時、人事，重新推算一遍。這年夏末初秋之際，發現了一線生機，如果能到南方，或者可能逃過難關——這就是他所以攜妻來到香港的緣故；十一月底飛抵啓德機場，不到十天，日軍就發動了這一次的珍珠港奇襲。

「如果眞要死在這裡，亦是命中注定。」林庚白不諱言他自己的命運；而且神色極其莊嚴，「現在是考驗我自己養氣功夫的時候，我相信我經得起考驗。」

「一定有驚無險。」蘇姍微笑著說：「日本軍盲目發動這場戰爭，讓我們對國家更有信心了。」

「這話說得好、說得好！」林庚白很高興地說：「請來看看我昨天做的四首詩。」

引入他的書齋，只見文物雜置，書箱未開，可知猶未定居，已遭兵荒；蘇姍不免感慨，彼此都是無端淪落，而在無端淪落之中，卻又無端邂逅，冥冥之中，造化弄人，說起來都是命。既然如此，不如聽天由命，倒是擺脫煩惱最好的辦法。

就這轉念之間，已生徹悟，胸懷一寬，因此對於林庚白指著用大頭釘佩在壁上的詩幅，講解給她聽時，頗能領悟。

詩一共是四首七律，從戰事突然爆發寫到日機空襲、市面蕭條、日軍進佔；然後是「隔海宵深鬥兩軍」的「眼前風光」。

「雖然『四周炮火似軍中』，但是我跟內人都無所懼，所以說：『始驗平生鎮定功』。中間第一聯是炮戰的實錄。」林庚白轉臉問道：「北麗，你以為這一聯如何？」

林北麗只答了兩個字：「不隔。」

劉、蘇兩人不懂她說的什麼？林庚白自然明白，出於王國維論詩的「境界」之說；他自以為是「實錄」，而她許之為「不隔」，便是最高的讚美，林庚白大為高興，因而講詩亦越發起勁了。他為蘇姍解釋，這一聯的上句「劫罅遙窺斜照黑」的「劫罅」，即表示遭遇兵劫，閉門避禍，從屋子裡向外偷看；而言「遙窺」，則所看到的，自然是香港的情形。

看到的是什麼呢？是深夜炮彈著地，爆炸起火的情形，先為「斜照黑」，下面火光，上面黑煙，猶似夕陽下山，山頭一片紅光，光上一大片烏雲。及至火勢熄滅，自然不會再有黑煙，而是半天皆紅，猶似曙霞出海，所以下句謂之「燼餘幻作曉霞紅」。

林庚白很健談，又是講自己的詩，格外透徹；蘇姍人本聰明，書也念得很好，所以對他的講詩，能夠充分領會。等他講完，笑笑說道：「結句『歲寒定見九州同』，歲寒松柏，恰好是指林先生、林夫人。」

「豈敢、豈敢！」林庚白原以松柏自擬其夫婦，聽蘇姍一語道破，大為痛快；而且也另眼相看了，「蘇小姐，你生有慧眼，還有什麼批評，儘管請指教。」

「哪裡，哪裡。」她謙恭地說：「恐怕我連欣賞林先牛的詩的資格還不夠，那裡敢說批評？」

「言重，言重。」

「林先生，」蘇姍怕他再談詩，抓住機會，道明來意，「我很早就聽說林先生的命學，靈驗無比，今天是特意來請教的。」

「請教不敢當，不過我很喜歡此道，自己也覺得有一點與眾不同的心得。蘇小姐是那年生的？」

「我肖虎。」

「那是民國三年甲寅，今年卅歲。」

「是！」接著，蘇姍報明了月份、日期、時辰，林庚白用筆記了下來。

「蘇小姐，推算命造，要在很清閒的時候，心定神湛，自能通靈。現在炮火我雖不畏，『重聞水斷憂饑渴』，心緒歷碌，只怕一時無以報命。」

聽得這一說，蘇姍自不免怏怏；只點點頭不作聲。

林北麗看到她的神色，有些過意不去；「庚白，」她說：「蘇小姐特意來的，你該有個確實的日子給人家。」

對於愛妻的話，在林庚白就是命令；當即答說：「那末就三天吧。」

這一來，反是蘇姍抱歉了，「眞不好意思。林先生在這種時候，還要爲我費心。」她想了一下說：「如果三天來不及也不要緊，請林先生不必爲了這件事，增加心理的負擔。」

「好說，好說。三天之內，必有以報命。」林庚白又說：「其實有時候心情煩悶的時候，我亦常爲人算命，當作排遣。昨天就算了兩個人的命。」

蘇姍自然要接著問：「哪兩個？」

「一個是毛澤東。我沒有見過這個人，不過從他的詩中，可以看出來，標準的草莽英雄，成則爲王，敗則爲寇。」

「那末，」蘇姍問道：「究竟成王呢，還是成寇？」

「雖然成王亦成寇。」林庚白說：「他將來必有一番非常的舉動，但身後必有餘憂。」

「身後餘憂，是說他死了還有麻煩。」

「是的。」

「死了、死了！一死就了啦；會有甚麼麻煩？」

「怎麼沒有？譬如有錢人死了，兒女爭遺產，同室操戈，那不就是麻煩？」

「是的，是的！」蘇姍明白了，便接著發問：「毛澤東死了，有甚麼餘憂？」

林庚白想了一會，神色凝重，是用心在思索的模樣。過了一會，又走到書桌邊，從亂紙堆中抽出一張紙來看；遙遙望去，紙上朱墨燦然，當是一份命書。

「匪夷所思！」林北麗接口笑道：「毛澤東的身後之憂，怎麼會像楚平王？」

只見他自語似地說：「奇怪！莫非會像楚平王？」

「那也說不定，先成王後成寇，下場就跟楚平王一樣了。」

蘇姍不知道他們夫婦倆談的什麼？忍不住問劉德銘：「楚平王是誰啊？」

「有一齣平劇叫《文昭關》，你看過吧？」

「我聽說過。」蘇姍點點頭，「伍子胥過昭關；一夜白鬚眉。」

還在看命書的林庚白，忽然接口：「『一夜白鬚眉，難得東皋公救駕；片時埋骨殖，不用西門慶花錢。』妙絕，妙絕！」說罷，哈哈大笑。

那種狂誕的名士派頭，讓客人愕然不知所措；林北麗覺得很不好意思，「庚白高起興來，就是這樣瘋瘋顛顛的。」她接著又說：「前天有個廣東朋友來聊天，談起老外交家伍廷芳去世，他的兒子伍朝樞告訴章太炎說，伍廷芳因爲陳炯明叛變，護法事業，功敗垂成，憂憤成疾，不多幾天就去世了，而就在那幾天裡面，鬚眉皆白。又說，他父親的遺命用火葬。章太炎不知道爲什麼緣故？信口做了這麼一副開玩笑的對聯。」

「這麼回事！」蘇姍也覺得好笑；可是，「下聯是什麼意思呢？」

「上聯切他的姓；下聯也是切他的姓，不過是諧音。武大郎死了，不也火葬的嗎？」

「這玩笑開得太惡作劇了；怪不得林先生說妙絕！」蘇姍又回到原來的題目上。

「林太太，」她問：「剛才的八字怎麼會扯上楚平王。」

「伍子胥和他父親，是楚國的臣子，楚平王殺了他的父親，伍子胥投奔吳國；後來幫吳國打敗了楚國，那時楚平王已經去世，伍子胥掘出他的棺材來鞭屍報仇。」

「喔，那林先生是說，毛澤東將來死了，也會被鞭屍？」

「他的意思是這樣。」林北麗看了丈夫一眼，「這個預言，不知道甚麼時候才會證實？」

「命中注定。」林庚白接口說道：「也許我不能及身而見；你總看得到的。」

這是說，林庚白一定死在他妻子以前；林北麗不免面現悽惶；蘇姍急於顧而言他，好移轉她的情緒，便信口說道：「林先生，你替藍蘋排過八字沒有？」

這一問林庚白又起勁了，「藍蘋現在改名江青了。」他說：「我有她的八字，她生在宣統二年，八字是庚戌、己卯、丁丑、壬寅。」說到這裡，林庚白突然問道：「蘇小姐，你跟江青熟不熟？」

「根本不認識。不過因爲林先生談到剛才這個人，我才連帶想到的。」

「不認識就沒有忌諱了！此人三十歲以前，數易其夫；三十歲以後，有三十年的運可走。」

「是不是因爲毛澤東的緣故呢？」

「當然。」

「這樣說，毛澤東也還有三十年的運可走？」蘇姍皺著眉問。

「拿妻以夫貴的邏輯來說，應該如此。不過命理精微，其中也還關連著劫數，老實說，我沒有那種通天徹地之能。」林庚白略停一下又說：「就像江青的八字，到她六十二、三歲以後，必有一項極大的沖剋，我還看不出來。」

「這，這跟毛澤東的身後之憂，是不是有關係呢？」

「對。」林庚白嘉許地點點頭：「蘇小姐，你的智慧很高。」

「哪裡，哪裡！」蘇姍謙虛而愉悅地說：「像林太太這樣的女才子；不，」她緊接著改口，

「應該說是佳人；才子佳人，美滿良緣。」

「多謝你，多謝你。」林北麗說：「今天談得很愉快。」

蘇姍看女主人面有倦色，很知趣地站起來說：「今天打攪林先生、林太太，非常不安，不過也很高興，聽了林先生的高論，實在讓我長了很多見識。」

「哪裡，哪裡，請常光臨。」

「眞的，」林北麗也握著她的手說：「患難邂逅，也是難得的緣分；請常過來玩。抱歉的是，沒有東西招待。」

「蘇小姐，」林庚白在送到門口時，特意關照，「三天之後你再來，我一定已經把你的八字推算好了。」

「謝謝！過三天我一定來。」

*　　*　　*

這三天之中，情勢變得益發險惡，炮戰更爲猛烈；香港的「山頂」，除了日本陸軍發自九龍塘的炮彈以外，而且是日機空襲的目標。同時日本海軍亦已在淺水灣、香港仔一帶，展開行動。誰都看得出來，香港的陷落，只是時間問題。

據說，九龍曾有一個英國人與一個僑居多年的日本婦人，由教會支持，冒險渡海到香港，接洽停戰，以期減少流血；而香港的英軍指揮官嚴詞拒絕，表示非日軍登陸，絕不撤退。因此，日軍在海陸空三方面都加強了攻勢。

離奇的流言很多，有人說，香港的香字，拆開來是「十八日」；從「十二．八」算起，應該在十二月二十六日陷落。又有一說是：香港總督楊慕琦，希望在他的豪華官邸中，享用最後一次的「聖誕大餐」，作爲紀念，因而要求英軍，無論如何要堅守到耶誕節。這兩種流言，若合符節，所以很多人相信，香港的命運，就在耶誕前後，可以定奪。

在九龍方面，市面開始惡化，本來是死寂，漸漸變成混亂；打家劫舍，以及漢奸帶著日本憲兵到處抓「重慶分子」的情形，日甚一日。

半島酒店又熱鬧了。住在九龍的名流，一共四十多人，爲日軍從各處搜了出來，集中到半島酒店，加以看管。這些人半幸半不幸，幸而不死，但又不幸失去自由，能不死而又不失自由的人極少，談起話來只有一個交通系的要角葉恭綽。

葉恭綽亦住在九龍的精華地帶尖沙咀，日軍一到，計無所出，想來想去唯有出之於「唬」之一策；於是先命家人鋪設極精緻的佛堂，然後敞開大門，表示對日軍不加戒備，無所恐懼。

到了下午，果然有一名「皇軍」中佐率領五、六名士兵，排闥直入，一進客廳，但見香煙繚繞，花果供奉，正中是一座五尺高的銅製佛像，蒲團上正有一位清癯老者，俯伏拜禱。見此光景，那名中佐趕緊叱止士兵，將槍枝放下，雙手合十，喃喃地唸佛致敬。

跪著蒲團上的，自然是葉恭綽，等他起身，那名中佐用日語問好；葉恭綽對簡單日本話是聽得懂的，卻裝作茫然不解，只命家人待茶，取來紙筆，預備筆談。

就這時那中佐已發現一旁書桌上有幾封信，最上面一封，信面上寫的是「板垣大將殿」；板

垣自然是板垣徵四郎，那中佐更是肅然起敬，向葉恭綽做個手勢，似乎在問，能不能看一看那封信？

葉恭綽做個手勢，道聲：「請！」

那中佐走過去逐一檢視信封，發現除了那些在十幾二十年擔任過駐華武官或駐屯軍司令的大將以外；另外還有致日本財政、外交界名流的函件多通。

現在的閣員，便有大藏大臣賀尾興宣及商工大臣岸信介二人；前任的閣員，也是兩人，外務大臣松岡洋右及大藏大臣小倉正恆。其中也還有做過首相的「重臣」，不由得就肅然起敬了。

因爲如此，那中佐亦就格外有禮貌了；透過隨後趕到的一名翻譯，問葉恭綽說：「這些信都沒有封口，是不是可以看一看內容？」

「可以。」

信是中文，但意思可以看得懂，葉恭綽跟受信人都有深交，但自七七事變以來，不便通函；現在由於九龍已落入日軍手中，想來不久便可通郵，所以特爲修函問候。其中特別提到「皇軍」的英勇，而且紀律嚴明，深表佩服。

這些信措詞大致相仿，但提到過去的交遊，時間、地點各各不同，譬如給本庄繁的信，不提他在關東軍司令官任內，發生了九．一八事變，只談他當張作霖的顧問時的交往。給松岡洋右的信，談到他當南滿鐵路總裁時的公私過從。事證詳實，決非虛構，那中尉當然刮目相看了。

「葉先生，」那中佐很興奮地說：「想不到你與敝國的要人，有很深的交誼，失敬之至。這些函件，如果你認爲有需要，我可以用軍郵代爲轉遞；而且有簽收的回單奉上。」

「那太好了。拜託、拜託！」

當下賓主盡歡而散。不道下一天便有一位大佐帶了翻譯來拜訪；殷殷致候，同時表示將格外供應糖食及日用品。這一諾言，等他一告辭，便即實現；另外送了一份特別通行證，在戒嚴時間亦可通行。

傳說中最爲人所津津樂道的是「福將」李福林之福。他本來在新界康樂園，優游林下，足跡不履紅塵；十二月七日那天，破例到了九龍，因爲國父以前的侍衛隊長黃惠龍去世，李福林袍澤情深，特來執紼，葬禮既畢，已近黃昏；港九的友好們堅留他茗飲敘舊。那知一夕之間，風雲變色，日軍攻到新界，首先就撲向康樂園，想生擒李福林，不道撲了個空。李福林自知辛苦經營的康樂園，這下子一定保不住了，因而飄然渡海，由香港搭船，間關到了重慶。

至於不幸遇難的，首先就要數林庚白；他果然活不過五十，但是安居重慶，就決不會死在「三八式」的步槍之下。據說，林庚白是被誤傳爲「林委員」；有漢奸在金巴利道一帶打聽他。十二月十九日那天，漢奸帶著日軍來搜捕；林庚白夫婦便從後門溜走，那知一出門就遇見五個日本兵。

「林委員，」有個軍曹操著生硬的中國話問：「在哪裡？」

林庚白早具戒心，扮成個廣東人所謂「大鄉里」的模樣，他相信他本身不致被誤認爲「林委員」，便搖搖頭用普通話答說：「我不知道林委員在哪裡。」

這句話答壞了！百密一疏，出現了很大的漏洞；因為既是「大鄉里」的模樣，應該只會說廣東話，不會說帶福建口音的普通話；那軍曹臉上，頓時起了疑色，直盯著他看。

儘管林庚白力持鎮定，林北麗也能強自克制，不露驚慌之色，但他的衣著跟他的文弱的體格神態，終歸是不相配的，「你就是林委員！」那軍曹喝一聲：「走！」

林庚白被拉走了；林北麗嚇得手足無措，想跟過去，卻讓另外兩名日本兵將她攔住了。

這時她是在天文道的上坡口，眼睜睜看著丈夫被帶下坡；心裡只朝好的地方去想，大概是見他們的長官，不致於被認出眞正的身分；就算眞的認了出來，他是立法委員林庚白，也沒有什麼要緊。立法委員不是負實際政治責任的政務官；充其量也不過像顏惠慶、陳友仁、李思浩、鄭洪年那些名流那樣，被移置到半島酒店，接受免費的招待而已。

當她在轉著念頭時，看到林庚白與那軍曹都站住了腳；接著那軍曹拍拍他的肩膀，向上一指。林北麗看在眼裡，喜在心頭，知道丈夫被釋放了。

果然，林庚白由下坡口往上坡口走了來；但是，他不知怎麼，失卻了「平生鎭定」之功，兩條腿在發抖。林北麗大驚失色；脫口輕喊一聲：「不好！」眞的不好了；林庚白又被日本兵抓了回去。

這一下就盤詰不休了。林北麗緊張得一顆心直抵喉頭，口乾舌燥，雙眼發花；也不知道過了多少時候，突然看到丈夫又往回走了。這是第二次釋放，林北麗喜極淚流；想迎上前去，而旋即警覺，不可有感情上過分的表現，應該保持平靜到最後。

那知變起倉卒，一聲槍響，林庚白倒在地上；林北麗不暇思索，拔步往坡下奔，到得林庚白身旁，想去扶救時，又一聲槍響，她只覺得右臂像被火燙了一下——事實上是一顆子彈穿過她的右臂，打中了林庚白的背部，位置是在左面，正好是心臟部位，成了致命之傷。

「庚白！庚白！」林北麗忍痛扶起丈夫；但見雙眼上翻，沒有留下一句遺言，就離開人世了。附近人家聽得槍聲，多在窗戶縫隙內窺看；等日軍揚長而去，方敢出來問訊。林家的傭人亦已趕到，祈求鄰居相助，將林北麗的傷處草草包紮，扶著去求醫；醫師診所，拒而不納，好不容易才找到一家肯收容的醫院。

安置了林北麗回來再料理林庚白的身後，時逢亂世，棺槨難求，只能草草掩埋天文台附近的一處菜園內。四十五歲的盛年，如此結束；善於「人鑒」的林庚白，是怎麼樣也自我鑒照不到的。

## 17 名流星散

香港淪陷後，政要名流的下落。

就在這一天，日軍開始對香港發動總攻擊，由第二十三軍第三十八師團爲基幹的佐野兵團，分左右兩翼，在香港的筲箕灣及北角強行登陸；九龍方面可以看到日軍在香港昇起的氣球，顯示登陸已經成功。

在日軍炮轟香港及強行登陸以前，曾兩次派遣參謀向英軍勸降，都被嚴詞拒絕；登陸以後，亦仍然不願投降。於是，出現了一場自日軍侵華以來，從未見過的奇特形式的戰役，因爲香港是丘陵地帶，復有堅固的高樓大廈，可以代替防禦工事之用，所以既非人自爲戰，短兵相接的巷戰，但也不是開闊地帶，可完全使用重武器的陣地戰，而是兩者交替的進行。佐野兵團自香港東北角，向西推進，初步以佔領位於香港中部的力高臣山及金馬崙山爲目標；混戰了兩天，至十二月二十一日，佔領了黃泥涌山峽，驚喜地發現了大水塘——香港自來水的唯一水源地。

這一來，日軍等於扼住了香港的咽喉；等到破壞了給水設備，香港的居民便如置身在煙獄中

了，只有熾熱的炮火，沒有點滴清涼的甘露。英軍是非投降不可了。

十二月二十五日，上午平靜無事，午後的炮火卻空前地熾烈，「山頂區域」——香港最高貴的地帶，亦是總督府所在地，硝煙彌漫，驚心動魄。這樣到了下午五點五十分，「扯旗山」上終於扯出白旗，停戰投降的命令，迅即傳到各防守地區。日軍亦作了相同的反應，炮聲頓息，只有斷續的機關槍聲；眞如「鳥鳴山更幽」一樣，反更顯出死樣的沉寂。

而就在這沉寂之中，香港名流所集中的「香港大酒店」，出現了石破天驚的舉動；有位賦性正直敢言，著作甚豐的名記者李健兒，筆名「黑翁」，在扯旗山上出現白旗以後，呼叫如狂，直奔天台，大喊一聲：「自由萬歲！中華民國萬歲！」然後縱身一躍，碧血四濺於皇后 大道中。

此外，還有防守西線的司令官勞森准將，奉令停戰後，單人雙槍，衝入日軍陣地，見人便射，殺了十幾名敵人，終於死在亂槍之下。

在九龍，半島酒店雖然五樓已成爲日軍司令部，但對旅客，居然仍舊供給「聖誕大餐」，而且是傳統上必不可少的火雞。但隔海突然的沉寂，爲大家帶來了莫名的不安，因而食欲無不大受影響。深夜，在耳語中流傳著一個消息，香港總督楊慕琦，已率同「太平紳士」，向日軍投降；事後「太平紳士」各自回家，楊慕琦則已被送至九龍，此刻就住在半島酒店六樓。

日本政府正式發表，派磯谷廉介爲總督；廣東的特務機關長矢崎堪十郎爲政治部長，主管民政。但此時港、九最有權力的日本人，卻是一個名叫岡田芳政的中佐；他是日本在華老牌特務機構「梅機關」的代表，派到香港，成立了作爲「梅機關」支部的「興亞機關」。早在「十二．八」

以前，岡田就在港九大肆活動；那些地方上知名人物之成爲「特偵」，以及失陷在九龍的要人名流，被請到半島酒店，以便接受「保護」，都是岡田一手所策劃。及至香港淪陷，那裡的要人名流，一樣被集中在香港大酒店。最後，併「半島」的「楚囚」於「香港」；但爲政府工作的要員，卻都由水路或者化裝爲難民，進入廣東，由惠陽經韶關而脫險。

在日本人看，被軟禁在香港大酒店中的人物，都是大有用處的。其中有張靜江的女婿，做過外交部長的陳友仁、金城銀行董事長周作民、外交界耆宿顏惠慶、北洋政府交通部次長，曾任暨南大學校長的鄭洪年、北洋政府財政總長李思浩、前國民政府財政部次長，上海銀行公會秘書長林康侯、前北洋政府交通總長、段祺瑞一系的大將曾雲霈、《星島日報》董事長，有名的富豪胡文虎，以及粵軍前輩許崇智。許崇智是在香港的廣東人中，聲望最高的一位；因此，岡田首先策動他來歌功頌德，勸人歸順。軟哄硬逼，許崇智無可奈何，只有點頭。

講詞當然是岡田派人寫好拿來的；許崇智到了電台，以毫無表情的聲音，照本宣科。最後應是宣佈「完了」二字；許崇智把它改了一下：「交代我講的話講完了！」坐在收音機前的人，心照不宣，許崇智明道言不由衷。監聽的人，大爲惱火，找他去辦交涉；他很輕鬆地答說：「我說的是實話，不是你們交代我要這麼講的嗎？」

在軟禁的日子中，大家的生活過得卻很悠閒，除了供給不缺，可以在酒店的範圍內自由走動，甚至可以來八圈衛生麻將；也不禁親友的拜訪。只有一個人例外，交銀通行總經理唐壽民。

唐壽民是江蘇鎮江人，銀行界中「鎮江幫」很有名，所謂「江浙財閥」之「江」，看起來指江蘇，其實是指鎭江。交通銀行的董事長胡筆江，也是鎭江人；但他跟唐壽民面和心不和，因此陰錯陽差地枉送一命。

事在三年前的八月間。那時中央政府已決定遷到重慶，但國家行局的業務重心，卻在香港；財政部爲了召開貨幣金融會議，電令在香港的國家行局總經理，到重慶商討籌備事宜，據說胡筆江怕唐壽民在最高當局面前，有不利於他的陳述，因而自告奮勇，願作此行。當時的飛機票很難買，結果從金城銀行所定的機票中，情讓到一張，預定八月二十四日上午搭「桂林號」起飛。

恰好立法院長孫科，訪俄回國，經港小住，也定在這天飛到漢口向最高統帥覆命。中國航空公司，替他安排的飛機是上午八點鐘起飛的「重慶號」。這天一早，孫科由隨員梁寒操等人陪著，從半島酒店到了啓德機場；時間太早，「重慶號」還在作例行的地面檢查工作。孫科只當替他預備的是專機，應該「昇火待發」，人到即行；見此光景，大發脾氣，原車回到半島酒店，開始早餐。看看時候將到，隨員促駕，而孫科餘怒未息，遲遲起行。

中國航空公司已知道孫科對他們不滿，如果「重慶號」按時起飛，等他一到，無機可搭，豈非更要大發雷霆？因此，不敢不等；好在航線由昆明轉重慶的「桂林號」，乘客都已到齊，於是中航將飛行程序變更了一下，讓「桂林號」提前起飛。

那知飛機一出航線，便有四架日本零式戰鬥機在等著了。原來中蘇復交後，民國二十五年，成立「中蘇文化協會」，一直是孫科當會長，抗戰爆發，中央決定派他與王寵惠展開對蘇談判，接洽軍援；這年初夏，更發表孫科爲特使，率領一個訪問團，搭機繞道歐洲，飛抵莫斯科，洽借一億五千萬美金的軍火援助。這一來大遭日本軍閥之忌，等他一到香港，便買通了一個姓彭的漢奸，打聽到了孫科的行期，要置他於死地。

誰知「重慶號」尚在啓德機場，而「桂林號」由於提前起飛，被日本戰鬥機誤認爲攻擊的目標。左右夾攻之下，「桂林號」的美籍正駕駛，只能沿珠江低飛，在中山縣所屬，地名張家邊的水面迫降；因爲飛機本身有相當的浮力，入水不會馬上沉沒，仍有逃生之望。但是，日本戰鬥機卻釘緊了目標，輪番低飛掃射；胡筆江已經爬出窗口，只以回身去取裝有重要文件的皮包，這片刻的耽誤，等到第二次脫離窗口，躍入水中時，恰好敵機俯衝掃射，中彈殞命。

唐壽民陰錯陽差地逃過了一場劫難，仍舊留在香港，獨攬交通銀行的大權。「十二・八」變起不測，當日軍攻陷九龍，向香港展開猛烈的炮戰時，交通銀行正由美國運到大量新鈔，尚未發行。爲了怕落入敵人手中，他親自督率全體員工，將這批新鈔票，截角焚毀。在日本人看，這是非常嚴重的反抗行爲，所以香港一淪陷，他被岡田芳政列入首先要搜捕的黑名單中。

唐壽民當然也知道自身的危險；化裝成藥材商，預備趁日軍疏散難民的機會，由廣東轉入內地。不幸的是，讓關卡的日軍識破身分，送到香港大酒店，由於他在被捕後還不肯承認自己就是唐壽民，所以日軍認爲他隨時會潛逃，加緊監視，行動只在斗室之中，一切有限度自由活動及接見親友的權利，都被剝奪了。

管理這一批身分介於俘虜與客人之間的名流的，是一個名叫井崎喜代太的中尉，頤指氣使，架子極大；他要每一個人寫一篇自傳，表明過去的歷史，及與國民黨的關係。其中最有骨氣的是陳友仁，批評日本軍閥胡鬧，在太平洋戰爭中最後必將失敗；最熱衷的是鄭洪年，表示自己很有辦法，希望日本人能夠用他。

民國三十一年一月十日，皇后道中突然戒嚴；香港大酒店附近，更爲嚴密。同時被軟禁的「貴賓」們都接到了通知，有兩個日本將官要來看他們。

兩個都是中將，一個是來自南京的中國派遣軍總司令部的參謀長後宮淳；一個就是主持港、九作戰的第二十三軍司令官酒井隆。他們是由岡田芳政陪了來的。

在華麗明亮的大客廳中，首先被請來談話的是老外交家顏惠慶。經過岡田的介紹，後宮與酒井都很客氣地道了仰慕之意。然後由後宮發問：「請問顏博士，你對太平洋戰爭的看法如何？」

「此一事件發動得太突然，我事先毫無研究，無法推斷將來的結果。」

「是不是可以請顏博士對我們作一點具體的建議？」

「戰區如此遼闊，牽涉的因素如此複雜，像這樣的戰爭，是有史以來所未曾有過的。」顏惠慶又說：「光憑報紙上的一點消息，不能讓我充分了解整個情況，所以很抱歉，我實在無法提供任何具體的建議。」

「那末，對於國民政府的宣戰呢？」後宮問說：「顏博士是否認爲會影響中日之間和平的達成？你看，有多少宣戰的理由？」

顏惠慶仍舊用閃避的態度：「國民政府宣戰的消息，我是間接聽到；正式文件，未經寓目，歉難列舉宣戰的理由。」

「再請問顏博士，你對未來有什麼希望？」

顏惠慶想了一下答說：「中日軍事衝突，已逾四年、雙方的損失都很慘重。中國的難民，最低的估計，亦已超過一千萬；物資上的毀棄，更無從計算。可是現在戰區日益擴大，這是最不幸的一件事。個人年事已高，希望能有重睹昇平的一日。」

這是極好的一篇外交詞令，最後一句話，可以解釋爲贊成中日全面和平；也可以解釋爲日軍全面撤退。說戰區日益擴大爲不幸，即表示希望日本不再向國軍防守區域進攻；亦有指責日本軍閥窮兵黷武之意。言婉而諷，經過翻譯傳達後，後宮與酒井都頻頻點首，是稱許的模樣。

「顏博士，」後宮開始游說了，「以你的經歷及經驗，如果能夠參加政治活動，對於達成你早睹昇平的希望，一定大有助益。我們樂於見到你出山。」

「多謝盛意。」顏惠慶從容答說：「我以衰病之身，從辭去駐蘇大使以後，就決定退休，至今七年，不但無意再入仕途；而且與實際政治也脫節了。暮年歲月，惟有從事文教及慈善事業，服務社會、略盡國民一分子的責任而已。我過去在北京政府，參加內閣，辦理外交，前後二十年，自愧建樹不多；現在年邁力衰，就想爲國效勞，亦勢所不許。」

「照顏博士所說，如果有文教及慈善方面的工作，你是樂於參加的？」

「是的。」顏惠慶加強語氣補了一句：「必須是非政治性的，純粹屬於社會自發的！」

談到這裡，後宮向酒井問道：「閣下有什麼事，要向顏博士請教？」

「我想請教顏博士，對於促進中日兩民族間眞正的親善，有何高見？」

「此事不是三言兩語說得盡的。」顏惠慶閃避著說：「將來如有所見，一定會提供當道作參考。」談話到此告一段落，送走顏惠慶，請來陳友仁，繼續再談。

由於事先已看過陳友仁所寫的「自傳」，知道他是「親蘇派」，所以談話也便集中在這方面，後宮問道：「陳先生，你對史達林的看法如何？」

「我沒有跟史達林接觸過；我想這個問題最好由松岡洋右去回答。」陳友仁用英語回答。一開始就是深刻的諷刺，松岡洋右與史達林在莫斯科車站擁抱那一幕，日本軍人大都引以為恥。所以後宮與酒井，相偃嘿然，出現了難堪的沉默。

「陳先生，」岡田芳政打破了沉默，「聽說你一向與蔣介石先生不和——」

「不！」陳友仁有力地打斷了他的話，「中國是團結的。蔣先生現在領導整個國家，為了民族的生存作難苦的奮鬥，我對他只有敬重。」

「那末，陳先生，你為什麼不參加國民政府工作呢？」

「並不需要參加政府工作，才能表示敬重蔣先生。」

話有點說不下去了。酒井的臉色很難看；岡田深怕鬧到不歡而散，破壞了這一次特為來籠絡的目的。

後宮略一頷首，隨即問道：「陳先生，如果我們釋放你，你願意到哪裡去？」

「如果是釋放，我有我的自由，希望到哪裡去，不必告訴你。倘或你們仍舊當我是俘虜，到哪裡去都沒有我作主張的餘地，也就不必多說了。」

態度始終是如此傲岸！但後宮亦頗能忍耐；用解釋的語氣說：「陳先生，你誤會了，我們的意思是，你願意到哪裡去，告訴了我們，好替你準備交通工作。」

陳友仁想了一下答說：「上海雖已淪陷，但照國際公法，仍舊是中國的領土。我願意回上海。」即使想赴內地，也必然說是願意到上海；到時候再設法轉道，比在香港、九龍要方便得多。事實上，日本軍方也已作了決定，這批高級俘虜以移送到上海，最爲妥當。

這期間，南京、上海方面，不斷有人派來，而目的不同。來自南京的，自然是汪政府的特使，希望爭取有分量的在野名流，金融鉅頭，參加「和平運動」。這個工作沒有成功，但也不是完全失敗；有些人已作了口頭承諾，只以日本軍方要聽東京的指示，一時還不能將願意參加汪政府的人，交給南京來人。

來自上海的，情況最複雜，有受杜月笙之命，到香港來營救「老朋友」的徐采丞；也有「七十六號」派人「抓人」的。最大的一個目標是陶希聖，但他早已舉家混入第一批疏散到曲江的難民隊伍中，間關抵達「行在」了。

香港大酒店中的羈客，能恢復自由的，只有二個人，一個是許崇智，他與新任香港總督磯谷廉介是老朋友，而且在表面上，日本人「交代」他做的事，很巧妙地都敷衍過去了，所以提前釋放。

一個是胡文虎。他在香港雖只有一座「虎豹別墅」與一張報紙；但在南洋一帶，事業甚多，號召力亦不小，日本人有用得著他的地方，自然特加青睞。

再有一個就是曾雲霈，他是留日出身；當北洋政府的段祺瑞時代，很得意過一陣子；在日本閣員級的要人中，朋友很多。而且十幾年來，他亦未曾參加實際政治工作，生活靠蔣委員長迎段南下，月饋二萬元中，分潤維持；段祺瑞一去世，境況更窘。這些情形，日本人是諒解的；因而寬大處理放他一條生路。

除此以外，另有三個人受到特別優待。第一個是「北平李麗」；雖然美人遲暮，但風華如昔，典型猶存，廣東特務機關長兼任香港民政長的矢崎，一見驚爲天人，傾倒不已。於是「北平李麗」成了香港名女人中的名女人。她本來以手面豪闊出名；這一來更得暢行其志了。

那時有好些人受過「北平李麗」的惠；而受惠最深的，卻是梅蘭芳，他曾「降尊紆貴」，陪「北平李麗」唱過戲，就因爲這一重粉墨因緣，「北平李麗」在矢崎面前極力稱頌，梅蘭芳亦成了矢崎公館中的座上客。但是，矢崎無法逼他再出現在舞台上；這便是「北平李麗」的衛護之功——梅蘭芳特意留起一撇小鬍子；梨園行蓄髭與「剁網巾」，皆是不再唱戲的決絕表示。倘非「北平李麗」不能任他「蓄髭明志」。

再有一個便是影后胡蝶；據說是日本軍方曾特別下令保護。她亦經常出現在矢崎的公館中，終於獲得通行上的方便，悄悄潛返內地了。

除了顏惠慶坐船以外，其餘香港大酒店中的高級俘虜，都坐日本所派的專機，飛抵上海。其時正是「江南三月，草長鶯飛」的時候。

這些名流到達上海的消息，已在日本軍部控制之下的報紙，是不准登載的；但在私底下——

汪政府的要員及上海的「上流社會」中，卻很引起了一番熱鬧；訪客陸續登門，細敘契闊、悲歡雜陳。一陣接風壓驚的應酬過後，情緒慢慢平靜，便有許多正事要談了。

其中最重要的是三個人，亦都是銀行家， 個金城銀行的董事長周作民；一個是交通銀行總經理唐壽民；還有一個是久任銀行公會秘書長的林康侯。周、唐二人是周佛海的舊交，與周作民的關係，更爲密切，當然無話不可談。

「太平洋戰爭一起，首蒙其害的就是我們東南財賦之區；軍需供應，尤其是糧食，日本人搜括得很厲害，自己劃定了一個『軍米區』。民以食爲天，如果一旦民食供應不上，不知會成爲什麼局面？」周佛海問說，「作民兄，你有什麼好辦法？」

「在這種一面倒，又是軍事大帽子往下壓的情況之下，能想出辦法來，已經很好了；哪裡還談得到好辦法；我看，唯一的辦法是：與其你來做，不如我自己來做？自己做，總還有騰挪閃避，甚至暗中掣肘的餘地。不過，」周作民特別強調，「不管怎麼做，總要先取得重慶的諒解。」

「那是一定的。」周佛海點點頭說：「你的原則很好，我讓他們去擬好了辦法，再跟你來請教。」

周佛海召集專家，擬定了一個「全國商業統制委員會」的組織規程；下面又分米糧、紗布、日用品等等專業委員會。所謂「統制」，對日本人的說法是配給之意；以有限的物資，作最經濟的分配。日本方面不但表示同意，而且要求盡快成立；因爲對「統制」二字，各有會心，在他們看，可以利用這個委員會有效達成搜刮的目的，何樂不爲。

依照組織規程的精神，此一統制會是商界自動自發的組織，因此，負責人便須從商界中去找。上海從杜月笙、虞洽卿、王曉籟等人一走，崛起了另一批聞人，其中年高德劭，以聞蘭亭為首。他是江蘇常州人，這年高壽已七十有三，但精神矍鑠；清癯的身材，飄一部銀髯，眞有仙風道骨之概。他的本行是紗布，民國十年以前，便已嶄露頭角，擔任華商紗布交易所的理事長；又是上海最大的一家交易所，虞洽卿所辦的證券物品交易所的常務理事。一生敬業樂群，賦性淡泊，但對社會福利事業，頗為熱心，所以物望甚高。只是以前有杜月笙、虞洽卿在，聲光不免被掩而已。

周佛海根據上海商界鉅子的反應，決定請聞蘭亭出山。他是茹素念佛的，周佛海特地精治了一席素筵，而且請了好些有名的「居士」作陪，提出要求，用「我不入地獄，誰入地獄」這句話作個敦勸的總講；聞蘭亭慨諾不辭，不過他有個附帶條件，要請兩個人幫他的忙，至少也得是兩個之中的一個。

一個就是剛由香港回上海的林康侯。他是上海本地人，進過學，即是一名秀才，前清末年，做過南洋公學小學部的校長，以後又參加《上海時報》，做過主筆。其時各省都在提倡自辦鐵路，林康侯與當時一班立憲派的名流，創辦蘇州鐵路，又跟「梁財神」——梁士詒組織新華儲蓄銀行，自此棄儒習賈，在交通金融事業上，有過一番作為。

民國十七年開始，林康侯一直擔任上海銀行公會的秘書長，金融鉅子，無一不熟，而且做事任勞任怨，不矜不伐。有此兩項長處，聞蘭亭覺得他是最理想的助手。

再一個是大陸銀行的葉扶霄，與聞蘭亭的交情極好；但交情是交情，做人是做人，葉扶霄不願淌渾水。所以最後是林康侯經不住各方勸駕，覺得盛情難卻，做了「商統會」的秘書長。

秘書長有了，便須物色所屬的五個專業委員會的負責人；其中最主要的，當然是米糧統制委員會。聞蘭亭與林康侯，不約而同地都看中了一個人。

此人叫袁履登，籍隸浙江寧波，是上海聖約翰大學第一屆的畢業生，除了創辦寧紹輪船公司、寧紹保險公司以外，一直擔任公職，並有兩個頭銜，一個是納稅華人會的理事，彷彿民意代表；一個是公共租界工部局的華籍董事，對於公共租界的設施，是有發言權的。這兩個公職，造成了他在上海灘上的特殊地位。加以爲人和平敦厚，樂於助人，所以聲望很高。

及至太平洋戰爭爆發，日軍進入公共租界，工部局當然要改組，英美籍的董事，一律送入集中營；原來的日籍董事岡崎，成爲總董；袁履登也水漲船高，被推爲副總董，但權力卻反不如前，因爲工部局的董事會已經有名無實，難得開會，就開會亦只是聽岡崎一個人大放厥詞，根本無他人置喙的餘地。

袁履登之出任米糧統制委員會主任委員，自須先謀之於岡崎；同時提出條件，必須按期配給「戶口米」。岡崎表示，這個條件他也同意，然而無法作主，要取得「登部隊」的許諾。

岡崎又提出一個要求，想請袁履登出任保甲委員會主任委員，徹底清查上海的戶口。這件事與食米配給有密切關係；袁履登是無法推辭的。不過，趁此機會，卻可以提出一個條件，不得再有封鎖的情事發生。

原來當日軍剛入租界時，常有我們的地下工作人員；或者只是基於義憤的愛國情緒，每每伏擊「皇軍」及漢奸，只要某一地區發生暗殺事件，預先安設好的警鈴一響，日本憲兵立即出動，用麻繩圈出事地點四周，成爲局部封鎖地區。眞所謂「畫地爲牢」，在「牢」中的住戶商品，不准有人外出；路人則在原地停止，聽候檢查「良民證」。無辜被捕的不知凡幾；幸而通過檢查的，也並不能立刻恢復自由；封鎖自幾小時至幾星期不定，甚至「眞兇」既獲，猶不解除封鎖。這是從納粹那裡學來的殘酷的懲罰手段；目的是要使得愛國志士，想到一出了事，便會連累無辜、同胞，飽受失卻行動自由，以及生活必需品無從補給的痛苦，因而踟躕罷手。

袁履登所提出的兩個條件，日本軍方自非允許不可；因爲他們亦已看出來，中國人適應環境的本事最大，任何高壓手段，只有引其中國人更多的痛恨，更堅持不屈，恰好與他們希望軟化中國人的目標，背道而馳。倒不如略爲寬大處理，反可以省卻許多麻煩。

其時的袁履登亦已古稀之年，因此與聞蘭亭、林康侯，爲人合稱爲「三老」。這「三老」幾乎每天都會見面；因爲不是被請去證婚、就是被邀剪綵，每人每天至少有五六個應酬，筵席上一定會遇到。

除了林康侯以外，由香港送回來的名流，幾乎每一個都不能免於日本軍方或汪政府的登門拜訪，延請「出山」。當然，像鄭洪年那樣熱中的人，一拍即合，出任了管轄京滬、滬杭兩條鐵路的華中鐵道公司總裁；此外大多虛與委蛇，或則設法延宕，或則擔任一個空頭名義。只有兩個人比較特殊，一個是陳友仁，閉門堅臥，纖塵不染；一個是李思浩，擔任了素無淵源的新聞報董事會主席，只爲了幫朋友的忙，而且是取得政府默許的。

原來當太平洋戰爭一發生，日本進入租界，首先要控制的便是申、新兩大報。兩報當然要改組；而改組兩報的權柄，卻很奇怪地是握在日本海軍手中。日本陸海軍對於在中國的佔領區，各有勢力範圍；上海是一例外，屬於陸海軍共管區域；西藏路以東因爲接近黃浦江，所以歸海軍管理，作爲上海報館集中地的望平街正在此區域之內。

日本海軍所選中的《申報》主持人，名叫陳彬龢，他是蘇州人，戰前曾在《申報》主持筆政，頗得史量才的信任；史量才被刺，《申報》內部清除左傾分子，陳彬龢遠走香港，替陳濟棠辦「港報」，跟日本方面搭上了關係。所以此時以《申報》舊人來主持《申報》，順理成章，毫不爲奇。

《新聞報》的商業色彩比較重，日本軍方認爲人事不必更動，只責成《新聞報》加強替日本宣傳而已。但政府方面卻認爲董事會主席吳蘊齋，也是知名的銀行家，他是大陸、金城、鹽業、中南這所謂「北四行」集團中的中堅分子。北四行在上海有兩筆很重要的投資，一是握有相當數量的《新聞報》股權；一是有名的國際飯店。

自北四行的領導人周作民離開上海，這些事業都由吳蘊齋出面主持；事實上他在《新聞報》並不大管事。如今來自重慶的消息，說他不見諒於政府，當然亟圖擺脫。但是日本海軍又豈能容他高蹈？再說所代表的股權，亦不能隨便放棄；因而陷入了進退兩難的窘境。

這時便有人獻計，說要找一位資歷輝煌，而又爲日本所信得過的人來接手，才能脫身。吳蘊齋深以爲然；幾次計議，物色到了李思浩。

李思浩字贊侯，浙江慈溪人，長於度支，是段祺瑞一系眞正有實力的大將；日本軍認爲由在北洋政府歷任財政總長，而在國民政府中並未任過任何要職的他來主持《新聞報》的董事會，是很適當的人選。於是，吳蘊齋便向蟄居在法租界偏僻的惇信路，吃齋念經，不問外事的李思浩游說，力勸他出山來保全這一張行銷全國，發行數字佔第一位的《新聞報》，庶幾淪陷區的同胞，還有一處可以訴苦，說說話，讓日本人覺得是不能不顧忌的喉舌。

就爲了這個原因，李思浩託徐采丞用秘密電台向重慶請示，獲得同意，方由吳蘊齋正式向日本海軍駐上海的最高官員近藤推薦，接任《新聞報》社長。

李思浩出山之時，聞蘭亭卻已有倦勤之意。原來此時有關東南的物資，成爲三方面爭奪的目標，一是日本軍方；二是汪政府；三是我們的大後方。

爲了維持抗戰，大後方必須海外及淪陷區的物資支援。國際採購，本可通過香港及上海的中央信託局辦理；太平洋戰爭一發生，這兩處的中信局不能再發生作用，對於淪陷區物資的爭取，就更顯得重要了。

大後方的這個爭取工作，分多方面進行；主要的是兩條線，一條是由杜月笙的代表徐采丞與日本陸軍登部隊打交道；一條是由第三戰區設法搜購，自浙東輸內地，不幸的是第三戰區的經濟特派員平祖仁夫婦，雙雙爲七十六號逮捕了。

# 18 同命鴛鴦

以英茵與平祖仁夫婦為主角的一齣「新趙氏孤兒」。

平祖仁是金陵大學出身；他在重慶時結識了一個膩友，影劇雙棲有名的明星英茵；等他奉派到上海工作時，正逢英茵在蘭心大戲院演出《賽金花》，異地重逢，舊情復熾；平祖仁亦正需要這樣一個在各方面都很活躍的影劇紅星作掩護，所以徵得雖是金陵女大出身，卻是舊式賢慧妻子的平太太的同意，與英茵同居。當然，英茵知道平祖仁的身分與任務，而且傾全力支持的。

後來是內部有人告密，平祖仁夫婦一被捕，英茵全力奔走，多方營救，甚至不惜肉身布施，連袁殊亦佔過她的便宜。但平祖仁夫婦始終被羈押在七十六號；平太太還在獄中生了一個兒子。

原來這是李士群在搗鬼。他以爲平祖仁既爲第三戰區的經濟特派員，手中一定掌握著大批資金及物資，所以開口要他四十萬美金。平祖仁自道並不管錢。至於採購的物資，自他被捕，當然已移轉到別處。手裡沒有錢也沒有東西。這是實話，但李士群不相信。

話雖如此，英茵始終並未絕望；因爲照七十六號的情形來說，任何人被捕，危險期最多只有

三個月，三個月內不被處決，便無生命之危，慢慢可以設法保釋。

事實上，平祖仁在七十六號已判爲輕犯；在所謂「大牢」中，可以作有限度的自由活動。「大牢」中的難友，對於某一人的生命將步到盡頭，常能預知；因爲處決是在中山路刑場，往往就地埋葬，刑前常派一個啞巴去挖墳穴。他事畢回來，會咿咿啞啞地作手勢示意；將死的是一個、二個，甚至三個、五個，大家便可由案情中去判斷，大概是輪到誰了。

這天啞巴掘穴歸來，報告有一個人將被處決；而結果竟是——平祖仁。據說，平祖仁本來是可以不死的；但因七十六號中有人呑沒了他經手的物資，非殺之以滅口不可。

平太太卻是釋放了；她滿身縞素地抱著她的兒子去看英茵「托孤」。她已經決定殉節；但孩子不能沒有人照顧，所以託給患難至交的英茵，「祖仁不明不白地死得太冤枉了！」她說：「我不能讓他白死；我要抗議。」

英茵考慮了好一會，答覆他說：「你死也是白死！多少愛國志士，無聲無息地被害了；要等將來抗戰勝利，才有被表揚的機會。祖仁的情況又不同，跟地下組織並沒有直接的聯繫，所以死了也沒有人知道。你的抗議沒有用；一點用處都沒有！大上海有這麼多人，女人爲了家庭糾紛、愛情失敗、或者受了其他委屈，每天自殺的不知道多少！你知道嗎？你不知道。這就可想而知了，你死了也不會有人注意；不會有人知道你是平祖仁的太太，爲了祖仁殉難而殉節。請問，你不也是白死？」

這番話一無可駁，但並不能打消平太太必死的決心；因爲她的委屈仍然存在，「那末，」她流著淚說：「祖仁就這樣死了都沒有人知道他爲什麼而死？」

「不會！三戰區當然知道，會報到政府，稱他烈士。」

「那是將來的事。」平太太又說：「祖仁常說，死要死得轟轟烈烈；誰知道是這麼樣的窩窩囊囊？」

「這話，祖仁也跟我說過。」英茵平靜地答道：「我在想，你死不如我死。」

「你死？」平太太睜大了眼問：「爲什麼？」

這意思好像說，英茵並不夠爲平祖仁而殉情的資格。對她與平祖仁的感情，實已構成了褻瀆；但是，英茵不想爭辯，她很理智地說：「孩子不能沒有娘，而且我也沒有帶孩子的經驗。所以爲了保有祖仁的骨血，你不能死！」

提到孩子，平太太的必死的意志動搖了，嘆口氣，黯然無語。

「現在再回答你的問題：『我死』爲什麼？道理很簡單，我有許多觀眾；我之死，會造成很大的一條社會新聞，大家會問，英茵爲什麼自殺？當然就會把我跟祖仁的關係挖了出來；連帶也就把祖仁殉難的經過，流傳了出去。這一來，祖仁不就流芳百世了嗎？」

原來如此用心！平太太雙淚交流，哽咽欲語；英茵以有力的手勢阻住了她。

「你別哭！我還有話說。這好像是一齣新《趙氏孤兒》，我爲其易，君爲其難。你一定要堅強地活下去；把祖仁的孩子帶大！」英茵還怕自己的意思不夠明白；又加了一句：「你不必守節，但一定要撫孤。」

平太太沒有說什麼，只抱著孩子跪在地上，給英茵磕了一個頭就走了。

英茵其時正在合眾公司拍屠光啓導演的一部戲；按時到片場，「放工」才走，誰也看不出她正悄悄在料理身後之事。只覺得她最近的興致特別好，經常邀約圈內外的同事、朋友，到她公寓裡去玩，親自下廚烹調，留客小飲。

這都暗含著訣別的意味，但沒有人猜得到，也沒有人知道她與平祖仁有那樣生死不渝的一段情——包括對她頗爲愛護的唐納在內。

唐納本姓馬，蘇州人，他是已改名江青的藍蘋的前夫。民國二十四年，電影圈中有三對情侶：趙丹與葉露茜；顧而已與杜璐璐；唐納與藍蘋，在杭州六和塔舉行婚禮，是一條很轟動的花邊新聞，藍蘋之爲人所知，亦始於此時。但婚後不久，藍蘋與導演章泯發生了不可告人的關係，唐納一時想不開，竟起了到吳淞口蹈海的念頭。後來正式離婚，藍蘋遠走延安，在「魯迅藝術學院」待了一個短時期，以後才認識了毛澤東；唐納則一度漫遊法國，最後又回到上海，度他隨遇而安的光棍生活。唐納雖有一個家，但視如旅舍，一早出門，深夜方回，家裡從來不訂報的；這天早起，無端來了四份報，不免納悶，下一天亦復如此，便守候著報販問個究竟。

「這報是怎麼回事？」

「有位小姐來訂的，報費付過了。」報販答說。

「這位小姐是誰？」

「不知道。」

「眞是『怪事年年有，沒有今年多。』」唐納咕噥著，也就丟開一邊了。

那知過了兩天，早晨起身看報；社會新聞頭條特大號的標題：「影劇雙棲紅星英茵，服毒自殺。」赫然在目。唐納這一驚，非同小可，急急看新聞內容，說英茵在國際飯店十樓開了一個房間，呑服了一大碗高粱加生鴉片；毒發嘔吐，發出呻吟之聲，爲侍者發覺，報告管理員破門而入，由老閘捕房轉送寶隆醫院急救，尚未脫險。他這時才明白，這四份報紙必是英茵替她訂的，只爲讓他容易發現她的自殺新聞。

唐納看完，丟下報紙出門，一輛三輪車趕到寶隆醫院；只見屠光啓與合衆公司的職員們，都雙眼紅腫地守在病房外面。問起經過，才知道昨天深夜，老閘捕房打電話到合衆公司片場，正好屠光啓在拍夜班；也幸虧他有宵禁通行的「派司」，但由徐家匯片場趕到白克路寶隆醫院，路上花了一個小時，在醫院的地下室中找到了英茵——由於住院先要付費，沒有人替他繳這筆錢，所以也耽誤了急救的機時。

「我們身上一共只有四百元，送了包打聽三百，所剩無幾，頭等病房先要繳五百元，三等也要二百元，一文不能少。我們願意把三件大衣押給醫院也不行！最後，找到了公司裡的會計。保證今天上午一定把錢送到，英茵才能住進病院。」屠光啓帶著哭聲說：「恐怕很難了！指甲都變成紫黑色了。」

「我去看看！」

「現在不能進去，在洗胃。」屠光啓問道：「你怎知道英茵自殺了？」

「報上登得好大的新聞！」

其實，英茵對她自己的身後，也作了安排。她有一筆錢存在合眾公司電影廠廠長陸潔那裡；服毒以前，留下唯一的一封遺書：「陸先生：我因為……不能不來個總休息，我存在您處的兩萬，作為我的醫藥喪葬費，我想可能夠了。英茵絕筆。」

到了這天下午四點鐘，英茵終於「總休息」了。但「因為」什麼呢？她的朋友，影迷，都要去探索這個謎。於是她為平祖仁殉情；而平祖仁殉國的經過，自然而然地隨著潮水樣湧向萬國殯儀館，弔唁英茵的人群而傳播開來了。

## 19 瞞天過海

上海日軍「登部隊」與重慶通濟隆通商的奇聞異事。

第三戰區當然不會由於平祖仁的被害，而停止了對敵僞經濟作戰的任務；事實上這方面的工作是擴大了。在重慶專設了一個大公司，招牌叫做「通濟隆」；孔祥熙、戴笠、杜月笙及第三戰區司令長官顧祝同都是董事。「通濟隆」的主要業務，即是爭取淪陷區的物資；其時由於太平洋戰爭的關係，海運困難，對於藥品，橡膠及紗布等重要物資，特感缺乏，通濟隆駐上海的代表奉到指示，必須盡速搜購，經由三戰區的防區，轉運內地。

通濟隆駐上海的代表，正就是杜月笙的得力助手徐采丞。他從設在浦東的秘密電台中，接到了重慶的急電，考慮再三，認爲只有找金雄白去商量。

此時的金雄白，事業如日中天，《平報》之外，所辦的一張小報《海報》網羅了陳定山、唐大郎、平襟亞、王小逸、包天笑、朱鳳蔚、盧大方、馮鳳三、柳絮；以及抽鴉片的共產黨惲逸群寫稿，論月計酬，猶可分紅。至於三日一小宴、五日一大宴，自不在話下；因爲他有個可以由銀

行開支的私人俱樂部。

他的俱樂部在亞爾培路西摩路口；一座三層樓西班牙式的洋房、佔地卻有十餘畝之多，雇有川菜，福建菜，以及會烹調純正法國菜的大司務各一，數十人的宴會，叱嗟立辦。金雄白只要在上海，每天下午四點以後，必在此處延賓；徐采丞扣準了時間，趁華燈未上登門，可以多談一會。

金雄白知道，凡是他來，必有不足爲外人道的事談。所以將他延入三樓臥室，動問來意。

「重慶有個通濟隆，你總聽說過？」

「聽說過。」金雄白說：「你不是通濟隆的代表嗎？」

「你不但聽說，而且完全清楚。」徐采丞笑道：「這樣，說話就方便了。」

「你儘管說，是不是有什麼事要我幫忙？」

「我先要向你請教。大後方要的東西不少，偷偷摸摸地，弄來的東西也有限。不知道能不能瞞天過海，大做一番？」

「你想怎麼樣大做？」

茲事體大，一時難有結論；金雄白初步的計劃，預備介紹徐采丞跟周佛海正式見面，要求支持。同時關照徐采丞，在登部隊的陸軍部長川本身上多下工夫。

「這個工夫應該怎麼下？」徐采丞說：「川本我是認識的，他幾次問到杜先生；我不知道他的想法到底怎麼樣，所以不願多談。你能不能替我摸摸底？」

這在金雄白是毫不為難的事，要不了兩天，便有了很具體的資料。川本具有浪人的氣質，對於杜月笙是眞心仰慕；同時他也很看重社會關係。至於性情，既然具有浪人氣質，自然也是重然諾、講義氣的。

這一來，徐采丞便可以放開手去結交了。貪酒好色是日本軍人的天性，川本當然亦不例外；徐采丞找到新華電影公司的老板張善琨，說明來意，問他有什麼辦法可以幫忙？

「要做『蘿蔔頭』的工作，沒有辦法也要想出辦法來。不知道川本喜歡那一路貨色？」

「你可以供應哪一路貨色？」徐采丞反問。

張善琨笑一笑，拿出一本照相簿，翻開來說：「上面打了紅圈圈的，都可以。」

照相簿上都是他旗下的「明星」，有的正在走紅；有的卻已遲暮；有的名氣不響，但看照片，風姿楚楚，著實可人。數一數竟有三分之二是打了紅圈的。

「怎麼樣，」徐采丞問道：「你說可以的，大概都戴過你的金鐲子？」

原來張善琨與他旗下的「明星」，廣結露水姻緣，定下一個規矩，凡曾有一宿之緣的，事後可以憑張善琨的名片，到南京路一家銀樓去取一副金鐲子，所以徐采丞有此一問。

「不完全是。」張善琨答說：「有幾個，雖然沒有好過；不過交情搭得夠。」

「好！凡是有紅圈圈的，你另外弄一份照片給我；我叫他去挑。」

「你就在這上面挑好了。」張善琨又說：「不過有幾個雖有紅圈，最好也剔出來。」

「為什麼？」

「因為怕有人吃醋。」張善琨指著一個姓李的女明星說：「喏，她跟陳市長有過一腿。」又指一個姓周的，「她跟周部長在床上認過本家。」

「原來如此！」徐采丞說：「這倒也不可不防。」

於是張善琨動手，將照相簿上照片揭下來，一共一打，恰好成為「十二金釵」。

「你在哪裡請客，早點告訴我；我另外替你預備一點餘興。」

「那就更好了。」徐采丞說：「在哪裡請客，先要問川本的意思，有些地方，他恐怕不願意去。」

到了第三天，徐采丞通知張善琨，地方已找好了，借的是有名的勞爾東路一號。這座大廈的主人，就是「十弟兄」之一的耿嘉基。本素豐，加以本人出仕之初，便遇到一個極肥的差使；原來上海「三大亨」搞「大公司」販賣鴉片，以法租界為大本營；為了耿嘉基與法租界當局的關係極為密切，加以他還奉命兼管有關「官土」在上海的運銷業務，所以杜月笙將耿嘉基拉得很緊，在煙土方面的紅利，真是日進斗金。耿嘉基本性可是慷慨過人，錢既來得容易，自然大肆揮霍。上海有名的豪客，不管是在前清，或是北洋政府發了大財的貴官子弟；或者在上海本地發展，擁有巨資，在某一行業中稱「大王」的巨富，論到手面之闊，對耿嘉基都有自嘆不如之感。

到抗戰一起，上海淪陷，耿嘉基最初也像許多名流那樣，遠走香港。他的老長官吳鐵城、俞鴻鈞，雖也在港，對他卻不能有何幫助；杜月笙境況不比在上海，當然亦無法再供他揮霍。耿嘉基想想究竟上海密邇家鄉；租界中的辦法也多些，所以仍舊回到上海。他的經濟情況，已大不如昔；不過江山好改，本性難移，即令「中乾」仍要「外強」，所以才有勞爾東路一號的場面。

這裡也是個「私人俱樂部」，卻比金雄白的亞爾培路二號，更爲豪闊；格調更遠比潘三省的開納路十號來得高。他雇有十幾個廚子侍役，美酒佳餚，無所不備，只要是他的朋友，去了隨便享受，不費分文。晚上總有四五桌麻將，輸贏以黃金計算；八圈終局，有帳房來結帳，贏家第二天到帳房兌現；輸家如果做了「黃牛」，至多絕跡一時，耿嘉基從不會派人去催討。

這樣的作風，對於徐采丞要借用他的地方，自是一諾不辭。不過樣樣都好，只有一點需要顧慮，怕人太多，川本不願輕露形藏。

那知川本卻不在乎，而且表示，人少了不熱鬧，反而沒有意思。不過，話雖如此，張善琨認爲仍須另作安排，因爲第一、是安全上的問題，不能不考慮；其次，人頭太雜，秩序不容易維持，玩起來不能盡興。

徐采丞深以爲然，點點頭說：「好！都聽你的；我完全拜託了。」

說著，從身上取出支票簿來，張善琨一把將他的手撳住，「你這算什麼？」他說：「莫非看我墊不起。」

俗語說：「光棍好做，過門難逃。」徐采丞原本亦是「打過門」的姿態；關節交代過了，隨即說道：「善琨，親兄弟，明算帳；而且，鈔票亦不是我出，根本可以報銷的，事後照算，你不必客氣。」

「我知道。不過這件事如果要辦得漂亮，地方要完全歸我支配。」張善琨說：「我們一起去看耿秘書好不好？」

「好！怎麼不好？」

於是，一輛汽車到了勞爾東路一號，這時是下午四點，客人都還未到，正好從容細談。張善琨開門見山地提出一個要求，在請川本的那天，「俱樂部」停止開放。

耿嘉基考慮了一會，接受了這一要求，因爲他也想在川本身上打個主意，看看有什麼大生意，好好做它一票，所以也很希望這個「晚會」能辦得賓主盡歡，作爲與川本發生關係的一個良好的開始。

「人不宜多，也不宜少，男賓以三十位爲度，我們開個二十個人的名單，另外十個額子保留給川本。」

這二十個人，應該是可以幫助主人應酬川本的陪客，意識到這一點，徐采丞與耿嘉基都很愼重，想了又想，只報出十五個名字，都是脾氣好、酒量好、應酬功夫也好，而且有相當社會地位的人。

到得這一天，黃昏將近，接到請柬的客人，陸續而來。平時來慣的熟客，由於早幾天便看見貼出的通告，這天停止開放，反倒一個都看不到了。

川本是徐采丞親自去接了來的；一進門便如眾星拱月般，爲「十二金釵」所包圍，其中至少有兩個，出身「滿洲映畫株式會社」，說得極流利的日語，自然而然地擔任了「隨從參謀」的職司。

徐采丞也有個寸步不離的「日文女秘書」劉小姐；他透過劉小姐向川本說，要介紹幾個朋友跟他認識。川本欣然同意，而且很有禮貌地表示，客人散在各處，不妨由他移樽就教。

於是，端著一杯雞尾酒，由徐采丞、劉小姐及「滿映」出身的女明星黃明、黎南陪著，先繞行大廳，再轉到酒吧，最後到了彈子房，在玩「吃角子老虎」的張善琨，爲黃明、黎南雙雙拉了過來，介紹他認識川本。

「他是我們這裡最能幹的製片家，」徐采丞說：「今天的節目，都是他安排的，希望能夠使你很滿意。」

「是的！我聽說過張先生的才幹。」川本答說：「爲了加強『大東南亞共榮圈』的緊密協力，很需要在電影製作上有所表現，我希望能有機會跟張先生談談。」

「隨時候教。」張善琨趁機將徐采丞跟川本的關係拉緊，「有什麼事需要我效勞，請川本先生跟徐先生談好了。」

這時侍者已來催請，即將開席，客人紛紛往餐廳集中：備的是中菜，一共六桌，自然是川本首席；其次是川本的副手島田中佐；耿嘉基、張善琨、徐采丞都在這一桌上相陪；黃明、黎南、劉小姐之外，另有兩朵有名的交際花，五男五女相間而坐，酒酣耳熱，漸漸放浪形骸；黃明與黎南不斷地跟川本與島田說：「不要喝醉！還有很精采的餘興。」

餘興是面具舞會。眞面既遮，燈光又黯；貼身而舞，盡不妨上下其手。

舞曲特長，但不會使人覺得太累，累了不妨在舞池中摟摟抱抱地漫步一番；或者中途退出，在靠壁的沙發上偎依著，喁喁細語。

在婆娑起舞的間歇之間，張善琨安排了很精彩的表演，包括「金嗓子」周璇的歌唱、世界第一流夜總會水準的魔術，還有冶艷入骨的七脫舞。

川本雖也戴著面具，但他的身材與日本人穿西服既用皮帶，又加背帶的特殊習慣，很容易使人辨識，所以等他一坐下來欣賞表演時，立即便有侍女端著銀盤來送煙遞酒；接著，是身材窈窕的女賓，圍了下來，挨挨擠擠地向他靠近，準備著中選為他的下一個舞伴。

這使得川本異常得意，他的感覺中，整個場面都是為他安排的，他一直覺得身體中有股氣體在膨脹，腳下有股無形的力量將他往上抬。他知道這是幻覺；但奇怪的是，這一幻覺去而復來，總未消失。

午夜甫過，燈光大亮；樂隊奏出嘹亮的輕騎兵號音，張善琨走上樂台，宣佈摸彩，由能言善道的紅星曾一琴主持；指定劉小姐作她的助手，請男女賓客，分成兩行，以面具作為摸彩的憑證。

這時侍者已抬出一張長桌來，上面堆滿了彩色紙包，編著號碼，由張善琨親自管理，對號發獎；獎品有手錶、有香水、有洋酒，也有裝在信封中的四大百貨公司的禮券。川本獲得的獎品，也是一個信封；但不是禮券。由於信封上用日文註明：「請單獨拆閱」；川本便躲到洗手間去拆信封。裡面寫的是：「你的獎品，請向劉小姐領取。」

川本好奇之心大起；但回至大廳，劉小姐還在幫著曾一琴照料摸彩，便靜靜坐在一旁，等全部摸彩完畢，客人陸續散去時，才去找劉小姐領獎。

「大佐是來領獎？」劉小姐不等他開口，主動發問。

「是的。」川本問道：「能不能請劉小姐告訴我，我的獎品是什麼？」

「請稍爲耐心；很快就可以知道了。」劉小姐微笑著說：「請跟我來。」

她將川本帶到樓上，打開一間房，示意噤聲，然後躡手躡腳走了進去。川本覺得既緊張，又有趣；等將一隻腳提了起來，由於重心不穩，幾乎摔倒。

「你看！」劉小姐移開一個掛在壁上的鏡框，輕聲說道：「你的獎品在裡面；看中了告訴我。」

川本這時才發覺，壁間有一具警眼，湊上去一看，頓覺眼花撩亂；細數了一下，一共是十二個人。

他明白了，他的獎品是在這十二個人之中，選取其一，作爲共度此宵的伴侶。但目迷五色，只覺得每一個都好，而每一個都非最好。

劉小姐很有耐心，一直在等；最後川本自己都覺得不好意思了，才回過身來，滿臉猶疑爲難的神色。

「大佐，」劉小姐問道：「看中對象沒有？」

川本苦笑著搖搖頭，「我不知選哪一個好？」他老實答說：「每個都好，每個都不好。」

劉小姐頗感意外，嫣然笑道：「大佐，你的眼光太高了。」

川本看她約莫三十幾年紀，穿一件剪裁得非常合身的旗袍，薄施脂粉、豐韻天然，比那些濃妝艷抹的電影明星，更具女人的味道，一時動情，脫口答道：「不是我的眼界太高；是因爲有一個人比他們都好。」

「那是誰？」

「你想呢？除了你，還有誰。」川本囁嚅著說：「劉小姐，只有你能讓我感覺到度過一個最愉快、最圓滿的良宵。」

劉小姐也看得出來，這一夜的一切安排，給予川本的印象，是相當深刻的；在最後這個節目上，如果不能使他滿足，可能這一夜的心血完全白費。

如果自己肯犧牲，將爲徐采丞所進行的任務，帶來極大的助力；犧牲是值得的，但應該有個交代。

於是她說：「我希望能給你滿意的答覆，請你先在這裡休息。」

劉小姐隨手一推，不道板壁上是一扇暗門；裡面是極大的一間臥室，劉小姐領他入內，隨即又退了出來，順手將門帶上。川本心想，被安置在臥室休息，當然是已經許諾的暗示。便點起一支煙，躺在軟厚的席夢思床，望著幽黯的綠色燈光，進入遐思。

等張善琨帶走了「十二金釵」，劉小姐才微蹙著眉說：

「徐先生，你替我帶來了麻煩。」說著，雙頰透過極薄的粉痕，現出兩圈紅暈。

徐采丞恍然大悟，她剛跟張善琨說，川本因爲太累，明天一早還有很要緊的公務，所以不想進行最後一個節目；原來並非眞話！同時他竟有不可思議之感，怎麼樣也想不到川本會對劉小姐一見傾倒，連「十二金釵」都看不上眼。

這一陣感想過去，他才考慮到自己應持的態度；當然不必追問得很詳細，只須寄以同情就夠了。

「眞的替你找來了麻煩，我很抱歉。」

「徐先生，」劉小姐問說：「你看我應該怎麼辦？」

徐采丞覺得這話很難回答，先問一句：「川本人呢？」

「在那間密室中休息。」

密室便是臥室；她能帶他到那裡等待，意向不言可知。徐采丞心想，劉小姐丈夫去世，還沒有男朋友；而且她也沒有子女，行動一無拘束，只要她願意跟川本往來，家庭中不會發生任何問題。不過，在他的立場，不便作鼓勵的表示；最好是讓她明白，她跟川本接近，是有利無害；即令有害，亦遠比利來得輕。

於是他說：「劉小姐，這件事要你自己決定。不過，我知道你對這件事的利害得失，非常清楚。劉小姐，我完全信任你；請你也完全信任我。」

最後一句話說得非常好，劉小姐一方面很快地浮起「犧牲小我」的意識；另一方面也很放心了，徐采丞一定會很妥當地保護她，包括爲她嚴守秘密在內。

「徐先生」，她說：「箭在弦上了。」

「祝你一箭中紅心。」徐采丞指著懸在壁上的日本國旗說：「你請等一等，我們商量一下，安排在別的地方。」

這就是徐采丞在細心保護她；因爲在這裡停眠暫宿，不論如何都會洩漏秘密。他主張讓川本將她帶到虹口的日本旅館，人不知、鬼不覺，無損她的名聲。

劉小姐自然同意，川本更爲贊成，一輛汽車到了虹口一家名爲「櫻之屋」的日本旅館，徐采丞就在玄關告辭，川本卻留住他有話說。

「很感謝你的盛意。」他透過劉小姐的翻譯，提出邀請：「明天中午，就在這裡，我請你吃飯，略表謝意。」

「我先謝謝！一定到。」徐采丞正中下懷，決定第二天就跟川本深談。

* * *

「徐先生，」川本開門見山地問：「你看有什麼生意好做？我們研究一個互利的辦法，如何？」

他是這種態度，徐采丞便可以盤馬彎弓、從容試探了，「大佐，」他說：「可以做的生意很多。不過，我不知道你的目標怎麼樣？」

「目標是賺錢。」

「要賺多少呢？」

「越多越好！」川本將一只手放在劉小姐的腰上，「需要我供給，以及我需要送人的錢，不是一個小數日。」

「需要送人的錢」，想來有劉小姐一份，可是需要他供給的人是誰呢？這話當然不便問，那知川本竟自己公開了。

「為了遂行國策，我們需要在東京打通各種關係，那是件很花錢的事。」川本緊接著說：「徐先生本來我這話不必告訴你；我既然告訴你了，就表示對你有充分的信心，希望你了解這一點。」

徐采丞又驚又喜，想不到川本是如何推心置腹！他心裡在想，川本的話已經很明白了；他是軍部的少壯派，有自己的小組織，必是目前無法獲得日本大商人的經費支援，所以要利用他的地位，來為小組織籌款。如果是這樣的情況，事情就大有可為了。

於是他首先表示感動，「大佐，你這樣看得起我；中國人有句話，叫做『受寵若驚』！我，」他很吃力地說：「實在不知道，怎樣來表達我的感想？」

「喝酒！」劉小姐替他翻譯完了，轉臉對徐采丞說：「日本人在這種場合下，多用敬酒的方式來表示意思。」

徐采丞如言照辦；敬完了酒才說：「大佐，做生意賺錢的方法很多，但如果不是獨門生意，賺不到大錢。」

論到獨門的大生意，首數黑白二物。黑是鴉片，早成盛文頤的禁臠。盛家因為辦漢冶萍公司，與日本鋼鐵工業巨擘八蟠製鐵所合作，從而跟日本財閥大倉喜八郎等結成深厚的關係；盛文頤經由這個背景，獲得了日本軍部及皇室的支持，攫取了鴉片專賣權，靠山極硬，是誰也動他不了的，不必枉費心機。

白是食鹽，亦由日本人所把持；川本認爲鹽場甚多，雖有通源鹽業公司包銷江浙兩省的食鹽，不妨另行組織公司，經營江浙兩省以外的食鹽運銷，問徐采丞的意見如何？

徐采丞心想，金雄白說過，周佛海因爲有許多費用，無法由「財政部」出公帳，一直在鹽上動腦筋；光棍不斷財路，而且與川本合作的目的亦不在此，應該找個理由，打消他的念頭。

「鹽是大利所在，不過目前的情形不同。鹽業獲利，全看運銷區域的好壞，人煙稠密、交通便利、行政力量能夠控制這個區域，只准吃官鹽，不准賣私鹽，當然一本十利。現在江浙兩省的鹽，由通源包辦了；其餘的地方，交通不是很方便，地方亦不是很安靜、購買力又不如江浙兩省，做鹽生意是件吃力不討好的事。」徐采丞問道：「大佐，你能不能取消通源的專賣權，把它拿過來？」

這是他故意出個難題；好讓川本知難而退。果然，川本搖搖頭說：「通源亦有人支持的；破壞已成之局，一樣也是件吃力不討好的事。」

「是的。」徐采丞點點頭，沒有再說下去。

在這出現沉默的片刻中，劉小姐開口了──自是預先商量好的，她一面爲他們調製「司蓋阿蓋」；一面說道：「做生意我不懂。不過聽你們兩位的討論，我覺得你們做生意，應該有兩個原則。」

徐采丞不作聲；川本卻很感興趣，急急問道：「是哪兩個原則？你們中國人有句格言：『旁觀者清』。你的客觀的意見，一定很寶貴，請你快說吧！」

「第一個原則，就是你所說的破壞已成之局，吃力不討好；所以應該想一樣沒人想到該做的生意去做。」

「那裡還有該做的生意沒有人在做？」徐采丞故意這樣回答，「能動的腦筋，都動到了。」

「還有。——」

「劉小姐，」川本搶著問道：「徐先生怎麼說？」

劉小姐便對徐采丞的話，翻譯了一遍；接著又說：「我以爲總有還沒有人想到該做的生意，所以我不同意徐先生的話；大家應該運用智慧，仔細去想一想。」

「不錯！我們的智慧，不下於人，應該可以想得出來。請你再說第二個原則。」

「第二個原則，是要運用你們的特殊條件。」

「何謂特殊條件？」

「特殊條件就是人家沒有而你們有的條件，譬如你的地位；徐先生的社會關係。」

「啊！」川本捏拳在矮几上，輕輕捶了一下，重重地點一點頭，「你這話說得太好了！」

徐采丞聽不懂；劉小姐便將她自己的話與川本的反應，都告訴了徐采丞；最後又說了一句：

「我看快要接觸到問題的核心了。」

「已經接觸到了。你告訴他，說我的關係都在內地。看他怎麼說？」

等劉小姐將他的話譯了過去，川本忽然雙眼亂眨，接著站起身來；雙手插在褲袋中，聳起了肩膀，望著窗外日本式庭園中的「小橋流水」。

顯然的，川本心裡有一個念頭在轉；這個念頭一定很新，也很複雜，所以需要這樣全神貫注的考慮。

「徐先生，」川本突然回頭問道：「我們能不能跟對方做生意？」

徐釆丞喜在心頭，而表面卻不能不做作，「你所說的對方，是指重慶？」他問。

「包括重慶政府所能控制的地區。」

徐釆丞想了一下答說：「有的地方可以，有的地方不可以。」

「可以不可以有原則嗎？」

「沒有原則，第一、要看當地的長官；第二、要看杜月笙先生的關係如何？」

「請你舉例以明之。」

「譬如贛南就不行。因爲那裡的地方長官，言出法隨，決沒有人敢在那裡走私。」

川本有些懊喪，「我正是想跟贛南做生意，」他說：「我想買那裡的鎢。」

原來川本是想購買大後方的戰略物資；徐釆丞心想，這是個機會，不能輕易放過。於是他說：「贛南不行，總也有別的地方出鎢吧？」

「贛南是鎢的主要礦區。此外，廣東、廣西、湖南也有。」

「只要有就行了。請你不要指定地點；只說你所需要的東西，等我來想辦法。」

「我需要稀有金屬；還有桐油。」

「桐油不行！」徐采丞說：「陳光甫弄成功的美國借款，指明以桐油抵帳。」

「那末——」

「大佐，」徐采丞搶著說：「我們現在無法作細部的討論，當然你需要什麼東西，請你開個單子。」

「當然單子一定要開的。」

「那末，交易的方式呢？」徐采丞說：「內地缺少日用必需品，如果拿這些物資去交換，我相信對方是願意作有利考慮的。」

「民生必需品很多，你所說的是哪幾種；也要看我們這裡有沒有？」

「當然要有的才行；譬如紗布。」

「這些都可以想辦法。總之，以有易無，能夠拿這裡的民生必需品，交換到戰略物資，我負責說一句，這樣的生意，一定做得成。」川本極有信心地說。

「目標是這樣，話不能明說，說拿民生必需品，交換戰略物資，很明顯地是吃虧了。」

「徐先生，我希望你了解，」川本的神情轉變得很嚴肅了，「中日是兄弟之邦，全面和平，終究要達成的，所以基本上我們並不願與重慶政府爲敵。我們曾透過各種途徑向重慶政府接頭，希望能與蔣委員長談和。你總知道『桐工作』吧？」

徐采丞只知道日本軍閥在華的特務機關，分爲松、竹、梅三個機關，誰知還有什麼「桐工作」！是不是也有一個「桐機關」，主持者是誰；工作的重心是什麼？

看他的神氣，便知「桐工作」三字是初次聽到；川本便說：「桐工作的主持者，是今井武夫大佐；他在前年春天，跟重慶政府的代表，有過多次接觸；全面和平的談判，功敗垂成。可是，我們決策方面願與重慶政府以和平手段解決戰局的基本方針，至今未變。交換到的戰略物資、決不會用來跟對方作戰。這一點，務必請你設法解釋明白。」

徐采丞聽他的話，一面點頭；一面心裡好笑。由於他提到今井武夫、以及在香港跟重慶政府代表接觸的話，徐采丞方始明白，所謂「桐工作」是怎麼一回事？

# 20 金井梧桐

## 軍統為何玩弄今井武夫的「桐工作」？

原來日本侵略中國，一直由少壯派軍人在主持；其中最急進的是，關東軍系統的板垣徵四郎及石原莞爾，九一八事變即爲石原所策劃而由板垣執行，所以有「石原智略、板垣實行」之稱。七七戰起，板垣正任陸相；後來又轉任總參謀長。原以爲戰事在短期內即可結束，哪知中國在蔣委員長的領導之下，決定抗戰到底；眼看日軍陷入泥淖，亟亟乎希望自拔，因而多方設法求和。

當時板垣手下，有兩員大將，一個是影佐禎昭；一個就是今井武夫，在對華求和的路線上，兩人的主張積不相容。

影佐禎昭走的是扶植汪精衛的路線；今井武夫卻直截了當地，想跟在重慶的國民政府談和。當汪政府密鑼緊鼓地預備登場時；今井武夫亦派人在香港鑽頭覓縫找尋重慶的關係。

關係終於找到了，是重慶派在香港一位頗具權威的秘密代表。他當然深知最高當局決不移易

的決心，與日本決無談和的可能；但正不妨利用此一機會，打擊汪精衛的「組府」；因此打電報回重慶，認爲與今井武夫接觸，有利無害，除了打擊汪精衛以外，還可以從日本開出來的條件中，研判出日本軍部的意向。

重慶的覆電，批准了他的計劃。於是經過細心的安排，由中間人與今井派來的心腹鈴木卓爾中佐，取得了聯繫。這是民國二十八年十一月，日本阿部內閣尚未垮台時的事。

當時鈴木表示，初步談判的代表是今井；日本可以首先提出和平的條件。今井的對手，不必一定要在國民政府中負重要責任的人士；但必須是能夠直接跟蔣委員長說得上話的人。這是一個合理的要求，同時也反映了日本軍部對談和是採取了很實際的態度；不願通過外交的途徑，作令人難耐的折衝，而希望領導中國全民抗戰的最高領袖，作一個旋乾轉坤的決定。

這是妄想！但日本軍部有一個觀念始終扭不過來，從前清甲午年開始，中日間所有的武裝衝突，都是在中國委屈求全的原則下，和平結束的；日本軍部認爲中國這一次所遭遇到的困難，過於往昔，而他們所開的條件，又較之過去已寬大得多，所以必定能爲中國所接受。何況還有汪精衛這張牌可打。

除此以外，還有板垣個人迫切期待能結束中國戰局的渴望——日本陸軍本爲極端封建性與地方性的組織，從山縣有朋以來，一直以幕府時代的長州閥爲主流，所以有「長州陸軍」之稱；陸軍大臣一直由長州系所把持，以後由於人才不濟，又重用大分閥的南次郎等人，結成長州、大分集團。

與長州、大分系對立的薩摩、佐賀、土佐三閥的聯合勢力，由薩摩系的荒木貞夫領導。「二二六」事變，恢復陸軍大臣現役制，使得陸軍干政，達到內閥不能不俯首聽命的地步；因爲陸軍如果拒絕推薦現役將官出任陸軍大臣，內閣即無法組成；或者陸軍不滿內閣的政策，由陸軍大臣提出辭呈，亦立即可倒閣，這一來，陸軍的態度，自然而然地決定了日本的外交政策。

但是陸軍的態度並不一致，即由於長州，大分系與薩摩、佐賀、土佐系的國防思想不同，前者主張積極侵華，稱爲「統制派」；後者則積極警戒日本的赤化，保持純粹的日本精神，稱爲「皇道派」，這一派除了一意對蘇俄以外，反對進兵中國或者其他東南亞地區。

「二二六事變」，皇道派全部垮台；統制派大爲得勢，因而逐漸形成「七七事變」，演變爲大規模的入侵中國。但在「八一三」以後，大藏省首先表示，軍費負擔極重；其他閣員亦深感不安。因而統制派中，對於中國戰局，分裂爲「擴大派」與「不擴大派」。擴大派以陸相杉山元爲首，其他巨頭包括陸軍次官梅津美治郎、朝鮮總督南次郎、朝鮮軍司令官小磯國昭等，大致皆爲陸軍省方面的要員。

不擴大派集中在參謀本部。策動「九一八事變」的兩要角，板垣徵四郎與石原莞爾，根本就反對在中國發動事變；這因爲板垣與石原，對中國的了解，畢竟比較深刻的緣故。

還有一件事非常不利於板垣的是，昭和天皇對板垣的印象很壞，在「帷幄上奏」時，常常給他軟釘子碰；而平治內閣垮台，提出總辭時，昭和更面責陸相板垣不合作。因此，當阿部受命繼平治組閣，面降敕命所作的訓辭、竟一反常例，直接指定陸相的人選。

從「二二六」事件以來，昭和在歷任首相受命之頃，照例有三點指示：第一、尊重憲法；第二、對國際聯盟不得過分引起無謂的摩擦；第三、對財政、經濟方面，力求穩定。這一次對阿部的訓辭，除去這照例的三條以外，另有很具體的三條：第一、對英、美必須協調；第二、指定陸軍大臣，無論「三長官」如何決定，在梅津美治郎及畑俊六等兩人中，選定一人；第三，內務與司法，有關國內治安，人選須特別注意。

原來陸軍大臣現役制，本是明治時代確定的；到了大正十二年山本權兵衛內閣，才擴大爲預備役的將官，亦可擔任；等於許可非軍人出任陸軍大臣，爲一種傾向於民主政治的有力表現，所以是極可珍貴的改革。雖然，從山本權兵衛以後，從未出現過預備役的陸軍大臣，但陸軍大臣的選擇，首相自保有全權。及至「二二六」事變以後，陸軍大臣現役制復活；陸軍大臣即非內閣現役「三長官」推薦不可。所謂現役「三長官」是陸軍大臣、教育總監、參謀總長。

昭和指示阿部，不顧「三長官」的決定；這在現役陸軍大將的阿部信行，是件很難的事。迫不得已跟板垣去商量；板垣心裡明白，這是昭和天皇對他及陸軍非常不滿的表示；如果仍舊高唱「爲國家而違背聖意爲不得已之舉」的論調，勢必與皇室及重臣發生極嚴重的衝突。因此，他表示諒解，打消原想推薦磯谷廉介的決定，同意以畑俊六爲陸軍大臣。

轉任參謀總長的板垣，直接掌握陸軍，在行動上獲得更多的方便；同時由於汪精衛組府的工作，在周佛海積極推動之下，雛形已具，一旦成立，勢必成爲「桐工作」的一個障礙，所以今井武夫受命應克服一切困難，建立與重慶談判和平的直接通路。「桐工作」的成員，心情焦灼，對

「敵情」不能出以冷靜理智的判斷，自不免受愚了。

當鈴木卓爾提出對方人選的要求時，戴笠的代表特別按照鈴木的條件，開了一張名單；今井選中的一個是在西南運輸工作方面，負部分重要責任的舒先生；此人年紀還輕，家世顯赫。今井選中他的原因是，他的家族在國民政府中極有地位，而且頗為蔣委員長所重視；純粹作為一個「密使」來看，舒先生是很理想的人選。

可是，舒先生從未跟日本人交往過，所以沒有一個日本人認識舒先生。即使在中國，由於舒先生交遊的圈子不廣，也從沒有照片在報上發表過；所以也絕少有人識得他的眞面目。這一來，跟鈴木卓爾及今井武夫見面的，就不一定非舒先生不可。

但是，舒先生與日本軍部代表秘密接觸的消息，如果為西方的情報人員所知，對國家將有不利的影響。因為美國和英國是支持中國抗戰的；而且日德義已締結了軍事同盟，德蘇又簽訂了互不侵犯條約，希特勒方始進攻波蘭，爆發了第二次世界大戰。美國與日本雖都宣佈，對歐戰採取中立的立場，但誰都知道，日本傾向德國、美國支持英法。如果日本能自中國戰場這個泥淖中拔出腿去，等於德國增加了極大的援助，直接對英法，間接對美國，都將形成嚴重的威脅。這一來國民政府與美國、英國合作的誠意，受到懷疑，在談判中的貸款，能否成功，大成問題。

因此，舒先生還是以不出面為宜；但已經允許了日本方面，未便出爾反爾。經過周密的研判，決定運用孫子兵法中「兵不厭詐」的原則，走一步是一步。

原來是說明白的，舒先生出面是使用化名。所以找了一個姓鄭的工作同志，使用鄭士傑的化名，跟鈴木卓爾見面；這是一個試探，要看日本方面認不認識舒先生，如果不認識，那末對舒先生的一切又了解多少？

在特定的地點見了面，透過翻譯的介紹，鈴木卓爾很熱烈地跟鄭士傑握了手，也很客氣地道了仰慕，然後談入正題。

「今井武夫大佐，因爲有一個重要的任務，今天不能跟鄭先生見面；我還沒有資格跟鄭先生談到停戰的實質問題，只是第一、希望了解貴方的意願；第二、約定鄭先生跟今井武夫大佐見面的日期。」

「今井大佐什麼時候可以到香港來？」鄭士傑用廣東話說；同時很注意鈴木所帶來的翻譯，一個懂粵語的姓楊的上海人。

楊翻譯沒有任何懷疑的表情，鄭士傑心裡有數了，對方對舒先生一無所知。舒先生長在上海，除了上海話和英語外，一句廣東話都不懂。楊翻譯連一點都不知道；鈴木的語氣，亦很顯然地，還認定他就是舒先生，這樣，自然應該照預定的步驟進行。

預定的步驟是，如果對方覺察到他並非舒先生；鄭士傑便即聲明他是舒先生的代表；倘或毫無所覺，不妨冒充舒先生到底。

「今天是一月六日，一個月以後如何？」鈴木問說。

「那就是二月六日。我想，原則可以同意。但如貴方並無談判的誠意，二月六日見面亦是無益的。」

「舒先生誤會了！如果我們沒有謀取和平的誠意，根本就不必跟舒先生見面。」

「話是這麼說，但貴方的行動，告訴我們必須小心。」

「舒先生認爲我們什麼行動，顯示了缺乏談判的誠意？」

「你們不是積極在扶植汪精衛嗎？」

「扶植汪精衛，目的亦是爲了謀取全面和平。」鈴木卓爾答說：「我們也想到貴方一定會對此有所懷疑，但是我可以負責告訴舒先生，汪精衛即使組織了政權，絕不會成爲日本與中國談判全面和平的障礙。這一點，必要的時候，可以請汪精衛發佈聲明。」略停一下，鈴木又說：「而且據我知道，汪精衛的政權，能不能出現，還頗成疑問。」

對這一點鄭士傑當然非常注意，但不便形諸表面，只淡淡地說：「青島會議，不是已經開了嗎？」

「是的。青島會議正在開，會議主題，就是決定維新政府及華北臨時政府未來的地位。不過——」鈴木遲疑了一會，方又說道：「有一個消息，尚未證實，不妨提供舒先生作參考；青島會議結束以後，周佛海將飛日本，討論全面和平的問題；這就是說，貴方如果願意合作談和，只要有切實的保證，我們可以讓汪精衛停止組織政權的工作。」

「喔！」鄭士傑問道：「所謂切實的保證是什麼？」

「譬如請蔣委員長發佈聲明，願意照近衛聲明調整中日國交。」

鄭士傑本想率直拒絕，但覺得拖延一下也好；於是點點頭說：「好！我可以轉陳請示。」

面。」

「請問什麼時候可以給我答覆?」

「三天至五天。」

「那末就折衷定為四天好了。」鈴木扳著手指說:「七、八、九、十,一月十日我們再見面。」

「好!一月十日。」

「請問,舒先生還有什麼意見要我帶回去的?」

「有。第一,為了表現貴方的誠意,應該先停止組織意味著對抗國民政府的汪偽政權——。」

「這一點,」鈴木立即接口,「我們剛才已經有結論了。請說第二點。」

「第二,談和是由貴方所發動,請把條件開過來。」鄭士傑緊接著又說:「近衛聲明是不能接受的,如能接受,中日的和平早就實現了。」

「是的。這句話很透徹。請問還有什麼?」

「初步接觸,能在這兩點上獲致結果,已經很好了。」

「那末,我答覆舒先生,關於我方的條件,希望下一次,也就是一月十日見面時,能夠提交貴方。但希望那一天,舒先生同樣也有很具體的答覆給我。」

當下在相當融洽的氣氛中分手。鄭士傑回去報告經過,大家都認為頗有收穫;同時根據各種情勢研判,認為採取「高姿勢」,效果將會更好。

所謂採取「高姿勢」,不獨指堅持強硬的立場,而且也不妨出以傲慢的態度,因為日本軍人的性格中，包含著一種變質的武士道精神，吃硬不吃軟，叱斥往往比情商來得有效果。

因此，透過中間人很快地給了鈴木答覆：近衛聲明說不以蔣委員長爲對手，是一侮辱；所以日本方面的要求，不但無理，而且無禮。

如果日本政府能正式發佈聲明，不承認現在重慶的國民政府以外的任何僞政權；那末，中國政府將會作出有利的反應。

這當然是日本軍部所辦不到的事。本來影佐禎昭策動汪精衛從抗戰陣營脫逃，只是利用他來作一個鼓吹和平的喇叭，根本就沒有扶植他另組「政權」的打算。但由於周佛海的大肆活動，現在有弄假成眞的模樣，以致日本軍部頗爲矛盾，一方面感到在人情上不能不支持汪精衛；一方面又覺得汪精衛的「組府」，可以構成對國民政府的威脅，因而在舉棋不定的狀況中，形成聽其自然的情勢。

但由於國民政府對汪精衛「組府」一事，認爲是日本有無求和誠意的一個考驗，那就不能不稍作抑制；於是今井與影佐密商決定，今井仍按約定日期到香港密晤「舒先生」；而影佐對汪精衛方面所提出的「還都」的條件，如國旗問題、承認問題，設法拖延不作解決，同時在側面鼓勵汪精衛、周佛海向重慶表達全面和平的希望。

就在這時候，「高陶事件」明朗化了；在香港大公報上發表的汪、日密約原件，及高、陶關於汪、日勾結的說明，不但對汪系要角，就是對影佐及他的「梅機關」，亦是一個非常嚴重的打擊。但周佛海卻認爲是一個可以利用的機會，他向犬養健說：「高陶發表的文件，對我們非常不利。如今要談補救之道，只有以行動來證明那些文件之不確。」

周佛海提出三項行動：第一、日本駐華派遣軍總司令部，由南京移往別處，表示汪政府並非敵軍佔領下的傀儡政權；第二、加在國旗上的那條杏黃色飄帶取消；第三、日本盡快承認「新政府」。

犬養健表示同意，把握機會勸周佛海到日本去一趟，順便談一談對重慶談和的問題。於是周佛海徵得汪精衛同意後，由犬養健及梅機關的石原少佐陪著，乘飛機秘密抵達福岡；參謀本部接到犬養健的通知，已經派了第八課長臼井大佐在等候了。

參謀本部向重慶試探和平的負責人是「雙井」——今井與臼井；此時今井在上海，所以由臼井接待，在周佛海所下榻的榮屋旅館，密談對重慶的工作。

周佛海表面說得很堂皇，實際上是要勸服日本軍部全力支持「汪政權」盡快出現。他的想法是，自己要有一個堅強的據點，才能進一步向國民政府要求全面和平；退一步亦有個「小朝廷」可以自保。

因此，他一直強調，日本對國民政府求和，不可操之過急，否則，重慶方面將會以為日本目前已陷於非常困難的地位，調子唱得更高，以致欲速則不達。他這番話的用意，無非希望日本軍部了解，全面和平決不能在短期內出現，所以不應以向重慶試探談和而影響了「新政府」的成立。

可是，臼井並沒有受他的影響，日本軍部只希望從周佛海口中，了解一個問題；如果將來國民政府以撤消汪政權爲談和的先決條件，汪精衛持何態度。

「汪先生一直抱著苟利於國，生死以之的基本態度，將來新政府一定不會成爲實現全面和平的障礙。」

這話說得冠冕堂皇，臼井表示滿意；「那末，周先生你呢？」他又問：「現在組織新政府的工作，實際上是你在推動；所以你的態度也是很重要的。」

「新政府成立以後，跟國民政府決非處於對立的地位。我不存見諒於蔣先生的心；尤不存見用於蔣先生的心。爲和平而來，當然爲和平而去，將來和議告成，我要擺脫一切，做一個平民。」

臼井不了解周佛海是想過一手創一個「政權」的癮，只覺得他很矛盾；既然如此淡泊，何以目前對組織新政府，又表現得那樣熱中？不過，就算他言不由衷也不要緊；一旦跟國民政府談和談成了，就拿他今天的話，逼他下場，他想戀棧也不行！

這樣一想，臼井覺得此行的任務已經完全達成，欣然辭去，當天就回東京，草擬向國民政府提出的和平條件。

周佛海只看出日本軍部求和之心甚亟，卻不知道「兩井」在香港的活動；覺得此行僅僅只跟參謀本部主管「聯合情報」的第八課長見一次面，除了申述自己的立場以外，什麼結果也沒有，是件相當洩氣的事。

但臼井卻不同，與匆匆地緊接在周佛海之後，到了上海，與今井會齊，由鈴木陪著，秘密到

達香港，今井要求日本駐香港的總領事，提供一項協助，在不使對方知道的情況下，攝得舒先生的照片。他們的總領事一口答應，決無問題。

到得見面時，雙方都是三個人；中國方面除了「舒先生」，還有兩個人，一個姓張，是外交官；一個姓程，是軍事委員會委員長侍從室的副官，張、程二人都精日語，就不必另帶翻譯了。

「我們帶來了條件。」今井說道：「由這三個條件中，充分表現了日本希望與中國平等提攜的誠意，第一個是關於撤兵問題。揚子江以南，立刻可以撤兵；稍後是華北。」

「你看怎樣？」「舒先生」問姓張的外交官——外交部專員。

「滿洲怎麼樣？」張專員徑自用日語發問。

「滿洲國是另外的一個問題。」今井答說：「第二個條件是，國民政府必須正式承認『滿洲國』。」

「這是絕對辦不到的事！」「舒先生」經由張專員的翻譯以後，斷然決然地答說。

「關於國民政府承認『滿洲國』的問題，不過舊事重提而已。當貴方蔣作賓先生擔任駐日公使時，與近衛公爵商談調整中日邦交時，貴方對『滿洲國』問題，曾有過口頭的承諾。經過的情形，我還記得——」

據今井說，一九三三年暮春，近衛公爵住在鐮倉新建的別墅中時，正好中國駐日公使蔣作賓，亦因高血壓在那裡靜養；有一天蔣作賓帶著他的秘書丁紹伋去拜訪近衛——丁紹伋是近衛在第一高等學校的同學。

從這次友誼性的拜訪以後，蔣作賓與近衛大約每個月會晤一次；談到中日邦交問題，兩人的意見漸漸接近，認爲日本軍部想以武力征服中國，是對中國毫無認識的夢想。

一九三五年夏天，中日兩國決定將公使昇格爲大使；蔣作賓即於此時回國，專程晉謁駐節成都、親自指揮剿共軍事的蔣委員長，將在日本與近衛及其他在野各派如頭山滿、秋山定輔等人懇談所獲得的結論，細細陳述。同時提出他所擬促進中日和平的具體方案。

蔣委員長聽取了外交部門的意見，經過愼重的考慮，批准了蔣作賓的方案，於是仍派丁紹仭攜回日本，轉交已移居輕井澤的近衛。

這方案的主要內容，共爲四點：第一、東北問題，中國暫置不問。第二、中日關係於平等基礎上，廢除一切不平等條約，但與東三省有關者暫時除外。同時停止自以爲優越的宣傳；中國停止排日教育。第三、以平等互惠原則，展開經濟提攜。第四、在經濟提攜的基礎上，締結軍事協定。

今井追述到此，作了補充說明：「當時締結軍事協定，即是爲了共同防共；如果能到達這個階段的合作，蔣委員長曾表示準備親自訪日，與我們的軍事當局商談。至於所謂『東北問題，中國暫置不問。』即是事實上的承認。」

「不然，這是作爲一個懸案」，張專員又說：「而且彼一時也，此一時也。形勢根本不同。」

「舒先生」彷彿聽說過有這麼一回事，便故意問道：「我想請今井大佐告訴我，近衛公爵接到這個方案以後，如何處置？」

這一問，擊中了今井，也是日本陸軍的要害。原來當時談判之無結果，責任全在軍部，近衛與廣田外相都願本此條件，努力進行，但軍部堅持，必須中國承認「滿洲國」的存在，因而使得丁紹仍黯然而歸。但臨行時與近衛約定，如果日本方面有意重新進行和平談判，請近衛派密使聯絡，而且決定了密使的人選，年輕的是宮崎龍之介，年長一輩的是秋山定輔，都是與中國革命有深厚淵源的朋友。

這些情形，今井當然明瞭；他不便認錯，但更無法強辯不錯，只說：「當初是失去了中日和平的機會；希望這種珍貴的機會，不要再從我們手中失去。」

「我們要檢討這種機會失去的原因，以及責任問題。」張專員追詢丁紹仍與近衛的約定，復又提出質問：「七七事變發生後，近衛首相認為除了能與蔣委員長促膝深談以外，別無防止事件擴大的辦法。這時想起有兩個密使可派，於是徵得杉山陸相同意後，派宮崎龍之介到南京聯絡。結果如何？」

結果是宮崎在神戶上船時，為憲兵所扣押；秋山亦在東京寓所被捕，兩人的罪名是「間諜嫌疑」。幾經交涉，只說同意釋放，卻不履行；根本上近衛與杉山商量，便是與虎謀皮，杉山元在「七七事變」是擴大派，表面尊重近衛首相的地位，暗中是絕不容宮崎去作他的密使的。

今井對其中的曲折原委，完全明瞭，可是這時候，他除了抵賴，更無話可說；「我不知道這回事！」他說：「也許根本就沒有這回事，只是傳聞而已。」

「舒先生」正好抓住他這句話——原抱著虛與委蛇的態度，但決裂必須有理由；而又要避免徹底決裂，以便利用對方來干擾汪政權的成立。現在是找到一個很好的理由了，「這樣鐵證如山，而且可以向近衛首相求證的事，你居然說只是傳聞！」他指著今井說：「你根本沒有誠意。」

這一指責很厲害。談判決裂如果由於條件談不攏，今井無過失可言；倘因他的態度言詞不當而決裂，便須負談判失敗的責任。這一點對他個人的前途很有關係；同辦一事的臼井，亦受連累，所以他覺得有爲今井解釋辯護的必要。

「今井大佐的話，只是假設之詞；就情理的推斷，似乎杉山元大將不致對近衛公爵口是心非。」臼井緊接著說：「過去當然犯了錯誤，才有今天的局面；我們的基本態度，就是彌補過去的錯誤，尋求挽救和平的道路。這一點，衷誠希望貴方同意。」

「是的。我們完全同意這個原則。但因過去貴方缺乏誠意，才會造成今天的結果；所以要談彌補錯誤，首先要顯示確實的誠意。現在，你們的軍部，一方面派影佐禎昭大佐扶植汪精衛；一方面請你們兩位來試探和平，自以爲是左右逢源的手法，而適足以表現其爲毫無誠意。」

「舒先生」略停一下說：「我說得很率直，請原諒。」

今井無辭以對，只表示將盡力阻撓汪政權的成立；不過他也很委婉地解說，汪精衛是響應近衛聲明，並且是日本軍部設法接他離開重慶的，如今在道義上不便公然阻止他的行動，只能側面掣肘，希望汪精衛能知難而退。

「舒先生」與張專員所接到的命令，亦只是利用「雙井」對汪精衛發生牽制的作用。如今今井的態度，恰符目標；所以「舒先生」亦表現了很誠懇的反應，說他將要專程回重慶，轉達日本

的條件；有了結果，會通知今井，約期再晤。

# 粉墨春秋(上)【經典新版】

作者：高陽
發行人：陳曉林
出版所：風雲時代出版股份有限公司
地址：10576台北市民生東路五段178號7樓之3
電話：(02) 2756-0949
傳真：(02) 2765-3799
執行主編：朱墨菲
美術設計：吳宗潔
行銷企劃：林安莉
業務總監：張瑋鳳

初版日期：2020年10月
ISBN：978-986-352-883-8

風雲書網：http://www.eastbooks.com.tw
官方部落格：http://eastbooks.pixnet.net/blog
Facebook：http://www.facebook.com/h7560949
E-mail：h7560949@ms15.hinet.net
劃撥帳號：12043291
戶名：風雲時代出版股份有限公司

風雲發行所：33373桃園市龜山區公西村2鄰復興街304巷96號
電話：(03) 318-1378
傳真：(03) 318-1378
法律顧問：永然法律事務所 李永然律師
北辰著作權事務所 蕭雄淋律師

行政院新聞局局版台業字第3595號 營利事業統一編號22759935


**定價：350元**



國家圖書館出版品預行編目資料

粉墨春秋 / 高陽著. -- 經典新版. -- 臺北市：風雲時代, 2020.09 冊； 公分

ISBN 978-986-352-883-8 (上冊：平裝)

857.7 109011565